M.H. Müller

Verflucht

AF199744

MM-Roman

Zum Inhalt:

Es beginnt in grauer Vorzeit als Märchen. Ein Königssohn auf der Grünen Welt der Elfen liebt die Tochter eines anderen Königshauses. Er darf sie aber nicht heiraten, obwohl sie doch ein Kind von ihm erwartet. Er wird gezwungen, eine andere zu ehelichen und vergisst seine große Liebe durch Magie. Das junge Mädchen verflucht daraufhin nicht nur ihn und sein ganzes Geschlecht und seine Nachkommen, sondern sie verflucht seine ganze Welt, das ganze Universum und flieht auf eine andere Welt. Es wird nur eine Erlösung von diesem Fluch geben, nämlich in spätestens 500 Jahren müssen je ein Nachfahre des einen und des anderen Hauses in Liebe zueinander finden. Dieser Fluch traf damals nicht nur die Grüne Welt, sondern alle 10 Welten, die sich in diesem Universum um die Sonne scharen. Als der letzte Zyklus sich dem Ende neigt, nimmt die Geschichte in der Gegenwart eine dramatische Wendung. Werden sich die auserwählten Nachfahren zu guter Letzt doch noch finden und den Fluch auflösen? Nur noch ganz wenige Personen wissen von dem Fluch und versuchen zu helfen. Welche Rolle spielen diese seltsamen flimmernden Portale, die die Welten miteinander verbinden sollen?

Dies ist aber vor allem die Geschichte von Raoul und Cloé, die auf der Blauen Welt leben und sich scheinbar durch Zufall treffen. Sind sie die Auserwählten? Auf ihrem Lebensweg werden sie von einigen Mächtigen auf den anderen Welten aus beobachtet, gesucht, bedroht. Finden sie zusammen? Was ist Realität, was ist Magie? Wird der Fluch endlich gelöst? Eine zauberhafte Geschichte, die mit „es war einmal" beginnt und mit dem Satz „und wenn sie nicht gestorben sind" endet. Aber wo endet sie und wo beginnt sie, auf welcher der vielen Welten, in welcher Zeit? Zeit ist relativ, damals-gestern-heute-morgen, was ist wann? Ist es ein Märchen, ein Krimi, eine Fantasy-Geschichte oder ein Liebesroman?

Bibliografische Information der Deutschen Nationalbibliothek: Die Deutsche Nationalbibliothek verzeichnet diese
Publikation in der Deutschen Nationalbibliografie; detaillierte
bibliografische Daten sind im Internet über dnb.dnb.de ab-
rufbar.

1. Auflage 2020
Text und Umschlaggestaltung: M.H. Müller
Satz: Helmut Müller

ISBN: 978-3-7504-7140-5

<u>Über die Autorin:</u>

Die Autorin Medy Müller schreibt unter „M.H. Müller" seit über sechs Jahren Kurz- und Fantasy-Geschichten sowie Kriminalromane. Sie wurde 1949 in Dreieichenhain geboren, zog nach 30 Jahren mit ihrer Familie nach Norddeutschland. 2012 kehrte sie nach Hessen zurück und begann mit dem Schreiben. Bis jetzt sind folgende Romane von ihr veröffentlicht worden:

Mord in Orb - Krimi
Schattenjäger - Kurzgeschichte
Rosen über'm Grab – Roman   ISBN 978-3-7460-6597-7
Einhundert – Krimi   ISBN 978-3-7528-2058-4

M.H. Müller

Verflucht

Roman

Es waren zwei Königskinder,
die hatten einander so lieb!

Verflucht sollt ihr sein, ihr Elfenvölker und Euer Land,
alle miteinander, verbannt aus dieser Welt.
Schmerz und Trauer soll über Euch kommen.

Erlösung kommt erst, wenn ein Nachkommen meiner
Linie und der aus dem Königshaus,
gebunden in ewiger Liebe,
den Bund geschlossen und vollzogen, vor Zeugen.

Alle 100 Jahre für einen Mondzyklus zurück in diese Welt
wird der verwunschene Wald verweilen.
Nur fünf Zyklen bleiben Zeit für diese Verbindung.

Freiwillig und in Liebe und Treue. Sollte es scheitern,
soll dieses Land und alle seine Bewohner untergehen,
umherirren in Dunkelheit und Vergessen,
ohne Wiederkehr.

Besiegelt mit meinem Schmerz und Blut –
Unwiderruflich bis ans Ende aller Tage!

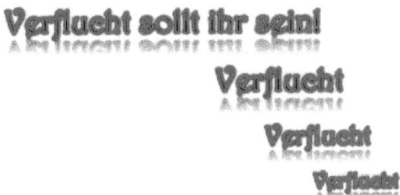

Verflucht sollt ihr sein!
Verflucht
Verflucht
Verflucht

Es war einmal ...

Der Fluch hallte über alle Welten, das Echo klang noch lange nach. Kaum hatten die Bewohner vergessen, erklang er schon wieder. Es gab kein Entkommen. Tagelang.

„Verflucht sollt ihr sein!" Diese Worte schallten auch durch ihre Landschaft, über Berge und Täler hinweg, laut und unheimlich. Danach schien die Grüne Welt zu erstarren, es herrschte eine gespenstische Stille. Kein Vogel zwitscherte, kein Plätschern des Wassers war zu hören, noch nicht einmal das Rauschen der Blätter im Wald. Die Bewohner dieser Welt hielten den Atem an und fürchteten sich. Die Zeit schien still zu stehen. Doch dann wollten sie verstehen und fingen alle auf einmal an zu reden, zu fragen, alle durcheinander, jeder wollte vom anderen wissen, was das zu bedeuten hatte. Sie machten sich auf den Weg zum Palast, wollten die Weisen fragen, ihren König, seine Berater.

Dort brüllte der König seine vor ihm stehenden Krieger erbost an: „Wo ist dieses verdammte Weib? Warum ist sie noch nicht hier? Ihr solltet sie doch suchen!"

„Sie ist wie vom Erdboden verschwunden, Herr!"

„Dann geht und sucht sie noch einmal, in allen Welten, wo immer ihr hinkommen könnt. Und wagt es nicht, ohne sie zurückzukommen. Du, mein Bruder, wirst die Krieger anführen, und du weißt, was du noch zu tun hast. Vernichte dieses Balg!" Das Echo seiner lauten Stimme hallte von den Wänden des Saales wider. Das Volk draußen vor dem Tor hörte es und fürchtete sich noch mehr.

„Aber mein König, es ist doch nur ein kleines Kind."

„Geh und gehorche deinem König!"

Die Krieger und ihr Anführer verließen niedergeschlagen den Palast, ihre Heimat, die Grüne Welt, gingen durch das Portal und machten sich auf der anderen Seite wieder auf die Suche. Sie waren in einer Welt gelandet, in der die Zeit langsamer als auf ihrer Welt verging. Es sollten viele, sehr, sehr viele Jahre zu Hause vergehen, bis sie wieder zurückkamen, alt und grau, mit leeren Händen. Aber da war der alte König, der sie geschickt hatte, schon lange verstorben, ein neuer König herrschte bereits seit vielen Jahren und von ihrer Mission wusste niemand mehr etwas, nur in den Legenden fand man später noch eine Spur davon. Auch von dem Fluch.

Die Frau, die sie damals hatten suchen sollen, war jedoch schon längst unbemerkt in einer anderen Welt verschwunden, vor langer Zeit. Und mit ihr -- ihr Kind.

„Aber du wolltest mir doch ein echtes Märchen erzählen, Mama, und die fangen doch alle immer mit „Es war einmal" an. Bitte, bitte, erzähle es richtig. Ganz von vorne. Und ich will einen Prinzen und eine Prinzessin dabei haben. Und der Prinz muss die Prinzessin heiraten! Und sie müssen zum Schluss glücklich werden, bis an ihr Lebensende. Sonst ist es kein Märchen!" Die Stimme des kleinen Mädchens war sehr eindringlich und bestimmend. Mit großen, bettelnden Augen sah das Mädchen ihre Mutter an.
Die Mutter betrachtete ihr Kind lange nachdenklich. Dann lächelte sie. „Du hast Recht, ich fang noch mal von vorne an."

Und so erzählte sie schließlich ihrer Tochter eine lange, manchmal traurige und doch letztendlich zauberhafte Geschichte. Ein Märchen über magische Welten, dunkle Bedrohungen, traurige Zeiten, wunderbare Ereignisse, einer großen Liebe und natürlich auch ein märchenhaftes Ende.

Ja, so fing alles an. Damals, in grauer Vorzeit. Weit entfernt und doch vielleicht ganz nah.

Und noch immer erzählten Mütter ihren Kindern, Großmütter ihren Enkelkindern dieses Märchen, von Generation zu Generation, immer wieder wurde es weitererzählt, von einem Ohr zum anderen, von einer Welt zur anderen. Jeder Erzähler schmückte es auf seine Weise aus, fügte Passagen hinzu oder ließ etwas aus, je nach dem, wem er es erzählte. So wurde die ursprüngliche Geschichte zu einem fantastischen Märchen.

Eines Tages, gestern, morgen oder heute, schrieb ein Magier es in einem großes Märchenbuch auf und belegte dieses Buch mit einem Zauber. Konnte das Buch dadurch die wahre Geschichte wiederfinden? Das konnte nur die Zukunft zeigen. Irgendwann verschwand das Buch auf geheimnisvolle Weise, scheinbar von ganz alleine, und es begab sich auf die Suche. Wonach? War es erfolgreich mit seiner Suche?

Zehn Welten

Es war einmal – so könnte man diese Geschichte wirklich beginnen. Denn märchenhaft magisch wird sie allemal. Aber war es tatsächlich einmal? Ist es nicht gerade? Oder wird es irgendwann sein? Es gibt so viele Dinge zwischen Himmel und Erde, und weit darüber hinaus, die keiner kennt, von denen keiner etwas ahnt, die keiner sich erklären kann, und doch wissen alle darum. Warum also nicht auch die Geschichten, die mit „Es war einmal" beginnen, „und wird immer sein!" enden. Lasst uns eintauchen in eine Welt der Magie, eine kunterbunte, fantastische, dunkle und märchenhafte, manchmal auch böse Geschichte im Hier und Jetzt, im Damals, Heute oder Morgen. Lasst uns fliegen über den Horizont hinaus in Universen, die wir alle kennen und doch noch niemals gesehen haben und nicht verstehen, die wir lieben wie unsere Heimat und die uns doch fremd sind. Seid ihr neugierig geworden, wohin die Reise geht? Die Fantasie ist unendlich, also beginnen wir jetzt endlich.

Es war einmal vor langer, langer Zeit · oder besser, es waren einmal 10 Welten, die drehten sich alle zusammen in einem Universum um ihre Sonne und sie waren so verschieden, unterschiedlicher könnten sie wirklich nicht sein. Manche dieser Welten waren nicht mehr bewohnt, andere hatten ihre Bewohner im Laufe der Zeit so verändert, dass eine Ähnlichkeit zu ihrem Ursprung nicht mehr zu erkennen war. Denn ursprünglich, bevor alles aus den Fugen geriet, waren alle Bewohner dieser Welten gleich, sie stammten alle von denselben Urahnen ab. hatten alle eine einzige Welt besiedelt. Aber dann wurde es dort zu eng, sie fingen Kriege untereinander an, sie entdeckten den Weltraum und bevölkerten nach und nach die von ihnen dort gefundenen verschiedenen Welten. Doch diese neuen Welten stellten sich mit der Zeit als teilweise sehr lebensfeindlich und gefährlich heraus. Die neuen Bewohner mussten sich dort anpassen, sie veränderten sich, oder besser ge-

sagt, die jetzt von ihnen bevölkerte Welt passte die neuen Siedler an sich und ihre Umgebung an. Nach vielen Tausenden von Jahren konnte man nicht mehr von einer Ähnlichkeit sprechen. Nur wenige der alten Gelehrten wussten noch von den anderen, dem Ursprung, und dass sie ja eigentlich einmal untereinander verwandt gewesen waren, von den gleichen Urahnen abstammten.

Gleich neben der Sonne dieses Universums gab es die Rote Welt mit vielen aktiven Vulkanen, daneben die Blaue Welt mit Seen und Ozeanen, danach kam die Grüne Welt der Elfen, die Gelbe Welt der großen Wüsten, die Weiße Welt aus Eis und Schnee, die fast unsichtbare unheimliche Dunkle Welt, die auffallende Bunte Welt, die Silberne und die Goldene Welt und zuletzt die Magische Welt. Alle diese Welten kreisten um die große Sonne in ihrer Mitte. Manche Gelehrte auf diesen Welten behaupteten, es gäbe daneben noch mehr Universen mit vielen ähnlichen Welten, gleichsam Parallel-Universen, aber nachweisen konnte das bis jetzt noch keiner. All das war reine Spekulation. Auch wenn es in der Blauen Welt Wissenschaftler gab, die sagten, sie könnten es vielleicht doch beweisen.

Ursprünglich waren alle diese Welten durch Reiseportale miteinander verbunden. Diese Portale bestanden aus reiner Magie, geschaffen von einer Zivilisation, die sich vor ewig langer Zeit aus einer weit entfernten Galaxie auf der damals noch einen Welt angesiedelt und begonnen hatte, damit überall in andere Galaxien herumzureisen. Durch ihre Reisen hatten sie die Portale auf den Welten im gesamten Universum verbreitet. Diese Zivilisation war allerdings schon vor Jahrtausenden ausgestorben. Leider hatte niemand es für nötig gehalten, so etwas Ähnliches wie eine kurze Gebrauchsanweisung für die Portale zu hinterlassen. Die späteren Siedler dieser Welten entdeckten die hinterlassenen Portale, soweit sie noch intakt waren. Dann fanden sie auch unter einem einzigen Portal eine bildhafte Anweisung zum Reisen mit diesen Toren. Aber keiner, auch niemand der nachfolgenden Generationen, konnte bis jetzt die darin enthaltene Bilderschrift entschlüsseln oder auch nur deuten. Irgendwann fand einer der Magier durch prak-

tisches Ausprobieren heraus, wie man die Portale einigermaßen sicher steuern konnte. Das Glück hatte er dabei definitiv auf seiner Seite.

Durch diese Reiseportale konnten die Bewohner die anderen Welten besuchen, wann immer sie wollten, vor allem ihre uralte ureigene Heimat, wenigstens diejenigen, die noch davon wussten. Aufgrund der Reisen fand man allerdings auch heraus, dass auf den verschiedenen Welten inzwischen die Zeiten unterschiedlich schnell vergingen. Die von den Magiern niedergeschriebenen Aufzeichnungen über die Funktion und Handhabung der Portale wurden auf den Welten streng gehütet. Allerdings nicht immer und überall streng bewacht. Feuer und Naturkatastrophen vernichteten darüber hinaus teilweise diese Aufzeichnungen, sodass im Laufe der Jahrtausende das Wissen um die Portale immer mehr verloren ging, nur noch die obersten Wächter und die Hüter des Wissens kannten die Magie der Reisen durch Zeit und Raum mit den Portalen. Letztendlich wurden diese Aufzeichnungen nur noch in der Königskathedrale der Magischen Welt aufbewahrt und von einer ganzen Kompagnie Krieger und Wächter bewacht. Viele Tore auf den anderen Welten wurden im Laufe der Jahrtausende aufgrund von Aberglauben und Angst von den Siedlern selbst zerstört.

Die Portale bzw. Tore in den einzelnen Welten führten nur zu anderen Portalen in anderen Welten. Aber nur die Magier konnten inzwischen mit ihren Gedanken die Tore so beeinflussen, dass sie zu den gewünschten Gegenportalen und Welten führten. Von Menschen, Feen, Elfen waren diese Portale nicht beeinflussbar. Durch die vielen Fehlschläge durfte auf der Magischen Welt inzwischen nur noch der durch die Portale gehen, der eine ausdrückliche Genehmigung der Magier nach einer persönlichen Überprüfung erhalten hatte. Auf den anderen Welten wurden die Tore auf eigene Gefahr und nach dem Zufallsprinzip benutzt. Nicht immer kehrten die Reisenden zurück in ihre Heimat. Aber keinem gelang es bisher, ohne Einladung durch ein Portal in die Magische Welt zu gelangen. Die wenigen noch vorhandenen Portale aktivierten sich erst, wenn man den äußeren Rahmen berührte, auch wenn dieser manchmal kaum zu sehen war. Dann begannen sie zu flimmern und waren für kurze Zeit bereit zum Passieren. Wenn das Flimmern erlosch, wurde das Tor fast unsichtbar und verschwand kurz darauf ganz. Die Intervalle bis zur nächsten möglichen Nutzung waren im Laufe der Jahrhunderte immer länger geworden, dauerten schon manchmal Wochen oder Monate, oder auch Jahre oder Jahrhunderte. Je länger die Portale bestanden, umso mehr ließ ihre Kraft inzwischen nach und die Reise mit ihnen wurde immer öfter zum Risiko. Das Wissen um die Funktionalität und die Standorte der Portale in den verschiedenen Welten ging außerdem im Laufe der letzten Zyklen immer mehr verloren.

In der Magischen Welt wurden durch die vielen Fehlschläge und Unfällen mit den Portalen unter den Magiern die Überlegungen lauter, die Portale für immer zu schließen bzw. sie zu zerstören, da die Nutzung immer wieder zum Risiko wurde und eigentlich lebensgefährlich war. Aber noch konnte dieser Entschluss nicht einstimmig von allen Magiern gefasst werden. Außerdem mussten auch die anderen Welten damit einverstanden sein. Trotz aller Diplomatie gingen die Meinungen dazu auseinander und nichts geschah.

Magie

Damals, in grauer Vorzeit, hatten sich alle Magier des Universums in der Magischen Welt niedergelassen. Zuerst war es nur ihre Zuflucht, dann wurde es ihre Heimat. Viele Generationen waren inzwischen dort zu Hause. Die meisten Magier wohnten mit ihren Familien in der Hauptstadt, einem großen Ort mit imposanten Gebäuden, weitläufigen Parks und großen anschließenden Wäldern.

Seit dieser Zeit wurde hier in der jetzt berühmten Akademie für Magier die Lehre der Magie der Natur an kleine und große, junge und ältere, begabte Schüler weitergegeben. Diese Magie war keine Zauberei, keine Hexerei, keine Taschenspielertricks, es war ganz einfach Magie, Kraft aus der Natur, aus jedem Lebewesen, jedem Baum, jedem Strauch, überall fand man diese Magie. Man musste nur suchen und sie mit der eigenen inneren Kraft vereinen. Dann konnte man alles umsetzen. Aber nur die Begabtesten erreichten die endgültige Reife und Kunst, mit viel Übung und Geduld. Immer war es ein langer Weg. Das bewies der beste Magier aller Zeiten, Balthazar. Er leitete die Akademie. Über sein Alter munkelten die jungen Schüler, aber keiner erriet, dass er fast so alt wie das Universum selbst war. Und immer noch bezeichnete er sich selbst als den ältesten Schüler, der noch nicht ausgelernt hatte.

Oben auf dem Berg, in der Akademie für Magier, bereiteten sich gerade fünf Abschlussschüler auf ihre letzte Prüfung vor. Die praktischen Aufgaben hatten sie schon alle überstanden, allerdings wussten sie noch nicht, ob sie diese Prüfungen auch bestanden hatten. Jetzt lag noch eine letzte Prüfung vor ihnen, allerdings kannten sie noch nicht das Thema. Das würden sie erst morgen Vormittag erfahren. Als sie am nächsten Morgen in den großen Prüfungsraum kamen, waren dort schon fünf einzelne Tische aufgestellt, ein unbequemer harter Stuhl stand davor, auf jedem

Tisch lagen bereits einige leere Blätter Papier, davor ein Tintenfass, ein Federkiel, ein kleines Tuch, sonst nichts.

Ein Stück vor diesen Tischen waren fünf bequeme Sessel aufgebaut, mit jeweils einem Fußschemel, zwischen den einzelnen Sesseln standen kleine Tischchen mit jeweils zwei Tassen und einer Kanne Kaffee, dessen Duft den ganzen Raum erfüllte.

Die Schüler hatten sich den mit ihrem Namen gekennzeichneten Tisch gesucht und auf dem unbequemen harten Stuhl davor Platz genommen. Sie harrten der Dinge. Je länger sie warten mussten, desto nervöser wurden sie. Endlich ging die Tür am anderen Ende der Halle auf und die Lehrer kamen herein. Allen voran der Professor der Magie, Balthazar. Hinter ihm lief Serafina, dann kam Magister Contrate, Madame Bouffièra folgte ihm, als letzter dann Meister Albrecht, der die Tür hinter sich schloss. Sie setzten sich alle in ihre Sessel, betrachteten die Schüler, gossen sich einen Kaffee ein und nippten an ihren Tassen. Erst dann erhob sich Balthazar und richtete das Wort an die Schüler:

„Herzlichen Glückwunsch, liebe Magier-Anwärter. Ihr seid die einzigen, die es bis hierher geschafft haben. Darauf könnt ihr stolz sein. Die Prüfungen des letzten Jahres habt ihr alle gemeistert. Heute wird es sich nun entscheiden, ob ihr in die Reihe der Magier-Lehrlinge aufgenommen werdet oder nicht. Diese letzte Aufgabe scheint auf den ersten Blick leicht zu sein, aber glaubt uns, das täuscht. Auf eurem Tisch liegen fünf leere Blätter. Ihr müsst sie nicht alle aufbrauchen. Von uns erhaltet ihr noch ein letztes Blatt mit einem kleinen Text. Darauf wird jeweils eine andere der Welten unseres Universums kurz beschrieben. Dieser Text wurde übrigens durch Auslosung dem einzelnen Prüfling zugeteilt. Eure Aufgabe wird es sein, zu der entsprechenden aufgeführten Welt eine sehr detaillierte, ergänzende Beschreibung zu liefern, mit Einzelheiten über die Bewohner, die dort vorherrschende Natur, eben über alles, was es darüber noch zu wissen gibt und was euch wichtig erscheint. Die Literatur zu unseren Nachbarwelten ist in unserer großen Bibliothek sehr umfangreich, das Studium dieser Bücher gehörte zu euren Aufgaben während des

Studiums. Außerdem möchten wir auf einem zweiten Extra-Blatt etwas über die Funktionsmöglichkeiten der Portale wissen. Dieser Prüfungsteil ist für alle gleich.

Übrigens ist dieser Raum von aller Magie abgeschottet, das bedeutet, Magie hilft euch hier gar nichts. Wir erwarten eine mindestens zweiseitige Beschreibung. Ihr habt dafür fünf Stunden Zeit. Wir drücken euch allen die Daumen. Und jetzt beginnt bitte."

Während seiner Ansprache hatte Madame Bouffièra jedem der fünf Schüler zwei Blätter Papier überreicht, ein Blatt enthielt einen kurzen Text, das zweite Blatt nur eine kurze Zeile.

Tassilio erhielt einen Bogen Papier mit einer kurzen Beschreibung der Blauen Welt, Baliantus sollte die Gelbe Welt ergänzen, Manfredo erhielt die Weiße Welt, Misquiara wurde die Silberne und Goldene Welt überreicht und Pitumina, die jüngste Schülerin, erhielt eine Kurzfassung zu ihrer eigenen, der Magischen Welt.

Die fünf Schüler sahen die Lehrer enttäuscht an. „Das hat doch überhaupt nichts mit Magie zu tun. Wir sind Magier, das haben wir studiert, mühsam gelernt. Das hier ist doch Pipifax, nichts, nada! Ein Aufsatz? Ha! Das darf doch wohl nicht wahr sein! Bin ich ein Schreiberling oder ein Magier?" Tassilio hatte sich so richtig in Rage geredet. Mit Schwung warf er die beiden Blätter auf seinen Tisch und verschränkte trotzig die Arme vor sich. Die beiden anderen Jungs nickten ihm beipflichtend zu, die Mädchen aber zuckten mit den Schultern und nahmen ihre Feder in die Hand, um zu schreiben.

„Noch seid ihr keine Magier, dazu gehört noch eine an diese Prüfungen anschließende Lehrzeit von fünf Jahren, sofern ihr diese Prüfung jetzt auch noch bestehen werdet. Bei guten Noten dürfte es danach für euch jedoch kein Problem sein, einen Lehrmeister zu finden.

Ihr hattet bis jetzt genügend Zeit, um euch auf alles vorzubereiten. Dazu gehört auch eine Menge Allgemeinwissen, und das testen wir heute mit diesem Aufsatz. Also vergeudet nicht eure Zeit, eine Verlängerung wird es nicht geben. Übrigens, Zorn kann durchaus die Sinne vernebeln und das wahre Können verbergen. Es sind jetzt noch genau vier Stunden und fünfzig Minuten!"

Tassilio ließ seinen Blick über sein Blatt mit dem vorgegebenen Text zur Blauen Welt schweifen:
„Die nächste der Welten erscheint vom Mittelpunkt des Universums aus gesehen als Blaue Welt. Sie ist übersät mit Seen, Flüssen, Ozeanen. Das viele Wasser lässt eine üppige Vegetation gedeihen: Blumen, Büsche, Bäume, große Wälder. Der blaue Himmel spiegelt sich in blauen Seen. Diese Welt ist von allen anderen Welten die am stärksten bevölkerte Welt. Die Siedler leben in großen und kleinen Städten, es gibt viele einzelne Staaten, die trotz allem Fortschritt doch immer wieder untereinander Kriege führen. Als einzige Welt ist sie technisch sehr weit fortgeschritten. Es gibt hier noch drei offene Tore – eines im Meer, eines in einer Wüste in einer Höhle, eines auf einem der höchsten Berge. Diese Portale wechseln manchmal den Standort, will man sie benutzen, muss man sie erst einmal finden."
Da stand doch schon alles, was man unbedingt über die Blaue Welt wissen musste. So speziell war sie nun wirklich nicht. Was sollte er denn da noch ergänzen? Und dann auch noch eine ganze Seite voll? Seine Wut kochte immer höher. Das war irgendwie unter seiner Würde. Egal, er würde einfach irgendetwas erfinden, so schwer konnte das ja nicht sein, außerdem war er einmal in der Bibliothek gewesen und hatte alles, was über die verschiedenen Welten in den Büchern stand, schnell überflogen.

Baliantus las seinen Text über die Gelbe Welt:
„Die nächste Welt ist die Gelbe Welt. Ein Wüstenplanet mit gelbem und hellbraunem Sand, vollkommen ausgetrocknet, es gibt kein Wasser mehr, keine Vegetation. Im bekannten Universum erscheint diese Welt als gelber Planet. Sie wurde schon vor langer Zeit von ihren Bewohnern aufgegeben, da dort kein Leben mehr möglich war. Allerdings gibt es hier viele Bodenschätze, sodass sich manchmal einige Schatzsucher, die mit Flugapparaten hingekommen sind, dort tummeln. Von den einmal dort vorhandenen Portalen existiert kein funktionierendes Tor mehr."

21

Da er gerade diese Welt bei seinem Studium der Bücher in der Bibliothek sehr faszinierend gefunden hatte, fing er sofort an zu schreiben und erfüllte das geforderte Soll mehr als genug.

Manfredo war zuerst enttäuscht, als er den Text über die Weiße Welt auf seinem Prüfungsbogen las, denn mehr brauchte man doch eigentlich nicht über diese Welt zu wissen:

„Die Weiße Welt wird im Universum als Eisplanet bezeichnet. Einst gab es hier viele Siedler, die in ihren Eispalästen auf der Oberfläche und auch unterirdisch wohnten. Sie waren Händler, die die Bodenschätze unter dem Eis ausgruben und mit den anderen Welten im steten Handel waren. Dann aber wurde das Klima immer kälter, die Bodenschätze immer weniger, bis schließlich nur noch Schnee und Eis den Planeten bedeckte und auch die restlichen freien Ecken zufroren. Es wurde so kalt auf dieser Welt, so lebensfeindlich, dass die wenigen noch vorhandenen Bewohner den Planeten verließen. Diese Welt wird im Universum als Eisplanet bezeichnet. Das Portal, durch das die letzten Siedler diese Eiswüste verließen, blieb stehen, bis es halb zerfiel. Ab und zu blinkte es noch einmal kurz auf. Aber ob es noch zu benutzen war? Das wäre äußerst riskant, es könnte nur zufällig von außerhalb passiert werden. Die Magier der Magischen Welt hatten es aus ihrer Liste gestrichen, also gab es offiziell dort in der Weißen Welt kein Tor mehr."

Der Text war eigentlich ja schon sehr ausführlich, da gab es doch nicht mehr viel oder gar nichts mehr zu ergänzen, aber dann erinnerte er sich doch noch an einige Geschichten, die sein Großvater ihm von den Welten erzählt hatte, auch von dieser Weißen Welt, und er fing sofort an zu schreiben, was er davon in seinem Gedächtnis behalten hatte. Die interessante Literatur, die seit Jahrhunderten in der Bibliothek über die verschiedenen Welten gesammelt wurde, hatte ihn schon immer gefesselt und er hatte sich intensiv damit beschäftigt. Seine Finger flogen schnell über das Papier und bald war er total vertieft in seine Arbeit.

Das schillernde Gold und Silber hatte Misquiara seit ihrer Kindheit fasziniert, so war es nicht verwunderlich, dass sie sich freute, als sie das ihr zugeteilte Thema „Die Silberne Welt und die Goldene Welt" auf ihrem Prüfungsbogen las. Sie überflog schnell den Text:

„Am äußeren Ende des Universums umkreisen sich die Silberne Welt und die Goldene Welt und fliegen dabei nahe nebeneinander durch die Galaxie. Die eine Welt erstrahlt hell-silberfarben, die andere eher goldfarben. Beides sind sehr kleine Welten, die noch nie bewohnt waren, trotzdem gab es dort einmal auf jeder Welt ein Portal. Inzwischen sind diese Portale verfallen, man kann nur noch die Trümmer und kleinen Überreste der Tore sehen, falls es jemals jemandem gelingen sollte, dorthin zu gelangen, auf welchem Weg auch immer, die Portale sind nicht mehr aktiv. Von weit draußen im Weltall sind diese beiden Welten oft als ein einziger hell strahlender Stern zu sehen, als ein Ganzes."

Die Feder hatte sie schon in der Hand und damit fing sie schnell an zu schreiben. So viel war ihr beim Lesen bereits eingefallen, dass sie nicht sicher war, ob die zugeteilte Anzahl der Blätter ausreichen würde.

Pitumina freute sich, als sie sah, dass sie über ihre Heimat, die Magische Welt, schreiben durfte. Sie las den kurzen Text durch: „Der fantastischste Planet von allen ist die Magische Welt. Magie bewohnt alles Leben auf diesem Planeten, die noch überlebenden Magier aller Welten haben sich hierher zurückgezogen. Ihre Welt ist abgeschottet, aus gutem Grund. Nur auserwählte, mit Magie begabte Lebewesen dürfen und können die noch offenen Tore benutzen. Magier kontrollieren die Tore und bereisen die Welten, wohin es noch offene Tore gibt. Bestimmen auch, wer reisen darf. Diese Welt ist im Universum unsichtbar – es gab einmal sechs Tore, drei davon gingen im Laufe der letzten tausend Jahre kaputt, jetzt nur noch drei Tore offen. Will man sie benutzen, muss man sich bei den Wächtern anmelden und eine Genehmigung beantragen."

Bereits als kleines Mädchen hatte sie ihrer Mutter über ihre Heimat und über alle Städte und jeden Berg Löcher in den Bauch gefragt und alles in sich aufgesogen wie ein

Schwamm. Die Bücher über ihre Heimat hatte sie, sobald sie lesen konnte, kaum noch aus der Hand gelegt. Jetzt lächelte sie, während sie alles zu Papier brachte, was ihr wichtig und interessant erschien.

Wie Balthazar schon gesagt hatte, ausführlichste Beschreibungen der Welten gab es in der Bibliothek der Schule und auch in der großen Staatlichen Bücherei in der Hauptstadt. Es würde sich jetzt herausstellen, welcher der Schüler diese Büchereien häufig besucht hatte und fleißig die entsprechenden Bücher studiert hatte.

Als die Zeit abgelaufen war, stand Balthazar auf, um die Blätter einzusammeln. Baliantus und Manfredo hatten ihr Soll erfüllt und einen zweiseitigen Text abgeliefert. Tassilio, der immer noch an seinem Zorn zu kauen hatte, brachte gerade mal eine knappe Seite fertig, das zweite Blatt hatte er nur mit ein paar Sätzen ergänzt, die beiden jungen Frauen hatten schnell und zügig gearbeitet und mehr als zwei Blätter, also vier Seiten, vollgeschrieben. Sie waren auch während des gesamten Studiums immer fleißig gewesen, allerdings hatte Balthazar bei der einen oder anderen manchmal ihr Herz vermisst, das Gefühl, die Intuition. Sie lernten gut, konnten vieles auswendig, aber es kam nicht immer von Herzen, wie er meinte. Nun, es würde sich weisen. Das Blatt zu den Portalen hatten alle mehr oder weniger richtig ausgefüllt, meist mit mehr als einer ganzen Seite Text. Nur bei Tassilio waren es nicht mehr als ein paar Sätze geworden.

Die Schüler wurden entlassen. Das Ergebnis würde ihnen nach dem Wochenende bekannt gegeben werden.

Tassilio hatte noch einen weiten Weg vor sich, bevor er ein guter Magier werden konnte, dachte Balthazar so bei sich. Kaum waren diese Prüfungen vorbei, war Tassilio auch schon auf dem Weg nach draußen, um sich mit seinen Kumpanen zu treffen. Er war der Älteste der Prüflinge gewesen. „Diese Prüfung war die leichteste, nur ein bisschen Schreibarbeit!", gab er vor seinen Begleitern an. „Kommt, ich lade euch ein, wir gehen in die Vorstadt." Gemeinsam trotteten sie den schmalen Weg hinunter in die

Vorstadt. Dort gab es viele Gasthäuser und andere Vergnügungsorte. Tassilio hatte seine Wut noch nicht verdaut, die musste er erst einmal ertränken. So redete er es sich jedenfalls ein. Es war schon spät in der Nacht, als er mit zwei seiner Freunde grölend und singend durch die Straßen zu seiner Herberge zog.

Die Prüfer zogen sich am nächsten Morgen zurück und begannen, die Aufsätze der Schüler zu lesen und zu benoten. Nachdem jeder der Lehrer die fünf Arbeiten durchgesehen hatte, stellte sich heraus, dass die Schüler doch fast alle die Bibliothek fleißig besucht hatten. Allerdings, bei Tassilio klang im kurzen Text seiner Arbeit eine gewisse Überheblichkeit und Intoleranz gegenüber den anderen Welten und deren Bewohnern an, sodass jeder der Prüfer sich gezwungen sah, seine Anmerkungen in dieser Richtung zu machen. Das Ergebnis bei ihm war mangelhaft – nicht bestanden!

Drachen

Die Hauptstadt der Magischen Welt lag auf einem weiten Plateau, mit Büschen und Bäumen umstanden, die in rosa, weiß, gelb und rot prächtig blühten. Es duftete nach Jasmin, Flieder, Hyazinthen, Rosen, Nelken und Ginster. Unter den Büschen blühten blaue Glockenblumen, rote und gelbe Tulpen. Hinter der Stadt erhoben sich schneebedeckte Berge, davor lagen ausgedehnte Wälder und tiefblaue Seen. Inseln mit kleinen Hügeln ragten aus den Seen. Die meisten Häuser der Stadt sahen alt und unscheinbar aus. Allerdings nur von außen. Es war ja eine Stadt in der Magischen Welt, also war sie auch mit Magie erbaut worden. Schaute man ins Innere der Häuser, so staunte man über die großen Räume, die Anzahl der Zimmer, die manchmal luxuriöse und prunkvolle Ausstattung. Die Bewohner waren fröhlich und immer fleißig. Es ging ihnen gut. Es gab viele Händler, Kaufleute, Handwerker, Bäcker, Metzger, alle erdenklichen Berufe waren vertreten. Nicht alles wurde mit Magie verrichtet. Darauf hatte man sich geeinigt, als diese Welt besiedelt wurde. Es gab keinen einzelnen Herrscher über diese Welt, sondern eine Versammlung, die alle zehn Jahre von allen Bewohnern gewählt wurde und die die Belange der Bewohner vertraten. Bis jetzt hatte es auf diese Weise immer funktioniert und würde auch weiter funktionieren.

Allerdings, eine etwas prominente und von allen hochgeachtete Persönlichkeit gab es doch, nämlich den Obersten Magier Balthazar, er war älter als alle Bewohner der Magischen Welt. Doch sah man ihm sein hohes Alter nicht an, wenn er voller Elan durch die Straßen der Stadt spazieren ging. Er war groß und imposant, seine weißen vollen Haare wallten ihm bis zu den Schultern, aber er hatte immer eine Kopfbedeckung auf, manchmal eine Kappe, aber meistens seine bunte Lieblingsmütze mit Bommel. Fast immer hatte er einen dezent gemusterten Umhang übergeworfen, wenn er draußen unterwegs war. Ein gedrechselter langer Stock war mehr Angabe und nicht unbedingt seinem Alter, eher seinem Stand geschuldet, als dass er ihn zur Unterstützung brauchte. Zu allen war er freundlich, nicht überheblich, jeder mochte ihn. Was an ihm auffiel, war, dass er seine Magie nie ausnutzte, nie damit angab. Seine Bescheidenheit hatte ihm deie Ehrerbietung aller Magier eingebracht.

Er war der Leiter der Akademie, der beste Magier, der jemals in dieser Welt gelebt hatte. Er kannte jeden noch so kleinen Winkel des Landes und der Hauptstadt und bewohnte dort das größte Haus auf dem Marktplatz.

Heute stand etwas ganz Besonderes auf seinem Terminplan. Auf diesen Tag freute er sich jede Woche. Den ganzen Vormittag hatte er die Besen beaufsichtigt, die sein Haus säuberten. Er selbst hatte mit eigener Hand seine große Stube aufgeräumt und alles an seinen Platz gestellt. Dann hatte er sein wohlverdientes Mittagsschläfchen gehalten. Pünktlich nach einer Stunde weckte ihn sein pfeifender Wasserkessel, wie gewünscht.

Langsam erhob sich Balthazar, der Obermagier und älteste Magier der Magischen Welt aus seinem Ohrensessel und zog sich seinen kunterbunten Sonntagsmantel aus Samt an. Dieser Mantel begleitete ihn schon sein ganzes Leben lang, seit er vor einer halben Ewigkeit seine Magier-Prüfung abgelegt hatte. Er war aber auch etwas ganz Besonderes, dieser Mantel: Seine Farben waren bis heute nicht verblasst, obwohl er fast genauso alt wie Balthazar war, er reichte bis auf den Boden und seine Ärmel waren weit und bequem. Außerdem hatte er eine Innentasche für den Zauberstab, zwei tiefe Taschen außen, die alles aufnahmen, was nötig war. Seine Regenbogenfarben änderten ständig ihr Muster, sodass es aussah, als würde der Mantel in sich wabern, als würde er lebendig sein und der Mantelträger über den Boden schweben. Zu diesem Mantel gehörte auch eine gleichfarbige Mütze mit einer Quaste. Ohne eine Mütze auf dem Kopf ging Balthazar nie aus dem Haus. Darunter lugten seine weißen Locken hervor, die sich bis über den Nacken kringelten.

Einmal in der Woche gab Balthazar eine Geschichts- und Märchenstunde für alle Kinder der Stadt. Selbst die Kleinsten kamen und lauschten gebannt seinen Erzählun-

gen. Das gab dann schon einen großen Kreis voller Kinder von drei bis fünfzehn Jahren. Balthazar hob die Hand, ließ sie einmal kreisen und schon standen Hocker und Schemel im Kreis vor dem Ohrensessel, lagen viele gemütliche dicke Kissen davor. Er schmunzelte leise vor sich hin, in den Augenwinkeln erschienen viele kleine Lachfalten, zum Zaubern benötigte er keinen Zauberstab, der war nur zur Schau da. Ihm genügte eine Handbewegung.

Draußen vor der Tür warteten schon ungeduldig die ersten Kinder. Durch die Wand konnte er sie sehen. Leise ließ Balthazar einen kurzen Pfiff ertönen, schon erschien vor seinem Fenster Paff, der kleine Zauberdrache. Er würde heute eine besondere Rolle in seiner Geschichtsstunde spielen. Schnell erklärte er ihm, was er den Kindern zeigen wollte und bat ihn höflich um Mithilfe in seinem Unterricht. Der kleine Drache lachte und nickte. Dann war er verschwunden.

Schon hatte Balthazar den großen Klöppel in der Hand und schlug damit auf den Gong im Flur. Laut und tief klang es über den großen Platz. Schon strömten aus allen Gassen die kleinen und großen Zuhörer zu seinem Haus, die bis jetzt noch von ihren Eltern zurückgehalten worden waren. Die Kleinsten konnten nicht so schnell laufen, deshalb wartete er mit dem Öffnen der großen, mit vielen geschnitzten Motiven verzierten Tür, bis auch die Langsamsten endlich bei der Gruppe angekommen waren. Dann öffnete er die Tür und hieß alle willkommen: „Immer mit der Ruhe, es ist Platz für alle da!", sagte er mit seiner tiefen sonoren Stimme, als die Kinder sich jubelnd und lachend hereindrängten. Und es fanden tatsächlich alle einen Platz, denn es gab immer einen Hocker oder ein Kissen mehr als Kinder durch die Tür kamen. Zugegeben, das war Zauberei, aber waren sie hier nicht in der Magischen Welt?

Balthazar nahm in seinem Ohrensessel Platz, auf der Stelle wurden die Kinder leise. Er wedelte kurz mit seinem Zauberstab und schon hatten alle Kinder eine Tasse mit heißer Schokolade und einen großen Keks in der Hand. Ihre Augen leuchteten kurz auf. „Heute will ich euch ein-

28

mal etwas über unsere eigene Welt erzählen. In der letzten Woche habt ihr viele Dinge von den verschiedenen Welten des großen Universums erfahren. Nun, heute sollt ihr unser Universum und die Magische Welt etwas näher kennenlernen." Balthazar hob die Hand und an der Decke erschien das Universum am Himmel mit allen Welten und ganz vielen kleinen Sternen. „Ihr kennt ja bereits den Himmel über uns, bei Nacht, wenn die Sterne leuchten. Wer kann mir denn die Welten dort oben einmal aufzeigen und benennen?" Sofort gingen viele Finger hoch und Stimmen wurden laut. „Nun, Reinsthor", er deutete auf einen kleineren Jungen, „dann lass mal hören!" Der Junge war vielleicht zehn Jahre alt, als alle Köpfe sich jetzt zu ihm drehten, wurde er rot im Gesicht und schluckte erst einmal, aber dann nahm er seinen Mut zusammen und zeigte an die Decke. „Dort gleich neben dem großen hell leuchtenden Fleck, was unsere Sonne ist, das ist die Rote Welt, dann kommt daneben die Grüne Welt, darunter die Blaue Welt und, ach ja, da ist auch noch die Gelbe Welt!" Mit jedem Deuten hatten die kleineren hellen Flecken die besagte Farbe angenommen. Aber jetzt stockte der Junge. Rachelle meldete sich, ein kleines Mädchen. „Ja, Rachelle, weißt du weiter?" „Also, nach der Gelben Welt kommt die Bunte Welt, dann die Silberne und die Goldene Welt, die verschmelzen manchmal miteinander, wenn man sie zu lange anschaut." Das Mädchen stockte. „Wer kann denn weiterhelfen?" Impernus, ein größerer Junge meldete sich: „Dann gibt es noch die Dunkle Welt, die ist fast unsichtbar, die ist dort, wo der Himmel dunkler ist als rundum, und die Weiße Welt. Und dort, wo man absolut gar nichts sieht, also wo ein großer leerer Fleck ist, dort ist unsere Magische Welt!" Er war ganz stolz, dass er seine Heimat so genau platzieren konnte.

Der alte Magier nickte zustimmend: „Genau, unsere Welt ist von überall her in diesem unserem Universum nicht zu sehen. Wer weiß denn auch, warum?" Corintus meldete sich: „Hier gibt es ganz viele Magier, die von überall her hierhergekommen sind, weil sie in den anderen Welten verfolgt wurden. Die Bewohner dort mochten sie nicht. Sie fürchteten sich vor ihnen und vor der Magie! Und deshalb haben sie auch diese Welt versteckt!" „Muss man sich denn vor uns fürchten?" Diesmal kam ein ganzer Chor von Stimmen: „Nein!" „Genau, vor uns muss sich keiner fürchten. So, jetzt aber möchte ich auch noch einmal über magische Geschöpfe reden, die auch hier eine Zuflucht gefunden haben. Wisst ihr denn, wen ich meine?"

Wieder gab es einen vielstimmigen Chor: „Ja, ja, die Drachen, die Drachen!" Es war offensichtlich, dass die Kinder die Drachen liebten. „Wisst ihr auch, dass die Drachen Meister der Tarnung sind?" Mit großen Augen sahen ihn die Kinder an. Das wussten sie scheinbar noch nicht. Deshalb erzählte er ihnen erst einmal von den vier Drachen, die noch hier in der Magischen Welt lebten. Sie lebten nur hier und nirgendwo sonst auf anderen Welten gab es noch Drachen.

„Es gibt hier bei uns auf unserer Welt einen roten weiblichen Drachen, einen grünen männlichen, einen weiblichen lilafarbenen und einen männlichen goldsilberfarbenen Drachen. Dieser goldsilberne Drache ist der älteste aller noch lebenden Drachen. Er ist älter als diese Welt, man sagt, er sei sogar älter als das Universum und er ist sehr weise. Keiner weiß, wo sie einmal herkamen, nicht einmal sie selbst kennen ihre alte Heimat. Wenn Dharcey, der älteste Drache, sich in die Luft erhebt, flimmert und schimmert es um ihn herum so sehr, dass er von unten nur als leuchtender Fleck zu erkennen ist. Dharcey, der Weltenlenker, so nennen wir ihn hier, flüsternd hinter der vorgehaltenen Hand. Seine Schuppen reflektieren die Sonne, deshalb strahlt er, wenn er hoch am Himmel seine Runden dreht, wie ein heller Stern. Wer eine seiner Schuppen findet, kann sich glücklich schätzen, denn man sagt, dann erfülle sich ein Wunsch, allerdings fällt ihm kaum noch eine Schuppe aus. Der jüngste Drache ist nicht größer als ein kleines Pony, der älteste so groß wie ein Haus. Der rote weibliche Drache wird Tagtraum genannt, da er immer den Sonnenaufgang ankündigt, und den blau-lila weiblichen Drachen nennen die Magier Nachtfee, er ist nur bei Sonnenuntergang sichtbar. Alle drei Drachen sind allerdings noch sehr jung, der rote und der blau-lila Drache kaum 200 Jahre alt, also noch nicht ausgewachsen, und der kleine grüne ist der jüngste Drache, ihr kennt ihn bestimmt alle, er ist immer zu Späßen aufgelegt. Er liebt es, so oft er darf, von der Insel zu den Magiern zu fliegen, um dort mit euch zu spielen, euch zu necken. Die Kinder der Generation vor euch haben ihm den Namen Paff, der Zauberdrache, gegeben, weil er allen Kindern kleine Zauberkunststücke zeigt und ein Lächeln auf das Gesicht zaubert. Er ist erst gerade mal 50 Drachenjahre jung, also in den Augen der anderen Drachen noch ein Baby, hat noch keine Schuppen, sondern eine glatte hellgrüne Haut.

Der goldsilberne Drache kommt einmal in der Woche aus seiner Höhle und erhebt sich dann hoch in die Lüfte. Dabei schimmert es um ihn herum in allen gold- und silberpastelligen Regenbogenfarben. Durch seine gewaltigen Flügelschläge wird die See aufgewühlt und es kommt in der Umgebung der Inselstrände zu Überschwemmungen. Hoch oben in der Luft beobachtet er die Welt, hält Ausschau nach Veränderungen. Wenn alles friedlich ist, stimmt er ein Lied an, das überall auf unserer Welt zu hören ist. Wenn wir diese Melodie hören, wissen wir, dass alles in Ordnung ist." Die Kinder waren mucksmäuschenstill gewesen, während Balthazar diese Geschichte erzählte. Sie liebten die Drachen, waren immer interessiert daran, was sie gerade machten, woher sie kamen, warum es nur hier noch Drachen gab, wie sie lebten, aussahen, einfach alles, was mit ihnen zusammenhing, wollten sie wissen und konnten es nicht oft genug hören. Aber Balthazar war noch nicht fertig mit seiner Geschichte.

„So, und wer kann mir jetzt sagen, wo der kleine Drache Paff sich im Moment aufhält? Kann ihn jemand von euch hier sehen?"

Die kleine Lily, mit ihren zwei Jahren die jüngste unter den Kindern, stand auf, kam zu Balthazar gewatschelt. Der sah sie fragend an: „Weißt du, wo Paff ist?" Lily schüttelte den Kopf, krabbelte an Balthazars Bein hoch und setzte sich auf seinen Schoß. Dann nahm sie ihren Daumen in den Mund und drückte ihr kleines Kuscheltier an sich. Die Kleine war die Enkeltochter seiner Großnichte und ihre Mutter kam öfter mit ihr zu ihm, daher kannte die Kleine ihn und scheinbar mochte sie ihn, so wie er sie auch. Balthazar lachte, legte seinen Arm um sie, damit sie nicht *herunterfiel, sie lehnte sich an ihn, offenbar war sie müde, sie nuckelte weiter an ihrem Daumen.*

Dann sah er die anderen Kinder fragend an. Keiner sagte ein Wort. „Nun, schaut euch doch mal in diesem Raum um!" Balthazar deutete auf die Wände. Endlich ging ein Raunen durch die Menge. Ein Finger reckte sich hoch in die Luft, ein Junge rief: „Ich, ich hab ihn gesehen, dort an der Wand, seine grüne Schwanzspitze ragt in das Fenster dort drüben." Schon sahen alle Kinder dorthin. Staunend verfolgten sie, wie sich Paff langsam von der Wand löste. Er hatte sich wie ein Chamäleon den Farben der Wand und dem Muster der Tapete angepasst. Er konnte sich damit prima überall unsichtbar machen. Nur seine kleine Schwanzspitze hatte er vergessen einzuziehen, sie war grün geblieben. Die Kinder applaudierten ihm und lachten, Paff lachte mit und dann war er verschwunden, unsichtbar, ganz plötzlich, ohne dass jemand sagen konnte, wohin und wie er das gemacht hatte. Kurz darauf sah er von draußen durch das große Fenster in den Raum hinein, klopfte an die Scheibe und zog Grimassen. Die Kinder waren begeistert, rannten zu dem Fenster und winkten ihm fröhlich zu. Jedes Mal, wenn er von seiner Insel kam und sie mit ihm spielen konnten, freuten sie sich.

Die Zeit war wie im Flug vergangen, draußen war die Drachendame Nachtfee schon über den Himmel geflogen und hatte die Sterne mit ihren Flügeln blank geputzt, sodass sie hell und silbern glänzten. Ein kurzes Wedeln von Balthazars Hand füllte die Tassen wieder mit süßer Schokolade. „So, meine Lieben, jetzt ist leider die Zeit für heute schon wieder um. Für den Heimweg gibt es noch eine heiße Schokolade und ich hoffe, euch alle in der nächsten Woche wiederzusehen!" Vorsichtig hob Balthazar die kleine Lily von seinem Schoß und setzte sie auf dem Fußboden ab. Dann winkte er Corintus zu sich. „Bitte begleite doch diese kleine Dame hier sicher nach Hause. Es ist spät geworden. Aber jeder von euch wird von einem Licht geleitet. Auf Wiedersehen und eine gute Nacht!"

Von seiner großen Tür aus sah er ihnen hinterher, bis sie alle sicher zu Hause angekommen waren. Der kleine Zau-

berdrache Paff flog über ihnen und beleuchtete jedem seinen Weg.

Leise vor sich hinsummend ging Balthazar zurück in sein Haus. Es war ihm immer eine reine Freude, die Kinder zu unterrichten. Manchmal erzählte er ihnen auch Märchen oder andere erfundene Geschichten. Jede Woche ein- oder zwei Stunden lang. Als er seine Tür geschlossen hatte und in sein Zimmer zurückging, stand da vor ihm Serafina, seine Seelenfreundin. Ihr Gewand bestand aus mehreren Lagen dünnem Stoff in allen Blautönen, die oberste Lage war mit vielen kleinen silbernen Sternen bestickt, die bei jeder Bewegung blinkten, was dem Gewand einen lebendigen Anschein verlieh. Ihr weißes Haar fiel ihr offen den Rücken hinunter bis auf die Hüfte. Balthazar fragte sie nicht, wie sie hereingekommen war, er wusste, sie tauchte plötzlich auf und ging genauso ungesehen, schnell und lautlos. Er freute sich und breitete die Arme aus. Sie kam auf ihn zu und schmiegte sich hinein. Beiden sah man im Gesicht nicht an, dass sie schon sehr lange hier miteinander lebten und ein hohes Alter hatten.

Serafina blickte ihn liebevoll an: „Komm mit hinaus auf die Terrasse, mein Lieber, Nachtfee hat die Sterne schon geputzt und Dharcey leuchtet ganz aufgeregt am Himmel, so hell wie eine Sonne, heller und bunter als sonst." Hand in Hand gingen sie durch die kleine Tür nach draußen und schauten hinauf. Dort oben drehte Dharcey seine Kreise und summte eine wunderbare, ganz besonders schöne, laute Melodie, die er bisher noch nie durch die Nacht geschickt hatte. Serafina und Balthazar sahen sich ernst an, sie wussten sofort, was das bedeutete.

„Die Zeit ist gekommen. Der letzte Zyklus geht dem Ende zu. Gleich morgen früh müssen wir die Feen auf den Rosenwiesen besuchen. Wir müssen sie bitten, die kleinste, schönste und einfühlsamste Fee auf eine ganz besondere Mission schicken zu dürfen, so wie es einst vorhergesagt und besprochen wurde. Das ist unsere letzte Chance. Die Sterne stehen günstig und die Weissagung könnte sich jetzt

endlich erfüllen. Wunderbar. Danke, Dharcey!" Kurz wink-
ten sie zum Himmel hinauf.

Der Weg am nächsten Morgen zu den Rosenwiesen war
nicht weit, vor allem, wenn man Magie benutzte und mit
einer Handbewegung dort war. Hier auf den Rosenwiesen
lebten in einer kleinen Kolonie die Feen. Sie hatten sich
hierher gerettet, da keine der anderen Welten sie aufneh-
men wollten. Hier hatten sie sich eingerichtet. Diese Feen
waren klein, manche so groß wie eine Libelle, andere hat-
ten die Größe eines Kolibris, eines Adlers oder die einer
Hummel. Alle trugen bunte Bekleidung und ihre Häuser
lagen in den Bäumen und großen Büschen. Alle Feen hat-
ten durchsichtige farbige Flügel und waren den ganzen Tag
unterwegs. Im Gegensatz zu den viel größeren Elfen waren
die Feen immer friedlich gesinnt, freundlich, hilfsbereit
und fröhlich. Balthazar und Serafina wurden freundlich
begrüßt und als sie ihr Anliegen vorbrachten, rief die
Feenkönigin nach Rosalie, ihrer Botschafterin für besonde-
re Fälle und gleichzeitig die schönste und anmutigste aller
Feen. Sie war gerade von einem anstrengenden Flug von
den Roten Bergen zurückgekommen. Balthazar streckte
seine Hand aus und die Fee Rosalie landete darauf. Sie war
klein genug, um darauf Platz zu nehmen. Ihr rosenrotes
Kleid schimmerte in allen Rottönen, wenn sie sich bewegte.
Es hatte ein feines goldenes Muster, ihre Flügel schimmer-
ten in hellem rosarot. Ihre langen blonden Locken fielen ihr
über den Rücken bis zu ihren kleinen Flügeln. Balthazar
erklärte ihr die schwierige Mission. „Da kann ich mich ja
erst einmal richtig ausruhen und bis zu meinem Einsatz
schlafen." Dann nickte sie zum Einverständnis und sah ihn
mit erwartungsvollen Augen an.

Balthazar griff in eine seiner Manteltaschen und holte
eine wunderschöne Spieluhr heraus und öffnete sie. Rosalie
flatterte hinein, ließ sich auf dem kleinen Drehteller nieder
und versenkte sich in einen tiefen, tiefen Schlaf. Serafina
und Balthazar schlossen die Spieluhr, legten ihre Hände
auf den Deckel und murmelten gemeinsam eine Beschwö-
rungsformel. Damit schickten sie die Spieluhr und Rosalie
auf eine weite Reise, eine Reise in eine andere Welt, in eine

34

andere Zeit, in einer Spieluhr, die Harfenklänge ertönen ließ, wenn man sie öffnete und beim ersten Öffnen Rosalie erwachen lassen würde. Dort in dieser anderen Welt, in dieser anderen Zeit, musste sie eine ganz wichtige Aufgabe erfüllen. Von dem Gelingen hing vielleicht der Fortbestand aller Welten ab. Als Balthazar und Serafina ihre Hände zurückzogen, war die Spieluhr verschwunden, wie von Zauberhand. Serafina und Balthazar bedankten sich bei den Feen und kehrten wieder zurück in sein Haus. „Jetzt können wir nur noch abwarten und hoffen. Alle Voraussetzungen für ein glückliches Ende, eine glückliche Zukunft aller unserer Welten sind erfüllt. Mögen alle guten Mächte sie begleiten! Lasst uns zusammen hoffen, dass es gelingt."

Raoul

Er duckte sich tief hinter den zugezogenen Vorhang vor seinem Zimmerfenster, der bis hinunter auf den Boden ging, zog seine Füße dicht unter sich und hoffte, dass er unsichtbar war. Ein unheimliches Geräusch hatte ihn aufgeweckt, er konnte nicht identifizieren, was es gewesen war. Aber er hatte Angst. Er drückte sich noch weiter in die Ecke und kniff die Augen fest zusammen. Dann kam aus dem Schlafzimmer seiner Eltern ein kurzes Stöhnen, ein Poltern, dann war alles wieder ruhig. Schritte, leise und vorsichtig, den Flur hinunter, jede Tür wurde geöffnet, auch die seines Zimmers. Er hatte sein Bett glatt gezogen, wie sein Vater es ihm gezeigt hatte, nichts deutete darauf hin, dass er noch vor wenigen Minuten darin geschlafen hatte. Das Zimmer war aufgeräumt, keine kindliche Unordnung herrschte darin. Sein Vater hatte ihm diese Vorgehensweise schon vor Jahren beigebracht. Das sei lebensnotwendig, hatte er immer wieder gesagt. Es war zu einer zweiten Haut für ihn geworden. Lautlos atmete er aus und öffnete seine Augen. Die Neugierde siegte. Vorsichtig beugte er sich hinunter und lugte mit einem halben Auge unter dem Vorhang hindurch. Schwarze Soldaten-Stiefel tauchten auf, dann ein Knie, ein muskulöser, schwarz behaarter Arm tastete den Boden unter seinem Bett ab, ein seltsames, auffälliges schwarzes Tattoo kam in sein Blickfeld. Dann verschwand der Arm wieder. „Hier ist niemand, alles aufgeräumt, nichts liegt unter dem Bett. Das sieht man doch, dass hier keiner haust." Die Stimme war rau und tief, leise, unheimlich. Die Tür fiel ins Schloss, Schritte verklangen im Flur, die Haustür wurde fast geräuschlos zugezogen.

Er traute sich nicht, tief Luft zu holen. Lange Zeit verharrte er unbeweglich in seiner unbequemen Stellung.

Was sollte er jetzt tun? Die Angst schnürte ihm die Kehle zu. Ließ ihn keinen klaren Gedanken fassen. Er wollte nur zu seinen Eltern. Er war doch noch ein Kind, ein Junge von gerade mal sechs Jahren. Sein Vater hatte ihn, seit er zurückdenken konnte, trainiert. Verhaltensmaßregeln, die ihm unsinnig erschienen, gingen ihm in Fleisch und Blut über. Sonst hätte er sich nicht so vernünftig verhalten können wie jetzt gerade. Er wartete, bis es etwas heller in seinem Zimmer wurde, das Morgenlicht durch die Rollladenschlitze drang. Dann schob er sich lautlos hinter dem Vorhang hervor, schlich auf Fußspitzen an die die Tür. Geräuschlos drückte er den Griff herunter, öffnete sie einen kleinen Spalt und schielte hinaus in den Flur. Die Bodenbeleuchtung hatte sich automatisch eingeschaltet. Es war kein Laut zu hören. Er sah sich in dem dämmrigen Licht um, alles war an seinem Platz. Es war niemand zu sehen. Langsam trat er hinaus. Schräg gegenüber war das Schlafzimmer seiner Eltern. Die Tür war geschlossen. Vorsichtig ging er hinüber und drückte den Türgriff hinunter.

„Mama? Papa?" Leise flüsterte er die Worte in den Raum. Nichts. Stück für Stück schob er sich in den Raum, schloss die Tür hinter sich, die Fensterrollläden waren noch geschlossen. Es dauerte eine Weile, bis er das Bett erreichte, in dem seine Eltern normalerweise schliefen. Den Weg kannte er im Schlaf. Er tastete nach der Nachttischlampe und berührte sie kurz. Augenblicklich begann ein orangefarbenes Licht die Umgebung zu erhellen. Seine Eltern lagen in ihrem Bett und schienen zu schlafen. Nochmals flüsterte er: „Mama? Papa?" Keine Reaktion. Er stupste seinen Vater vorsichtig mit seinem kleinen Zeigefinger an. Kalt. Lautlos schlich er zum Bett seiner Mutter und fasste ihre Hand an, die unter der Decke hervorlugte. Kalt. „Mama?" Sie rührte sich nicht. Dann sah er das Blut. Da wusste er, dass sie nicht mehr lebten. Er traute sich nicht, die Decke zu lüften und nachzusehen, was ihnen genau zugestoßen war. Er wollte schreien, aber kein Laut kam über seine Lippen. Seine Kehle war wie zugeschnürt. Langsam ging er zur Wand und ließ sich dort nieder, wippte hin und her, vor und zurück. Der Schmerz kam in Schüben. Schließlich weinte er still vor sich hin.

Nach ein paar Stunden stand er langsam auf, wischte sich die Tränen ab und ging hinaus. Das Licht ließ er brennen, sie sollten es nicht so dunkel haben. Er schloss die Tür hinter sich und ging zurück in sein Zimmer. Sein Rucksack lag im Schrank. Er holte ihn heraus, packte ein paar Kleidungsstücke ein, die er am liebsten anzog. Sein kleines Mobiltelefon, das Netzkabel, seinen iPad, mit dem er schon richtig gut umgehen konnte, seinen Lieblingsteddy, ohne den er nicht einschlafen wollte. Dann bückte er sich und griff unter sein Bett. Dort hatte sein Vater eine kleine Blechdose mit einem Klebestreifen befestigt, soweit nach oben, dass man sie auf den ersten Blick nicht sehen oder erfühlen konnte. „Hier sind auf einem USB-Stick Anweisungen für dich drin, wie du dich im Notfall, also falls mir und deiner Mutter etwas zustoßen sollte, verhalten musst. Bevor du dieses Haus verlässt, musst du sie lesen. Versprich es mir."

Diese oft wiederholten Worte klangen ihm noch in den Ohren. Er konnte sich noch genau daran erinnern, wusste es noch trotz aller Panik über das, was gerade geschehen war. Er hatte es seinem Vater versprochen und deshalb schaltete er seinen iPad an und öffnete die kleine Dose. Es waren zwei USB-Sticks darin, ein kleiner mit seinem Namen darauf, ein größerer mit der Aufschrift Dr. Ross, ein Zettel mit der Handschrift seines Vaters und zwei Schlüssel, ein kleiner und ein großer Schlüssel. Er nahm den Zettel und faltete ihn auf. Seine Eltern hatten ihm schon sehr früh zuerst die einzelnen Buchstaben, dann ganz bald Lesen und Schreiben beigebracht. Natürlich auch Rechnen. Er war ganz stolz gewesen, als sie ihn für die zweite Klasse in einer Privatschule angemeldet hatten. Die erste Klasse hätte er einfach überspringen können. Denn er konnte den Brief seines Vaters an ihn sehr gut und flüssig lesen, wie er auch bereits einige der Bücher, meist Fachbücher, seiner Eltern, manche davon allerdings heimlich nachts mit der Taschenlampe, gelesen hatte.

„Wenn du diesen Brief liest, dann ist uns etwas passiert. Jetzt musst du ohne uns weiterleben. Aber wir sind so stolz auf dich und glauben fest, dass du das schaffst. In Gedanken sind wir immer bei dir und helfen dir, stark zu sein. Wir lieben dich sehr, mehr als unser Leben. Aber jetzt bitten wir dich, die Anweisungen auf dem USB-Stick zu befolgen. Bussi und eine feste Umarmung, dein Vater und deine Mutter."

Er schluckte die aufsteigenden Tränen hinunter, nahm dann den kleinen USB-Stick und steckte ihn in den iPad. Die Gesichter seiner Eltern erschienen auf dem Bildschirm. Sein Vater lächelte ihm zu, seine Mutter hatte Tränen in den Augen. Dann begann sein Vater zu sprechen. Offensichtlich hatte er sich einen Spickzettel gemacht, damit er auch ja nichts vergaß.

„Geliebter Sohn, wir haben dich in deinen jungen Jahren schon sehr viel gelehrt, du kannst lesen, schreiben und rechnen. Wir haben dir gezeigt, wie du dich körperlich verteidigen kannst. Und du bist in allem gut. Aber diese Kenntnisse musst du unbedingt bis zur Perfektion bringen. Dafür wirst du ab sofort in das Moncerat-Internat gehen. Die Adresse findest du auf dem kleinen Zettel. Präge dir alles gut ein, dann verbrenne das Papier. Dort bist du angemeldet. Wir haben das, für den Fall der Fälle, schon vor einigen Jahren geregelt. In diesem Internat wird man dir alles beibringen, was du für dein zukünftiges Leben brauchst. Der Direktor des Internats ist Dr. Ross. Er ist ein wirklich guter Freund von mir. Bitte übergib ihm den beiliegenden USB-Stick mit seinem Namen. Aber – erzähle niemandem, wirklich niemandem, auch ihm nicht, was mit uns passiert ist. Niemand soll dich mit uns in Verbindung bringen. Wir haben dich bei keiner Behörde, weder in diesem Land, noch in irgendeinem anderen Land, angemeldet. Das ist zu deinem eigenen Schutz und deiner Sicherheit. In deinem schwarzen Rucksack ist ein kleines Geheimfach am Boden. Dort ist ein Briefumschlag versteckt mit notariell beglaubigten Dokumenten. Die musst du jetzt nicht lesen. Wenn du erwachsen bist, werden sie dir helfen zu verstehen. Es ist alles zu deinem Schutz. Verstecke sie gut. Der kleine beiliegende Schlüssel gehört zu einem Schließfach in unserer Bank in Zürich. Dieses Schließfach ist auf deinen Namen registriert und wird dir ab deinem 21. Geburtstag zur Verfügung stehen. Die Original-Dokumente sind dort sicher verwahrt. Bis dahin ist das Internat bezahlt und du brauchst keine anderen finanziellen Mittel. Der größere Schlüssel gehört zu der Kassette im Schließfach. Verstecke beide Schlüssel gut, bis du sie brauchst. In unserer Wohnung kannst du leider nicht mehr bleiben. Sie wird geräumt werden. Bevor du das Haus verlässt, rufe bitte die Nummer 645327 an und sage nur das Wort „Exodus". Dann leg wieder auf und geh sofort aus dem Haus.

Bitte schlage dich alleine bis zur Endstation der Sultanerbahn durch. Ich weiß, dass du das kannst. Du kennst den Weg. Wir sind ihn schon einmal zusammen gegangen. Eine Landkarte lege ich auch in deinen Rucksack, die Route habe ich dir genau eingezeichnet. Einige Strecken wirst du zu Fuß zurücklegen müssen. Vom nächsten vollen Monat an nach der Hausräumung wird bei der Endstation der Sultanerbahn einen ganzen Monat lang ein Auto auf dich warten. Es wird jeden Nachmittag ab drei Uhr dort sein bis zur letzten Zugankunft um sechs Uhr. Dieser Wagen wird dich zum Moncerat-Internat bringen. Dein Taschengeld in deinem Rucksack reicht für die Busfahrten und Bahnfahrten dorthin. Und jetzt, mein Sohn, umarmen wir dich und wünschen dir alles Glück der Welt. Wir werden auf dich aufpassen, wo immer du auch sein wirst. Dieser Stick löscht sich von selbst."

Nach diesen Worten wurde der kleine Bildschirm dunkel. Er brauchte ein paar Minuten, um sich das alles zu merken, zu wiederholen. Eine kleine Streichholzflamme verbrannte den Zettel im Kamin. Dann packte er seinen Rucksack fertig, zog seine Lieblingsjacke an, seine kleinen Stiefel, packte Mütze und Handschuhe in die Jackentaschen, schnallte sich den Rucksack über und ging zum Telefon. Die Nummer hatte er sich gemerkt. Kurz überlegte er, aber dann entschied er, seine Eltern nicht noch einmal zu besuchen, zu gruselig kam ihm das jetzt vor. Er wählte kurz, eine männliche Stimme sagte nur „Ja?", der Junge wiederholte das Wort „Exodus" und legte auf.

Es war schon erstaunlich. Das Gewicht, das durch diese Ereignisse auf seinen Schultern lastete, emotional, hätte manch Älteren paralysiert. Er aber war ein Junge von erst sechs Jahren, doch das Training seines Vaters hatte ihn auf Situationen wie diese vorbereitet. Es ließ ihn agieren, Gefühle wegschließen. Sein Verstand übernahm die Führung.

Leise öffnete er die Hintertür in den Garten, schlüpfte hinaus und schloss die Tür geräuschlos. Mit Tränen in den Augen blickte er zum Haus zurück und nahm Abschied. Im fahlen Dunst der Morgendämmerung schlich eine kleine Gestalt an den Büschen entlang zum Gartenzaun, schob zwei Bretter zur Seite und krabbelte durch die Lücke. Auf der rückwärtigen kleinen Einbahnstraße ging er ganz normal weiter bis zur nächsten Kreuzung. Dort sah er sich um. Kein Mensch war auf dieser kleinen Nebenstraße zu dieser frühen Stunde unterwegs, keiner nahm Notiz von ihm. Eine kleine Kindergestalt, verloren im morgendlichen Berufsverkehr, der noch sehr spärlich durch die Straßen rollte. An der nächsten Bushaltestelle stellte der Junge sich an, ein Schüler, der schon früh zur Schule wollte. Nach zweimaligem Umsteigen beachtete ihn keiner mehr. Niemand hätte sagen können, wo er abgeblieben war. Wenn jemand gefragt hätte. Aber es fragte keiner.

Das Leben geht weiter

Drei Wochen nach diesen Ereignissen, es begann gerade dunkel zu werden und es schneite wieder, stand eine verlorene kleine Gestalt vor den hohen schmiedeeisernen Toren des Moncerat-Internats. Endlich war er angekommen. Es war ein weiter Weg gewesen. Wenn er den Anschlusszug verpasst hatte, war er zu Fuß weiter gewandert, hatte unterwegs hin und wieder einmal einen Tag gerastet, mitleidige Leute gaben ihm ein Dach über dem Kopf und etwas zu essen. Wenn sie zur Behörde gehen wollten, war er verschwunden und hatte seinen Weg, so unbemerkt es ging, fortgesetzt. Jetzt aber hatte er es endlich geschafft. Das Internat lag mitten in den Bergen, abseits der üblichen Straßen und Wege. Der angekündigte Wagen hatte am Bahnhof auf ihn gewartet, wie sein Vater ihm versprochen hatte. Als der Chauffeur ihn so mutterseelenallein auf dem Bahnsteig stehen sah und annahm, dass dieser Junge sein angekündigter Passagier sein musste, öffnete er ihm die hintere Tür des Wagens und hieß ihn mit einer Handbewegung einzusteigen. Wortlos fuhr der Fahrer dann mit ihm bis zur Wegkreuzung ein paar hundert Meter unterhalb vom Eingangstor des Internats, setzte ihn dort ab und zeigte den Weg hinauf. Danach hatte er schnell den Wagen gedreht und war dann lautlos in der Dunkelheit verschwunden. Fast schien es, als wäre ihm die Weiterfahrt unheimlich, gar gefährlich erschienen. Der kleine Junge stand zuerst etwas verloren da, aber dann raffte er seinen verbliebenen Mut zusammen und ging die letzte Strecke auf das große Tor zu. Es hatte etwas gedauert, bis er zu Fuß den schmalen Weg durch den tiefen Schnee gestapft und bis hierher an das große eiserne Tor gekommen war. Auf sein Klingeln hin fragte eine Stimme über seinem Kopf: „Ja, was willst du?"

Er sah zu der kleinen Kamera hinauf, schluckte tapfer und sagte mit fester Stimme: „Ich möchte zu Dr. Ross. Mein Vater hat mich hier angemeldet." Statt einer Antwort öffneten sich die beiden Torflügel wie von Geisterhand nach innen und er trat doch etwas eingeschüchtert ein. Als er auf den vom tiefen Schnee geräumten Weg trat, drehte er sich um und sah, wie sich die Tore langsam automatisch wieder schlossen.

In den letzten drei Wochen, in denen er bisher unterwegs gewesen war, hatte er viel Zeit gehabt, über alles nachzudenken. Auch wenn er erst 6 Jahre alt war, so hatten ihn seine Eltern doch immer zu Selbständigkeit und Logik erzogen. Die Anweisungen seiner Eltern hatte er fast alle bis jetzt befolgt, er hätte sie auswendig aufsagen können. Unterwegs hatte er einen Abstecher in die Berge gemacht. Auf einer Landkarte, die er in seinem Rucksack gefunden hatte, konnte er abseits der Bahnstrecke oben an einem Berg einen Hinweis auf mehrere Höhlen entdecken. Im nächstgelegenen Dorf hatte er nach dem Weg gefragt, es war morgens früh, er hatte also etwas Zeit. Als er bei einer Alm vorbeikam, steckte ihm die Sennerin eine Brotzeit zu und gab ihm ein Glas Milch zu trinken. Sie zeigte ihm den beschwerlichen Weg den Berg hinauf. Dort oben gäbe es eine ganze Menge kleiner Höhlen, er solle vorsichtig sein. Verzagt sah er den Berg hinauf. Er hatte Angst. Aber dann holte er tief Luft, wie sein Vater es ihm vor schwierigen Aufgaben gezeigt hatte und ging los. Als er endlich gegen Mittag eine Höhle fand, die er für geeignet hielt, versteckte er dort, unauffindbar und sicher für alle Zeiten, wie er hoffte, den kleinen Schlüssel und den Umschlag mit den Dokumenten, die in einem dunkelgrünen Plastikbehälter gegen Feuchtigkeit luftdicht verpackt waren. Niemand sollte je etwas darüber erfahren, erst wenn die Zeit gekommen war. Auf dem Rückweg, die Sonne ging unter, bot ihm die Sennerin ein Bett im Heuboden und eine sättigende Mahlzeit an. So gut wie in dieser Nacht hatte er schon lange nicht mehr geschlafen. Am nächsten Morgen war er dann aufgebrochen zum nächsten Bahnhof, um mit der Bahn die letzte Etappe seines Weges zum Internat fortzusetzen.

Jetzt sah er vor sich auf die hellerleuchteten Fenster des schlossartigen Gebäudes. Er hatte viele Fragen, vielleicht bekäme er ja hier endlich die richtigen Antworten. Irgendwann. Musste heute aber nicht mehr sein. Er wusste instinktiv, dass hier für viele Jahre seine Heimat sein würde. Der einsetzende dichte Schneefall verschluckte ihn auf seinem Weg zum Haupteingang.

Der Anblick des Mannes, der in der offenen Tür stand, verschlug ihm erst einmal die Sprache. Dort stand – der Weihnachtsmann. Das war sein erster Eindruck. Ein weißer Bart, weiße lockige längere Haare, ein kleiner Bauch, die Hose wurde durch Hosenträger gehalten. Nur die Augen unter den weißen Augenbrauen schauten nicht ganz so gütig, wie man sich das vom Weihnachtsmann vorstellte, eher besorgt und fragend.

Dieser kleine Junge sah erschöpft aus, war viel jünger, als er gedacht hatte. Sein Mitgefühl flog ihm entgegen. „Hallo, ich bin Dr. Ross. Wir haben dich schon erwartet. Komm herein." Mit diesen Worten nahm er den kleinen Jungen an der Hand und zog ihn durch die Tür. „Du hast lange gebraucht, um hierher zu kommen. Wo warst du so lange? Geht es dir gut? Hast du Hunger, Durst?"

Mit großen Augen sah der kleine Junge zu ihm auf. Er war auf einmal sprachlos, völlig überwältigt, den Tränen nahe, aber auch misstrauisch, ängstlich. Wieso erwartet? Woher wussten sie? Er war so müde, konnte einfach nicht mehr klar denken, nur hilflos mit den Schultern zucken, mehr brachte er nicht heraus. Er war einfach nur froh, es endlich geschafft zu haben. Müde und erschöpft war er außerdem. Ihm war kalt, er fror und zitterte auf einmal am ganzen Körper.

Dr. Ross nickte verständnisvoll mit dem Kopf, er schob den Jungen vor sich her. „Komm erst mal mit in die Küche, dort kannst du dich aufwärmen. Berta, das ist unsere Köchin, hat bestimmt noch etwas Warmes für dich zu essen. Und dann sehen wir weiter."

In der Küche roch es gut, auf dem Herd standen noch die Töpfe vom Abendessen. Berta rührte gerade darin herum, als sie hereinkamen. „Ein neuer Gast, Berta, ich glaube, er könnte etwas von deinem köstlichen Eintopf vertragen."

Schon stand ein dampfender, mit lecker duftendem Rindfleisch-Gemüseeintopf gefüllter Teller vor ihm. Ein Glas Milch stand daneben. Ein Stück frisch gebackenes Brot. Berta zog ihm seine Jacke, den Rucksack, die Mütze und Handschuhe aus und drückte ihm einen Löffel in die Hand. Strich ihm mitfühlend und liebevoll über das Haar. Seine vom Schnee noch feuchte Jacke hängte sie über eine Leine am Ofen, damit sie trocknen konnte.

„Wenn er satt ist, schick ihn bitte in mein Büro, Berta. Danke." Damit ließ Dr. Ross die beiden alleine in der Küche zurück.

Eine halbe Stunde später brachte die Köchin selbst den Jungen mit seinen Sachen zu Dr. Ross. „Er ist fast über dem Essen eingeschlafen. Er sollte sofort ins Bett." Es klang ein bisschen vorwurfsvoll, als wollte sie sagen, es sei genug für heute.

Als die Tür hinter Berta laut ins Schloss fiel, zuckte der Junge kurz zusammen, sah aber Dr. Ross mit seinen dunklen Augen herausfordernd an. „So, nun sag doch mal, wie heißt du, wo kommst du jetzt her, was ist passiert? Du sollst eines wissen, hier in diesem Gebäude, auf diesem Gelände, bist du absolut sicher, dies ist ein geschützter Ort! Hier kann und wird dir niemand etwas tun! Niemals!"

Der kleine Junge zuckte mit den Schultern, griff in die kleine Tasche an seinem Rucksack und holte den zweiten USB-Stick heraus, der mit dem Namen Ross markiert war.

Er hielt ihn Dr. Ross wortlos hin. Er hatte einfach keine Lust und auch keine Kraft mehr, um auch nur ein Wort von sich zu geben. Außerdem war er in den letzten vier Wochen mehr als sprachfaul geworden, was wohl eher an mangelnder Gelegenheit als an ihm selbst gelegen hatte. Dr. Ross schaltete seinen Computer ein und schob den Stick hinein. Als er die darauf befindliche Datei öffnete, senkte sich eine absolute Ruhe über den Raum. Nach 10 Minuten hob Dr. Ross den Kopf und sah den Jungen nachdenklich an. Mit großer Anstrengung hielt dieser sich aufrecht, bemüht, nicht einzuschlafen. „Ich glaube, es ist das Beste, wenn ich dir erst mal dein Zimmer zeige und du dich richtig ausschlafen kannst. Morgen werden wir dir alles hier zeigen, deinen Schulplan, das Trainingscamp, deine Mitschüler. Dann können wir auch darüber sprechen, wenn du möchtest." Dabei zeigte er auf seinen Bildschirm. Der Junge nickte, beinahe wären ihm die Augen zugefallen. „Dann komm mal mit!"

Er ging zur Tür und hielt sie auf. Vollbepackt mit seinen Sachen trottete der Junge hinter ihm her, die Treppe hinauf in den zweiten Stock. Dort klopfte Dr. Ross kurz an eine Tür, die auf dem Türblatt einen kleinen roten Drachen zeigte, auf den anderen Türen waren andere Fantasietiere aufgemalt, wie Raoul beim Vorbeigehen bemerkte. Dr. Ross öffnete die Tür und trat hinein. „Hallo Cian, darf ich dir deinen Mitbewohner vorstellen: Das ist Raoul Montagne. Raoul, das ist Cian Huong. Ab jetzt werdet ihr beide euch für die Zeit eures Aufenthaltes hier im Internat dieses Zimmer teilen. Bitte zeige Raoul, wo er seine Sachen auspacken kann, dann das Bad, und dann solltet ihr schlafen gehen. Es ist schon spät. Der morgige Tag wird anstrengend genug. Gute Nacht!" Damit ging Dr. Ross hinaus und schloss die Tür hinter sich.

Cian hatte im Schneidersitz auf seinem Bett gesessen, ein Buch in der Hand, als die Tür aufging. Als sie jetzt wieder geschlossen wurde, sprang er herunter und ging auf

Raoul zu. „Hallo, ich bin gestern auch erst hier angekommen. Ich glaube, wir werden in die gleiche Klasse gehen. Aber das ist ein ganz aufregendes Internat, findest du nicht auch? Wir werden doch bestimmt zusammen alles erkunden, oder?" Er hatte wohl bemerkt, dass Raoul bis jetzt noch kein Wort gesagt hatte.

Dieser nickte ihm nur zu. Cian schien sehr nett zu sein. Jetzt hieß er also Raoul. Ein guter Name, er würde sich daran gewöhnen. Er war hundemüde. Schnell verstaute er den Inhalt seines Rucksacks. Ein kurzer Gang ins Bad, duschen würde er morgen früh, dann ins Bett. Sein Schlaf war unruhig, das Bett ungewohnt, die Träume kamen und gingen und versetzten ihn in Panik. Mehr als einmal wachte er mit einem leisen Wimmern auf. Das kleine blaue Schlaflicht ließ das Zimmer in einem unwirklichen Dämmerlicht erscheinen. Cian wurde nicht wach, ein Glück. Erst gegen Morgen schlief er noch einmal tief und fest ein.

Zu kurz, wie ihm schien, denn als Cian ihn rüttelnd aufzuwecken versuchte, mochte er vor lauter Müdigkeit die Augen kaum aufmachen. Zuerst wusste er nicht, wo er war und sah sich verwundert um. Aber dann bemerkte er, dass das Gefühl der Angst verschwunden war. Er registrierte seine Jacke, die über dem Fußende seines Bettes lag. Trocken. Dann erst sah er seinen Zimmergenossen an und erstmals seit Wochen erschien ein Lächeln auf seinem Gesicht.

Cian hüpfte vor seinem Bett auf und ab. Er schien schon voller Tatendrang zu sein. „Raoul, wach auf! Beeil dich. In einer halben Stunde müssen wir im Frühstückssaal sein." Die kalte Dusche verscheuchte die trüben Gedanken und die letzten Spuren der Müdigkeit.

Schulalltag

Raoul hatte sich beim Einschlafen vorgenommen, die nächsten Jahre als Abenteuer zu betrachten und alles zu lernen und aufzunehmen, was er für die Zukunft brauchen konnte und ihn interessierte, alles, was das Internat anzubieten hatte. Er hatte sich schon unterwegs gezwungen, die Gefühle, die ihn beim Gedanken an die Ermordung seiner Eltern überkamen, nicht die Oberhand gewinnen zu lassen. Denn dann konnte er nicht mehr klar denken. Und gerade das war für ihn lebenswichtig, überlebensnotwendig. Das wusste er instinktiv. Er musste sich dazu zwingen, niemandem zu vertrauen, vor allem aber, niemandem etwas von dem, was in den vergangenen vier Wochen passiert war, anzuvertrauen. Raoul hatte noch zu niemandem ein Wort davon gesagt, er würde auch weiterhin nichts erzählen. Für alle hier war er ein kleiner Junge von sechs Jahren und sie glaubten scheinbar alle, dass er auch wie alle anderen kleinen Jungs handeln würde und behandelt werden sollte. Sie wussten nichts von dem Drill, dem Training, der harten Schule, durch die sein Vater ihn ab seinem 2. Lebensjahr geschickt hatte. Klaglos, manchmal aber auch mit Freuden und Begeisterung, manchmal mit Murren, hatte er alles gemacht, was sein Vater ihm gesagt und gezeigt hatte. Trost und Wärme hatte er bei seiner Mutter gefunden. Er hatte seine Eltern beide geliebt, aber nun musste er alleine zurechtkommen. Jetzt hatte er als Trost und Wärme nur noch seinen kleinen Teddybär, der auf seinem Kopfkissen lag und den er jeden Abend, wenn das Licht ausging, zum Einschlafen in die Arme nahm. Er musste genügen.

„So, ich bin fertig!" sagte Raoul zu Cian. Er hatte geduscht, frische Sachen angezogen und seine Zähne geputzt. „Zeigst du mir den Frühstückssaal, bitte? Ich habe einen Mordshunger." Bei diesem Wort musste er kurz lachen. Zusammen gingen sie beide die Treppe hinunter. Sein neues Leben begann.

Seit diesem Tag waren Raoul und Cian die besten Freunde. Sie gingen gemeinsam durch dick und dünn, nach einiger Zeit verstanden sie sich sogar ohne Worte. Raoul war ernst, hoch gewachsen und sportlich schlank, mit dunklen Haaren, Cian war etwas kleiner, zierlicher, ein lustiger Junge, immer zu einem Scherz aufgelegt. Er war erst zwei Jahre alt gewesen, als er seine Eltern durch einen Unfall verloren hatte. Sein Onkel hatte ihn aufgenommen und in einem seiner Häuser durch ein Kindermädchen betreuen lassen. Mehr erzählte Cian nicht von seiner Kindheit. Als sein Onkel entdeckt hatte, dass er sich in der Vorschule langweilte, hatte er ihn hierher auf dieses Internat geschickt.

Raoul taute durch seine Freundschaft zu Cian sichtlich auf, sie schienen auf einer Wellenlänge zu liegen und gemeinsam stöberten sie oft durch die alten Gemäuer, auf Entdeckungstour, in die entferntesten Ecken, die manchmal auch nicht unbedingt für die Schüler geeignet waren. Manchen Streich, manchen Schabernack heckten sie zusammen aus. Durch Cian erlernte Raoul das Lachen, entdeckte den Spaß am Leben wieder, seine Fröhlichkeit kam zurück. Oft entdeckten sie bei ihren Streifzügen durch das alte Gemäuer etwas, das, wenn auch von ihnen zweckentfremdet, den Unterricht sehr abwechslungsreich gestaltete. Lange vergessene Dinge, die aus einer früheren Zeit stammten und die manchmal schon das Interesse ihrer Mitschüler weckten.

Neulich waren sie auf dem obersten Dachboden gewesen, hatten durch Zufall die Tür dorthin entdeckt. Natürlich hatten sie darauf geachtet, dass keiner sie bemerkt hatte. Dort oben befanden sich Requisiten aus vergangenen Tagen. Sie durchsuchten die Ausstattung eines alten Krankenzimmers, Metallbett, Kommode, Waschtisch mit

Schüssel und Krug, total mit Spinnweben und Staub überzogen. Als sie in die Ecke hinter diesem Gerümpel schauten, erschraken sie zuerst, aber dann merkten sie, was wirklich dahinter stand. Sie sahen sich an, grinsten, hatten beide denselben Gedanken. Jeden Tag in dieser Woche fanden sie sich wieder auf dem Dachboden ein, mit Taschenlampe und kleinen Werkzeugteilen. Sie reparierten den gefundenen Gegenstand. Am Montagmorgen, in aller Herrgottsfrühe, noch bevor die Sonne aufging, schlichen sie auf den Dachboden und schleppten den reparierten Gegenstand nach unten in den Biologieraum. Ihrer Meinung nach war das die perfekte Umgebung dafür. Schnell zogen sie noch die Vorhänge zu, damit es dunkel wurde im Raum. Dann gingen sie zufrieden zurück in ihr Zimmer, um rechtzeitig zum Frühstück fertig zu sein. Die erste Stunde war Biologie. Sie hielten sich lange genug vor dem Klassenraum auf, um die Reaktion der ersten Schüler, die hineingingen, zu sehen. Eine erste Gruppe von vier Schülern kam und ging zusammen in den Raum. Zuerst war alles still, dann schrie einer auf: „Hilfe, ein Geist." Die anderen schrien mit. Die vier Jungs kamen wieder herausgerannt, mit bleichen Gesichtern. Es dauerte nicht lange, bis die gesamte Klasse vor dem Raum stand und nicht hineingehen wollte. Ihr Biolehrer Mullquart kam den Flur entlang. „Warum geht ihr denn nicht rein? Ist was passiert?"

Einer der vier meldete sich, immer noch blass um die Nase und flüsterte: „Ein Geist, dort ist ein Geist, ein Skelett, das leuchtet im Dunkeln. Aaargh! Unheimlich!"

Neugierig öffnete der Lehrer die Tür. Tatsächlich, dort stand genau gegenüber der Tür hinten an der Wand ein Skelett, es leuchtete im dunklen Raum. Der Lehrer grinste, griff zum Schalter und machte das Licht an. Das Skelett stand dort immer noch, das Leuchten war vorbei. „Da ist er ja wieder! Na Bruno, hast du dich endlich aus der Abstellkammer wieder hier herunter in unsere Regionen gewagt?" Der Lehrer lachte seine Schüler an oder aus, wie man es drehen mochte. „Darf ich euch vorstellen, das ist Bruno, das alte Skelett aus der ehemaligen Krankenstation. Vor Jahren schon wurde es auf den Dachboden verbannt, weil es langsam in seine Einzelteile verfiel. Wer hat es denn von dort oben befreit, repariert und heruntergeholt?" Cian und Raoul sahen sich grinsend an, dann traten sie vor. „Das waren wir. Wir dachten, es steht dort oben so alleine, hier unten hat es wenigstens etwas Gesellschaft. Wir haben es repariert und mit einer Leuchtfarbe bemalt, die auch dort oben in einem der Regale stand. Es passt doch gut in den Bioraum, oder nicht?" Dabei sahen sie sich an und lachten über die anderen Angsthasen. Jetzt strömten auch die letzten Schüler in ihren Klassenraum und scharten sich um das Skelett. „Na, dann wollen wir doch mal sehen, was wir von Bruno alles lernen können." Schon begann der Biologie-Unterricht.

Die Lehrer standen den Streichen von Cian und Raoul manchmal hilflos gegenüber, meistens aber lachten sie mit. Allerdings wussten beide fast immer, wann es Zeit war aufzuhören. Außerdem waren sie die Besten in der Klasse, kein anderer Schüler hatte bessere Noten als sie. Am eifrigsten beteiligten sich die beiden an allen Sportarten, die das Internat zu bieten hatte: Schwimmen, Reiten, Fechten, Klettern, Boxen, Kickboxen und andere Kampfsportarten. Besonders Raoul konnte hier zeigen, was sein Vater ihm einst beigebracht hatte. Dann war er mit Übereifer bei der Sache, sodass ihn sein Lehrer oft bremsen musste. Auch außerhalb der Unterrichtsstunden konnte man Raoul und Cian meistens in einem der Sporträume finden. Außer sie waren mal wieder bei den zwei Pferden im Stall, die beide in ihr Herz geschlossen hatten.

Das Internat war international, beherbergte Schüler aus der ganzen Welt, alle Hautfarben waren vertreten. Immer waren es hochbegabte Schüler, viele hatten ihre Eltern verloren und blieben das ganze Jahr über in der Schule. Manche fuhren in den Ferien nach Hause zu Verwandten. Allerdings kam nie einer der Verwandten hierher in das Internat, alle Treffen fanden im benachbarten Dorf statt, wo auch die Bahnstation war. Es war ein reines Jungen-Internat, außer Berta, der Köchin, gab es weit und breit kein weibliches Wesen. Berta war eine Seele von Mensch, konnte fantastisch kochen, was alle Schüler zu jeder Zeit bestätigen würden, selbst wenn sie nicht immer den Geschmack jeden Schülers traf. Niemand konnte oder wollte schätzen, wie alt sie wirklich war. Groß, kräftig, weibliche Rundungen, ihr Haar meistens unter einem Kopftuch versteckt, aber sie war seit mindestens 20 oder 30 Jahren schon Köchin in der Schule. Also müsste sie genau wie Dr. Ross die 50 schon überschritten haben. Sie war immer fröhlich, verständnisvoll, und wenn ein Schüler ein Problem hatte, ging er zu Berta. Sie konnte fast immer helfen. Selbst wenn sie dafür den Schüler auch mal ausschimpfen musste. Was keiner ihr übel nahm.

Dr. Ross

Dr. Ross hatte heute endlich einmal einen seiner seltenen freien Tage. Er wollte ein paar Stunden in den Bergen wandern. Dabei konnte er regenerieren und einen freien Kopf bekommen. Die Natur war doch eines der größten Wunder. Oben auf dem Pass machte er eine kurze Pause und sah nachdenklich hinunter auf das Internat. Er nahm die mitgenommene Flasche Wasser aus seinem Rucksack und trank einen großen Schluck.

Vor über 300 Jahren hatten seine Vorgänger dieses Internat aufgebaut. Hoch in den Bergen, mit vielen Türmen und Erkern, fast sah es wie ein Schloss aus. Hierher kamen nur außergewöhnliche und hoch begabte Schüler, allerdings nur Jungs, also ein reines Jungeninternat, ab 6 Jahren. Viele fuhren in den Ferien nach Hause, die meisten aber waren Waisen und blieben das ganze Jahr über hier oben. Seit 40 Jahren nun leitete er das Internat. Er erinnerte sich noch gut an die vielen vorangegangenen Jahre. Die Modernisierung, der Einbau des Schwimmbades, die schon damals perfekte Organisation des täglichen Bedarfs und der Routine, die hier herrschte. Es gab 12 Klassen mit je 15 Schülern, jede Klasse hatte durchgehend bis zum Abschluss einen Klassenlehrer, und dann gab es noch 5 Speziallehrer, für den individuellen Unterricht: Chemie und Physik, Land- und Viehwirtschaft, Sport und Kampfsport, Fechten eingeschlossen, Sprachen - und seit einiger Zeit auch Computerspezialisten. Wenn die jungen Menschen dieses Internat verließen, sollten sie auf das Leben und alles andere, was dazugehörte, vorbereitet sein.

Selbstverständlich mussten sie auch im dritten Schuljahr Kochen lernen und wenigstens vom Haushalt eine kleine Ahnung haben. Dieses Fach machte der Köchin Berta besonders viel Spaß. Hier konnte sie die vielen kleinen Meckereien über ihr Essen, das sie täglich zubereitete, endlich auch einmal zurückgeben. Dr. Ross musste unwillkürlich grinsen. Ein paar Mal hatte er dabei zugesehen, wie die Schüler tüchtig ins Schwitzen gekommen waren. Natürlich wurden sie auch über die Verschiedenheit der Geschlechter aufgeklärt. Das war das heikelste Thema hier. Es gab nämlich weit und breit außer der Köchin kein anderes weibliches Wesen. Der Weg hinunter in die Stadt war weit und zu Fuß hin und zurück an einem Tag kaum zu bewältigen. Aber die Welt außerhalb der Internats-Mauern war nun einmal nicht nur männlich und deshalb, so dachten die Lehrer, gefährlich für unaufgeklärte Jungs. Dr. Ross höchstpersönlich nahm sich im Biologie-Unterricht der 5. Klassen dieses heiklen Themas mit viel Sensibilität an. Dabei vertraute er darauf, dass das zukünftige Leben für jeden der Schüler genug Erfahrung mitbringen würde. Er ahnte natürlich, dass die meisten Jungs sich über das Internet auch in dieser Hinsicht informierten. Auf jedem Stockwerk gab es einen modernen Computer, der den Schülern frei zur Verfügung stand. Abends oder nachts, wenn die Lehrer sich zurückgezogen hatten. So waren diese Unterrichtsstunden auch verbunden mit viel Gekichere, Flüstern und Gelächter, mit noch mehr Humor und der Erkenntnis, dass die Schüler selbst manchmal mehr über dieses Thema wussten als der Lehrer. Was ihm schon irgendwie peinlich war, aber das ließ er sich natürlich nicht anmerken.

Seine Gedanken schweiften ab und er dachte an Raoul. Seit drei Jahren war er jetzt auf dem Internat. Hatte sich gut integriert und verstand sich prima mit seinen Mitschülern. Er war aber trotzdem einer seiner seltsamsten Schüler. In den Lernfächern immer der Beste, aber vor allem in den Sportfächern mit Übereifer dabei, er hängte immer noch eine Stunde Krafttraining mehr an die normalen Schulstunden dran. Immerhin hatte er inzwischen dank Cian einen gesunden Sinn für Humor entwickelt, der die trübe Stimmung des ersten Jahres weitgehend vertrieben hatte.

Aber seltsam war, dass er sich ungefähr vier Wochen nach seiner Ankunft hier im Internat fast jeden Tag alleine oder zusammen mit Cian Huong mindestens eine Stunde in den Pferdeställen aufhielt. Dort waren die beiden schwarzen Kaltblüter untergebracht, die eine Woche vor dem Erscheinen von Raoul plötzlich vor dem Tor aufgetaucht waren. Sie ließen sich damals nicht verscheuchen, unten im Dorf bzw. der Stadt und in der Umgebung vermisste auch keiner solche Pferde. Also richtete man ihnen zwei Boxen in der Scheune ein und kaufte erst mal Heu und Stroh von einigen Bauern. Die Schüler tauften sie „Odin" und „Thor" und brachten vor den Boxen ein entsprechendes Schild an. Jeden Tag schauten die beiden Pferde aus dem Scheunentor.

An dem Tag, als Raoul ankam, waren sie schon seit morgens unruhig und wollten unbedingt in den Hof. Da sie nicht weglaufen konnten, hatte man einfach das Scheunentor offen gelassen. Das aufgeregte Wiehern im Hof war fast zeitgleich mit der Glocke am Tor zu hören gewesen. Danach trotteten beide Pferde zurück in ihre Boxen und legten sich, wie es schien, beruhigt schlafen. Als hätten sie ihn erwartet.

Dr. Ross hatte schon bald bemerkt, dass die Pferde Raoul hinterhersahen, wenn er über den Hof ging. Nach vier Wochen hatte er ihm den Auftrag übertragen, sich jeden Tag eine Stunde um die Pferde zu kümmern. Er musste innerlich lachen, wenn er daran dachte, dass Raoul in den ersten zwei Jahren noch viel zu klein gewesen war, um an den großen Pferden hoch zu kommen. Aber er wusste sich zu helfen. Er hatte sich einen Trittschemel daneben gestellt, um auf ihrem Rücken das Fell striegeln zu können. Mit großem Eifer und auch mit viel Liebe war er dieser Aufgabe nachgekommen. Manchmal, wenn er meinte, dass keiner zusah, hatte er sich sogar auf den Rücken des großen Schwarzen gezogen und sich einfach oben draufgelegt und seine Arme um den Hals von Odin geschlungen. Es schien, als würden die Pferde ihn trösten. Gesprochen hatte er nicht viel, aber die Pferde hatten ihn immer mal wieder mit dem Kopf angestupst. Kurz danach war auch Cian dazu gestoßen und hatte mitgeholfen, die beiden Pferde zu versorgen.

Dr. Ross stand auf und marschierte weiter über den Pass in das Langstromtal. Dies war ein grünes Tal mit Felshängen rundherum, wie eine Mulde. Hier blühten die seltensten Bergblumen, es duftete intensiv nach Lavendel und Rosmarin, nach frisch gemähtem Gras. Hier in diesem Tal konnten sie seit einiger Zeit Heu machen für die beiden Pferde. Er sollte ja vielleicht irgendwann Raoul und Cian mit dieser Aufgabe betreuen, wenn sie etwas älter waren, überlegte er sich. Die Pferde konnten sie ja dabei mitnehmen. Nun, alles zu seiner Zeit, dachte er.

Er war sehr stolz auf seine Jungs, auf alle, die dieses Internat wohl gerüstet für das Leben nach Beendigung der Schulzeit und manchmal auch des Studiums verließen. Er verfolgte auch nach Beendigung ihrer Zeit auf dem Internat die Lebenswege dieser jungen Menschen und freute sich, wenn sie erfolgreich waren in allem, was sie so anpackten.

Es fing schon an zu dämmern, als Dr. Ross von seiner langen Wanderung zurück im Internat wieder ankam. Körperlich erschöpft und geistig wunderbar erfrischt.

Magisch

„So, Jungs, heute beginnen die ersten Zwischenprüfungen. Diese ganze Woche über wird euer Wissen getestet. Gebt euer Bestes." Der Mathelehrer Dr. Malbene teilte die Prüfungsbögen aus. Als er an den leeren Platz von Raoul kam, stutzte er kurz, dann fragte er in die Runde: „Wo ist Raoul?"

„Der hängt in der Wand!" Diese kurze, aber aufschlussreiche Antwort kam von Cian.

Die Wand – das war die Felswand oberhalb des Internats. Die beliebteste Kletter-Trainingsstrecke bei den Schülern – und auch die schwerste. Raoul beherrschte diese Steilwand am schnellsten und besten, teilweise kletterte er in Rekordzeit hinauf, ohne Hilfsmittel, nur mit den Händen und Füßen – Freeclimbing sozusagen. Aber am meisten liebte er es, sich kopfüber an einer vorstehenden Felsspitze abzuhängen. Wie eine Fledermaus. Das macht den Kopf frei, pflegte er dann grinsend zu sagen.

Die Lehrer waren es schon gewohnt, dass er immer ein größtmögliches Risiko einging, ohne Rücksicht auf sein Leben. Aber manche Dinge konnten sie einfach nicht verstehen und manchmal auch nicht dulden. Dann gab es für Raoul Strafarbeiten.

Dr. Malbene überlegte kurz, dann holte er ein Nebelhorn aus seinem Schrank heraus, öffnete das Fenster, beugte sich hinaus und blies hinein. Der Ton war ohrenbetäubend. Das Echo auch.

Raoul hörte das Echo in der Wand und sah kurz auf seine Uhr. Mist, dachte er, ich komme zu spät. Und die ganze Schule weiß es jetzt. Schnell zog er sich auf den Felsabsatz hinauf und machte sich auf den Rückweg zum Internat. 10 Minuten später stand er in der Tür zu seiner Klasse. Er war noch nicht mal außer Atem, obwohl er die Strecke in

Rekordzeit meistens mehr gerutscht als gerannt war. „Entschuldigung!" Mehr sagte er nicht zum Lehrer, dann setzte er sich auf seinen Platz und konzentrierte sich auf die Prüfungsaufgaben. Nach einer Stunde war er fertig und gab die Bögen beim Lehrer ab. Obwohl er zu spät gekommen war, hatte er als erster seine Prüfungsarbeit abgegeben. So war das fast immer.

Dr. Malbene riskierte einen kurzen Blick vorab auf die Bögen, bemerkte, dass die Ergebnisse, die er sah, richtig waren und nickte. Darauf ging Raoul, der so lange gewartet hatte, zur Tür hinaus und direkt ins Sportstudio. Er zog sich um und durchlief ein von ihm selbst zusammengestelltes Trainingsprogramm. Als Cian nach einer Stunde durch die Tür trat, kam Raoul gerade aus der Dusche.

„Du sollst zum Rektor kommen, sofort. Können wir danach noch schwimmen gehen? Ich muss unbedingt trainieren, für die Schulmeisterschaft in zwei Monaten."

Raoul lachte und meinte dann: „Klar, sofern meine Strafe für das Zuspätkommen nicht zu drastisch ausfällt." Damit gingen beide hinaus.

Dr. Ross ließ Raoul warten, während er vorgab, einen Artikel zu lesen. Er hatte Raoul kurz angesehen. 13 Jahre war der Junge jetzt alt. Vor knapp sieben Jahren war er hier bei ihm erschienen, hatte auch damals schon sportlich ausgesehen mit seinen sechs Jahren, aber das war kein Vergleich zu jetzt. Vor ihm stand ein fast erwachsener junger Mann. Noch nicht ausgewachsen, das war ganz offensichtlich, schlank und schlaksig, aber die sportliche Fitness, die Muskeln, der breite Rücken, all das ließen eine Kraft erahnen und ihn älter wirken, als er wirklich war. Er war jetzt schon über 1,70 m groß, würde ihn bald um einen ganzen Kopf überragen.

„Du weißt, warum du hier bist. Machen wir es kurz. Ich kann es nicht tolerieren, dass du dich in Lebensgefahr begibst und dann auch noch zu spät zum Unterricht kommst. Bis heute Abend wirst du die beiden Pferdeställe ausmisten. Blitzeblank, bitteschön. Und neues Heu holen. Natürlich wird dein weiterer Stundenplan nicht darunter leiden. Danke, du kannst jetzt gehen."

Raoul machte auf dem Absatz kehrt und ging hinaus. Er hatte nichts gesagt, kein Wort. Dafür gab es keine Ausrede oder Entschuldigung von ihm. Draußen lungerte Cian herum. „Und?"

„Pferdeställe! Heu!" Mehr Worte waren nicht nötig.

„Wenn ich dir helfe, bist du schneller fertig und wir können noch eher schwimmen gehen."

„Nicht nötig, das schaff ich schon. Erst haben wir noch 4 Stunden Unterricht. Dann mach ich die Ställe und hole schnell Heu. Du gehst dann schon mal voraus trainieren. Wenn ich fertig bin, komm ich nach. Dann kann ich bestimmt auch eine kleine Abkühlung vertragen." Er lachte. Gemeinsam gingen sie in Richtung Klassenraum.

Raoul verstand diese „Strafarbeit" nicht als solche. Bewegung tat ihm gut, trainierte seine Muskeln. Außerdem konnte er dabei seinen Gedanken prima nachhängen. Darüber hinaus liebte er die beiden Kaltblüter, Odin und Thor genannt, die im Stall standen. Von Anfang an, seit er hier war, bestand irgendwie ein seltsames Band zwischen ihm und diesen Pferden. Er mochte sie und hatte sich schon seit damals um sie gekümmert. Sieben Jahre war er jetzt hier auf dem Internat, die erste Klasse hatte er übersprungen, in zwei Jahren würde er sein Abi machen. Dann wäre er 15 Jahre alt. Inzwischen hatte er schon außerhalb des regulären Unterrichts einen Abschluss in IT-Management gemacht, seinen schwarzen Gürtel in Karate und Kickboxen. BWL stand als nächstes nach dem Jahreswechsel auf seinem Prüfungskalender, außerhalb der Schulfächer. Außerdem hatte Raoul seinen Freund Cian noch im ersten Schuljahr gebeten, ihm doch seine Muttersprache Chinesisch beizubringen. Dafür würde er ihm beim Erlernen der deutschen Sprache helfen. Seit sechs Jahren bestand diese Abmachung und beide konnten die Muttersprache des jeweils anderen inzwischen fast perfekt. Jeden Abend zwei Stunden, nach dem Zubettgehen, wenn das Licht ausgemacht wurde. Das war wie mit Hörbüchern lernen. Raoul fiel es leicht, Sprachen zu erlernen. Wer weiß, wozu das mal gut sein kann, waren seine Gedanken dabei. Außerdem war es echt witzig, wenn sie sich in der Klasse auf Chinesisch unterhielten, das keiner der anderen Schüler so perfekt und schnell wie sie sprechen konnte, selbst die Lehrer nicht. Dafür zeigte Raoul dann Cian auch noch die Kunst des Kampfsports, meistens wenn sie einmal draußen im Grünen waren und sie niemand beobachtete, da machte es mehr Spaß. Natürlich hatten sie auch noch Unterricht in Englisch, Französisch, Spanisch und Russisch. Sie konnten davon zwei Sprachen auswählen. Die Schüler, die aus diesen Ländern stammten und deshalb sehr gut in ihrer Muttersprache waren, durften den Sprachunterricht immer mit gestalten und mit unterrichten.

Das Schwimmtraining anschließend mit Cian im 20 °C kalten Wasser ließ seinen Kopf klar werden. Eine Stunde schossen sie durch das Becken, immer wieder jagte Raoul seinen Freund über die Bahnen, immer schneller, bis sie außer Atem am Beckenrand hingen. „Ich kann nicht mehr, so schnell bin ich noch nie geschwommen. Schade, dass keiner die Zeit genommen hat." Cian keuchte.

„Damit wirst du dir den Titel holen, Cian. Bestimmt!" Raoul lachte, dann stieg er aus dem Wasser. Cian folgte ihm. „Es ist spät, meine Knie fühlen sich wie Wackelpudding an. Ich geh hoch und leg mich schlafen! Bin total kaputt." Cian schlich müde durch die Flure hinauf in ihr gemeinsames Zimmer. Raoul trat kurz unter die Dusche und zog sich wieder an.

Er hatte sich entschlossen, noch eine Stunde in der Bibliothek zu verbringen. Auf der Suche nach dem Tattoo des Mörders seiner Eltern war er ein ganzes Stück weitergekommen. In der Bibliothek stand ein ultramoderner Computer. Mit seiner Hilfe hatte er es geschafft, einige ähnliche

Tattoos zu finden und wusste, welche Gruppen diese benutzten. Er hatte das Gefühl, dem Mörder immer näher zu kommen. Er war zuversichtlich.

Außerdem interessierten ihn die uralten Originalausgaben einiger Bücher, die es sonst in keiner anderen Bibliothek dieser Welt gab. Das hatte er auch mit Hilfe des Computers herausgefunden. Die meisten davon hatte er inzwischen für sich entschlüsselt und gelesen, aber niemandem etwas davon erzählt. Sie waren in einem speziellen Schrank eingeschlossen. Aber es war ihm nicht besonders schwer gefallen, das Schloss zu knacken. Nach Gebrauch schloss er den Schrank immer wieder sorgfältig zu.

Als er ihn zum ersten Mal öffnete, gab es da ein sehr altes Buch, das ihn anzulocken schien wie die Motten das Licht, es fiel ihm praktisch wie von selbst in die Hand. Sobald er es anfasste, schienen daraus Harfenklänge zu erklingen, leise Sphärenklänge, die beim Aufschlagen des Buches wieder verstummten. Ein seltsames zartes Licht ging von ihm aus, wenn er es berührte. Es kribbelte richtiggehend in seiner Hand. Dieser spezielle Band hatte es ihm angetan, er sah sehr abgegriffen aus, war aufgemacht wie ein Märchenbuch, mit Zeichnungen, kunstvoll verzierten Buchstaben in einer ihm fremden Sprache und vor allem, es sah aus wie handgeschrieben. Die Schriftzeichen des Textes waren keine lateinischen Buchstaben, keine arabischen oder chinesischen Zeichen, jedoch schienen sie ihm irgendwie seltsam vertraut. Es schien nur eine einzige Geschichte darin zu stehen. Jedes Mal, wenn er abends hier in der Bibliothek saß, nahm er zum Schluss dieses Buch in die Hand und schaute sich die einzelnen Zeichen an. Das wirklich Geheimnisvolle an dieser Geschichte war, dass einige Seiten davon vollkommen leer waren. Mittendrin und am Ende. Vor einer Woche dann, an seinem Geburtstag, schien er plötzlich ein paar der Buchstaben am Anfang des Buches zu erkennen, konnte dadurch ein paar Worte entziffern. Von einer zur anderen Minute, als hätte das Buch plötzlich entschieden, sich ihm zu offenbaren. Es war irgendwie magisch, verrückt. Auch auf der ersten der leeren Seiten waren zwei Zeichen erschienen, leider ergaben sie noch keinen Sinn. Aber sein Herz klopfte schneller, jedes Mal, wenn er es in die Hand nahm, immer wieder strich er andächtig über die Seiten, bevor er das Buch wieder in den Schrank stellte und ihn verschloss.

Dann gab es da noch diese seltsame Geschichte mit den Pferden. Als er heute die Pferdeställe ausgemistet hatte, meinte er gehört zu haben, dass das eine Pferd ihn um eine Karotte angebettelt hätte, das zweite Pferd aber wollte lieber einen Apfel. Dann hörte er in seinem Kopf eine Stimme, die ihn bat, mit ihnen beiden einmal etwas weiter als nur im Hof und auf der kleinen, dahinter liegenden winzigen Wiese auszureiten, sie bräuchten unbedingt mehr richtige Bewegung, Trab, Galopp, auf einer langen Strecke. Er hatte seinen Kopf geschüttelt, gelacht und seine Arbeit beendet, dann war er gegangen. Das musste er morgen früh unbedingt überprüfen. Vielleicht konnte er sich wirklich mit den Pferden unterhalten. Aber warum erst jetzt?

Am nächsten Morgen nach dem Frühstück und noch vor dem Unterricht nahm er zwei Äpfel und ging in den Pferdestall. Er mochte die beiden Kaltblüter, der eine, Odin, schwarz mit blonder Mähne und langem Schweif, der andere, Thor, komplett schwarz, beide auch mit einem dicken schwarzen Fellbehang um die Hufe. Sie waren riesig, hoch und breit, schwer wie ein Streitross zur Zeit der Ritter im Mittelalter. Wenn sie erst einmal so richtig in Fahrt, also in Galopp, kämen, würden sie alles niederwalzen, was sich ihnen in den Weg stellte. Raoul schmunzelte bei diesem Gedanken. Er hielt beiden einen Apfel hin, sie nahmen ihn vorsichtig in ihr Maul und verspeisten ihn mit sichtlichem Vergnügen. „So, ihr wollt also mal so richtig im Trab und Galopp geritten werden, habe ich euch da richtig verstanden?" Kurz schloss Raoul die Augen und wartete. Keine Antwort. „Na, da habe ich mich wohl doch getäuscht. Ich kann mich doch nicht mit euch unterhalten."

Gerade, als er sich abwendete und nach draußen gehen wollte, hörte er in seinem Kopf ein *„Danke. Gerne."* Und *„Ich mag aber lieber Karotten."* Er drehte sich um. „Ich werde den Rex fragen, ob wir uns mit euch beiden einmal so richtig austoben können. Wo nicht gleich die Gefahr eines Erdrutsches dabei besteht, wenn ihr im gestreckten Galopp durch die Gegend donnert. Außerhalb des Internats, - längere Strecken. OK, hab verstanden. Bis dann."

„Danke! Vertraue niemandem!" klang es hinter ihm her.

Also doch! Sie dachten und er verstand, er sprach oder dachte, und sie verstanden. Magisch! Vertrauen - das hatte er auch nicht vor. Warum wunderte ihn das alles nur nicht? Nach dem Unterricht ging er zu Dr. Ross. „Ich würde gerne mit Odin und Thor ausreiten, das heißt wir, Cian und ich. Irgendwo, wo sie einmal so richtig eine längere Strecke galoppieren können. Gibt es hier ein passendes Gelände dafür?"

„Also weißt du, Raoul, die beiden Pferde sind hier noch nie von jemandem so richtig ausgeritten worden, mit Sattel und Zaumzeug. Das sind eigentlich Arbeitstiere, Kaltblüter. Mit denen bestreitet man keine Rennen. Du weißt, wir holen mit ihnen das Heu und Stroh für den Stall. Holz für den Winter. In früheren Zeiten wären sie allerdings, wenn ich es recht überlege, als Streitrösser für Ritter genutzt worden. So groß und gewichtig, wie sie sind. Wir haben kein richtiges Zaumzeug für sie und vor allem auch keine Sättel."

„Das macht nichts. Wir könnten sie auch so reiten, auf dem nackten Rücken, mit einer Decke, das haben wir schon oft gemacht, hier auf dem Internatsgelände. Bitte, Dr. Ross. Ich glaube, ein bisschen mehr und vor allem schnellere Bewegung würde ihnen gut tun."

„Nun gut, wenn euer Lernpensum dadurch nicht leidet, gebe ich euch die Erlaubnis dafür. Wenn ihr sie über den Wanderpfad hinüber in das Langstromtal führt, wo auch das Heu gemäht wird, findet ihr geeignetes Gelände zum

Reiten. Da ist Platz genug. Du kennst es ja." Nachdenklich schaute Dr. Ross hinter Raoul her, als dieser sein Büro verließ. Dieser Junge hatte sich sehr zu seinem Vorteil entwickelt. Er war in die Höhe geschossen, groß und schlaksig, aber man konnte erahnen, wie sein Körper sich einmal entwickeln würde, wenn er erst erwachsen war. Und sein Kampfsporttraining weiterhin bis zur Erschöpfung betrieb. Allerdings war er immer noch sehr verschlossen, was seine Eltern anging. Egal, wie oft er ihn fragte, er sagte nichts über die Ereignisse von seinem Leben und der Zeit vor dem Internat. Er wollte ihn nicht bedrängen, denn auch er selbst wusste etwas mehr als er ihn wissen ließ.

Das Tal kannte Raoul so gut wie den Inhalt seiner Hosentasche, dort holten sie immer das von einem Bauern gemähte Heu und Grünfutter für die Pferde und dort waren sie auch im letzten Sommer mit der Klasse zum Zelten gewesen. Er hätte auch von alleine darauf kommen können. Außerdem trieb er sich dort sowieso gerne auch mal alleine herum, wenn er Zeit übrig hatte. Gleich nachher würde er den beiden Pferden die freudige Nachricht bringen.

Sooft das Wetter es danach erlaubte, ritten die beiden Jungs jetzt mit den Pferden hinüber in das Langstromtal. Sie konnten sich sehr gut auf dem breiten Rücken festhalten, auch ohne Sattel und Zaumzeug, die Hände fest in die dichten Mähnen gekrallt, die Beine eng an ihren Bauch gepresst. Wenn die schweren Kaltblüter anfingen zu galoppieren, dann bebte die Erde. Laut wiehernd donnerten sie mit sichtlichem Vergnügen über das Grün der Wiesen, Raoul und Cian hingen dicht gebeugt auf ihrem Rücken. Die Pferde wurden immer schneller, ihre Hufe donnerten über die Landschaft. Manchmal schien es, als würden sie sich in die Luft erheben und über den Himmel galoppieren. Auch Cian und Raoul fühlten sich dabei wohl und lachten sich fröhlich zu. Wenn sie dann nach einem wilden

Ritt zurück im Stall waren, außer Atem, aber alle glücklich, striegelten Raoul und Cian die beiden Pferde.

Dabei erzählten Odin und Thor manchmal, was sie alles in der Welt der Menschen da draußen schon gesehen und erlebt hatten. Natürlich erfolgte diese ganze Unterhaltung telepathisch und nur Raoul konnte es hören. Ab und zu versuchte Raoul, durch Fragen mehr von ihnen zu erfahren, aber er musste vorsichtig sein, denn Cian sah ihn oftmals sehr skeptisch an, denn er konnte ja nicht hören was die Pferde sagten, musste denken, dass Raoul Selbstgespräche führte. Aber er sagte und fragte nichts. Bevor Raoul den Stall verließ, umarmte er immer die beiden Pferde und bedankte sich mit einem Apfel und einer Karotte.

Studium

Nachdem er die Abiturprüfungen mit Auszeichnung bestanden hatte, begann Raoul im Internat ein Studium, allerdings war er zuerst nicht sicher, was er überhaupt studieren wollte. Ihn interessierte einfach alles, also hatte er seinen Stundenplan mit viel zu vielen Fächern vollgepackt. Nach einem Machtwort von Dr. Ross reduzierte er die Fachrichtungen radikal auf IT, Sprachen, Mathe und Kampfsport, hier besonders Karate und Mixed Martial Arts. Das letztere war das Interessanteste, was ihm dazu auch noch eine Menge Spaß machte. Dabei konnte er sich so richtig auspowern, wenn ihn die Erinnerung an früher hinab zog. Finanzwirtschaft kam noch als Nebenfach dazu. Raoul hatte vor, bis zu seinem 21. Geburtstag auf dem Internat zu bleiben und hier sein Studium komplett abzuschließen. Bis dahin musste er es auch schaffen, über das Internet den Mörder seiner Eltern zu finden. Das hatte er sich fest vorgenommen. Wenigstens eine richtige, erfolgversprechende Spur von ihm. Er hoffte es. War fest entschlossen. Jedenfalls war die Abgeschiedenheit dieses Anwesens dazu einfach ideal, um sich auf diese Suche zu konzentrieren. Im Internet.

Eines Abends, es war schon dunkel, ging Raoul zu den Pferden, streichelte und striegelte sie.

„Du bist nicht bei der Sache, mein Lieber, woran denkst du?" Odin schüttelte seinen Kopf, die blonde Mähne wehte dabei hin und her und kitzelte Raoul im Gesicht.

„Ich denke an meine Zukunft, was ich daraus machen will. Manchmal bin ich so mutlos. Ob ich den Mörder meiner Eltern jemals finden werde? Mein Leben sollte aber irgendwie nicht nur darauf ausgerichtet sein."

Thor meldete sich zu Wort: „*Nun wirf mal nicht die Flinte ins Korn. Das ist nicht die einzige Aufgabe deines Lebens. Du wirst sehen. Außerdem bist du nicht allein. Du wirst jemanden treffen, der dir hilft. Nicht sofort, aber irgendwann bald. Diese Person wird dir sehr viel bedeuten. Du bist jetzt erwachsen. Kannst alles ausprobieren. Und jetzt bitten wir dich um einen kleinen Gefallen. Bei unseren wöchentlichen Ausritten haben wir gesehen, wie viel Spaß es macht, ohne Einschränkungen zu galoppieren. Deshalb - wir möchten uns mal so richtig verausgaben und sehen, wer der Schnellste von uns beiden ist. In einem Wettrennen. Das macht Spaß und das haben wir schon lange nicht mehr gemacht. Bevor wir wieder gehen müssen.*"

„Was heißt das, wieder gehen müssen?"

„*Nun, wir möchten bald wieder nach Hause gehen. Du hast dein Studium fast beendet. 15 Jahre lang haben wir auf dich aufgepasst, jetzt wird es Zeit für uns zu gehen. Es warten andere Aufgaben auf uns.*"

Raoul war sprachlos und sah sie mit weit aufgerissenen Augen überrascht an. „Wer seid ihr?"

Aber die beiden Pferde schwiegen, sahen ihn nur aus ihren großen dunklen Augen liebevoll an.

Nach einer längeren Pause schluckte er und meinte dann: „Nun gut, ich werde mal sehen, was Dr. Ross zu einem Pferderennen sagt." Damit streichelte er liebevoll die beiden Pferde noch einmal, wandte sich um und ging traurig hinaus. Was die beiden ihm mit ein paar Worten hingeworfen hatten, war schwer zu verdauen. Vor allem, da er keine Antwort auf seine Fragen bekam. Und er vertraute niemandem hier auf dem Internat genug, um gerade diese Fragen jemand anderem zu stellen. Ganz hinten in seinem Kopf war einmal eine Erklärung für die beiden Pferde aufgetaucht. Vielleicht waren sie ja eine Wiedergeburt seiner Eltern, Reinkarnation, so etwas sollte es ja geben, dachte er. Aber dieser Gedanke war absolut unlogisch, gegen alles, an was er glaubte. Obwohl – wer hatte sich schon jemals auf telepathischem Weg mit Pferden unterhalten? Er kannte niemanden. Und gehört hatte er auch noch nie davon.

Am nächsten Tag fragte Raoul Dr. Ross um die Erlaubnis, ein Rennen mit Odin und Thor zu veranstalten. Sozusagen als Auftakt der diesjährigen Abschlussfeiern. Cian hatte ihn begleitet, er war ganz begeistert gewesen von dieser Idee. Zu zweit gelang es ihnen, Dr. Ross zu überreden. In vier Wochen sollte es soweit sein.

Endlich nahte der letzte Schultag und das Pferderennen im Talkessel konnte starten. Raoul und Cian hatten Odin und Thor bis dahin jeden Tag trainiert. Sie konnten wirklich wahnsinnig schnell galoppieren, wenn sie wollten. Die ganze Schule versammelte sich auf den Hängen des Tals, ein großes Picknick für alle. Dann fiel der Startschuss. Odin und Thor ließen es zuerst langsam angehen, aber als sie dann so richtig in Fahrt kamen, donnerten ihre Hufe über das Grünland, schneller als Raoul und Cian es jemals gesehen hatten. Es hörte sich wie ein Erdbeben an. Oder wie Donner.

„Ihr dürft auf gar keinen Fall jetzt abheben, bitte. Ihr habt die festgelegte Distanz so gut wie hinter euch." Diese Worte blitzten kurz durch seinen Kopf, Raoul wusste auch nicht, wie er darauf gekommen war.

„Alles ist gut, Raoul. Wir haben dich in der ganzen Zeit lieb gewonnen, und wir haben dir viel zu verdanken. Deshalb bleiben wir schon auf dem Boden, keine Angst. Keiner wird etwas bemerken. Aber denke bitte an dein Versprechen. Bevor du dieses Internat verlässt, lass doch bitte das Tor unseres Stalles auf. Wir möchten dann gerne nach Hause zurückkehren. Aber falls du einmal unsere Hilfe brauchst, rufe uns, in Gedanken, egal wann und wo du bist! Wir werden kommen!" Das war die Antwort von Thor.

Odin gewann das Rennen mit einer halben Länge Vorsprung. „Ich hätte nie gedacht, dass diese Pferde schneller sind als jedes Rennpferd. Diese Geschwindigkeit, mit dieser Statur. Fehlt nur noch, dass unter ihren Hufen Flammen aufsteigen. Seit sie bei uns sind, haben sie noch nie Anstalten gemacht, schneller als im Kriechgang zu gehen. Ich bin überwältigt." Dr. Ross schüttelte erstaunt mit dem Kopf, er war total sprachlos, ging von einem Pferd zum anderen, streichelte ihnen immer wieder über den Kopf, versprach beiden eine Extra-Portion Hafer, alle Leckerbissen, die ihm sonst noch einfielen. Dann sah er auf die hintere Ecke des Tals, dort hatte sich nach dem Rennen eine kleine Mure gelöst und war den Hang hinunter gerutscht. Dr. Ross wusste sofort, das war das Ergebnis des Rennens. Wenn die beiden Schwergewichtler losdonnerten, dann bebte die Erde, im wahrsten Sinne des Wortes.

Danach ging die ganze Schule mit den Pferden zurück zum Internat. In allen Gruppen wurde über diese Wunder-Pferde diskutiert. Jeder wollte sie wenigstens einmal streicheln. Es schien den beiden zu gefallen. Es dauerte lange, bis sie endlich im Stall standen. Raoul und Cian striegelten die beiden heute besonders lange und ausgiebig, schüttelten neues Stroh in die Boxen und füllten die Eimer mit einer Extra-Portion Hafer auf. Cian hatte es danach eilig zu gehen, er wollte mit den anderen Schülern eine kleine Abschieds-Party veranstalten.

Raoul blieb alleine zurück, zog aus seinen Hosentaschen noch zwei Karotten und zwei Äpfel, die er den beiden gab. „Das ist Wegzehrung. Ich lasse nachher die Boxen auf. Kommt gut nach Hause, wo auch immer das ist. Ihr werdet mir fehlen. In einer Woche werde auch ich gehen. Dann ist meine Zeit hier auch um." Zum Abschied schmiegte Raoul sich noch ein letztes Mal an die Köpfe von Odin und Thor, umarmte und streichelte sie. Dann ging er hinaus, seine Augen waren nass.

Als am nächsten Morgen die Abwesenheit der Pferde festgestellt wurde, waren alle sehr besorgt und aufgeregt.

Sofort machten sich einige Schülertrupps auf die Suche nach den Pferden. Raoul erzählte Dr. Ross nichts davon, dass er sich mit den Pferden unterhalten konnte und diese ihm schon gesagt hatten, dass sie das Internat verlassen würden. Er meinte nur, dass die beiden so schlau wären, um von alleine die Riegel der Boxentüren zu öffnen. Als sie nach einigen Tagen nicht wieder zurückkamen, die Suchaktion nichts gebracht hatte und sie auch sonst nirgends aufgetaucht waren, wurde das Thema abgehakt. Keiner sprach mehr davon. Doch Raoul und auch Cian standen in der Woche danach abends noch oft im Stall mit traurigen Gesichtern, die beiden Pferde waren ihnen so sehr ans Herz gewachsen in den 15 Jahren und sie vermissten sie sehr.

Abschied

Letzte Woche hatte er seinen 21. Geburtstag gefeiert mit einer kleinen Party. Vor zwei Tagen war Cian abgereist, nach Singapur zu seinem Onkel. Gerade letzte Nacht nach Mitternacht hatte er sich von dort gemeldet, er war gut gelandet und fand alles so aufregend, die Stadt, seine kleine Wohnung, die sein Onkel ihm zur Verfügung stellte. Vor lauter Aufregung hatte sich Cian bei seinen Schilderungen fast überschlagen. Raoul konnte ihn nur mit dem Versprechen, sobald es ihm möglich wäre zu kommen, gerade noch bremsen.

Heute nun war Raouls letzter Tag hier in dieser Schule, die ihm in all der Zeit zu einem zweiten Zuhause geworden war. 15 Jahre hatte er jetzt auf dem Moncerat-Internat verbracht. Länger als die meisten seiner Klassenkameraden. Hatte alle Prüfungen mit Auszeichnung bestanden. Sein Studiums-Abschluss-Zeugnis zeigte viele Sternchen. Auf seinen Zeugnissen stand der Name „Raoul Montagne". Er war inzwischen zu einem großen stattlichen jungen Mann mit über 1,95 m herangewachsen. Schwarze lange Haare kräuselten sich um seinen Kopf und fielen bis auf seine Schultern. Er hatte ein ausdrucksstarkes Gesicht, seine schwarzen Augenbrauen standen am Ende etwas nach oben, seine dunkelblauen, fast schwarzen Augen schauten manchmal traurig, manchmal ernst und etwas verkniffen, aber meistens mit einem Anflug von Humor durch die Gegend, sein schmaler Mund lächelte eher selten. Aber wenn er lächelte, verwandelte sich sein ganzes Gesicht und ein Strahlen ging darüber. Ein kurzgeschnittener schwarzer Bart umrandete inzwischen sein prägnantes Kinn und das kleine Grübchen in der Mitte. Sein intensives Sporttraining hatte seinen großen schlanken Körper geprägt, Muskeln an Armen und Beinen und ein breiter Rücken zeugten von Kraft und Ausdauer.

Cian war ihm zuliebe die letzten zwei Jahre auch noch auf dem Internat geblieben und hatte die Zeit für ein zusätzliches Studium genutzt. Da er Raoul bei allen seinen sportlichen Aktivitäten begleitet hatte, war aus dem anfänglich doch sehr schmächtigen kleinen Chinesen ein großer durchtrainierter, muskulöser junger Mann geworden. Nach dem Rennen zog es ihn zurück in seine Heimat. Der Bruder seines Vaters wollte ihn in seiner Firma in Singapur aufnehmen. Raoul hatte ihm versprechen müssen, ihn in China zu besuchen.

Heute war das Abschiedsgespräch bei Dr. Ross. Seinen Koffer hatte Raoul schon gepackt. Er ging den schmalen Flur entlang und klopfte entschlossen an die Tür. Sofort erklang ein lautes „Herein" und er folgte der Stimme. Dr. Ross saß an seinem Schreibtisch und blickte ihm erwartungsvoll entgegen. Raoul bemerkte, dass ihm die 15 vergangenen Jahre nichts hatten anhaben können. Er sah keinen Tag älter aus als zu Beginn seiner Schultage hier. „Setz dich, wir haben einiges zu besprechen." Dabei deutete er auf den Lehnstuhl vor seinem Schreibtisch. Raoul setzte sich.

„Du bist mir ans Herz gewachsen, wie ein eigener Sohn. Als ich dir damals, als du so verloren vor dem Tor standst, die Antworten auf deine vielen Fragen verweigerte, hast du das klaglos akzeptiert. Du hast dich dem Drill hier unterworfen, wieder klaglos. Im Gegenteil, du hast immer mehr geleistet, als gefordert wurde. Du bist einer der Besten, die dieses Internat jemals hervorgebracht hat. Jetzt bist du ein erwachsener junger Mann mit einer Top-Ausbildung und jetzt sollst du auch Antworten auf deine Fragen bekommen, die du mir bisher nie gestellt hast. Falls du denn welche hast und wissen willst. Soweit ich da überhaupt helfen kann." Dr. Ross sah ihn fragend an. Raoul nickte nur kurz.

„Auf dem Stick haben Deine Eltern einen kurzen Abriss ihres Lebens aufgeschrieben. Bevor Deine Eltern geheiratet haben, waren sie im Geheimauftrag der Regierung ihres Landes überall auf der Welt unterwegs, um Aufträge zu erledigen. Allerdings erwähnten sie nicht, welche Aufträge das waren. Als sie dann heirateten und du auf der Welt warst, hatten sie sich zurückgezogen. Keiner wusste etwas von dir. Ihre Regierung wollte sie nicht gehen lassen, deshalb haben sie sich unter fremdem Namen in der Schweiz niedergelassen. Sie fühlten sich verfolgt, wussten aber nicht, von wem. Scheinbar hatten sie sich aber viele Feinde gemacht, in ihrem Land und sonst wo, ich weiß es nicht. Offenbar war einer davon so rachsüchtig, nachtragend, aber vor allem auch so mächtig, dass er die beiden aufgespürt und umgebracht hat bzw. umbringen ließ. Genaues wurde nie ermittelt. Es gibt keine Akte über den Mord an Deinen Eltern, keinen Vermerk, nirgendwo. Das Land, aus dem Deine Eltern stammten, hat sich nach außen hin wohl soweit abgeschottet, dass kaum jemand jemals etwas davon gehört hat. Es kann nicht besonders groß sein, aber Dein Vater hat sich sehr geheimnisvoll zurückgehalten. Wo genau dieses Land sein soll, weiß ich nicht. Die Informationen Deines Vaters beinhalten diese Angaben nicht, weder den Namen noch die Lage. Aber es soll in der Südsee einen Bruder Deines Vaters geben. Weitere Details findest Du auf diesem USB-Stick, den du mir bei deinem Eintritt ins Internat gegeben hattest. Hast Du irgendwelche Fragen? Möchtest du mir irgendetwas sagen?"

Raoul sah Dr. Ross mit gerunzelter Stirn an. „Ich habe eigentlich nur drei Fragen. Wer verbirgt sich hinter der Telefonnummer, die ich damals anrufen musste, als meine Eltern starben? Woher wussten Sie, dass ich komme? Und wo finde ich das Grab meiner Eltern? Und nein, ich möchte im Moment noch nichts weiter dazu sagen!"

Dr. Ross sah Raoul lange nachdenklich an, dann meinte er: „Es tut mir leid, das sind die einzigen Fragen, die ich nicht beantworten kann, einfach, weil ich es nicht weiß oder vielleicht auch nicht will. Ich denke aber, dass du das Grab deiner Eltern irgendwann finden wirst. Du wirst es wissen, wenn du davor stehst. Egal, was auf dem Grabstein stehen wird. Und zu wem die Telefonnummer gehörte, die du damals angerufen hast, das ist doch jetzt nicht mehr von Bedeutung, aber ich vermute mal, es war ein Freund deiner Eltern gewesen. Inzwischen aber ist diese Nummer bestimmt tot." Er würde niemals verraten, dass die Nummer hierher in das Internat gehört hatte. Er war dieser Freund gewesen, es hatte ihn tief getroffen, sehr tief, von ihrem Tod zu erfahren. Er hatte von hier aus alles Weitere veranlasst und dann auf Raoul gewartet.

Raoul schwieg längere Zeit, er war leichenblass, aber gefasst. Er spürte, dass Dr. Ross noch etwas sagen wollte, dann aber doch schwieg. „Ich kann das einfach nicht glauben, das ist zu fantastisch, was Sie mir da erzählt haben. Das muss ich erst mal verarbeiten, wie ich so vieles in meinem Leben verarbeiten musste. Aber vielleicht ergibt das wirklich einen Sinn. Obwohl es eigentlich absolut unlogisch ist. Sie haben natürlich Recht, Dr. Ross, aber trotzdem, ich werde mich weiter auf die Suche nach dem Träger dieses Tattoos begeben. Er muss mir einiges erklären. Sollte er meine Eltern umgebracht haben, wird er für seine Tat bezahlen."

„Raoul, bitte erzähle niemandem von dem, was ich dir gerade alles gesagt habe. Keiner würde dir glauben. Denke immer daran, dass keiner weiß, dass deine Eltern ein Kind hatten. Eventuell würde dich das nur wieder in Gefahr bringen. Du bist dafür ausgebildet worden, dass du ganz alleine diese Sache regeln kannst. Das ganze Wissen, das du hier erworben hast, ist darauf ausgerichtet, dir zu helfen, diese Prüfung zu bestehen. Auch die körperliche Fitness, deine Körperbeherrschung, das Training der Kampfsportarten, all das wird für dich noch einmal von größtem Nutzen sein. Ein entsprechender Vermerk steht in den Dateien auf diesem Stick. Und wenn du Informationen brauchst, die zu alt sind, als dass jemand davon weiß oder nirgendwo zu bekommen sind, hoffe ich, dass du weißt, dass unsere Bibliothek dir auch weiterhin zur Verfügung steht. Dieses Internat gibt es schon seit vielen Hunderten von Jahren und wird noch viele weitere bestehen, glaube mir. Solltest du einmal eine Zuflucht benötigen, wirst du hier immer willkommen und sicher sein. Dein Vater hat dir etwas Geld hinterlassen für deine Zukunft. Nutze dieses Geld weise und es wird sich vermehren. Auch das hast du hier gelernt."

Die Geschichte, die Dr. Ross ihm erzählt hatte, erinnerte ihn an eine Geschichte in einem der vielen Bücher aus dem geheimen verschlossenen Schrank in der Bibliothek des Internats. Er überlegte kurz. Dieses Buch musste er unbedingt mitnehmen. Er war sich auf einmal sicher, dass es für seine Nachforschungen wichtig sein würde. Außerdem hatte ihm dieses Buch schon vorher einige Aufschlüsse über eine weit zurückliegende Geschichte gegeben. Es schien, als würde dieses Buch nach ihm rufen: „Nimm mich mit!" Er sollte es wirklich tun.

Raoul schluckte. Die Stunde des Abschieds nahte. Er musste hinaus in die große, weite Welt. Alleine. Er stand auf und hielt Dr. Ross, der ebenfalls aufgestanden war und um den Schreibtisch herum kam, seine Hand hin. Dr. Ross schüttelte sie, dann umarmte er Raoul kurz, klopfte ihm auf die Schulter und meinte dann zum Abschied: „Ich habe dir einen ersten Arbeitsplatz in Genf besorgt. Internationales IT-Management. Der Chef ist ein ehemaliger Schüler dieses Internats. Hier auf dem Zettel stehen die Firmenadresse und der Ansprechpartner. Ich würde dir raten, erst einmal anzunehmen. Melde dich dort in zwei Tagen, morgens um 8 Uhr. Du benötigst Praxis in der normalen, großen weiten Welt. Eine kleine Wohnung gehört zu dem Job dazu. Die Adresse steht hier ebenfalls. Der Wohnungsschlüssel ist in dem Umschlag. Alle weiteren Informationen bekommst du in zwei Tagen bei Arbeitsantritt. Falls du Fragen hast oder Hilfe brauchst, ruf mich bitte einfach an. Du kennst die Nummer hier. Ich drücke dir alle beide Daumen und wünsche dir viel Glück. Also, mach's gut!"

„Danke!" war alles, was Raoul antworten konnte. Ihm war plötzlich so komisch zumute. Dann stand er draußen vor der Tür. Er ging kurz in sich, dann holte er tief Luft, drehte sich um, ging den Flur entlang, die große Treppe hinauf, ein kurzer Abstecher zur Bibliothek, dann zu seinem Zimmer. Kurz danach kam er mit seinem Koffer und einer Tasche, den alten Rucksack auf dem Rücken, wieder hinunter und ging zur Haustür. Draußen vor dem großen Tor stand schon ein Taxi bereit für die Fahrt zum Bahnhof. Er ging den breiten Weg hinunter, stieg ein, sah kurz zu den Fenstern im Erdgeschoss. Dr. Ross stand dort und hob kurz eine Hand zum Gruß. Das Taxi fuhr an und ließ schon kurz danach das große schmiedeeiserne Eingangstor und das Internat hinter sich. Dr. Ross hatte ihm zum Abschied noch den USB-Stick seines Vaters zurückgegeben und ihn dabei fragend angesehen. Raoul hatte ihm in den ganzen 15 Jahren, die er im Internat verbracht hatte, nichts über seine Eltern und dem damaligen Geschehen erzählt, nichts über die Dokumente und die Schlüssel, die er versteckt hatte. Er hatte es ihm auch jetzt nicht erzählt, und er wollte das auch weiterhin nicht tun. Nicht bevor alles aufgeklärt worden war. Deshalb hatte er den Stick kommentarlos eingesteckt, kurz den Kopf geschüttelt und war gegangen.

Ein Bummelzug brachte ihn bis zur nächsten größeren Stadt. Er unterbrach seine Reise nur für einen kurzen Abstecher in die Berge. Von dort am nächsten Tag zurück, brauchte er mit dem Eilzug nur noch vier Stunden bis nach Genf. Genug Zeit, um für die ersten Wochen einen Plan zu machen. Er sah auf den Wohnungsschlüssel in seiner Hand. Auf die Unterlagen zu seiner ersten Arbeitsstätte, die Dr. Ross ihm gegeben hatte. Vor lauter Aufregung hatte er noch keinen Blick darauf geworfen. Ein

Stadtplan war auch bei den Unterlagen. Dr. Ross hatte an alles gedacht. Er besah sich den Plan. Die Firma lag etwas abseits zur Innenstadt, die Wohnung ganz in der Nähe. Er würde schon gleich nach seiner Ankunft in der Firma anrufen und sich vorstellen. Mal sehen, was ihn dort erwartete.

Ein weiterer neuer, aufregender Lebensabschnitt begann. Ab jetzt war er auf sich alleine gestellt. Aber er war auch neugierig auf das Leben an sich, außerhalb der Abgeschiedenheit des Internats, und auf sein neues Leben in einer Stadt mit so vielen Menschen. Er wusste, er würde auch diese Aufgabe meistern, vielleicht ja neue Freunde finden. Obwohl ihm Cian schon sehr fehlte. Aber die modernen Medien und das Telefon waren ideal dafür, um den Kontakt nicht abbrechen zu lassen.

Mit Mut und Zuversicht, jeder Menge Selbstvertrauen und Neugier sah er der Zukunft entgegen. Inzwischen wusste er auch ganz genau, was er erreichen wollte und wie er es erreichen konnte. Dr. Ross hatte Recht gehabt, Genf schien wirklich ein idealer Ort für einen Start ins Leben zu sein, es bot die besten Voraussetzungen für eine erfolgreiche Zukunft.

Cloé

Cloé konnte sich nicht an ihren Vater erinnern. Nirgends stand ein Foto von ihm im Haus, ihre Mutter Clarice wechselte immer das Thema, wenn sie als Kind die Sprache auf ihn brachte. Irgendwann hatte Cloé akzeptiert, dass sie wohl keinen Vater hatte. Aber da sie ein sehr fantasiebegabtes Kind war, erfand sie einfach einen Vater, malte ihn sich in den schönsten Farben und Eigenschaften aus und erzählte allen, die sie fragten, immer neue Geschichten von ihm. Das fiel auch nicht besonders auf, denn alle paar Jahre zogen sie und ihre Mutter um in eine neue Stadt. Auf diese Weise lernte Cloé halb Europa kennen, bevor sie erwachsen wurde und ihren Schulabschluss in München machte. Ihre Mutter arbeitete damals als freie Übersetzerin zu Hause und war nicht auf einen festen Büro-Arbeitsplatz angewiesen. Warum also diese ständigen Wohnungswechsel? War ihre Mutter auf der Flucht? Vor wem? Wenn Cloé nachfragte, erhielt sie von ihrer Mutter nur die Antwort, dass sie gerne immer wieder etwas Neues kennenlernen wollte. Als Cloé sich selbst nach ihrem Abitur einen Ausbildungsplatz in einem Reisebüro suchte, widersetzte sie sich den Umzugswünschen ihrer Mutter. Ein Jahr später kaufte ihre Mutter ein kleines Haus am Chiemsee, wo Cloé sie hin und wieder an den Wochenenden besuchte. Es war eine wunderschöne Gegend und Cloé sah zum ersten Mal in ihrem Leben dieses Haus als ein Zuhause an. Mit 25 Jahren allerdings war sie dann diejenige, die ihr Zuhause verließ und in die Schweiz zog. Aus beruflichen Gründen.

Vor drei Jahren also war Cloé hierher nach Zürich gezogen, man hatte ihr einen sehr gut bezahlten Job als Reiseleiterin bei einem großen Touristikunternehmen angeboten. Davor arbeitete sie in München in einem großen Reisebüro, nachdem sie dort schon eine Ausbildung gemacht hatte. Nebenbei lernte sie Sprachen, Englisch, Französisch, Spanisch und Italienisch. Fremde Sprachen lernen machte Cloé Spaß. Auf einer privaten Abendschule schrieb sie sich für Chinesisch ein. Irgendwie hatte sie für Sprachen eine außergewöhnliche Begabung, es fiel ihr leicht sie zu erlernen. In den drei Jahren ihrer Lehre und zwei Jahren Berufstätigkeit konnte sie nebenbei so noch drei weitere Sprachen erlernen. Nach bestandenem Abschluss war ihr München zu klein geworden, es gab keine entsprechenden, interessanten Angebote. Die gab es allerdings aus der Schweiz, dort suchte man in Zürich eine Reiseleiterin bzw. einen Reiseleiter mit vielfacher Sprachenausbildung zum Reisen in die entsprechenden asiatischen und südamerikanischen Länder. Die Bezahlung war außergewöhnlich gut. Ihre Bewerbung wurde angenommen, sie bekam den Job.

Die Arbeit mit Menschen machte ihr Spaß, das Reisen noch mehr. Zum Ausgleich verbrachte sie jede freie Minute, die ihr Beruf ihr bescherte, im Fitness-Studio oder mit Joggen, Fahrradfahren und in den Bergen Wandern, im Winter Skifahren. Außerdem liebte sie Karate, diese Sportart sah sie als Herausforderung an. Sie konnte sich noch gut daran erinnern, als sie klein war und ihre Mutter unbedingt darauf bestand, dass sie Ballettunterricht nehmen sollte. Sie hatte ihr damals extra ein wunderschönes rosa Tüllröckchen genäht. Nach der ersten Stunde war Cloé nach Hause gekommen und hatte dieses rosa „Ungetüm", wie sie es nannte, in die Ecke gefeuert und solange gebettelt, bis ihre Mutter ihr erlaubte, in den Karate- und Kung-Fu - Unterricht zu gehen. Dort war sie geblieben, sie liebte diesen Sport und war dafür, als sie dann in München zur Schule ging, sogar extra einem Verein dort beigetreten. Bald war sie so gut, dass sie sogar bei europäischen Wettkämpfen mitkämpfen durfte. Auch heute noch, als Erwachsene, war sie eine der Besten des neuen Vereins, in den sie nach ihrem Umzug in die Schweiz eingetreten war. Jetzt hatte sie sich erstmalig für einen internationalen

Kampf angemeldet. Sie fand es aufregend, auch wenn sie sich wenige Chancen ausrechnete, einen Wettkampf zu gewinnen. Die Konkurrenz aus Asien war wahnsinnig stark. Aber für sie galt der Spruch: Dabei sein ist alles. Sie war fröhlich und immer positiv eingestellt. Durch die vielen sportlichen Aktivitäten, die sie auch auf ihren Reisen nie vergaß, hatte sie sich eine schlanke und durchtrainierte Figur bewahrt. Sie hatte lange blonde Haare mit Locken, die sie meist als hochgebundenen Zopf oder Pferdeschwanz trug, grüne Augen, war immer bequem und bunt gekleidet, farblich aufeinander abgestimmt, und sie lachte gerne und oft.

Wenn sie nicht auf Reisen war, fuhr Cloé mit dem Fahrrad zur Arbeit. Es waren nur 4 Kilometer von ihrer Wohnung bis zu ihrem Arbeitsplatz in der Innenstadt von Zürich. Sie hatte zwar auch ein kleines Auto, aber das benutzte sie nur bei sehr schlechtem Wetter. Mit den Jahren hatte sich bei ihr ein kleines Ritual eingeschlichen. Einmal in der Woche fuhr sie in die Bahnhofstraße zum Paradeplatz. Dort gab es ein weithin bekanntes Café, berühmt für seine Schokolade, sie kaufte dort meistens nur drei Pralinen, immer die gleichen Sorten – sie liebte diese Champagner-Trüffel, die leckeren Zitronensorbets und die Kirschtrüffel. Inzwischen war sie schon so etwas wie eine Stammkundin, die Verkäuferinnen und Verkäufer wussten genau, was sie wollte und bedienten sie sofort. Sie bezahlte, steckte die Tüte in ihren Rucksack, fuhr weiter zum Ufer des Zürichsees, setzte sich dort auf eine Bank und packte die Tüte mit den Pralinen aus. Dann nahm sie die erste Praline, biss eine Hälfte davon ab, ließ den köstlichen Schokoladenschmelz genüsslich auf der Zunge zergehen, schloss dabei die Augen, stöhnte auf, wenn die Schokolade langsam jede kleinste Ecke ihrer gesamten Mundhöhle ausfüllte. War der Mund endlich leer, kam die zweite Hälfte der Praline dran. Es verging über eine halbe Stunde, bis auf diese Weise alle drei Pralinen verzehrt waren. Dabei genoss sie immer wieder die wunderbare

Aussicht auf den See, und bevor die Abenddämmerung hereinbrach, fuhr sie gemütlich nach Hause. Das war für sie Meditation pur, mit Wellness für die Seele. Wenn es zu kalt oder zu ungemütlich, stürmisch oder nass war, um am See zu sitzen, nahm sie die Pralinen mit nach Hause, kochte sich dort eine Tasse Kaffee, kuschelte sich auf ihrem Sofa ein, genoss die Pralinen und den Kaffee, mit dem gleichen entspannenden Ergebnis.

Eines Abends, vor ungefähr zwei Wochen, war sie, ganz in Gedanken versunken, nicht wie beabsichtigt in die Bahnhofstraße und dann zum See gefahren, sondern befand sich plötzlich vor einem komplett mit Glas verkleideten Bürogebäude. Irgendetwas hatte sie scheinbar wie magisch dorthin gezogen. Sie hatte gar nicht gemerkt, dass sie in eine andere Richtung gefahren war. Sie blieb mit dem Fahrrad auf dem Platz vor dem Gebäude stehen und sah die Glasfassade hinauf, minutenlang, ohne sich zu rühren. Sie wusste auch nicht, was sie eigentlich erwartete: Eine Blitzeingebung? Eine Erleuchtung? Warum war sie hier?

„Kann ich Ihnen helfen, Madam?"

Cloé schrak aus ihrer Trance auf und drehte sich zur Seite um. Vor ihr stand ein eindrucksvoller Mann, größer als jeder Mann, der ihr bisher begegnet war, breit und muskulös, im schwarzen Anzug, schwarzes Hemd mit grauer Seidenkrawatte, einer Art Uniform scheinbar, denn er hatte einen Anstecker mit Namen auf dem Revers, sah aus wie ein Türsteher oder Bodyguard. Gefährlich attraktives braungebranntes Gesicht, sehr kurze dunkle Haare. Sie musste zu ihm aufschauen. „Wer sind Sie?"

„Ich bin Dutch, der Empfangschef im Mountain-Gebäude." Dabei zeigte er auf das Bürogebäude hinter ihm.

„Oh, aha, ja also, äh, ich bestaune gerade die außergewöhnliche Architektur!" Cloé war schon immer schlagfertig gewesen, außerdem machte der Mann einen sehr sympathischen Eindruck. Seine tiefe Stimme hinterließ einen vibrierenden Nachhall.

„Möchten Sie sich die Empfangshalle ansehen?"

„Nein, aber danke für die freundliche Einladung!"

„Gern geschehen."

Cloé drehte ihr Fahrrad herum, stieg auf und machte sich, tief in Gedanken versunken, auf den Weg zur Bahnhofstraße. Die Pralinen für ihr Feierabend-Zeremoniell hatte sie nicht vergessen, das Fahrrad schlug diesmal fast von selbst den richtigen Weg ein. Sie hatte dem Mann nicht zeigen wollen, wie verlegen sie war, es war ihr regelrecht peinlich gewesen aufzufallen. Hoffentlich war sie nicht rot geworden. Das wäre nun wirklich der Gipfel. Als sie wegfuhr, stieß sie einen Seufzer aus, als fehlte ihr irgendetwas.

Oben im letzten Stock des Bürogebäudes hatte Raoul zehn Minuten davor auf einmal das Bedürfnis gespürt, nach unten auf die Straße zu sehen. Dort entdeckte er auf dem breiten Bürgersteig Cloé mit ihrem Fahrrad, wie sie gerade nach oben schaute. Er hatte sein Handy gezückt und seinen Empfangschef und Chauffeur unten am Eingang gebeten, zu dieser Dame zu gehen und seine Hilfe anzubieten. Irgendetwas hatte ihn an dieser Frau fasziniert. Er wusste auch nicht was. Um sie genauer anzusehen, ihr Gesicht zu erkennen, war die Entfernung zu groß. Er sah, wie der Empfangschef mit ihr sprach, dann sah er ihr hinterher, wie sie wieder auf ihr Fahrrad stieg und in Richtung Bahnhofstraße entschwand. Unbewusst stieß er einen Seufzer aus, als fehlte ihm irgendetwas.

Er griff wieder zum Handy, sein Empfangschef erstattete Bericht: „Sie hat die Architektur bestaunt!"

„Ach! Beschreiben Sie ihr Gesicht!"

„Grüne Augen, blonde Haare, sehr freundlich, sympathischer Eindruck! Teure Kleidung!"

„Danke!" Raoul legte auf. Minutenlang starrte er hinunter auf die Straße. Ob sie wiederkommen würde? Ob sie ihm auffallen würde, wenn er ihr in der Stadt begegnete? Bestimmt. Er hoffte es.

Eine Woche später. Cloé war vor einer Stunde von einer kurzen Geschäftsreise zurückgekehrt und legte gerade ihren Koffer zum Auspacken auf ihr Bett, da klingelte das Telefon. Ihre Mutter, sagte das Display. „Hallo, Mama – gerade bin ich von einer Reise nach Hause gekommen. Geht es dir gut?"

„Es geht mir gut, danke mein Schatz. Dir auch, hoffe ich. Ich wollte dir nur kurz sagen, dass ich demnächst nicht mehr hier zu erreichen sein werde."

„Was? Mama, wiederhole das doch noch einmal, bitte, ich glaube, ich habe mich verhört. Wo hier? In Ponsdorf? In Deutschland? Wo, Mama?" Cloé konnte einen kleinen genervten Unterton nicht vermeiden.

„Ich ziehe um, bin schon am Packen."

„Wohin ziehst du? Was ist mit dir los? Mama? Mama!!" Was sollte das denn jetzt, sie hatte einfach aufgelegt. Cloé war empört. So kannte sie ihre Mutter gar nicht. Was sollte sie jetzt tun? Das konnte sie doch so nicht einfach im Raum stehen lassen. Zurückrufen? Konnte sie vergessen, ihre Mutter würde ihr am Telefon nichts weiter dazu sagen. Wenn sie überhaupt abhob. Also blieb nur noch hinfahren, persönlich mit ihr reden. Auge in Auge, vielleicht erfuhr sie dabei mehr.

Heute war Donnerstag, für nächsten Montag hatte sie ihren Flug nach Hongkong gebucht. Vielleicht konnte sie ihn ja auf Dienstag umbuchen. Lehrgang bei Meister Huong, dazu ein interessantes Karate-Turnier, ein Ausflug nach Macao vielleicht. Dann weiter nach Australien, beruflich. Wenn sie morgen Nachmittag losfuhr, konnte sie abends am Chiemsee sein. Persönlich mit ihrer Mutter reden, anders würde sie keine Informationen aus ihr herausbekommen, soweit kannte sie ihre Mutter nach 25 Jahren jetzt schon. Dann wäre sie am Montagabend, spätestens Dienstagvormittag wieder hier zurück in Zürich, konnte dann noch schnell die Kleidung raussuchen und die Koffer für Hongkong und Australien packen. Dann müsste sie es schaffen, rechtzeitig am Flughafen zu sein. Also musste sie heute unbedingt alles Notwendige schon mal bereitlegen, ihre Unterlagen für Hongkong und Sydney, Tickets, Reiseunterlagen für Australien, die Visa hatte sie bereits. Vielleicht konnte sie heute Abend ja auch noch die Koffer vorpacken. Stress pur! Wo waren ihre Notfall-Pralinen?

Es war weit nach Mitternacht, als sie endlich alles erledigt hatte. Todmüde fiel sie in ihr Bett. Es wurde ein kurzer Schlaf. Um sechs klingelte bereits wieder ihr Wecker. Noch halb im Schlaf machte sie sich fertig und fuhr mit dem Fahrrad zur Arbeit. Die kalte Luft half ihr, ganz wach zu werden. Der Tag war hektisch und zog sich in die Länge. Endlich, um 15 Uhr hatte sie ihr Pensum geschafft, mit ihrer Chefin alles geklärt, ihre Urlaubsvertretung informiert und die Unterlagen übergeben, soweit notwendig. Vor allem ihre Kontaktdaten in Hongkong, falls sie nicht über die dortige Filiale erreicht werden konnte. Zu allem Überfluss hatte ihre Chefin sie kurz vor Feierabend hereingerufen, um ihr von einem neuen Plan zu erzählen. Sie wollten in Neuseeland ein oder zwei Filialen eröffnen, vielleicht mit einem dortigen Reisebüro zusammenarbeiten. Ob sie da nicht eventuell einmal kurz rüber fliegen könne, um das Terrain zu sondieren? Wo sie doch schon mal in der Nähe, also in Australien wäre, das wäre doch nur ein Katzensprung. Um ihr den Plan schmackhaft zu machen, sprach sie sogar davon, dass Cloé ja eine Filiale dort leiten könne, in Neuseeland, wenn der Plan spruchreif wäre. Cloé konnte und wollte so kurzfristig nichts versprechen, aber sie würde in Kontakt bleiben, von Hongkong aus, versprach sie.

Dann schwang sich Cloé endlich auf ihr Fahrrad, fuhr im Eiltempo nach Hause, packte ihren kleinen Koffer ins Auto und fuhr los. Nach Ponsdorf am Chiemsee, wo ihre Mutter ein kleines Einfamilienhaus bewohnte, das Cloé bis jetzt immer als ihr Zuhause angesehen hatte. Cloé war nervös und aufgeregt, fragte sich immer wieder, was mit ihrer Mutter wohl los war. Obwohl, wenn sie ganz objektiv die Sache betrachtete, umstimmen würde sie ihre Mutter niemals können, wenn diese sich etwas in den Kopf gesetzt hatte, wie verrückt auch immer das war. Deshalb versuchte sie sich zu entspannen und die Fahrt durch die Alpen zu genießen. Oben auf den Berggipfeln lag der erste Schnee. Langsam kam sie zur Ruhe. Sie liebte die Berge und den Anblick der schneebedeckten Gipfel.

Geschäfte

Der heutige Tag war rot markiert auf seinem Kalender. Heute waren es genau 10 Jahre her, seit er das Internat verlassen hatte. Und er hatte es geschafft, hatte seine Ziele realisiert. Raoul saß gedankenverloren in seinem Büro hoch über Zürich und sah sich die schneebedeckten Berge in der Ferne an. Heute war wunderbare klare Sicht auf die Alpen. Sein Büro war modern, aber geschmackvoll eingerichtet. Ein großer wuchtiger Schreibtisch aus Kirschbaumholz dominierte den Raum. Die übrige Möblierung war modern, dezent, weiß mit Holz, passend zum Schreibtisch. Die bodentiefe Fensterfront ließ einen Rundblick über die Stadt, den See und die umliegende Landschaft zu. Ein Teil der Wand zum angrenzenden Zimmer seiner Sekretärin und zum Flur hin war verglast, sodass er jederzeit einen freien Blick auf das Kommen und Gehen in seiner Firma hatte. Allerdings konnte die Glaswand mit Jalousien auf Knopfdruck blickdicht verschlossen werden.

In den ersten zwei Jahren seines Aufenthaltes in der Schweiz hatte er bei der von Dr. Ross empfohlenen Firma in Genf Erfahrung in der Arbeitswelt gesammelt. Da ihn aber sein Chef immer mehr als Konkurrenten denn als Mitarbeiter ansah, hatte er sobald es ging gekündigt, war nach Zürich gezogen, hatte sich eine kleine Wohnung gesucht und mit dem bis dahin durch den Job und auch einigen Börsenspekulationen (die Tipps kamen von Cian) gut verdienten Geld seine erste Firma eröffnet. Jetzt, nach 10 Jahren Arbeit, hatte er ein gutes Gespür für die Finanzwelt entwickelt und ein in seinen Augen profitables kleines Imperium aufgebaut.

Raoul war inzwischen, seit seinem Studienabschluss, zu einem Bild von Mann herangereift. Das ideale Model und Frauenschwarm. Breite Schultern, Waschbrettbauch, muskulöser sportlicher Körper, lange schwarze Haare, ein Dreitagebart, dunkelblaue, fast schwarze Augen, ein leicht verschlafener Blick, immer schwarz oder dunkel gekleidet, 1,95 m groß, ein geschmeidiger Gang wie eine Raubkatze. Dieses Bild ließ jede Frau, die ihm begegnete, erschauern. Allerdings hatte er bis jetzt noch keine Absicht gehabt, sich zu binden. Er war voller Hoffnung, dass ihm irgendwann einmal die eine Frau begegnete, die ihn umhaute, sprichwörtlich. Vor ein paar Wochen hatte er unten auf dem Platz vor dem Gebäude eine Frau beobachtet, der Anblick hatte ihm ein merkwürdiges Ziehen und Flattern im Bauch beschert, eine ständige Sehnsucht nach ihr begleitete ihn seither jeden Tag. Aber bis heute hatte er sie nicht wieder gesehen. Jedes Mal, wenn er durch die Stadt fuhr oder ging, hielt er nach ihr Ausschau. Vergebens. Diese Sehnsucht nach einer Unbekannten war schon seltsam. Wo war sie? Wer war sie?

Gerade hatte er ein sehr lukratives Geschäft im IT-Bereich abgeschlossen. Als er das Internat damals verließ, hätte er nie gedacht, dass er gerne Geschäftsmann war, dass es ihm Spaß machte, Geld zu verdienen. Und er war gut in diesem Finanzbereich. In den vergangenen 10 Jahren, seit er hier in Zürich tätig war, hatte er das Geld, das seine Eltern ihm hinterlassen hatten, mit seinem Geschäftsgewinn um ein Vielfaches übertroffen. Er hatte es allerdings nicht angerührt, im Gegenteil, dieser Grundstock ruhte sicher verwahrt auf einem echten Schweizer Nummernkonto. Die Schlüssel, die sein Vater ihm hinterlassen hatte, führten ihn damals zu einem Bankschließfach hier in Zürich. Es hatte einige Zeit und Nachforschung am Computer bedurft, bis er überhaupt die entsprechende Bank gefunden hatte. Dort waren Wertpapiere und Kontoauszüge verwahrt, die ihm nach sorgfältiger Durchsicht und Überprüfung ein sorgenfreies Leben hätten bescheren können, wenn er wirklich vorgehabt hätte, sie zu benutzen. Aber das tat er nicht. Er wollte selbst etwas erreichen, aus eigener Kraft, schließlich hatte er Finanzwirtschaft studiert. Und er war stolz auf das, was er bis jetzt erreicht hatte. Er hatte inzwischen sein eigenes und gewinnbringendes unabhängiges Wirtschaftsunternehmen, außerdem gehörten ihm mehrere Immobilien in Zürich und Genf und auch in Übersee, alleine von diesen Einnahmen könnte er mehr als gut leben. Das von seinen Eltern geerbte Geld gab ihm allerdings darüber hinaus eine gewisse Sicherheit.

Er hatte außerdem mehrere Firmen gegründet, einen Sicherheitsdienst, ein Fitness- und Kampfsportstudio, das er selbst, wenn seine Arbeit es erlaubte, jeden Abend für ein bis zwei Stunden besuchte, ein IT-Unternehmen, das Chips, Prozessoren und andere Bauteile für Computer herstellte. Vor allem damit war er sehr erfolgreich. Vor fünf Jahren hatte er dieses Gebäude in der Züricher Innenstadt erworben und umbauen lassen. Die Fassade war komplett verglast. Im Erdgeschoss war das Sicherheitsdienstunternehmen etabliert, im ersten Stock ein großes Fitnessstudio, darüber war ein Kampfsportstudio, in den nächsten Etagen gab es Büros seines IT-Unternehmens und darüber Büros der Rechtsabteilung und Verwaltung. Im obersten Stockwerk, mit der besten Aussicht auf die Stadt rundherum, waren der Empfangsbereich mit Sekretariat und sein eigenes Büro mit einer großzügigen Sitzecke und einem großen Konferenzraum untergebracht.

In der Geschäftswelt war er als knallharter, aber fairer Geschäftsmann bekannt. Er wurde von der Geschäftswelt hier in Zürich und auch international hoch geachtet und man hatte ihn als seinesgleichen in ihrer Mitte aufgenommen. Allerdings hielt er sich von der Party-Welt und Jetset-Gesellschaft fern. Das lag ihm überhaupt nicht. Hin und wieder hatte er mal eine Freundin, mit der er ausging, aber meist hielt das nie lange. Die Frauen, die auf ihn flogen, langweilten ihn, sie wollten scheinbar nur sein Geld. Ob diese Radfahrerin die Richtige wäre? Er musste immer wieder an sie denken, konnte sie einfach nicht vergessen. Und wenn er an sie dachte, schlug sein Herz in der Brust Purzelbäume.

Er sah auf die Stadt hinunter. Dann auf die schneebedeckten Berge, hinter denen langsam die Sonne unterging. Unwillkürlich musste er dabei an die beiden Pferde Odin und Thor aus dem Internat denken. Wo sie wohl jetzt waren? Wie es ihnen jetzt ging? Würde er je erfahren, woher sie kamen und wer sie wirklich waren? Die Dokumente, die er damals auf seinem Weg ins Internat in den Bergen versteckte, hatte er bei seinem Weg zurück in die Welt geholt und sie lagen jetzt sicher in einem Tresor verwahrt. Er hatte sie gelesen. Sie gaben scheinbar Aufschluss über seine Herkunft, Geburtsurkunde auf den Namen „Raoul Montagne", Stammbaum, Familiengeschichte, alles war dokumentiert. Sie passten zu dem, was Dr. Ross ihm an seinem letzten Tag im Internat erzählt hatte. Aber komischerweise kamen ihm diese Dokumente irgendwie nicht richtig vor, als sollten sie ihm etwas vorspielen, was er nicht war. Wie kamen seine Eltern darauf, dass er all das ohne Fragen annehmen würde? Er war ein erwachsener Mann mit Erinnerungen. Immerhin hatten sie ihn damals immer bei einem anderen Namen gerufen, nämlich so ähnlich wie „Basti", wenn er sich noch richtig erinnerte. Ein Spitzname, eine Abkürzung, ein Kosename? Außerdem, warum konnte er sich nicht an seine Kleinkinderzeit erinnern? Wenn er daran dachte, sah er immer nur Berge und Wälder vor sich. Ansonsten war für ihn immer die Schweiz sein Zuhause gewesen, das Haus am Berg. Was stimmte und was war falsch? Waren es überhaupt seine Eltern? Vielleicht war er adoptiert, warum hatten sie ihn versteckt? Er zweifelte im Moment alles an, was er an Informationen von ihnen erhalten hatte. Vor allem jetzt, als Erwachsener war er noch weniger leichtgläubig als vor 10 oder 20 Jahren. Er hatte die Daten und auch diesen Rufnamen im Computer recherchiert. Keine Nachweise oder Hinweise, nichts, was über 35 Jahre hinausging. Weiter zurück war nichts dokumentiert. Egal, wo er auch suchte. Mehr als die Urkunden seiner Eltern hatte er nicht gefunden. Wenn er seiner Intuition nachginge, sähe er das Märchenbuch aus dem Internat eher als Nachweis seiner

Vergangenheit und Abstammung an als diese Dokumente. Das könnte er eher glauben. Aber trotzdem hatte er alles sicher weggeschlossen und niemandem etwas davon erzählt. Seufzend sah er auf seinen alten Teddybär, der auf seinem Schreibtisch saß und ihn sein ganzes bisheriges Leben begleitet hatte. Wenn der nur reden und erzählen könnte, was er alles gesehen und gehört hatte.

Manchmal, wenn er auf der Suche nach dem Mörder seiner Eltern gar nicht weiterkam, machte er gedanklich einen Ausflug in die Vergangenheit. An die Zeit seiner frühen Kindheit konnte er sich kaum erinnern. Der Mord an seinen Eltern hatte das meiste davon weggewischt. Wären nicht einige Fotos seiner Eltern in seinem Besitz, sie waren bei den Dokumenten im Rucksack gewesen, wüsste er kaum noch, wie sie einmal ausgesehen hatten. Raoul schüttelte den Kopf, um die trüben Gedanken zu verscheuchen, er wollte jetzt nicht daran denken.

Sein bester Freund Cian hatte sich nach zwei Jahren intensivem Studium in der Firma seines Onkels mit einem eigenen Unternehmen selbständig gemacht und in Hongkong niedergelassen. Inzwischen war er ein renommierter Börsenfachmann geworden und finanziell genauso erfolgreich wie Raoul. Sie telefonierten oft, manchmal, wenn es passte, trafen sie sich irgendwo auf der Welt, wo sie gerade beide unterwegs waren. Sie tauschten sich auf Geschäftsebene aus, aber sie waren vor allem privat wirklich gute Freunde. Sie berieten sich gegenseitig, konnten auch mal wie richtige Kumpel abhängen, einen über den Durst trinken und über ihre Erfahrungen mit dem anderen Geschlecht quatschen. Cian war der Einzige, dem Raoul von seinen Eltern und dem Mord an ihnen erzählt hatte, er half Raoul auch bei seiner Suche nach dem Tattoo-Träger. Gerade als Raoul mit seinen Gedanken bei Cian weilte, klingelte sein Telefon. Cian – das war nun wirklich Gedankenübertragung.

„Hallo mein Freund, gerade habe ich an dich gedacht. Wie geht es dir?"

„Hallo Raoul, gut geht's, kann nicht klagen. Hör mal, ich hab etwas entdeckt. Du musst sofort nach Hongkong kommen. Stell dir vor, ich habe das Tattoo gefunden, hier in Hongkong. Auf einem Plakat mit den Teilnehmern der Kampfsport-Wettkämpfe, die ab Donnerstag beginnen. Ich glaube, ein Schiedsrichter trägt es. Ich habe schon versucht, ihn ausfindig zu machen, aber bis jetzt ohne Erfolg. Vielleicht kommt er ja auch erst zu den Wettkämpfen her. Außerdem, das muss ich dir unbedingt kurz erzählen, also ich kann es selbst noch kaum fassen - ich werde in vier Monaten, oder besser gesagt in 15 Wochen und vier Tagen heiraten. Ist das nicht Wahnsinn? Ich habe ihr letzte Woche einen Antrag gemacht. Du musst sie einfach kennenlernen, ich bin total verliebt. Sie ist ja sooo süß, sexy, wundervoll, intelligent, unabhängig, eine wahnsinnige Figur, eine tolle Frau! Ich frage mich die ganze Zeit, warum ich sie nicht schon eher entdeckt habe, wo sie doch auch in Hongkong lebt."

„Na, das ging aber schnell, als wir uns das letzte Mal gesehen haben, hast du noch nichts davon gesagt. Da wolltest du von Heirat nichts wissen. Aber – hast du ein Foto von dem Tattoo?"

„Ja, ja, hab ich, ich schick es dir gleich per Mail. Soll ich dir nicht lieber ein Foto von meiner Süßen schicken? Also, meine Sue-Lin, so heißt mein Schatz, ist das Beste, was mir je passiert ist. Es war Liebe auf den ersten Blick. Du wirst sehen, wenn es dir selbst mal so ergeht, da kannst du nichts dagegen tun. Und jetzt sag schon, wann kannst du kommen?"

„Ich könnte mich ab morgen freimachen und dann mit dem nächsten Flieger runterkommen. Ich glaube, ein paar Tage Ortswechsel könnten mir ganz gut tun. Reservier mir schon mal ein Hotelzimmer."

„Quatsch, du wohnst natürlich bei mir. Schließlich muss ich mit meiner neuen Wohnung ein bisschen angeben. Du hast sie ja noch nicht gesehen. Dann können wir über alles reden. Wie in alten Zeiten, schau, ich hab sogar ein Extra-Gästezimmer für dich in meiner Bude. Also gib mir nur kurz die Flugdaten rüber, sobald du sie hast. Ich hol dich ab. Ich freu mich. Das Programm für deinen Aufenthalt steht übrigens schon! Ciao!" Schon hatte er wieder aufgelegt.

Wow, das war so ganz und gar nicht typisch für Cian. Atemlos, aufgeregt, energiegeladen, kurz und bündig. So kannte er ihn gar nicht. Sonst war er doch immer eher still und zurückhaltend gewesen, oder etwa nicht? Hatte diese Änderung seine Verlobte verursacht? Er war wirklich neugierig auf die Wohnung und auf die Verlobte von Raoul. Obwohl sie sich öfter sahen, war er noch nie in Hongkong bei ihm zu Hause gewesen. Wenn er einmal geschäftlich dort zu tun gehabt hatte, war Cian außer Landes gewesen. Es wurde also allerhöchste Zeit. Außerdem freute sich Raoul, dass Cian heiraten würde. Wie hatte Berta immer gesagt? Jeder Deckel findet seinen Topf. Es wäre schön, wenn auch er endlich seinen Topf oder Deckel finden würde. Da blinkte sein Computer. Aha, das musste also Sue-Lin sein. Sah gut aus auf dem Foto. Und dann das von Cian entdeckte Tattoo. Es könnte wirklich das Tattoo sein, das er schon so lange suchte. Also auf nach Hongkong. Den Mann musste er sich ansehen, mit ihm persönlich sprechen.

Upps, da war es schon wieder, dieses seltsame Flattern in seinem Bauch. Schon seit ein paar Wochen hatte Raoul immer mal wieder so ein merkwürdiges unruhiges Gefühl in sich, als würde etwas auf ihn zukommen, das er nicht beeinflussen konnte, das er nicht kannte. Wo er doch immer gerne alle Fäden in der Hand hielt. Wann hatte dieses Gefühl eigentlich angefangen? Jetzt fiel es ihm wieder ein. Seit er diese Frau mit dem Fahrrad auf dem Platz vor seinem Bürogebäude gesehen hatte. Gleich danach und dann immer wieder und immer öfter. Und dazu noch seine Träume. Bis vor ein paar Wochen konnte er sich noch nicht einmal daran erinnern, jemals viel geträumt zu haben. Aber dann träumte er auf einmal jede Nacht denselben Traum. Morgens konnte er sich meistens allerdings nicht mehr genau daran erinnern, aber er wusste im Traum, dass er in der Nacht davor dasselbe geträumt hatte. Es war kein Alptraum, im Gegenteil, er fühlte sich geborgen im Traum, hätte gerne weiter geträumt. Als er heute Morgen aufwachte, konnte er sich zum ersten Mal an ein Gesicht erinnern. Das Gesicht einer Frau. Es kam ihm seltsam vertraut vor. Sie hatte sich über ihn gebeugt und etwas zu ihm gesagt, er hatte es nicht verstanden, oder wusste es nicht mehr. Er kniff die Augen zu und versuchte, den Kopf frei zu bekommen, sich zu erinnern, an das Gesicht der Frau, ah ja, blonde Locken, grüne Augen, zarter Duft, Fairy Lady! Da war es, ja, dieser Name geisterte schon seit der Nacht durch seinen Kopf, ohne dass er ihn hätte fassen können. Was war das für ein komischer Name? So hieß doch niemand wirklich. Er schrieb ihn auf, um ja nicht zu vergessen. Seltsam war das alles. Das musste doch etwas bedeuten. Nicht, dass er abergläubisch wäre.

Da gab es auch noch etwas anderes, seltsames. Das Märchenbuch aus der Bibliothek des Internats, es schien sich auch auf einmal zu verselbständigen. Gestern Abend hatte plötzlich dieses handgeschriebene Buch, das er bisher in einem Schrank seines kleinen Büro- und Lesezimmers aufbewahrt hatte, auf seiner Kommode im Schlafzimmer gelegen. Er hatte sich nicht erinnern können, es aus dem Schrank geholt und dort hingelegt zu haben. Vor allem nicht aufgeschlagen. Die Buchstaben sprangen ihn irgendwie wie lebendig an.

Es waren keine lateinischen Buchstaben, keine arabischen oder chinesische Zeichen, eine ihm unbekannte Schrift. Aber er hatte in den Jahren, seit er es zum ersten Mal gesehen hatte, durch seine Nachforschungen herausgefunden, welche Schrift diesen Zeichen ähnelte. Seitdem war er damit beschäftigt, zu versuchen sie zu übersetzen, was wirklich nicht einfach war. Aber er musste einfach immer wieder darin lesen, die Schrift und die Zeichnungen betrachten. Außerdem waren jedes Mal, wenn er es aufschlug, ein paar Zeichen auf den leeren Seiten entstanden, einfach so, vor seinen Augen. Sie ergaben noch keinen richtigen Sinn, aber in den letzten Monaten war immer mal wieder ein Wort dazu gekommen, zusammengenommen könnte man sagen fast eine halbe Seite. Allerdings waren die Sätze nicht komplett, keiner ergab einen Sinn.

Es war das Märchen aus dem Elfenland, das er schon so oft jetzt studiert hatte. Er konnte inzwischen fast die Hälfte der Wörter des gesamten vorhandenen Textes entziffern. Es schien ein schönes, aber auch trauriges Märchen zu sein. Es hatte ihn schon von Anfang an fasziniert, als er damals in dem Geheimschrank der Bibliothek des Internats darauf gestoßen war, obwohl er die Schrift damals überhaupt noch nicht kannte. Es schien irgendwie zu leben. Er hatte es so oft in der Hand gehalten, dass er alle Absätze, alle Buchstaben, die er lesen konnte, inzwischen auswendig wusste. Nur noch drei Seiten in der Mitte und die letzten zweieinhalb Seiten waren bis heute immer noch leer.

Aber er hatte das Gefühl, dass diese Seiten irgendwann in naher Zukunft gefüllt und beschrieben werden würden. Die Geschichte ging auf einmal weiter. Scheinbar hatte er etwas damit zu tun. Er war neugierig darauf und zuversichtlich.

Hongkong

Er wandte sich dem großen Bildschirm an der Wand zu und buchte seinen Flug nach Hongkong für übermorgen, Donnerstag. Dann gab er kurz die Daten an Cian weiter. Bis morgen Abend hatte er Zeit, seine Mitarbeiter zu informieren und zu packen. Vielleicht könnte er ja auch noch zu diesem Mix-Martial-Arts Kampfsport-Turnier gehen, einige Wettkämpfe ansehen, die Bekanntmachungen dazu hatte er sogar in seinem Club entdeckt, oder es gab noch einen freien Platz im Lehrgang von Meister Huong. Einen Hinweis darauf hatte er vorhin auf der Wettkampf-Seite gelesen. Das wäre doch die Gelegenheit, schließlich war dieser Mann über die Grenzen hinaus weltweit bekannt für seine Kampfsport-Kunst. Er suchte nach den entsprechenden Daten im Internet. Ja, da war er. Soweit ihm bekannt war, handelte es sich dabei um einen entfernten Onkel von Cian. Versuchen konnte er es ja mal. Kaum hatte er die Mail abgeschickt, erhielt er auch schon die Antwort und Bestätigung zur Teilnahme an diesem Lehrgang bei Meister Huong. Für das Turnier gab es auch noch Eintrittskarten, vielleicht könnte Cian die besorgen. Er ließ sich den Ablaufplan der Wettkämpfe ausdrucken. Ein Teilnehmer-Name fiel ihm sofort ins Auge: „Fairy Lady" – da war sie ja, sein Herz klopfte auf einmal wie wild und schlug Purzelbäume, als er darauf blickte, sein Magen verhielt sich seltsam. Das war kein Zufall. Das war Magie. Er spürte den Drang in sich, diese Lady sofort kennen zu lernen. Er hatte von ihr geträumt. Genau, das war sie. Sollte er sie im Internet aufspüren? Nein, er widerstand der Versuchung, er musste ihr persönlich gegenüber stehen, nur ein persönlicher Blickkontakt würde alles klären. Nun, vielleicht würde es sich ja während der Wettkämpfe ergeben. Er würde an Ort und Stelle sein und sie suchen. Immerhin, ein Trostpflaster gab es schon, er konnte an dem Lehrgang von Meister Huong teilnehmen.

Jetzt konnte er es kaum noch erwarten, in Hongkong zu sein.

Das waren doch schon mal gute Neuigkeiten. Raoul erhob sich, um für heute Feierabend zu machen. Es war schon spät, die Nacht war längst hereingebrochen. Seine Sekretärin war schon seit ein paar Stunden gegangen. Er freute sich auf das Treffen mit Cian. Seine innere Unruhe war mit einem Schlag verschwunden, hatte einer seltsamen Gewissheit Platz gemacht, die er sich nicht erklären konnte. Aber er glaubte irgendwie daran und war zuversichtlich.

Cian holte ihn persönlich in Hongkong vom Flughafen ab. Sie hatten sich schließlich seit längerer Zeit nicht mehr gesehen. Sie umarmten sich kurz, aber herzlich, dann gingen sie zum Parkplatz.

„Gut siehst du aus, mein Lieber. Und dann dieses Auto, wow!" Raoul umrundete einmal den schwarzen Maserati und ließ sich dann genussvoll und langsam auf den Beifahrersitz fallen. Er strich andächtig mit einer Hand leicht über das glänzende Armaturenbrett. „Da hast du dir aber was gegönnt!"

Cian grinste ihn nur an und fuhr dann gemächlich mit ihm durch die City direkt in die Tiefgarage seiner Wohnung. Der Aufzug hielt erst im Flur der Wohnung. Ein Penthaus im 25. Stock eines Wolkenkratzers. Geschmackvoll, modern und dezent in den Farben grau und weiß, mit minimalen roten und schwarzen Akzenten eingerichtet.

Raoul trat an die Fenster, danach auf die Dachterrasse. „Aber hallo, was für ein Ausblick. Das ist fantastisch. Und die Terrasse sieht aus wie ein kleiner chinesischer Garten. Das ist wunderschön, Cian. Ein anderer Ausdruck fällt mir dafür gerade nicht ein." Raoul drehte sich um und sah Cian an, der verlegen, aber auch stolz grinsend hinter ihm stand.

„Möchtest du ein Bier nach dem langen Flug?" Als Raoul nickte, holte Cian zwei Flaschen aus dem Kühlschrank und reichte eine davon an Raoul weiter. „Freut mich, dass dir meine Wohnung und der Ausblick gefallen. Von hier oben kannst du dir einen ersten Überblick über Hongkong machen. Kaum zu glauben, dass du noch nie hier bei mir warst. Immer haben wir uns woanders getroffen. Aber morgen zeige ich dir die Stadt, Ecken, die kein Tourist normalerweise zu sehen bekommt. Ich habe mir extra freigenommen und schon alles geplant. Und morgen Abend gehen wir zu der ersten Wettkampf-Veranstaltung. Ich habe uns Karten in der ersten Reihe besorgt."

„Ich konnte mich sogar noch zu einem Kurs von Meister Huong anmelden, der in der nächsten Woche am Montag beginnt. Ich wusste ja gar nicht, dass du einen Onkel hast, der in der Kampfsportszene so berühmt ist." Raoul sah ihn fragend an.

„Ja, aber er ist nur ein ganz entfernter Verwandter. Wenn die Verwandtschaft so weit zurückliegt, sagt man einfach Onkel, das macht die Sache leichter. Morgen Abend wirst du auch meine Verlobte kennenlernen, Sue-Lin. Sie ist noch unterwegs und kommt erst morgen Nachmittag wieder in Hongkong an. Sie arbeitet in einem Reiseunternehmen und ist oft nicht zuhause. Sie bringt eine Kollegin mit, die gerade hier in Hongkong ist. Die beiden arbeiten seit einigen Jahren zusammen und sind gute Freundinnen geworden. Übrigens, diese Kollegin wohnt auch in Zürich. Ist das nicht ein Zufall? Dort ist die Hauptzentrale des Reiseunternehmens. Soweit ich Sue-Lin verstanden habe, wird ihre Kollegin auch an einem Tag bei den Wettkämpfen mit antreten. So, und jetzt werden wir uns ins Nachtleben von Hongkong stürzen, mein Freund! Ich hoffe, du bist nicht zu müde vom langen Flug! Ich sage nur – Karaoke!"

Raoul stöhnte gequält auf und verdrehte die Augen, die Karaoke-Leidenschaft von Cian unterschied sie grundsätzlich voneinander. Er konnte ihr absolut nichts abgewinnen. Aber der alten und guten Freundschaft wegen mit Cian machte er gute Miene zum bösen Spiel, wie man so schön sagte.

Sie kamen erst sehr spät wieder zurück, ziemlich ange-
heitert und müde. Am nächsten Morgen war Raoul trotzdem früh wieder auf. Er war zwar schon einmal hier in
Hongkong gewesen, geschäftlich, aber nur für ein paar
Tage, damals hatte er keine Zeit gehabt für einen ausge-
dehnten Stadtrundgang, sondern er hatte nur ein paar der
alten Gassen der Stadt sich angesehen. Cian war zu diesem
Zeitpunkt irgendwo in der Welt unterwegs gewesen. Diese
Stadt hatte ihr eigenes Flair, die vielen Lichter, die Gerüche, die vielen Menschen. Es war von großem Vorteil, dass
Raoul wie ein Einheimischer Chinesisch sprechen konnte.
Nach dem Frühstück zeigte ihm Cian einige Sehenswür-
digkeiten abseits der Touristenpfade, allerdings litt auch
er noch etwas unter dem gestrigen Exkurs durch die Bars.
Er wollte nachmittags noch seine Verlobte am Flughafen
abholen, deshalb verabschiedete er sich nach einem leckeren Mittagessen in der besten Garküche von Hongkong
von Raoul, der sich, wie er sagte, noch etwas die Beine
vertreten wollte.

Als sie sich trennten, sah Raoul kurz Cian hinterher. Seit
seinem Eintritt ins Internat waren sie Freunde, dicke
Freunde. Verstanden sich ohne viel Worte, das Gefühl der
Verbundenheit hatte sich nach all diesen Jahren eher noch
vertieft. Ein Lächeln legte sich über sein Gesicht. Freunde
waren doch etwas sehr Kostbares.

Nach einer kurzen Orientierung schlenderte Raoul alleine durch die alten Straßen von Hongkong und genoss das
Gewusel der vielen Menschen, das Hupen der Autos, der
Lärm des Verkehrs, die vielen unterschiedlichen Sprachen, all das war eine wunderbare Kakophonie, die ihn
immer wieder entzückte. Egal, wo er war, in jeder Groß-
stadt dieser Welt waren die Geräusche zu vernehmen und
überall fast gleich. Die vielen Andenkenläden lockten ihn
und er erstand eine kleine goldfarbene Buddha-Figur, die
ihn besonders strahlend anlächelte, wie er fand. Als er
bezahlte, meinte er, eine Bewegung im Augenwinkel gesehen zu haben. Er sah sich um, da fiel sein Blick auf eine

filigrane Porzellanfigur, eine Tänzerin mit wehenden Haaren und wallenden rosaroten Gewändern, die sich auf einer Spieluhr zu drehen schien. Ihr Gesicht war fein modelliert, sie hatte grüne Augen, die ihn direkt anzusehen schienen, und blonde Haare, durchsichtige Flügel, die ganz leicht nur zu flattern schienen, so als wäre sie gerade erst in diese Spieluhr hineingeflogen. Sie sah so lebendig aus. Eine Fee aus dem Märchenland. Er hörte eine feine leise Melodie von einer Harfe, obwohl niemand die Uhr aufgezogen hatte. Er musste ein paar Mal mit den Augen blinzeln, um sich zu vergewissern, dass diese Figur wirklich aus Porzellan gefertigt war und nicht real. Sich nicht plötzlich in die Luft erhob und davonschwirrte. Er drehte die Spieluhr auf seiner Hand hin und her und beobachtete entzückt, wie sich die kleine zierliche Fee nach Verklingen der Harfenmelodie auf dem Plattenboden vorsichtig zusammenkauerte, den Kopf zwischen ihre Arme bettete und dort verweilte. Er schloss den mit Spiegeln ausgekleideten Deckel. Bestimmt war es eine kunstvolle Handarbeit aus dem alten China. Er dachte nicht lange darüber nach und kaufte die Spieluhr, bezahlte ohne zu zögern den überhöhten Preis, den der Verkäufer dafür verlangte. „Fairy Lady" blitzte es durch seine Gedanken. Verrückt. Aber seine Laune hatte sich mit einem Mal zusehends gebessert. Er war zwar nicht abergläubisch, aber neugierig darauf, was diese Tage noch für Überraschungen für ihn bereithielten.

Am Chiemsee

Freitagabend, ein paar Tage vor ihrem Abflug nach Hongkong, am Chiemsee. Cloé parkte ihr Auto vor dem geschlossenen Garagentor, nahm ihre Handtasche vom Beifahrersitz und stieg aus. Ein schmaler Weg führte zur Haustür. Cloé hatte einen Schlüssel. Kurz blieb sie vor dem Haus ihrer Mutter stehen, holte tief Luft, um sich zu beruhigen. Der letzte Anruf von ihrer Mutter Clarice war mehr als beunruhigend gewesen. Sie wolle umziehen, hatte sie ihr gesagt. Nicht wann und wohin, nur dass sie es vorhabe. Dann hatte sie einfach aufgelegt. Also hatte Cloé kurz entschlossen ein paar Tage zusätzlichen Urlaub genommen und war zu ihr gefahren. Mit ihrem Schlüssel schloss sie die Haustür auf und stolperte prompt über einen Karton. Da er vollgepackt und schwer war, hatte sie sich ihren großen Zeh angestoßen. Auf einem Bein hüpfte sie durch die nächste Tür ins Wohnzimmer. „Mama? Wo bist du? Hallo? Ich bin's, Cloé!" Aha, in der Küche rumorte es. Vorsichtig trat Cloé auf ihren Zeh, nicht gebrochen, sie konnte gehen, es tat kaum noch weh. Als sie um die Ecke sah, konnte sie gerade noch die Rückseite ihrer Mutter tief gebeugt unter der Spüle entdecken, der Rest war verschwunden. „Mama!"

Erschrocken wollte sich ihre Mutter aufrichten, knallte mit dem Kopf an das Brett über ihr und schrie kurz auf: „Aua!" Etwas lädiert stand sie mühsam auf, hielt ihre Hand auf die schmerzende Stelle am Kopf und schaute sich um. „Was schleichst du eigentlich so lautlos hier herum? Wo kommst du überhaupt her? Ist was passiert?" Kein Wort der Begrüßung.

„Ich habe gerufen und geklingelt. Ich komme von meiner Wohnung in Zürich, in der Schweiz, falls du dich noch daran erinnerst, und nein, es ist mir nichts passiert. Außer, dass du vor zwei Tagen am Telefon gesagt hast, dass du umziehen willst. Das hat mich schon etwas irritiert. Ich bin deine Tochter. Da sollte mich so etwas doch interessieren. Ich habe extra meine Abreise nach Hongkong um ein paar Tage verschoben. Und ja, erst mal hallo und wie geht es dir?"

Ihre Mutter hatte die Angewohnheit, kreuz und quer zu denken und auch so zu antworten. Manchmal machte das die Konversation etwas schwierig.

„Hongkong? Was willst du denn in Hongkong?"

„Der Lehrgang bei Meister Huong. Der Wettkampf. Ich habe dir doch davon erzählt."

„Du und dein Kampfsport. Aber jetzt bist du da und dann können wir ja alles besprechen, ich erzähle dir auch, was mich dazu bewogen hat umzuziehen. Aber erst mal koche ich uns einen Tee."

Schon werkelte Clarice am Herd und kurze Zeit später strich der zarte Duft von Jasmin-Tee durch die Küche. Es war offensichtlich, dachte Cloé, dass ihre Mutter Zeit brauchte, um sich genau zu überlegen, was sie sagen wollte oder sollte. Sie setzten sich in die gemütlich mit einer Eckbank eingerichtete Essecke und nahmen beide schweigend einen ersten Schluck aus der Teetasse. Ihre Mutter hatte sich gefasst und lächelte Cloé an. „Schön, dass du da bist, ich freue mich dich zu sehen. Auch wenn ich immer noch nicht weiß und nicht verstehe, warum du so vorschnell hier auftauchst. Das wäre wirklich nicht nötig gewesen." Cloés Mutter Clarice strich sich die Haare aus dem Gesicht und sah ihre Tochter erwartungsvoll an.

Cloé kannte ihre Mutter nur so, wie sie jetzt vor ihr stand, in langen wallenden Gewändern mit einem Tuch um den Kopf, das die langen lockigen blonden Haare zähmte. Die Haare hatte Cloé von ihrer Mutter geerbt, auch sie trug sie am liebsten offen über den Rücken fallend. Clarice sah immer noch gut aus, schien kaum einen Tag älter geworden zu sein, seit sie sich das letzte Mal getroffen hatten. Vor drei Jahr, als Cloé nach Zürich gezogen war, aus beruflichen Gründen. Sie hatte in München in einem Touristik-Unternehmen gelernt, nebenher Sprachen studiert und dann als Reiseleiterin gearbeitet. Allerdings war sie mehr im Büro als außerhalb als Reiseleiterin tätig und es genügte ihr nicht. Deshalb hatte sie sich nach Zürich auf einen Job dort beworben. Da sie gute Referenzen hatte und schon seit über 5 Jahren in München gearbeitet hatte, bekam sie die Stelle. Ihre Mutter wohnte schon seit mehr als 20 Jahren hier in diesem kleinen Haus in der Nähe des Chiemsees und hatte sich immer hier wohl gefühlt. Dieses kleine Haus hatte Cloé bis jetzt auch immer als ihr Zuhause angesehen, es richtiggehend liebgewonnen. Was also war jetzt passiert, dass Clarice umziehen wollte. Cloé fragte sie genau das jetzt auch ganz direkt. „Also was ist passiert? Erzähl!"

„Ich hatte einen Traum, einen fürchterlichen Traum. Er ist immer wieder gekommen, jede Nacht. Seit über zwei Wochen. Die ersten Tage verstand ich nur „500", dann das Wort „Fluch" und irgendwann glaubte ich noch „Jahre" und „bald zu spät" gehört zu haben. Dann war da ein schwarzer Mann, unheimlich, düster, er hat mich verfolgt. Immer und immer wieder der gleiche Traum. Jede Nacht bin ich schweißgebadet aufgewacht. Konnte mich nur an Bruchstücke erinnern. Ich bin fast verrückt geworden. Dann habe ich Großmutter angerufen. Du weißt ja vielleicht, sie lebt irgendwo in Australien. Ich habe ihr alles geschildert. Ich konnte spüren, dass sie erschrocken war. Sie sagte etwas wie „Schon?". Dann hat sie mich gedrängt, zu ihr zu kommen, nicht hier zu bleiben. Ich habe wirklich alles überdacht und mit mir gerungen. Zwei Tage später habe ich zugesagt. Und deshalb werde ich jetzt in drei Tagen nach Australien zu meiner Mutter fliegen. Willst du mich dort mal besuchen kommen?"

„Großmama? Hattest du nicht vor 10 Jahren gesagt, sie wäre gestorben? Jetzt lebt sie also doch noch? Kann es sein, dass du da etwas durcheinander bringst?" Cloé kam nicht mehr ganz mit, sie war empört. Ihre Großmutter müsste jetzt uralt sein, fast 90 Jahre, mindestens. Wenn sie denn wirklich noch lebte. Sie hatte sie noch nie persönlich gesehen, immer nur auf einem Foto. Und dieses eine Foto existierte, solange sie denken konnte. Und sie war jetzt gerade mal 28 Jahre alt. Ihre Mutter Clarice hatte sich immer geweigert, ihr zu sagen, wie alt sie selbst eigentlich war, wann sie geboren worden war.

„Die Jahre haben nichts zu bedeuten. Es kommt nur darauf an, wie alt bzw. jung man sich fühlt. Und ich fühle mich sehr jung." Das war immer ihre lapidare Antwort auf ihre Fragen. Es stimmte schon, sie sah überhaupt nicht viel älter aus als vor 10 Jahren.

„Ja, sie lebt noch. Sie wird mir zwei Zimmer in ihrem Haus zur Verfügung stellen. Das erinnert mich daran, ich muss dir ja noch die Adresse geben, falls du mich mal besuchen willst. Ich weiß, das Klima, aber daran werde ich mich schon gewöhnen. Du musst dir keine Sorgen machen."

„Und was passiert mit dem Haus hier? Willst du es vermieten oder verkaufen? Was machst du mit den ganzen Kartons hier? Die willst du doch bestimmt nicht alle mitnehmen nach Australien, oder?"

Schon wuselte ihre Mutter durch das Wohnzimmer, kritzelte etwas auf einen Zettel, legte ihn ihr hin und begann, weiter ihre Sachen in Kartons zu packen. „Das ist die Adresse deiner Oma. Was ist, willst du mir nicht helfen, wo du schon mal da bist? Und nein, ich lass die Kartons natürlich hier. Die kommen in den kleinen Schuppen. Das Haus hab ich schon ab nächsten Monat vermietet. Meine Nachbarin erledigt das mit den neuen Mietern." Ergeben seufzte Cloé, dann stand sie auf und half ihrer Mutter, die Umzugskartons vollzupacken.

Nach zwei Tagen waren alle Habseligkeiten, die Clarice aufheben wollte, sorgfältig in Kartons verpackt. Das alles würde im Schuppen eingelagert werden. Zwei Koffer mit Kleidung für den Aufenthalt in Australien waren auch gepackt und abreisefertig. In Cloés Auto stapelten sich außerdem noch 5 Kartons mit den Dingen, die ihr selbst gehörten und die sie hiergelassen hatte für die Zeit, wenn sie ihre Mutter mal besuchen kam. Sie wollte sie nicht wegwerfen oder einlagern. Die Schränke in ihrer Wohnung in Zürich waren groß genug und böten noch Platz dafür. „Wenn ich in Hongkong fertig bin, komme ich auf jeden Fall nach Australien. Einmal habe ich dort beruflich zu tun, und dann bleibt mir auch noch Zeit, um dich zu besuchen. Du hast es mir selbst angeboten. Außerdem muss ich mir unbedingt Oma ansehen. Ich kann es immer noch nicht glauben, dass sie quicklebendig ist."

Cloé konnte ihrer Mutter anmerken, dass es ihr doch nicht angenehm war, dass sie nach Australien kommen wollte, um sie dort zu besuchen. Sie druckste herum, biss sich aber auf die Lippen, um nicht etwas Falsches zu sagen. Ihre, wie sie glaubte, so nüchtern veranlagte Tochter würde das niemals verstehen, sie verstand es ja selber nicht wirklich, doch sie glaubte daran. Also schwieg sie eisern. Das Thema wurde nicht mehr angeschnitten.
Irgendetwas ist im Busch, dachte Cloé, aber sie wird es mir absolut nicht verraten. Ach, was soll's, machen wir uns ein paar schöne Tage, so oft hatten wir dazu in letzter Zeit keine Gelegenheit. Dann sehen wir weiter.

Am Montagmorgen verabschiedete sich Cloé von ihrer Mutter und fuhr nach Zürich zurück. Sie hatte ihren Flug nach Hongkong auf eine Maschine umbuchen können, die am Dienstag spät abends abflog. Sie würde noch rechtzeitig zu den Wettkämpfen, die am Donnerstag begannen, eintreffen. Der Lehrgang des Meisters begann die Woche darauf am Montagmorgen. Von Hongkong aus wollte sie dann in gut zwei Wochen nach Australien fliegen, eine neue Reiseroute für das Reisebüro testen. Danach würde sie auch gleich mal bei der Adresse vorbeischauen, die ihre Mutter ihr gegeben hatte. Inzwischen müsste sie sich dort ja eingerichtet haben. Eine Bestätigung, dass sie gut angekommen war, hatte Cloé nicht von ihrer Mutter erhalten. Mal sehen, wie das mit ihrer Großmutter war. Wenn sie wirklich noch lebte, könnte sie ihr ja vielleicht über den Traum ihrer Mutter und ihre Angst etwas berichten. Offensichtlich hatte ihre Mutter nicht vor, mehr dazu zu sagen.

Immer, wenn Cloé in den letzten Tagen an Hongkong gedacht hatte, bekam sie so ein komisches Flattern im Bauch, ihr Herz begann zu purzeln und sie konnte gar nicht erwarten, endlich dort zu sein. Als gäbe es dort etwas, das auf sie wartete, etwas zog sie magisch dorthin. Jedes Mal, wenn ihr Hongkong durch den Kopf schwebte, seufzte sie, als fehlte ihr etwas. So wie damals vor diesem komischen Gebäude in Zürich. Gefühlsverirrungen, schimpfte sie in Gedanken mit sich. Irgendwas ist dir beim Essen nicht gut bekommen. Schalt endlich deine Synapsen wieder ordentlich ein und komm auf den Boden der Tatsachen zurück. Sie konzentrierte sich auf diesen Satz, um wieder im Hier und Jetzt zu landen. Sie zwang sich, ihre ganzen Unterlagen noch einmal in Gedanken zu überprüfen, dass sie auch ja nichts vergessen hatte. Die Koffer waren gepackt, die Reiseunterlagen, der Pass, alles im Rucksack, Ladegerät für das Smartphone, Schminksachen, alles da. Sie rief sich ein Taxi und ließ sich rechtzeitig zum Flughafen fahren. Nach dem Einchecken gönnte sie sich eine Tasse heiße Schokolade und versuchte, den Stress der vergangenen Tage hinter sich zu lassen. Teilweise gelang es ihr und sie entspannte sich langsam. Ihr Flug wurde aufgerufen. Ab ging es nach Hongkong.

Sucher

Eine lebensfeindliche und unheimliche Welt war die Dunkle Welt. Vom Universum aus gesehen könnte man sagen, dass das helle Licht diese Welt mied, fast erschien es wie ein schwarzes Loch. Rundherum hatte sich ein dunkler Strahlenkranz gebildet. Das Licht der Sonne drang kaum durch die Atmosphäre, es gab keinen Tag, nur Dämmerung und Nacht. Das wenige Wasser wurde von den Bewohnern unterirdisch gesammelt. Sie hatten ihre Behausungen und Städte unter der Erdoberfläche angelegt. Durch die ständige Dunkelheit waren sie aggressiv und gewalttätig geworden. Die Eingänge zu den drei großen Städten wurden streng bewacht. Wer nach Draußen wollte, musste eine schwarze Rüstung mit Visier tragen, zum Schutz in der Außenwelt. Diese Siedler waren am besten von allen Welten mit technisch hochgerüsteten Waffen bestückt. Es gab nur künstliche, unterirdische Vegetation. Die Oberfläche der ganzen Welt war überzogen mit schwarzen glänzenden Felsen, spitz und scharf wie Glas. Diese Welt wurde im Universum als Bedrohung wahrgenommen. Aber hier gab es noch ein offenes Tor. Allerdings war es nur manchmal zufällig offen, es konnte nicht mehr beeinflusst oder dirigiert werden. Es gab kaum noch jemanden, der sich absichtlich in diese Welt verirrte, aber wer zufällig durch das Portal hierher kam, hatte keine Überlebenschancen. Sollte er die giftige Atmosphäre überleben, würde er von den aggressiven Bewohnern gejagt, ohne Gnade.

Wie schon in den Zyklen davor, so wurde eines Tages wieder ein einzelner Krieger dieser Dunklen Welt durch das Tor geschickt auf die blaue Welt, um dort zu suchen, nach dem Buch, den Trägern des Buches, nach einem Weg der Erlösung von dem Fluch, der wie ein Damoklesschwert über allem zu schweben schien. Der Sucher landete in einer heißen, unbewohnten Wüste. Seine Suche verlief ergebnislos. Er war genauso erfolglos wie seine Kameraden zuvor. Nach zwei Tagen kehrte er entkräftet wieder um, das Tor hier auf seiner Seite war Gott sei Dank noch an seinem Platz, er freute sich, dass er wieder in seine Heimat zurückkehren konnte. Allerdings wusste er nicht, dass das Portal zu Hause, auf der anderen Seite, nicht mehr offen war. Es hatte sich sofort nach seiner Abreise geschlossen. So landete er schließlich durch das Tor in der Hölle. Eiseskälte, alles weiß, nur Schnee und Eis. Trostlos. Kein Portal zu sehen, kein Weg zurück. Wieso war er gerade hier gelandet, in der weißen Welt? Verzweifelt fiel er auf die Knie, dann auf sein Gesicht. Erschöpft. Nach einem Tag war es vorbei. Der Sucher kehrte nicht mehr zurück in seine Dunkle Welt.

Nicht weit entfernt von dieser Dunklen Welt befand sich gerade die Grüne Welt. Sie war die Welt der Elfen, über und über mit Büschen, Bäumen und Gräsern bedeckt und bewachsen, bonsaimäßig kleine Bäume. Alles war kleiner als anderswo, auch die dort wohnenden Siedler waren von der Statur her eher klein und zierlich. Die Gebäude, ihre Kleidung, alles erschien in allen Farbschattierungen von Grün. Diese Welt unterschied sich durch ein ganz wichtiges Merkmal von allen anderen Welten, sie konnte ihre Größe verändern und hatte im Universum keinen festen Platz. Sie erschien auch im Universum als kleiner grüner Planet, der ständig kreuz und quer unterwegs war und konnte dank seiner kleinsten Größe überall landen, auch auf anderen Planeten. Dort band sich die Grüne Welt ein, als gehöre sie dorthin, und sie wurde deshalb aus Sicht anderer Planeten nicht als eigenständige Welt wahrgenommen. War ihre Welt auf einer fremden Welt gelandet, so hielten sich die Bewohner der Grünen Welt meistens unsichtbar. Diese lebten zwar alle im Einklang mit der Natur, aber mit der Zeit nicht mehr in Frieden untereinander, einige der Elfenvölker waren auf die dunkle Seite dieser grünen Welt gewandert, um dort zu leben, und wehrten jeden ab, der von der anderen Seite kam. Im Laufe der Jahrtausende hatte sich diese Welt durch ihre Kriege bei den anderen Welten unbeliebt gemacht und keiner wollte sie mehr auf seinem Planeten haben.

Auf der grünen Welt waren jetzt noch zwei Portale offen. Eines dieser Tore lag gut versteckt in einer Höhle, der Zu-

gang befand sich genau zwischen den beiden verfeindeten Parteien. Er wurde von beiden Seiten gut bewacht. Nur der Oberste Berater des Königshauses auf der hellen Seite kannte den genauen Zugangscode. In jedem Zyklus schickte der Oberste Berater des Königs zwei Sucher aus, um nach Erlösung von dem Fluch zu suchen. Nur wenige kamen zurück, erfolglos. Viele von ihnen blieben für immer verschwunden. Auch in diesem letzten Zyklus schickten sie wieder zwei Freiwillige auf die Suche, dieses Mal aber genau gezielt auf die Blaue Welt, in die große Wüste. Dort sollte ein Portal stehen, von dort hatten sie ein Signal empfangen. Der Oberste Berater vermutete, dass dort vielleicht endlich die Trägerin oder der Träger des Buches zu finden sein musste. Die Gelegenheit war einmalig günstig. Eine solche Chance würde sich ihnen nicht mehr bieten.

Auf der Blauen Welt gab es viele Wüsten oder wüstenartige Landschaften. Es war Sommer in der australischen Wüste. Die Sonne brannte heiß auf die kahle Erde, die Luft war ein Glutofen, der Sand so heiß, dass er jedes Samenkorn verbrannte, das versuchte, in dieser Ödnis seine Wurzeln in die Erde zu schlagen. Es gab keine Vegetation. Die Luft flimmerte, am höchsten Punkt der Düne mehr als rundherum, wie ein großes Oval stand es da oben, ungefähr zwei Meter hoch und einen Meter breit. Aus dem Flimmern schob sich ganz langsam eine schwarze Hand heraus, dann folgte die zweite Hand, beide zogen das flimmernde Oval auseinander, ein Fuß, dann das restliche Bein folgte, ein Kopf schaute hinaus und rote Augen musterten die Gegend lange und sehr genau. Dann stand die ganze Gestalt auf dem Wüstenboden, schwarz und düster, unheimlich sah der Panzer aus, in dem sie gekleidet war. Sowie sie den Boden berührte, passte sich die Farbe des Panzers dem gelb-roten Sand an und die Gestalt wurde dadurch fast unsichtbar. Nur die Ränder flimmerten noch. Lange Zeit geschah nichts, die roten Augen musterten den Horizont. Dann drehte der Kopf sich nach hinten hinein in das flimmernde Oval, das Wesen murmelte etwas Unverständliches, der Kopf, der Fuß, das Bein und die Hände verschwanden mitsamt dem Körper wieder im Inneren des Ovals, das Flim-

mern zischte kurz auf und war nicht mehr zu sehen. Nichts deutete mehr auf diesen unheimlichen Besucher hin.

Die innere Wüste Australiens lag wieder verlassen da wie vorher. Niemand schien das Ereignis beobachtet zu haben. Oder etwa doch? Am fernen Horizont erhob sich langsam ein Aborigine, hob seinen langen Speer auf und ging mit weit ausladenden Schritten weiter Richtung Osten. Er war ein Beobachter, er hatte gesehen. Zwei Tage später hatte er seinen Stamm erreicht. Mit einigen sparsamen Gesten und Worten schilderte er den Männern, was er gesehen hatte. „Sie suchen sie. Sie kommen näher. Die weißen Frauen müssen gehen, sonst ist es zu spät und sie werden uns alle vernichten." Der Älteste nickte und stand auf. Langsam gingen die Männer zu der Frauengruppe. „Wir müssen los. Sagt den beiden Weißen Bescheid." Alles schien bereits abgesprochen. Der ganze Stamm packte zusammen und machte sich auf den Weg. Unterwegs kam noch eine Gruppe Frauen dazu, sie hatten nach Wurzeln gegraben. Bei ihnen waren zwei weiße Frauen, nicht mehr jung, aber beide noch sehr rüstig. Mit schnellen Schritten wanderte die Gruppe nun nach Osten, mitten hinein in die Gluthölle von Australien. Immer wieder sahen sich die beiden weißen Frauen um, konnten aber niemanden entdecken. Nach einem Tag konnte man von weitem schon einen roten Berg sehen, das Heiligtum der Aborigines, ihr Ziel. Morgen würden sie dort sein.

Am nächsten Tag ruhte die Gruppe am Fuße des roten Berges, des Uluru, von den Weißen Ayers Rock genannt. Die beiden weißen Frauen hatten sich entschieden, direkt hineinzugehen, ohne weitere Pause. Je früher sie von hier verschwanden, umso besser für die Aborigines. Hoffentlich war das Tor noch offen, wie der Älteste prophezeit hatte. Der Weg war lang, es war duster, aber nicht dunkel, nur der Wissende durfte sie begleiten. Nach einigen Stunden der Kletterei und Wanderung kamen sie in der großen Höhle an. In der Mitte flimmerte die Luft, wie draußen in der Gluthölle der Wüste. Aber das Flimmern war wieder begrenzt auf ein großes Oval. Bedeutungsvoll sahen sich die Frauen an, bedankten sich bei ihrem Führer und verab-

schiedeten sich kurz. Für das, was jetzt kam, brauchten sie ihren gesamten Mut. Mit einem Nicken nahmen sie sich an die Hand und gingen durch das Oval, wo sie sofort verschwanden. Der Aborigine wartete eine Stunde, bevor er sich umdrehte und den Rückweg antrat. Er hatte noch beobachten können, wie sich das große, flimmernde Oval langsam auflöste. Es würde lange dauern, bis es wieder auftauchte. Ein paar Jahre bestimmt. Die Legende hatte es ihm erzählt. Die jüngere der Frauen hatte ihm, bevor sie hineintrat, etwas übergegeben, das er weitergeben sollte. Ein Paket, in braunes Papier eingewickelt. Dabei hatte sie genau beschrieben, wo und wann und an wen die Übergabe erfolgen sollte.

Weit hinter dem Horizont hatte sich ein paar Tage später ein flimmernder Ring aufgetan, zwei dunkel gekleidete Krieger, klein wie Kinder, waren herausgekommen, hatten sich sofort auf die Suche gemacht durch die heiße Wüste, nach einem endlos langen heißen Tag und einer noch längeren kalten Nacht kehrten sie erfolglos und halb verdurstet wieder zurück. Umsonst, alles umsonst. Die Spur war kalt. Sie hatte sich in dem Moment aufgelöst, als die beiden Frauen in der Höhle verschwunden waren, doch das konnten sie nicht wissen. Jetzt mussten die beiden Sucher unverrichteter Dinge zurückkehren. Sie hatten ihre Aufgabe nicht erfüllen können. Damit war ihre Grüne Welt zum Scheitern verurteilt, sie würde wieder auf Wanderschaft gehen müssen, kreuz und quer durch das Universum. Es würde viele Zyklen dauern, bis sie vielleicht zufälligerweise wieder in dieses Universum eintauchen könnte. Aber dann wäre es zu spät, die vorhergesagten Zyklen wären vergangen. Wenn sie doch nur das Buch gefunden hätten.

Der Oberste Berater in der Grünen Welt hoffte, darin einen Hinweis zu finden, wie denn die Erlösung ihrer Welt gelingen könnte. Der Fluch dauerte jetzt schon fast 500 Jahre, die Zyklen waren fast aufgebraucht. Dieses Buch war ihre letzte Hoffnung gewesen, obwohl niemand mehr genau wusste, was wirklich darin stand. Doch das Buch hatte seinen eigenen Willen, seit Jahrhunderten suchten sie es, hatten es aber nicht aufspüren können. Hoffnungslo-

sigkeit hatte sich in ihrem Reich inzwischen breit gemacht. Schweren Herzens traten die Krieger hinein durch das flimmernde Tor, um den Heimweg anzutreten. Dort drüben in ihrer Heimat wurden sie nicht gerade mit Begeisterung empfangen.

„Es sind schon wieder zwei Tore verschwunden, haben sich einfach in Luft aufgelöst. Nur noch eines ist offen. Jetzt haben wir fast keinerlei Kontakt mehr zu diesen Welten. Wie sollen wir sie da finden? Wo ist dieser undankbare Verwandte des Königs? Warum ist er spurlos verschwunden? Welche Untat hat er jetzt wieder vor? Wo sind seine beiden Begleiter? Ihr werdet euch sofort auf die Suche machen, und glaubt nicht, dass ihr zurückkommen könnt ohne die drei Ausreißer. Ich glaube es einfach nicht. Nur unfähige Untergebene um mich herum!" Verständnislos schauten sich die Sucher an und schüttelten den Kopf. Sie zweifelten mehr und mehr am Verstand des Königs und seines Beraters. Keiner hatte scheinbar vor, sie über die Gründe dieser immer wieder anders begründeten Suchaktion zu informieren.

Der alte Berater des Königs raufte sich die weißen Haare. Der Nachkomme des Königs 5. Grades hatte den Thron abgelehnt und war in einer der anderen Welten verschwunden. Sein Bruder war ein Tunichtgut, er stand gar nicht zur Wahl, aufgrund seiner vielen Untaten war er auf die schwarze Liste gesetzt worden. Um König zu werden, hätte er jeden vor ihm und um ihn herum beseitigen lassen müssen. Auch den jetzigen noch lebenden alten König. Alleine sein Lebensstil und sein Ungehorsam hatten ihn von vornherein ausgeschlossen. Bevor er festgesetzt werden konnte, war er mit zwei Begleitern verschwunden, ohne eine Spur zu hinterlassen. Seit drei Zyklen suchten sie ihn jetzt schon. Die Möglichkeiten, ihn aufzuspüren, wurden immer geringer. Es wurde immer schwerer, das richtige Tor zu finden, das in die eine Welt führte, wohin er angeblich verschwunden war. Der alte Mann war müde, aber er hoffte. Hoffte immer noch auf ein Wunder. Auf Erlösung! Irgendwo in den Welten.

Cloé in Hongkong

Cloé war schon mehrmals in Hongkong gewesen. Dieses Mal kam sie spät am Nachmittag mit dem Flugzeug an. Eine aufregende Stadt. Vor allem abseits der Touristenströme. Sie hatte sich ein Zimmer in einer kleinen, aber sehr sauberen und schicken Pension gebucht, das von einem Schweizer Ehepaar geleitet wurde. Sie kannte die beiden von ihren Reisen für das Reisebüro vor einigen Jahren, damals hatten die beiden, also das Ehepaar, noch ein großes Hotel geleitet. Aber die Arbeit war ihnen zu viel geworden und so hatten sie das Hotel verpachtet und diese Pension gekauft. Ein Taxi setzte sie direkt vor dem Eingang ab. Sofort fühlte sich Cloé hier wie zu Hause. Das Ehepaar bemutterte sie richtiggehend. Als sie ihnen erzählte, dass sie an einem Wettkampfturnier teilnehmen würde, erschraken sie. Das sei doch nichts für eine Frau, meinte der Mann. Cloé hatte gelacht. „Aber wir Frauen sind nicht so zart besaitet, wie das manchmal scheint. Diese Kampfkunst dient doch vor allem auch der Selbstverteidigung. Und das muss eine Frau doch zwingend können."

Cloé verstaute ihr Gepäck und ging dann auf eine Erkundungstour durch die Altstadt von Hongkong. Aufregend, wie immer, gleichwohl vertraut, die Gerüche und Geräusche. Cloé sprach perfekt Chinesisch, und auch einige der Dialekte konnte sie zumindest teilweise verstehen und auch sprechen. Nach diesem Rundgang genehmigte sie sich ein köstliches Menu in einem lokalen Restaurant, dann machte sie sich fertig für den ersten Abend des Turniers. Sie würde sich vor der Pension mit einer engen Freundin treffen, Sue-Lin. Sie war eine Kollegin, so hatten sie sich auch kennengelernt. Sue-Lin arbeitete seit einigen Jahren in der Hongkong Filiale des Reiseunternehmens, bei dem auch Cloé beschäftigt war. Sue-Lin hatte ihr von ihrem Verlobten Cian vorgeschwärmt. Sie würden ihn heute Abend bei dem Wettkampf treffen, zusammen mit seinem alten Schulkollegen aus Europa, der gerade auf Besuch bei ihm weilte. Nun, Cloé freute sich auf diesen Abend, außerdem freute sie sich auch auf den Lehrgang von Meister Huong, der in der nächsten Woche, am Montag, beginnen würde. Sie beschloss, in dieser Zeit alle Gedanken und Probleme, die mit ihrer Mutter zu tun hatten, beiseite zu schieben, sich mental auf die Wettkämpfe vorzubereiten und ansonsten einfach nur die Tage zu genießen. Das Flattern setzte urplötzlich wieder ein, stärker und überwältigender als zuvor.

Sue-Lin holte sie ab. Sie sah toll aus in dem kurzen enganliegenden traditionellen blau-silbernen Gewand mit Stehkragen und schräger Knopfleiste. Cloé hatte sich am Nachmittag ein ähnliches Kleid in dunkelrot mit goldenen Drachen gekauft, das sie für diesen Anlass heute Abend angezogen hatte. Ihr blondes Haar hatte sie zu einem dicken losen Zopf geflochten, der ihr lang über den Rücken fiel. Eine goldene Drachenbrosche hielt die kürzeren Strähnen seitlich am Kopf fest. „Wir geben ein tolles Paar ab, fast wie Zwillinge." Sue-Lin drehte sich einmal um sich herum und Cloé machte es ihr nach. Dann lachten sie fröhlich und stiegen in das Taxi ein.

Um 18 Uhr wollten sich Raoul und Cian vor der Wettkampfhalle treffen. Als Raoul dort eintraf, war Cian schon da.
Raoul sah sich um, er war unruhig, „Fairy Lady" spukte in seinem Gehirn herum. „Du bist alleine?"
„Ja, hab ich dir doch gesagt, die Mädels wollten sich noch frisch machen und etwas Geschäftliches besprechen. Sie kommen direkt in die Halle, ich habe Sue-Lin die Karten für die beiden gegeben. Alles Roger, Raoul. Lass uns schon mal reingehen." Cian wirkte etwas nervös. Er wollte unbedingt seine Liebste wiedersehen. Die zwei Stunden

heute Nachmittag waren einfach zu kurz gewesen. Außerdem war er gespannt, was Raoul wohl sagen würde.

„Ist alles in Ordnung?" Raoul sah Cian skeptisch an.

„Ja, ja, alles bestens. Jetzt komm schon."

Sie setzten sich auf ihre Plätze vorne in der ersten Reihe. Die Halle war schon gut gefüllt, es war laut. In einer halben Stunde würde der erste Wettkampf stattfinden. Die Aufregung und Spannung stieg. Vier Kämpfe sollten es insgesamt heute Abend geben. Die Gewinner traten morgen Abend gegen neue Gegner an. Raoul sah sich das Programmheft an. Verschiedene Kampftechniken würden im Wettkampf vorgeführt werden. „Fairy Lady!" Wo war sie nur?

Die Menschenmenge strömte in die Halle und Sue-Lin und Cloé mussten sich ihren Weg fast freikämpfen, um in die erste Reihe zu kommen, die sich um den Kampfplatz zog. Sue-Lin blieb kurz stehen, da hatte sie auch schon ihren Verlobten Cian entdeckt. Sie machte Cloé auf ihn aufmerksam, dann ging sie zielstrebig auf einen jungen gut aussehenden Chinesen zu, der aufgesprungen war und ihr zuwinkte.

Cloé folgte ihr langsam, irgendwie fühlte sie sich, als würde sie von einem Magneten angezogen. Sie drängte sich durch die aufgeregte Menschenmenge. In ihrem Bauch flatterten auf einmal Unmassen von Schmetterlingen, ihr Herz schlug Purzelbäume, als würde es sich ungemein freuen.

Bunte Welt

Die faszinierendste der Welten war die Bunte Welt. Dort war alles kunterbunt, die Gebäude, die Kleidung der Bewohner, die Vegetation, das pastellfarbene Wasser, selbst der Himmel erschien in vielen Pastelltönen. Das gesamte Farbspektrum wurde auch von den vielen Bewohnern abgedeckt. Sie trugen immer kunterbunte farbenfrohe Kleidung. Ihre Häuser waren bunt angemalt, die Landschaft war kunterbunt und um jede Ecke sah die Aussicht wieder anders aus, nichts war eintönig, sondern überall gab es viele bunte Städte und Dörfer. Allerdings war die Bevölkerung kaum technisch ausgerüstet, aber die Magie genoss einen hohen Stellenwert. Anders konnte es gar nicht sein, sonst könnten die Kutschen und andere Fahrzeuge nicht fliegen, oder besser in der Luft schweben. Die Welt wurde von großen und kleinen Wesen bewohnt, viele davon hatten ein kunterbuntes Fell und lange Schwänze, vierbeinig, zweibeinig, alle konnten durch die Luft schweben. Sie alle kommunizierten miteinander, ohne Unterschied, Mensch und Tier, Einheimische und Fremde. Man verstand ihre Sprache immer, auch wenn man aus einer anderen Welt stammte. Diese Kommunikation war eine Art von Singsang, Worte mit Melodie, gesungene Sprache. Dieses Singen täuschte manchmal eine Leichtigkeit vor, die nicht immer angebracht war. Aber gerade deshalb wurden Konflikte bisher immer auf diese Weise vermieden Diese Welt erschien im Universum als farbenfroher Planet. Es gab noch zwei offene Tore. Diese lagen in der Königskathedrale der Hauptstadt und wurden von Soldaten streng bewacht.

Lange Zeit waren die Portale in der Königskathedrale der bunten Welt nicht mehr aktiv gewesen. Umso erstaunter waren die Soldaten, die die Portale Tag und Nacht bewachten, als eines Tages ein Tor anfing zu flimmern und zu summen, und nach einer kurzen Zeit kamen nacheinander zwei Frauen herausgeschlüpft. Beide Frauen waren mit bunten weiten Gewändern bekleidet, die jüngere hatte eine Tasche in der Hand. Sie sprachen die beiden Soldaten an, die sprachlos und erschrocken langsam ihre Waffen auf die Neuankömmlinge richteten. Ein dritter Soldat rannte schnell hinaus und kam kurze Zeit später mit einer respektabel wirkenden Persönlichkeit zurück. Es war der Großkanzler, wie er sich den Damen vorstellte. Die ältere Frau sprach ihn höflich an, in einer auf dieser Welt nicht üblichen Sprache, aber dank der Magie dieser Welt konnte er sie doch sofort verstehen. „Wir bitten um Herberge auf Eurer Welt. Mein Name ist Donatia Fountain. Meine Tochter Clarice und ich suchen Schutz vor der Dunkelheit. Wir wurden verfolgt und konnten gerade noch entkommen, aus der Blauen Welt. Das Portal dort in der Wüste hat uns hierher gebracht. Bitte lasst uns hierbleiben, wir bitten um Asyl, nicht für immer, aber für einige Zeit. Wir haben einen weiten und anstrengenden Weg hinter uns. Könnt Ihr uns hier eine sichere Unterkunft gewähren?"

„Habt keine Angst. Ich bin der Großkanzler dieser schönen Bunten Welt. Wir sind bekannt für unsere Gastfreundlichkeit. Ja, hier könnt Ihr vollkommen sicher sein. Wir begrüßen Euch als unsere Gäste. Kommt mit und erzählt mir Eure Geschichte, wo Ihr herkommt und was Euch bewegt hat, die beschwerliche Reise hierher zu uns auf Euch zu nehmen. Wir sind immer begierig, Geschichten von anderen Welten zu hören. Wer hat Euch denn verfolgt und warum?"

Es wurde eine lange Nacht, in der die beiden Frauen dem Großkanzler ihre Geschichte erzählten. Dabei wurden sie bewirtet mit Speisen und Getränken. Schließlich meinte Clarice noch, dass sie vor ihrer Reise hierher ein Päckchen mit einem alten Buch für die Weitergabe an ihre Tochter zurückgelassen hatte. Es war ihr irgendwie ein Bedürfnis gewesen, dass ihre Tochter dieses Buch bekomme, sie wisse auch nicht genau warum. Am Ende der Geschichte bat der Großkanzler einen der am Tisch sitzenden Zuhörer, die beiden Frauen in seinem Hause unterzubringen und für einige Nächte zu beherbergen, bis eine angemessene eigene Unterkunft für sie gefunden wurde.

„Nun", meinte der Großkanzler, „ich glaube, ich kann Euch sagen, wer Euch verfolgt hat und warum. Es gibt da *eine Legende, ein Märchen, das in der Grünen Welt spielt. Darin heißt es, dass von dort aus in jedem Zyklus, es gibt fünf davon, Sucher ausgesandt werden, die ein Buch und dessen Auserwählten suchen sollen. Es geht um einen Fluch und um Erlösung. Aber auch aus der Dunklen Welt wurden bereits Krieger auf eine Suche geschickt, aber hier geht es zusätzlich auch noch um Rache. Ihr seht also, es kann schon sein, dass ein solcher Sucher einmal fast auf Euch gestoßen ist, dass Ihr genau diejenigen wart, die er gesucht hat. Es ist egal, aus welcher Welt der Sucher kam, es war gut, dass er Euch nicht gefunden hat. Sonst wärt Ihr nicht hier gelandet. Ihr könnt solange bleiben, wie Ihr wollt und Euch sicher fühlen bei uns. Ihr braucht keine Angst zu haben. Denn hierher wird niemals ein Sucher kommen. Dafür sorgen unsere Wächter am Portal.«*

Clarice und ihre Mutter fühlten sich wohl in dieser wirklich außergewöhnlichen bunten Welt. Schnell hatten beide eine Beschäftigung und ein eigenes Häuschen gefunden. Dort unterrichteten sie Kinder in allen Arten der Kreativität, Malen, Basteln, Stricken. Clarice dachte dabei an ihre zukünftigen Enkel, die sie hoffentlich in den nächsten Jahren bekommen würde. Diese Welt hier bot ihr und ihrer Mutter die Sicherheit, die sie sich erhofft hatten. Hierher konnte keiner sie verfolgen, so hofften sie wenigstens beide. Jede Woche trafen sie sich mit dem Großkanzler, der ihnen viele Tipps und Hinweise geben konnte, für ihre zukünftigen Reisen, für ihren Aufenthalt hier in seiner Welt. Er erzählte ihnen auch die Geschichte, das Märchen, aus der fernen Vergangenheit, über das er bei ihrer Ankunft kurz gesprochen hatte. Dieses Märchen könnte ihnen aber auch viele Hinweise und Ideen auf ihren bisherigen Lebensweg und auch auf die Zukunft geben und ihnen somit vielleicht einmal ganz nützlich sein in den nächsten Jahren. Vielleicht stand diese Geschichte ja in dem besagten Buch, das Clarice für ihre Tochter hinterlassen hatte.

Dieses Märchen war von Generation zu Generation immer wieder mündlich weitererzählt worden, von einem Ohr zum anderen, von einer Welt zur anderen, bis ein Magier es eines Tages in ein großes Märchenbuch aufgeschrieben

hatte und dieses Buch mit einem Zauber belegte. Irgend-
wann verschwand das Buch auf geheimnisvolle Weise, von
ganz alleine, und es begab sich auf die Suche. Wonach?
Aber auch der Großkanzler konnte diese Frage nicht be-
antworten.

Wenn sie doch nur ihrer Tochter etwas davon erzählen
könnte, dachte Clarice. Als sie das nächste Mal den Groß-
kanzler darauf ansprach, meinte dieser, dass ihre Tochter
doch inzwischen im Besitz des Buches sein müsste und
darin dieses Märchen nachlesen könne. Vielleicht hatte
ihre Tochter ja etwas mit diesem Märchen zu tun. Wenn
denn das Buch sie als die einzig Richtige erkannt hätte. Er
gab aber auch zu, dass bis jetzt noch niemand die Geschich-
ten in diesem Buch selbst gelesen hätte, gesehen hätte,
immer nur davon gehört. Es war das erste Mal, dass er sie
auf das Buch direkt ansprach und er sie fragte, woher sie
es denn hätte. Deshalb erzählte sie ihm, dass sie dieses
Buch auf einem Flohmarkt entdeckt und gekauft hätte. Es
wäre nicht teuer gewesen, da einige Seiten darin nicht
beschrieben waren. Außerdem hätte sie die Schrift gar
nicht entziffern können, es wäre wohl also ein Fehldruck

„Nun, das glaube ich nicht. Dieses Buch hat seinen eige-
nen Willen, es wurde mit einer sehr starken Magie belegt
und sucht sich seine Besitzer selbst aus. Es hat dich ge-
sucht, es wollte, dass du es an deine Tochter weitergibst.
Vielleicht ist sie ja die Auserwählte, die uns alle rettet, auf
die wir alle in allen Welten schon so lange warten. “

Diese Worte hatten Clarice überrascht und auch nach-
denklich gemacht. Wie konnte sie ihrer Tochter Cloé nur
eine Nachricht zukommen lassen, die auch noch glaubhaft
war?

Der Großkanzler schien ihre Gedanken lesen zu können.
„Ich glaube, ich weiß, wie du deiner Tochter deine Gedan-
ken mitteilen kannst. “ Und dann unterwies er sie in der
Traumsendung, der Traumdeutung und der Bedeutung, die
zwei manchmal hier vorbeikommende schwarze Pferde
dabei haben könnten. „Diese Pferde brauchen keine Porta-

le, um von einer Welt auf die andere zu gelangen. Sie stammen aus der Magischen Welt, sind voll mit Magie und reisen auf den Schwingen der Winde, des Regenbogens, der Gedanken. Allerdings waren sie schon länger nicht mehr hier. Ich werde versuchen, sie zu rufen. Alles wird gut, ich habe wieder Hoffnung. Ich danke dir, meine Tochter."

Fairy Lady

Raoul war so vertieft in die Programmpunkte und seine Suche nach „Fairy Lady", dass er nicht bemerkte, wie zwei junge Damen sich ihnen näherten, eine junge Chinesin mit langen schwarzen Haaren und einem typisch chinesischen blau-silbernen Kleid und eine blondhaarige junge Europäerin mit dunkelrot-goldenem Kleid in gleicher Machart. Sie könnten wirklich zweieiige Zwillinge sein, dachte Cian lächelnd und schupste Raoul mit dem Ellbogen an.

Als Sue-Lin stehen blieb, um ihren Verlobten mit einer innigen Umarmung und einem Kuss zu begrüßen, drehte sich Cloé um sie herum und stand automatisch vor dem Begleiter von Cian, einem jungen Europäer in dunkler Kleidung. Er war groß, mindestens einen ganzen Kopf größer als sie selbst, breite Schultern, sportliche Figur. Braungebrannt. Seine schwarzen lockigen Haare hingen bis zu seinen Schultern, ein kleiner schwarzer Bart umrundete seine Lippen und sein Kinn mit diesem sexy Grübchen, oha! Als sie in seine dunkelblauen, tiefgründigen Augen sah, blieb ihr das Herz stehen. Es war wie ein Schlag, als hätte sie mit beiden Händen in eine Steckdose gefasst, ganz tief hinein. Sie vergaß zu atmen.

Raoul sah auf. Als er das Gesicht der Frau sah, die direkt vor ihm stand, und er in ihre grünen Augen blickte, glaubte er, sein Herz stehe still. Es war wie ein Schlag, als hätte er in eine Steckdose gefasst, als hätte ihn jemand mit großer Wucht in den Magen geboxt. Er vergaß zu atmen. Das war sie. Die Frau auf dem Fahrrad. „Fairy Lady". Der Name klang mit einem lauten ohrenbetäubenden Echo durch seinen Kopf. Die Frau aus seinem Traum. Hoffentlich keine Fata Morgana. Dann hätte er sich doch noch auf die Suche nach ihr machen müssen. Das blonde Haar, die grünen Augen. Sie kam ihm seltsam vertraut vor, als würde er sie schon ewig kennen, aus einem früheren Leben vielleicht. Irgendwer zupfte ungeduldig an seinem Ellbogen.

„Was ist, du siehst aus, als würdest du gleich in Ohnmacht fallen. Mach einfach den Mund zu, atme und begrüße die Damen!" Cian flüsterte es ihm ins Ohr.

Raoul ergriff automatisch die ihm dargebotenen Hände nacheinander und begrüßte die Damen mit einem Küsschen auf die Wange, zuerst Sue-Lin, dann - wie hieß sie noch mal? Er hatte den Namen nicht verstanden, so sehr rauschte das Blut in seinen Ohren.

„Das ist Cloé Fountain, mein Lieber, die Freundin und Kollegin von Sue-Lin. Ich habe dir doch von ihr erzählt."

Raoul hatte kein Wort von Cian verstanden, hatte nichts gehört. Seine Ohren schienen immer noch taub zu sein. Noch immer hielt er die Hand dieser Cloé, er war leichenblass, noch immer raste sein Herz wie wild, überschlug sich in seiner Brust. Noch immer kribbelte jeder Punkt seiner Haut, mit dem er sie berührte. Ihr schien es ebenso zu ergehen, denn sie standen sich beide minutenlang sprachlos gegenüber, wie erstarrt. „Fairy Lady!" Er hatte sie gefunden, oder besser, sie hatten sich gefunden. Sie war es! Endlich! Er brachte kein Wort über die Lippen.

Cian und seine Sue-Lin hatten sich inzwischen gesetzt, lächelten und zwinkerten sich zu. Dann meinte Cian ganz nebenbei zu den beiden gewandt: „Jetzt dürft ihr euch aber setzen, Kinder. Der Wettkampf beginnt."

Automatisch, wie auf Kommando, setzten sich Raoul und Cloé, immer noch Händchen haltend. Sie sahen sich beide an, seufzten beide gleichzeitig, blickten zum jetzt angekündigten Wettkampf hinüber, ließen ihre Hände los, nur um sie unbewusst wieder zu ergreifen. So blieben sie die ganze Zeit still nebeneinander an den Händen verbunden sitzen. Keiner war fähig, auch nur ein Wort zu sagen. Als der Wettkampf zu Ende war, standen Raoul und Cloé wie in Trance gleichzeitig auf, sahen sich an und lächelten zaghaft. Raoul fühlte eine innere Unruhe, wusste auf einmal jedoch instinktiv, was er zu tun hatte und ergriff die

Initiative: „Wir gehen mal kurz an die frische Luft!" Immer noch ihre Hand haltend, zog er Cloé neben sich her nach draußen. Beide strahlten irgendwie von innen heraus über das ganze Gesicht. Sie merkten es nicht, aber dieses Strahlen umgab sie wie ein Lichterkranz.

„Wow, die beiden hat es aber schwer erwischt. Liebe auf den ersten Blick. Das ist Schicksal, magisch. Ich habe es ihm prophezeit. Wenn die Richtige kommt – und scheinbar ist Cloé die Richtige für ihn – dann wird er sich noch wundern. Wer hätte das gedacht." Cian konnte sich gar nicht mehr beruhigen, immer wieder musste er leise vor sich hin lachen.

Seine Verlobte strahlte ihn an. „Das wäre doch wunderbar, stell dir nur mal das Bild vor – Raoul und Cloé. Sie sehen so gegensätzlich aus, Raoul immer dunkel gekleidet, mit seinen schwarzen Haaren, so ernst. Cloé liebt helle Kleidung, Farben, ihre langen blonden Locken, sie ist ein wunderbarer fröhlicher Mensch. Sie könnten doch unsere Trauzeugen sein, was meinst du?"

Da musste Cian seiner Sue-Lin wirklich Recht geben. Das war eine gute Idee. Sein bester Freund und die Freundin seiner Verlobten, das wäre toll. Gleich morgen würde er die beiden fragen, ob sie Trauzeugen sein wollten.

Draußen hatte Raoul Cloé von der Menschenmenge etwas fortgezogen und blieb mit ihr kurz vor der nächsten Ecke stehen. Atemlos. Er hielt immer noch ihre Hand, die sie ihm jetzt aber entzog.

„Was ist nur los? Was soll das?" Cloé traute ihren eigenen Gefühlen im Moment nicht. Was passierte da gerade mit ihr, mit ihm? Sie fühlte sich wie von einem Magneten von ihm angezogen, als würde sie ihn schon ihr Leben lang kennen. Er sah aber auch einfach wahnsinnig gut aus. Und dann sein Duft, einfach köstlich. Sie wollte sich in seine Arme stürzen, ihn nie mehr loslassen. Aber das war so gar nicht ihre Art. Was war nur mit ihr los? Das Blut rauschte in ihren Ohren. Was sagte er da von Feuer zwischen den Fingern? Er hatte ihre Hand erfasst und legte sie auf seine Handfläche. Mit fragendem Blick sah Cloé ihn an. Aber sie hatte es auch gespürt, das gleiche Flattern in ihrem Bauch, wie damals vor diesem Gebäude in Zürich. Purzelbäume schlagendes Herz. Hoffentlich wurde ihr nicht gleich schlecht dadurch.

Raoul hielt immer noch ihre Hand. „Hast du das nicht gefühlt? Dieser Schlag? Die Funken zwischen unseren Fingern gesehen?" Zur Demonstration hielt Raoul seine Handfläche nach oben und legte ihre Hand darauf. Sofort blitzten kleine blaue Funken dazwischen auf und es kribbelte in den Fingerspitzen und auf den Handflächen.

„Was ist das?" flüsterte Cloé entgeistert. Cloé sah ungläubig auf die kleinen blauen Funken, die zwischen ihren Fingerspitzen und Handflächen hin und her blitzten. Es kribbelte überall. „Was ist das?" flüsterte sie noch einmal und sah schockiert und ungläubig in seine Augen. Das hätte sie nicht tun sollen, jetzt kribbelte es nur noch mehr.

Beiden blitzte zur gleichen Zeit ein Gedanke durch den Kopf: Sie hatten sich gefunden, über alle Zeiten und Welten hinweg, nach einer Ewigkeit hatten sie zueinander gefunden! Noch niemals zuvor in ihrem Leben hatte Cloé, hatte Raoul sich so gefühlt. Angekommen. „Halt mich fest", dachte Cloé, „damit ich mich nicht verliere!" Eigentlich hätte es heißen sollen: „Damit ich dich nicht verliere." Auch Raoul schien so zu fühlen.

Raoul, gerade fiel ihr sein Name wieder ein, meinte dazu: „Ich weiß es auch nicht, aber ich glaube, wir müssen das noch einmal auf anderem Wege ausprobieren." Und schon hatte Raoul seinen Arm um ihre Taille geschlungen und seine Lippen auf ihre gepresst. Seine Zunge öffnete ihren Mund und ihre Zunge tanzte mit seiner. Er hielt sie fest an sich gedrückt. Es kribbelte beide am ganzen Körper. Die Zeit blieb stehen. Es war ein Gefühl, als würden sie hoch oben in der Luft schweben, als würden sie in der Schwerelosigkeit tanzen, dem Himmel entgegen. Zusammengepresst von einem Magneten, einem sehr starken

Magneten. Raoul hatte seinen Arm immer noch fest um ihre Taille gelegt, die andere Hand hielt ihren Kopf. Zögernd legte Cloé ihre Arme um seinen Nacken, hielt sich fest, denn sie hatte das Gefühl, sie würde sonst fallen, tief fallen. Ihr wurde schwindlig. Sie lehnte sich an seinen festen, muskulösen Körper. So standen sie lange Zeit engumschlungen da. Der Kuss wollte kein Ende nehmen. Keiner mochte den anderen loslassen. Die strömende Menschenmenge auf dem Bürgersteig machte lachend einen großen Bogen um das Liebespaar. Die beiden achteten nicht darauf.

Endlich ließ Raoul ihren Kopf los, sah ihr atemlos ins Gesicht: „Wo warst du so lange?" Beide sagten diesen Satz zur gleichen Zeit.

„Ich hab auf dich gewartet!"

„Ich habe dich gesucht!"

Wieder küssten sie sich, dann legte Cloé zögernd ihren Kopf an seine Brust. „Halt mich fest, sonst falle ich!" Raoul drückte seine Wange auf ihr Haar und hielt sie fest. Oh mein Gott, dachte er, niemals hätte ich das geglaubt, wenn man es mir erzählt hätte. Jetzt hatte es ihn erwischt. Seine Knie und Hände zitterten.

„Ich hab es dir doch gesagt, Kumpel, du wirst jemanden treffen. Jetzt hat es endlich geklappt. Gratuliere! Du solltest sie auf keinen Fall wieder ziehen lassen! Schau mal, Odin, siehst du dieses Feuerwerk der beiden? Atemberaubend."

Das war die Stimme von Thor, die da so plötzlich in seinem Kopf erklang, direkt neben seinem Ohr. Erschrocken sah er sich um. Niemand da, nirgendwo ein schwarzes Pferd. Verrückt!

Cloé hob ebenfalls den Kopf. „Ich hatte eben das Gefühl, mit dir zu verschmelzen. Eins mit dir zu sein. So etwas Verrücktes ist mir noch nie passiert. Ich glaube, das macht süchtig. Was machen wir jetzt nur?" Ungläubig sahen sie sich an. Panik stieg in Cloé hoch. „Aber ich möchte die

Wettkämpfe weiter sehen. Schließlich werde ich morgen gegen einen der Gewinner antreten. Und da ist es besser, man kennt seinen Gegner. Ich will zwar nicht, aber ich glaube, wir sollten wirklich wieder reingehen."

Widerwillig ließen sie sich los, nicht ohne sich vorher noch einmal zu küssen. Dann gingen sie Händchen haltend wieder hinein in die Wettkampfhalle. Beide hatten ein Lächeln im Gesicht. Strahlten wie die Honigkuchenpferde.

Der zweite Wettkampf hatte gerade angefangen. Als sie wieder auf ihren Plätzen saßen, legte Raoul wie selbstverständlich seinen Arm um ihre Schulter, zog sie näher zu sich heran und ließ sie den ganzen Abend nicht mehr los. Cloé kuschelte sich in seinen Arm und fühlte sich wohl und geborgen wie schon lange nicht mehr. Hin und wieder blickte Cloé zu Raoul. Noch nie in ihrem Leben war sie in einer solchen Situation gewesen. Es war doch gar nicht ihre Art, den erstbesten Mann zu küssen, den sie gar nicht kannte. Aber sie hatte auch noch nie ein solch intensives Gefühl gehabt. Magisch.

Irgendwann nach dem zweiten Wettkampf deutete Cian auf einen Mann und meinte zu Raoul: „Siehst du den Schiedsrichter dort? Schau dir mal seinen Arm an. Das gleiche Tattoo wie auf deiner Zeichnung."

Raoul sah genauer hin. Es schien wirklich übereinzustimmen, er schloss kurz die Augen, um sich seine Erinnerung an dieses Tattoo zurückzuholen. Nein, es war nicht das Richtige. „Nein, Cian, da fehlen oben und unten die kleinen Abschlüsse. Siehst du? Das ist es nicht. Leider. Aber vielleicht können wir ihn ja nachher mal fragen, in welchem Tattoo-Studio er es sich hat stechen lassen." Es war ihm anzumerken, dass er darunter litt, den Täter immer noch nicht gefunden zu haben.

Aber dann drehte er den Kopf und sah in die fragenden grünen Augen von Cloé, die ihn musterten. Schon ging es ihm besser. Auf einmal war er sich sicher, dass er mit ihr zusammen Erfolg haben würde. Sie war sein Deckel, seine Frau! Die Einzige!

Nach den Wettkämpfen gingen die Vier zusammen zu dem Schiedsrichter und Raoul fragte ihn nach seinem Tattoo. Er war sehr offen und freundlich und erklärte ihnen, dass er dieses Tattoo in seinem letzten Urlaub auf Samoa hatte stechen lassen. Raoul und Cian fanden das sehr interessant. Cloé bemerkte dabei, dass Raoul genauso gut chinesisch sprach wie sie selbst. Obwohl sie sich erst seit ein paar Stunden kannten, entdeckte Cloé immer mehr Gemeinsamkeiten mit diesem ihr doch eigentlich fremden Mann, zu dem sie sich hingezogen fühlte wie eine Motte zum Licht.

Es war schon fast Mitternacht, als die Wettkämpfe vorbei waren. Cloé hatte in der nächsten Pause kurz mit dem Veranstalter gesprochen. Ihre Anmeldung für die nächsten Wettkämpfe war seit langem gebucht. Sie bekam ein Blatt mit den Uhrzeiten, ab wann sie anwesend sein musste. Dabei hatte sie Raoul, immer noch ihre Hand haltend, begleitet.

Danach wollte Cloé nur noch in ihre Pension und ins Bett. Eigentlich war sie müde, musste am nächsten Tag ausgeruht sein. Schließlich wollte sie wenigstens einmal gewinnen. Dafür brauchte sie innere Ruhe und genug Zeit zur Vorbereitung. Sie kämpfte einen inneren schweren Kampf. „Wir können uns morgen Vormittag nicht treffen, ich muss mich mental auf meinen Wettkampf vorbereiten. Sei bitte nicht böse oder enttäuscht. Ich bleibe ja noch eine ganze Woche hier in Hongkong, ab Montag werde ich den Kurs von Meister Huong besuchen."

„Das ist wirklich Schicksal, ich habe mich auch dort angemeldet. Dann haben wir ja noch den Sonntag, an dem wir zusammen etwas unternehmen könnten, und danach die Abende, fast eine ganze Woche lang. Bitte sag ja!" Raoul klang zwar enttäuscht, aber auch wieder hoffnungsvoll. Er sah sie fragend mit seinen dunkelblauen großen Augen und einem richtigen bettelnden Welpenblick an.

Nie hätte Cloé gedacht, dass ein so gutaussehender, seriös wirkender Mann im schwarzen Anzug zu einem solch schmachtenden Blick fähig wäre. Diesem Blick konnte sie einfach nicht widerstehen, ihren Gefühlen schon gar nicht. Sie lächelte ihn an. „Mal sehen. Vormittags muss ich mich auf die Wettkämpfe vorbereiten. Wir können uns deshalb leider erst morgen um sagen wir 15 Uhr in der Halle sehen. Ich starte in der ersten Gruppe um 18 Uhr. Soweit ich das dem Programm für die Teilnehmer entnehmen kann, muss ich bereits zwei Stunden vorher anwesend sein. Da hätten wir noch eine ganze Stunde für uns. Aber nach den Wettkämpfen wird auch noch genügend Zeit sein. Also, macht's gut, bis morgen Nachmittag.“

Raoul verabredete sich mit Cloé für den nächsten Nachmittag um 15 Uhr. Am liebsten wäre er ihr nicht mehr von der Seite gewichen. Aber er hatte schon gemerkt, dass sie sehr selbstbewusst und vor allem selbstständig war und er wollte ihr unbedingt den Hof machen, um sie werben, ihr zeigen, dass sie zusammengehörten. Sie erinnerte ihn immer mehr an die kleine Fee aus der Spieldose, zart und zerbrechlich. Obwohl sie das ganz bestimmt nicht war. Weder zart noch zerbrechlich. Er musste geduldiger sein, auch wenn er es kaum erwarten konnte, aber schließlich wollte er sie auf keinen Fall verlieren.

Es fiel beiden sichtlich schwer, auseinanderzugehen. Widerstrebend stieg Cloé alleine in ein Taxi, allerdings hatte Raoul ihr vorher noch einen langen, innigen Kuss gegeben, der ihr einen Schauer den Rücken hinunterrieseln ließ. Hoffentlich kann ich schlafen, dachte sie kurz danach. Dann schweiften ihre Gedanken zu den morgigen Wettkämpfen ab. Sie winkte den anderen noch kurz zu, dann brachte sie das Taxi sicher zu ihrer Pension. Als sie endlich im Bett lag, alleine, wie sie bedauernd feststellte, konnte sie dann doch nicht einschlafen. Ein Teil von ihr zog sie wie mit einem Gummiband immer wieder zu Raoul, als wäre sie ein Teil von ihm, der nicht mehr ohne den anderen Teil sein konnte. Sie hatten sich gefunden, endlich! Wo kam nur jetzt dieser Gedanke her? Ständig musste sie an ihn denken. Sie wünschte sich im Moment nichts sehnlicher, als dass er hier neben ihr in ihrem Bett lag und sie verwöhnte, mit seinem Mund, seinen Händen, sie in seinem Duft einhüllte und sie in orgastische Höhen trieb. Dann musste sie zwischendurch immer wieder an die Wettkämpfe denken. Sie wollte am liebsten bei ihm sein, aber das ging nicht. Sie versuchte es mit Meditation, das half wenigstens soweit, dass sie endlich einschlafen konnte. Doch im Schlaf träumte sie von ihm. Es war so realistisch! Noch vor dem Aufwachen hatte sich der Traum verflüchtigt. Zurück blieb ein beruhigendes, schönes Gefühl.

Raoul und Cian brachten zuerst Sue-Lin nach Hause, dann fuhren die beiden Freunde zurück in die Wohnung von Cian. Raoul war während der Fahrt still und in Gedanken versunken. Es gelang Cian nicht, ihn mit necken und fragen zum Reden zu bringen. Gleich nach ihrer Ankunft im Penthaus zog sich Raoul gedankenverloren und in sich gekehrt auf sein Zimmer zurück.

128

Liebe

Mit der ersten Morgendämmerung war sie schon wieder wach. Sie blieb noch eine Weile im Bett liegen, dachte an Raoul. Was war es nur, dass sie so von ihm angezogen wurde? Er war eine imposante Erscheinung, breite Schultern, gemacht zum Anlehnen, sportliche Figur, mit seinen 1,95 m überragte er fast jeden in seiner Umgebung, dominant war er auf jeden Fall, seine langen schwarzen, leicht lockigen Haare, der Dreitagebart, die dunkle Kleidung, oh - und seine dunkelblau-schwarzen, tiefgründigen Augen, die bis auf den Grund ihrer Seele sahen, all das machte ihn so sexy, einfach unwiderstehlich. Dann der Duft seines Körpers, sein Geschmack beim Küssen, sie wurde von ihm magnetisch angezogen, war von ihm gefesselt. Wollte von ihm begehrt werden, nackt unter ihm liegen. Wo kam nur dieses Bild plötzlich her? Eine nie gekannte Wärme stieg in ihr auf, zusammen mit einem Kribbeln am ganzen Körper. Es flatterte immer noch in ihrem Bauch, ob sie nun an ihn dachte oder nicht. Mit diesen Gedanken und Gefühlen, die sie nicht kontrollieren konnte, stieg Cloé aus dem Bett auf und ging direkt unter die kalte Dusche. Ihr war ganz heiß geworden und sie musste sich unbedingt abkühlen. Das konnte ja noch heiter werden. Sowie sie Raoul sah oder auch nur an ihn dachte, setzte ihr Verstand aus und nur noch das Gefühl, die Intuition zählten für sie. Das war so ganz und gar nicht typisch für sie, noch nie hatte sie solche Gefühle gehabt. Schon gar nicht für einen, oh Gott, so gutaussehenden Mann. Sie hatte das Gefühl, als würde sie ihn schon ewig kennen, ihr ganzes Leben lang und länger. Aber das konnte doch gar nicht sein. Oder doch? War es das, was die Liebe ausmachte?

Auch Raoul wälzte sich von einer Seite zur anderen. Er wollte nicht hier sein, es zog ihn zu ihr, zu Cloé. Die Sehnsucht nach ihr tat körperlich weh. Er versuchte zu schlafen, aber es ging nicht. Nach ein paar Stunden stand er auf und trat hinaus auf die Dachterrasse. Hinter den Fenstern von Cians Schlafzimmer war alles dunkel. Die Sterne am Himmel verblassten langsam. Am liebsten wäre er jetzt zu ihr gefahren, aber das wäre unvernünftig. Schließlich kannten sie sich doch gerade erst mal ein paar Stunden. Oh Gott, wenn er darüber nachdachte, ein paar Stunden nur. Schon fühlte er sich verlassen, einsam. Er hatte das Gefühl durchzudrehen. Als würde er sie schon ewig kennen, sein ganzes Leben lang und länger. War das Liebe? Auf jeden Fall war das irreal. Die Spieluhr, ein Geschenk für sie, gleich morgen würde er sie ihr geben. Sie schien schon ganz ungeduldig darauf zu warten, immer wieder bildete er sich ein, Hafenklänge daraus zu hören. Er setzte sich in einen der Gartenstühle, die hier standen und verlor sich in seinen Gedanken und Gefühlen. Irgendwann schlief er dann doch noch auf dem Stuhl ein und träumte. Das Gefühl, wenn sie ihm nahe war, ihr Duft, ihr Geschmack, all das ließ ihn nicht mehr los. Selbst im Traum war sie bei ihm.

Cian weckte ihn abrupt aus seinen angenehmen Träumen, indem er ihm eine Tasse Kaffee unter die Nase hielt. „Aufstehen, mein Freund, heute haben wir noch viel vor. Ich werde dir heute Vormittag meine Firma zeigen. Nach dem Frühstück. Los, komm hoch!"

„Aua, dein Stuhl ist zum Schlafen absolut ungeeignet. Mir tun alle Knochen weh. Ich brauche erst mal eine heiße Dusche! Oh ja, den Kaffee da brauch ich auch!" Damit nahm er Cian die Tasse aus der Hand.

„Jetzt stell dich nicht so an, du Weichei! Früher warst du mal widerstandsfähiger. Wie wäre es mit einem kleinen Kämpfchen unten in der Muckibude! Hatten wir schon lange nicht mehr. Möchte gerne mal sehen, wie gut du noch bist." Cian lachte leise vor sich hin. Im Kampfsport konnte ihn Raoul bestimmt nicht mehr besiegen, so wie früher im Internat. Immerhin hatte er jetzt seit 10 Jahren jede Woche trainiert. Er fühlte sich jeder Herausforderung gewachsen. Das wäre doch gelacht. Er hörte die Dusche rauschen. Nach dem Frühstück, wenn Raoul die Müdigkeit abgeschüttelt hatte, würde er ihn herausfordern. Vielleicht aber auch schon davor.

Ein Handtuch um die Hüften, die Haare noch feucht und durcheinander, kam Raoul aus der Dusche. „Du willst mit mir kämpfen? Bisher habe ich dich noch immer geschlagen. Aber von mir aus. Ich zieh mir nur Sportsachen an, dann können wir loslegen." Es war bestimmt nicht schlecht, das in ihm herrschende Gefühlschaos mit einem anständigen Kampf zu beruhigen. Frühstücken konnte er danach immer noch.

Cian schluckte. Raoul sah immer noch ziemlich sportlich aus. Der Sixpack, die Muskeln am Rücken und den Armen deuteten auf regelmäßiges Training hin. Aber er war auch nicht ganz untätig geblieben in den letzten Jahren. Seine Muskeln konnten es auf jeden Fall mit denen von Raoul aufnehmen. „Dich schlage ich inzwischen doch locker, mit links. Los, zieh dich um. Ich warte auf dich, dann gehen wir runter ins Studio. Dort werden wir ja sehen, wer mehr trainiert hat. Wer stärker ist!"

Zwei Stunden später beugte sich Raoul schweißüberströmt über den am Boden liegenden und genauso stark verschwitzten Cian. „Wer ist hier ein Weichei? Wer schlägt mich heute locker?" Dabei drückte er ihm seinen Unterarm noch etwas fester gegen die Kehle und lachte ihn aus. Cian schlug mit der flachen Hand auf den Boden. Er gab auf. Schließlich wollte er seiner Verlobten nachher nicht mit blauen Flecken am Hals gegenübertreten. Raoul erhob sich und reichte ihm grinsend die Hand.

„OK, ich gebe es zu, du bist immer noch schneller als ich. Stärker will ich nicht sagen, aber auf jeden Fall schneller."

„Alles klar. Jetzt kann ich aber dank dir noch mal duschen. Was steht denn heute auf deinem Programm, außer deiner Firma? Du weißt schon, dass ich heute Nachmittag spätestens um 15 Uhr in der Wettkampfhalle sein möchte, um Cloé zu treffen, bevor sie auftritt."

„Es hat dich ganz schön erwischt, was, alter Freund? Siehst du, so schnell kann das gehen. Ich drück dir die Daumen, dass sie die Richtige für dich ist. Sie macht einen sehr netten Eindruck. Ich finde, sie passt genau zu dir, schließlich kenne ich sie schon etwas länger als du. Das ist genauso wie es bei mir und Sue-Lin war. Und dann auch noch fast zur gleichen Zeit, ist das nicht verrückt? Aber jetzt frühstücken wir erst mal, dann zeige ich dir meine Firma, dann gehen wir zusammen mit Sue-Lin essen. Den Rest des Tages lasse ich dich alleine, allerdings sind wir heute Abend zu den Wettkämpfen wieder in der Halle, ist doch Ehrensache, schließlich müssen wir Cloé kämpfen sehen. Also, los geht's, Amigo!"

Nach einer zweiten Dusche und einem ausgiebigen Frühstück gingen beide zu Cian in die Firma. Raoul war beeindruckt. „Wie wäre es, wenn wir mal eine Zusammenarbeit auf dem IT-Componenten-Sektor andenken würden? Wie du weißt, habe ich eine kleine Fertigungsfirma, die aber hier wesentlich effektiver und größer aufgestellt werden könnte! Lass uns mal morgen, wenn wir eine ruhige Minute haben, eine kleine Kalkulation aufstellen."

Cian nickte, die Idee fand er gut und die Gegebenheiten hier in Hongkong waren einfach ideal dazu. „Ich denke, dass wir damit einen großen Wurf landen könnten. Ich checke nachher mal meinen Terminkalender."

Tassilio

Tassilio schlich durch die Nacht. Immer noch durchströmte ihn der Zorn und das Gefühl der Ungerechtigkeit, mit der man ihn, den künftigen größten Magier aller Zeiten, behandelt hatte. Sie hatten ihn doch tatsächlich durch die Prüfung fallen lassen. Diese Tattergreise! Hatten ihm die Zulassung verweigert. Gemeint, er müsste noch viel lernen und vor allem seine Gefühle in den Griff bekommen. Er hätte immer noch nicht verstanden, dass es kein Privileg war, ein Magier zu sein, sondern zuerst bedeutete es harte Arbeit und lernen, immer wieder lernen. Vor einer Zulassung stünden zudem noch die fünf Jahre Lehrzeit bei einem Magier-Meister. Das hatte er aber ebenfalls abgelehnt. So etwas hatte er nun wirklich nicht nötig.

Alles, was er besaß, hatte er in seinen Beutel gesteckt, zusammen mit ein paar anderen Kleinigkeiten, die er aus den Regalen des Magiers hatte mitgehen lassen. Das Wort Diebstahl existierte in seinem Wortschatz nicht. Die Kapuze seines dunklen Umhangs hatte er über sein Gesicht gezogen. Er benutzte den Schatten der Häuser, um unbemerkt auf den großen Marktplatz zu kommen. Dorthin, wo Balthazar, ja der große eingebildete Balthazar, sein Haus hatte. Sollte er sich kurz noch daran erfreuen und den Schlaf der Ungerechten schlafen, morgen früh wäre es damit vorbei. Kurz machte sich Tassilio an den vier Ecken des Hauses zu schaffen, dann verließ er den Platz und schlich bis zur Kathedrale. Die Wachen schliefen. Er kannte den Zauber für die Portale. Es dauerte nicht lange, dann stand er vor dem Portal, unbemerkt. Er hatte es noch nie gesehen, aber er staunte ob der Größe. Schnell legte er die mitgebrachten Utensilien aus, murmelte den Spruch, den er in den Unterlagen von Balthazar gefunden hatte, immer und immer wieder, bis das Portal anfing zu schimmern. Schnell nahm er seinen Beutel und sammelte die Utensilien wieder ein, dann sprang er durch das Portal.

Es war ein eigenartiges Gefühl, so als würde er auseinandergezogen wie ein Gummiband und wieder zusammengesetzt. Als er aus dem Portal fiel, war es um ihn herum dunkel, die Luft roch nach Schwefel, es fiel ihm schwer zu atmen. Das Portal war schon wieder verschwunden. Es hatte ihn ordentlich durchgerüttelt, so als wäre es nicht mit ihm und seinem Ziel einverstanden gewesen, als hätte es ein Eigenleben.

Langsam setzte er sich auf, betastete sich von oben bis unten. Scheinbar war alles in Ordnung mit ihm. Das war seine erste Reise mit einem Portal. Seine Augen gewöhnten sich auch schon an die Umgebung, doch als er sich genauer umsah, erschrak er. Schnell durchforstete er seine Erinnerungen. Er war offensichtlich in der Dunklen Welt gelandet. Er musste versuchen, so schnell es ging, sich eine Maske zu erschaffen, sonst würde er ersticken. Hier gab es giftige Dämpfe, die brodelnd aus dem schwarzen Boden stiegen. Irgendetwas war schief gelaufen. Er hatte doch in die Blaue Welt gewollt. Die Anweisungen waren sehr detailliert gewesen und er hatte sich eigentlich genau danach gerichtet. Der Spruch, den er in den alten Unterlagen gefunden hatte, war er vielleicht nicht vollständig gewesen? Die Warnungen der Magier hatte er damals wie heute in den Wind geschlagen. Er kam sich schlauer vor als sie. Aber jetzt? Er wollte um jeden Preis überleben. Egal wie hoch auch der Preis war. Eine Handbewegung und er hatte eine kleine, aber sehr effektive Maske auf dem Gesicht. Trotzdem geriet er langsam in Panik. Die Zeit lief ihm davon. Gab es hier noch ein weiteres Portal? Mit dem er weiterreisen konnte? Er hatte gelesen, dass die Bewohner dieser Welt gewalttätig waren. Er musste weg. Aber wie? Tassilio durchforstete seine Erinnerungen, aber er konnte sich an keine Beschreibung einer Flucht von dieser Dunklen Welt erinnern. Er konnte auch nicht wissen, wie oft er noch seinen doch so perfekt scheinenden Plan verfluchen würde. Aber es gab für ihn keinen Weg mehr zurück. Er hatte nur eine Chance. Er musste sich anpassen, um zu überleben.

Als Balthazar am Morgen erwachte, roch er den Rauch. Schnell stand er aus seinem Bett auf und öffnete die Fenster und Türen. Draußen war an allen vier Ecken seines Hauses ein Feuer entstanden. Allerdings war sein Haus feuerfest, nicht brennbar, mit einem entsprechenden Schutzzauber belegt. Sofort murmelte er einen Spruch, bewegte seine Hand nach allen vier Ecken und die Feuer erloschen. Balthazar überlegte, das war Brandstiftung. Eindeutig. Wer hatte einen solchen Hass auf ihn, dass er ihn verbrennen wollte? Es fiel ihm nur Tassilio ein, der, nachdem er erfahren hatte, dass er durch die Prüfung gefallen war, ihn mit zornigen und verächtlichen Augen angeblickt hatte und wortlos gegangen war. Traurig schüttelte Balthazar den Kopf. Armer Tassilio. Die Türglocke wurde geläutet, ein Soldat stand davor. „Das Portal in der Kathedrale wurde benutzt. Wir können allerdings nicht sagen, wer dahintersteckt."

„Ich schon!", meinte Balthazar. „Benachrichtige die anderen Magier. Sie sollen mich vor der Kathedrale treffen!" Tassilio! Ohne Genehmigungscode würde das Portal ihn irgendwohin schicken, wo es ihm bestimmt nicht gefiel. Vielleicht, wenn er Glück hatte, in einem Stück. Diese Portale hier in der Magischen Welt konnten die Gemütsverfassung der Personen, die reisen wollten, erfassen und nutzten sie oftmals aus. Das könnte dann für diese Personen unangenehm werden. Die Portale hier bei ihnen in der Magischen Welt waren damals durch den Hohen Rat zusätzlich magisch codiert worden und nur mit dem richtigen Schlüssel konnte man den Endpunkt bestimmen. Dieser Schlüssel jedoch lagerte gut gesichert und bewacht in einem Safe im Regierungsgebäude des Hohen Rats. Aber das musste Tassilio doch wissen, er musste es zumindest gehört haben. Oft genug hatten sie im Unterricht darüber gesprochen. Scheinbar aber hatte er es nicht geglaubt oder einfach nicht zugehört.

Balthazar warf seinen Mantel über und ging, um die übrigen Lehrer und Magier an der Akademie zu benachrichtigen. Wenn Tassilio da draußen irgendwo umherirrte in einer anderen Welt, dann war er in Gefahr. So als unbelehrbarer Frischling, untrainiert in einer der lebensfeindli-

chen Welten, würde er untergehen, nicht lange überleben. Vielleicht konnten sie ihm ja von hier aus helfen. Serafina hatte das feinste Gespür, und mit Balthazars Hilfe könnten sie vielleicht herausfinden, wohin Tassilio verschwunden war. Er beeilte sich. Da standen sie auch schon vor der Kathedrale. Zusammen gingen sie hinein und untersuchten dort das entsprechende Portal. Alle Magier legten ihre Hände auf den Rahmen, um zu spüren. „Oh nein", flüsterte Serafina, „es hat ihn in die Dunkle Welt geschickt. Dorthin können wir mit unserer Macht nicht reichen. Es weigert sich, noch einmal den Weg zu gehen!"

Die anderen Magier zogen ihre Hände zurück, sie wussten sofort, was sie meinte. Dieses Portal war besonders. Es hatte seinen eigenen Willen. Jeder, der es eigenmächtig benutzte, ohne den magischen Zugangscode, würde es anschließend bitter bereuen. Armer Tassilio! Er hatte keine Chance mehr.

Wettkampf

Heute war der große Tag von Cloé. Vor lauter Aufregung konnte Raoul nicht ruhig auf seinem Platz in der Wettkampf-Arena sitzen bleiben. Gleich würden die Wettkämpfe beginnen. Cloé hatte er, nachdem sie sich schweren Herzens am Halleneingang getrennt hatten, noch nicht wieder gesehen, obwohl er ihre Präsenz ständig spürte. Sie befand sich hinter den Kulissen, um sich vorzubereiten und umzuziehen. Raoul blieb das Herz stehen, als sie zum zweiten Kampf aufgerufen wurde und in die Arena kam. In ihrem schwarzen enganliegenden Anzug sah sie aus wie ein Ritter aus einer anderen Dimension. Auf ihrem Rücken ringelte sich ein roter Drache. Wenn sie sich bewegte, schien er lebendig zu sein. Sie konnte wirklich sehr gut mit den Schwertern bzw. Stöcken umgehen, war eindeutig besser als ihr Gegner und gewann den Kampf überlegen. Der nächste Wettkampf von ihr war für den späteren Abend vorgesehen, mit dem Gewinner der nächsten Runde. Raoul hatte es von Anfang an gewusst, noch bevor er sie eigentlich gesehen hatte, sie war wirklich seine „Fairy Lady". Unter diesem Namen bestritt sie auch ihre Wettkämpfe. Mit Respekt und auch Ehrfurcht hörte Raoul die anderen Wettkampf-Teilnehmer von ihr reden. Er musste unbedingt einmal mit ihr kämpfen. Vielleicht konnten sie das ja in Zürich irgendwann einrichten, wenn sie wieder zurück waren. Oder besser noch, beim Lehrgang von Meister Huong. Gleich nächste Woche. Er hatte nicht vor, sie einfach so gehen zu lassen, er konnte es sich gar nicht mehr vorstellen, ohne sie zu sein.

„Sie ist eine Kriegerin, du bist ein Krieger. Denk daran. Sie ist nicht schutzlos. Beide seid ihr Nachkommen von Königen. Diesmal muss es gelingen, sonst ist alles zu spät, war alles umsonst!" Die Stimme von Odin, das Echo von Thor, von irgendwo her, weit entfernt.

Letzte Nacht war er nach diesen Worten schweißgebadet aufgewacht. Er hatte von Amazonen, roten feuerspeienden Drachen und schwarzen fliegenden Pferden geträumt. Im Traum hatte er mit Cloé gekämpft. Keiner von ihnen beiden hatte gewonnen. Zum Schluss hatten beide aufgegeben, völlig außer Atem und mit vielen blauen Flecken und Blessuren. Allerdings lagen sie danach auf dem Boden übereinander, hatten die Arme fest umeinander geschlungen, kullerten über den Boden und küssten sich leidenschaftlich. Leider war es nur ein Traum. Und er hatte nicht gezeigt, wie es mit ihnen beiden weiterging. Trotzdem, nach dem Aufwachen hatte er erst mal seinen ganzen Körper abgesucht, ob er wirklich nur geträumt hatte. So realistisch hatte sich das angefühlt. Er hatte die Schläge, die er einstecken musste, wirklich gefühlt, den Schmerz, den Aufprall ihrer Fäuste. Kurz griff Raoul an seine Lippen, auch dort konnte er es immer noch schmecken, als wäre der Kuss real gewesen.

Und jetzt saß er hier und sah ihr beim Kämpfen zu. Es war irgendwie außerirdisch, schien nicht real zu sein. Er spürte selbst körperlich jeden Schlag, den sie einstecken musste, schlug mit zu, wenn sie austeilte, seine Hände konnten nicht stillhalten, seine Füße tänzelten mit, als wäre er ein Teil von ihr. Er hatte sich verliebt. Voll und ganz. Er liebte sie mit allen Fasern seines Körpers und seiner Seele. Mit diesen Gefühlen hatte er keine Erfahrung, sie waren so intensiv, er hatte Angst, es zu verderben. Das Einzige, was er genau wusste, war, dass er sich einen Tag ohne sie nicht mehr vorstellen konnte, dass er aber behutsam sein musste, es langsam angehen, nichts überstürzen durfte. Doch das war gar nicht so einfach, wie es sich anhörte. Wenn er ihr nahe war, wollte er sie am liebsten sofort verschlingen, mit ihr verschmelzen, eins mit ihr sein und sie nicht wieder loslassen. Uff, hoffentlich kriege ich das hin, alles zusammen, dachte er bei sich.

Wenn Cloé kämpfte, schien ihre ganze Umgebung mit kleinen bunten Lichterpunkten eingedeckt zu sein, die nur den Bruchteil einer Sekunde zu sehen waren, eine Irritation der Augen, als wäre ihre Kleidung mit kleinen Kristallen besetzt, in denen sich das Licht spiegelte. Sie selbst schien ein leichtes überirdisches Licht zu umgeben, wie eine Aura, das aber verschwand, sobald der Kampf beendet war. Raoul sah zu Cian und Sue-Lin, ob sie das wohl auch sahen? Er rang mit sich, ob er sie fragen sollte. Dann ließ er es doch sein.

„Ich kann es auch sehen, mein Freund, sie scheint nicht von dieser Welt zu sein. Sie schimmert. Ob sie auch Flügel hat? Frag sie doch mal. Du schaffst das, ganz bestimmt!"

Raoul war sich nicht sicher, ob er diese Worte wirklich gehört hatte. Wenn ja, dann kamen sie von Odin. Obwohl, wenn Odin das auch sehen konnte, war er dann unsichtbar irgendwo hier? Wie ging das? Manchmal hatte Raoul bei all den magischen, unsichtbaren, telepathischen und flimmernden Erscheinungen das Gefühl, verrückt zu werden. Oder habe ich einfach nur Probleme mit meinen Augen und Ohren, meinem Kopf? Je länger er darüber nachdachte, umso unwahrscheinlicher erschien ihm das alles. Vielleicht sollte er wirklich mal zu einem Arzt gehen. Aber er konnte es nicht verleugnen, er hatte wirklich die Hand von Cloé gehalten, hatte sie gespürt, gesehen, geküsst. Das hatte er sich nicht eingebildet. Dass sein Herz bei ihrem Anblick jedes Mal wie verrückt in seiner Brust herumhüpfte, auch nicht.

Endlich waren die Kämpfe vorbei, Raoul hing total erschöpft und außer Atem in seinem Sitz. Er hatte die ganze Zeit irgendwie mitgekämpft, während Cloé oben ihre Gegner einen nach dem anderen besiegte. Cian warf ihm einen kritischen Blick zu. „Was ist denn mit dir los? Man könnte meinen, du hättest dort oben gekämpft und nicht Cloé." Er schüttelte den Kopf, seinen Freund hatte es wirklich schwer erwischt. „Hier, mein Taschentuch, wisch dir mal den Schweiß ab, leider hab ich kein Handtuch dabei, das könntest du wohl besser gebrauchen." Cian grinste ihn an. Raoul bedankte sich und nahm das Taschentuch dankbar an. Eine halbe Stunde später kam Cloé strahlend zu ihnen. Es war ihr nicht anzusehen, dass sie gerade noch schwer gekämpft hatte. Sie war wirklich sehr gut in Form, dachte Raoul, besser als er, wie es schien. „Darf ich dich zum Essen einladen, ein schönes kühles Bier vorab?" Vor lauter Aufregung war sein Mund ganz trocken. Er brauchte unbedingt etwas zum Trinken.

Cloé nickte: „Ein Bier vorab und danach Essen, das wäre toll, danke!" Das war der einzige Wettkampftag für sie gewesen, jetzt konnte sie die beiden folgenden freien Tage unbeschwert genießen. Mit Raoul, hoffte sie. Den Rest des heutigen Tages natürlich auch. Vergnügt hakte sie sich bei ihm unter. „Wo gehen wir denn hin?" Erwartungsvoll sah sie Raoul und auch Cian an. Sue-Lin hatte sich bei ihrem Verlobten eingehängt und zusammen zwängten sie sich durch die Menge nach draußen. Cian führte die kleine Truppe an, er strebte zu den Taxiständen. Von dort ließen sie sich alle zu einem Flussrestaurant kutschieren, einem Schiff, das im Hafen verankert lag. Nach dem köstlichen Essen verabschiedeten sich Cian und Sue-Lin, die am nächsten Tag früh aus den Federn mussten. Raoul und Cloé bestellten noch eine Flasche Rotwein und unterhielten sich über ihre nächsten Aktivitäten.

„Also, Samstag und Sonntag habe ich frei, danach besuche ich den Lehrgang von Meister Huong, zusammen mit dir, wie du ja gesagt hast. Dann können wir doch die ganzen nächsten acht Tage zusammen sein, das Wochenende jetzt und abends können wir doch zusammen etwas Essen gehen, oder etwas unternehmen. Ich fliege ja erst nächste Woche Samstag nach Australien." Cloé mochte gar nicht an diese Trennung denken.

Raoul ging es nicht anders, er wollte auch gar nicht daran denken, dass sie in einer Woche getrennte Wege gehen würden. Diese gemeinsame Zeit hier wollte er nutzen, um Cloé näher kennenzulernen, und auch sie konnte ihn näher kennenlernen. Liebe auf den ersten Blick, es war einfach nicht zu fassen. Ein solches Glücksgefühl hatte er noch nie gehabt. Er könnte die ganze Welt umarmen. Das allerdings beschränkte er sofort auf Cloé, er nahm sie in die Arme, küsste sie und die Öffentlichkeit des Restaurants störte ihn dabei nicht im Geringsten. Allerdings saßen sie auch in einer kleinen Nische, die sie vor den Blicken der anderen Gäste weitgehend abschirmte. Auch Cloé sah man an, dass sie sich freute. Zärtlich legte sie ihre Arme um seinen Nacken und hielt ihn fest.

„Ich hab etwas für dich." Raoul ließ Cloé kurz los, griff in seine Anzugjacke und zog die kleine Spieluhr heraus. Er klappte den Deckel auf und stellte sie auf den Tisch. Sofort fing die kleine Zauberfee darin an zu tanzen, Harfenmusik erklang, verzauberte die Umgebung mit einem leisen melodiösen Klang. Cloé war entzückt. „Für mich?"

Raoul nickte. „Ich habe sie in einem Andenkenladen gefunden, sie hat mich sofort an dich erinnert. Gefällt sie dir?"

„Wie kannst du nur so fragen. Ich finde sie wunderbar, so etwas Schönes habe ich noch nie gesehen. Sie scheint direkt lebendig zu sein, findest du nicht auch?" Verzückt starrte Cloé die kleine Figur an. Die Kleider, die Haare, die Flügel, alles schien sich leicht bei jeder Drehung zu bewegen. Sie schien zu leben. Es war fantastisch, außergewöhnlich. Wie der Künstler das wohl gemacht hatte? Cloé konnte sich gar nicht satt sehen. Ihr war, als würde sie die kleine Fee von irgendwoher kennen. Als die Melodie verklang, wollte sie das Kästchen schließen. Da fiel ihr Blick auf die Innenseite des Deckels. Darin war ein kleiner Spiegel eingearbeitet. Sie glaubte für einen kurzen Moment, in diesem Spiegel einen kleinen grünen Drachen gesehen zu haben, der sie mit großen Augen anblickte, dann mit den Augen zwinkerte und ihr kurz zuwinkte. Vor Überraschung und auch ein bisschen erschrocken schlug sie den Deckel schnell wieder zu. Sie schüttelte den Kopf, jetzt sah sie schon Gespenster. Aber dann verwarf sie den Gedanken ganz schnell wieder, so etwas gab es gar nicht, das hatte sie sich nur eingebildet. Sie lächelte und fiel Raoul um den Hals, drückte einen Kuss auf seine Lippen. „Danke! Das ist das schönste Geschenk, dass ich jemals bekommen habe!" Raoul hielt sie fest umschlungen und wollte sie gar nicht mehr loslassen. Draußen war die Luft etwas abgekühlt, der Wind wehte Regenwolken von den Bergen herunter. Heute Nacht würde es nass werden. Sie schlenderten zum Taxistand und ließen sich zu ihren Unterkünften bringen. Morgen wollten sie sich alle wieder treffen, Raoul versprach Cloé, ihr morgens die Umgebung von Hongkong zu zeigen und mit ihr nachmittags mit der Fähre hinüber nach Macao zu fahren. Ein ganzer Tag mit ihr, der Himmel auf Erden.

Am nächsten Morgen holte Raoul seine Cloé in der Pension ab. Cian hatte ihm einen Wagen seiner Firma samt Chauffeur zur Verfügung gestellt. Als sie aus der Tür trat, sah sie Raoul fragend und gleichzeitig strahlend an. „Ein eigener Chauffeur? Nobel! Cian?"

„Ja, Cian und Sue-Lin lassen sich entschuldigen. Wir treffen sie erst heute Mittag zum Essen auf Lantau Island, von dort fahren wir anschließend gemeinsam mit der Seilbahn hinauf auf das Ngong-Ping-Plateau. Die Aussicht auf die Landschaft von dort oben ist einfach fantastisch. Dann müssen wir noch unbedingt auf den Victoria Peak. Danach, den Vorschlag machte Sue-Lin, fahren wir hinüber nach Macau und dort können wir durch die Altstadt schlendern, bevor wir in einem Casino ein bisschen Taschengeld für die Nacht gewinnen. Wie findest du den Plan?"

Bevor Cloé antworten konnte, hatte Raoul sie an sich gezogen und gab ihr einen innigen, zärtlichen Kuss. Cloé legte ihre Arme um seinen Hals, erwiderte den Kuss und ein sehnsüchtiges Summen stieg in ihr auf. Nach einigen

Minuten ließen beide widerwillig den anderen los. „Gut, dass ich ganz bequeme Schuhe angezogen habe. Ich habe die halbe Nacht in meinem Reisemagazin für Hongkong gelesen und die von dir aufgezählten Plätze stehen auf jeden Fall auch auf meinem Programm. Außerdem könnten wir den Ausflug doch in einem der Pubs von Lan Kwai Fong beenden. Vielleicht ist ja auch noch Zeit für den Temple Street Night Market in Kowloon? Was meinst du?"

Inzwischen waren sie in den Wagen eingestiegen und Raoul gab die einzelnen Ziele an den Chauffeur weiter. „OK, bis mittags steht das Programm also, dann sehen wir weiter. Cian und Sue-Lin werden zu uns stoßen. Die beiden haben bestimmt auch noch den einen oder anderen Tipp für uns. Hoffentlich ist der Tag lang genug." Raoul lachte. Unbekümmert und unbeschwert von allen Alltagssorgen. Ein herrliches Gefühl.

Es war spät in der Nacht, bis sie endlich alle genug hatten, der Wagen holte alle vier ab und brachte sie zurück. „Meine Füße, ich glaube, ich habe sie irgendwo verloren, ich kann sie gar nicht mehr spüren." Cloé lehnte sich müde an Raoul. Cian hatte bereits die Füße seiner Verlobten auf dem Schoß und massierte sie. „Oh ja, das ist eine gute Idee! Ich auch!" Cloé schob ihre Schuhe ab und hob ihre Füße auf den Schoß von Raoul. Sofort fing er an, sie zu streicheln und zu massieren. Grinsend sah er dabei zu Cian hinüber. „Unsere Frauen können von Glück sagen, dass sie uns haben und wir so gut Füße massieren können, was meinst du?"

Beide erhielten daraufhin einen kleinen Schups von „ihren Frauen". Sue-Lin sah Cloé verschwörerisch an: „Es war ein wunderschöner Tag. Danke dafür, an euch beide. Das Essen, die Aussicht, die wunderschönen alten Gebäude, dann dieser Markt. Einfach herrlich. So habe ich mich schon lange nicht mehr amüsiert. Einige dieser Ecken, die wir besucht haben, hatte ich auch noch nie gesehen, obwohl ich schon so lange hier wohne. Wir waren aber auch sehr erfolgreich, findest du nicht auch, Cloé? Haben wir nicht super gehandelt und richtige Schnäppchen erzielt?"

Beide Frauen hatten jede eine größere Einkaufstasche gefüllt mit allerlei Schätzen vom Nachtmarkt neben sich stehen. Cloé nickte. „Ich weiß zwar nicht, warum ich diese ganzen Sachen gekauft habe und was ich damit machen werde, aber so tolle Schnäppchen habe ich bis jetzt auch noch nie gemacht. Ich glaube, das werden alles Geburts-tagsgeschenke für weitläufige Bekannte." Dabei kicherten sich die beiden Frauen unbekümmert zu. Sie hatten zum Schluss noch einen Absacker in einer Bar getrunken, der vor allem Cloé und Sue-Lin sehr fröhlich und albern hatte werden lassen.

Liebevoll kümmerten sich Raoul und Cian um ihre be-schwipsten Begleiterinnen und luden sie in ihren jeweili-gen Unterkünften ab. Der Himmel begann sich schon ein-zufärben, als der Wagen endlich in die Tiefgarage von Cians Wohnung glitt. „Also das, mein lieber Raoul, das waren mit Abstand die schönsten Stunden, die wir seit deiner Ankunft hier verbracht haben. Die schönsten Stun-den." Seine Aussprache war etwas undeutlich. Damit ließ sich Cian auf seine Couch fallen und fing sofort an zu schnarchen. Raoul betrachtete ihn, überlegte kurz, dann zog er ihm mühsam die Schuhe und das Jackett aus, deckte ihn zu und ging leicht schwankend in sein eigenes Zim-mer. Er streifte auf dem Weg zum Bett seine Schuhe und Oberbekleidung ab, fiel mit dem Gesicht voraus auf das Bett und war eingeschlafen, bevor sein Kopf das Kissen berührte.

Meister Huong

Raoul und Cloé freuten sich auf den Kampfkunst-Lehrgang mit Meister Huong. Vor allem, da sie ihn miteinander besuchten. Als sie sich am Sonntagabend voneinander verabschiedeten, fragte Raoul: „Cloé, Liebes, soll ich dich morgen früh abholen? So gegen acht Uhr? Lass uns zusammen zu Meister Huong fahren." Cloé sah ihn an, dann gab sie ihm einen Kuss und nickte. „Das wird bestimmt interessant. Ich habe schon vor meiner Abreise versucht, soviel Informationen wie möglich über Meister Huong zu bekommen. Er ist eine internationale Kapazität. Und es ist eine große Ehre, wenn man zu einem seiner seltenen Lehrgänge angenommen wird. Außerdem, er spricht nur chinesisch. Also haben Ausländer nur dann eine Chance, wenn sie auch chinesisch verstehen und sprechen. Gut, dass wir da mithalten können!" Cloé lachte leise und ging dann nach einem langen Abschiedskuss in ihre Pension.

Am Montagmorgen standen sie dann in voller Kampfmontur in einem alten Saal zusammen mit vielen anderen Teilnehmern und lauschten den erklärenden Worten von Meister Huong. Nach einer kurzen Pause gingen die Unterrichtsstunden los. Meister Huong zeigte seinen Schülern, wie man mit wenigen eleganten fließenden Handgriffen und Bewegungen einen Angreifer abwehren konnte, selbst wenn er eine Waffe dabei hatte. Ihn einfach so zu Fall bringen. Ohne großen Kraftaufwand. Normalerweise dauerte es sehr lange und bedurfte viel und ständiger Übung, bis diese Handgriffe und Bewegungen saßen. Die Schüler trainierten hart und eifrig. Cloé und Raoul gelang es, zusammen zu üben. Cloé begriff die Technik schneller als Raoul und brachte ihn oft zu Fall, lachend, herausfordernd stand sie dann über ihm. Am Ende des ersten Tages waren beide vollkommen ausgepowert. Sie konnten am

Übungsort duschen. Danach gingen sie in die Altstadt in der Nähe und füllten ihre leeren Reserven in einem der vielen Straßenlokale wieder auf.

Meister Huong wurde schon am ersten Kurstag auf Cloé und Raoul aufmerksam. Das Licht um die beiden herum war einen kleinen Tick heller als anderswo im Raum. Als er den beiden die Handgriffe persönlich erklärte, konnte er aus der Nähe die vielen kleinen bunten Lichtpunkte sehen, die Cloé umgaben, wenn sie mit voller Konzentration kämpfte. Er beobachtete die beiden genauer. Auch bei Raoul sah er diese bunte helle Aura, die ihn umgab, allerdings leuchtete sie heller auf, wenn er neben Cloé stand oder mit ihr kämpfte, wenn er sie berührte. Dann umgab die beiden ein Energiefeld, wie er es in seinem ganzen, sehr langen Leben noch bei keiner Person gesehen hatte. Die anderen Teilnehmer des Lehrgangs hatten diese Phänomene wohl nicht gesehen und waren dafür nicht empfänglich. Huong kam ins Grübeln. Das musste er unbedingt heute Abend in seinen alten Büchern nachschlagen und eine Erklärung dafür finden.

Es wurde eine lange Nacht für Meister Huong. Endlich, in einem uralten Legendenbuch fand er, was er suchte, was dieses Phänomen bedeuten könnte. Am nächsten Morgen ging der Kurs weiter. Heute fing er mit Meditationsübungen an. Dabei konnte er Cloé und Raoul gut beobachten. Als er heute Nacht das Buch gelesen hatte, war er ins Grübeln gekommen. Er konnte sie nicht mit seinen Gedanken und Überlegungen überfallen. Offensichtlich aber war, dass sie beide total ineinander verliebt waren. Immer versuchte einer von ihnen, den anderen zu berühren. Sie küssten sich ständig, wenn sie die Möglichkeit hatten, lachten zusammen, ihre Augen glänzten, wenn sie einander ansahen. Und sie suchten immer den Blickkontakt zum anderen. Es war ganz offensichtlich: Sie waren die Auserwählten, mussten es einfach sein. Das wäre vielleicht der Anfang der Erlösung. Der Fluch könnte aufgehoben werden. Ein bisschen Unterstützung bei dieser Aufgabe wäre vielleicht sehr hilfreich für beide. Aber irgendwie ahnte er, dass eine solche Hilfe ja auch schon unterwegs sein könnte, vielleicht sogar schon angekommen war.

Meister Huong hatte in der nächsten Nacht lange meditiert und überlegt. Er war alt, uralt, viel älter als er aussah oder irgendjemand vermutete. In seinem langen Leben hatte er viel erlebt und gesehen. Er wusste durch seine alten Bücher von den verschiedenen Welten, und von dem Fluch. Er merkte aber auch, dass die beiden keine Ahnung davon hatten. Deshalb sagte er nichts. Vorerst. Das müssten sie selbst irgendwann herausfinden. Noch hatten sie etwas Zeit. Aber er war sich sicher, dass diese beiden Menschen irgendwann in grauer Vorzeit Vorfahren hatten, die aus der grünen Welt stammten, dort, wo die Elfen einst wohnten und vielleicht immer noch präsent waren. Und dass sie dazu bestimmt waren, den Kreis zu schließen, den Fluch aufzuheben. Beiden fiel eine große Rolle im Spiel der Mächtigen zu, aus einer Welt, die sie nicht kannten. Dort in ferner Vergangenheit war ihr Schicksal schon festgelegt worden. Jetzt war die Zeit gekommen, dass es Wirklichkeit werden konnte. Sie trugen eine große Verantwortung, von der sie nichts wussten. Auch nichts wissen durften, damit die Bestimmung eintraf. Aber sie spürten es scheinbar. Das konnte man ihnen anmerken, wenn man nicht ganz blind war und taub.

Am letzten Tag des Kurses rief Meister Huong Cloé und Raoul auf und ließ sie vor den anderen Teilnehmern demonstrieren, was sie gelernt hatten. Je länger Raoul und Cloé miteinander kämpften, desto stärker und heller wurde ihre Aura, ja, sie schien die beiden komplett in sich zusammenzuschließen. Letztendlich gewann keiner, sie waren gleich stark. Und bekamen dafür von Meister Huong ein großes Lob. „Wenn Ihr beide zusammen kämpft, seid Ihr quasi unbesiegbar. Das solltet Ihr ausnutzen, wenn es einmal Probleme gibt. Zusammen könnt Ihr alles meistern."

Cloé wurde rot im Gesicht. Dieses Lob bedeutete ihr sehr viel. „Das ist wie eine Eins plus mit Sternchen. Ein solches Lob aus des Meisters Mund. Ich bin gerade um 10 Zentimeter gewachsen." Sie hatte diesen Satz in Deutsch gesagt, schaute dabei Raoul an und strahlte und lachte über das ganze Gesicht. Raoul lachte auch, zog sie an sich und gab ihr einen Kuss. Es war ihm egal, wer dabei zusah. Meister Huong hatte kurz zu ihnen hingesehen, er hatte sehr wohl verstanden, was Cloé gesagt hatte. Chinesisch war nicht die einzige Sprache, die er verstand und auch sprach. Dann war er gegangen und sein Assistent hatte die Teilnahme-Dokumente verteilt. Danach waren Raoul und Cloé mit den anderen Teilnehmern hinausgegangen. Sie wollten zusammen noch etwas essen und trinken, bevor die Gruppe endgültig auseinander ging.

Das Telefon klingelte. Cian meldete sich. Erstaunt hörte er die Stimme von Meister Huong, seinem Onkel. Noch seltsamer kam ihn die Bitte von Huong an, dass er sich mit ihm treffen wolle. Sie hatten sich seit einer Ewigkeit nicht mehr gesehen. Aber es wäre unhöflich zu fragen, ob etwas passiert wäre. Sie vereinbarten einen Termin am nächsten Morgen. Als sie sich dann in einer Teestube gegenüber saßen und genug Höflichkeitsfloskeln ausgetauscht hatten, erzählte Huong von seinen Beobachtungen während des Lehrgangs. „Wäre es unhöflich, dich zu bitten, mir etwas über Raoul und Cloé zu erzählen?"

Cian musterte seinen Onkel kritisch, überlegte und kam zu einem Entschluss: „Was hältst du davon, wenn die beiden selbst deine Fragen beantworten? Direkt? Dann kannst du ihnen auch sagen, warum du das alles wissen möchtest."

„Das kann ich leider nicht. Ich kann ihnen mein Wissen nicht offenbaren, das wäre gegen alle Regeln. Sie gehören eindeutig zusammen und müssen eine große Aufgabe erfüllen. Ein Teil davon ist schon getan, aber sie müssen unbedingt durchhalten, wie schwierig auch alles werden wird. Vielleicht. Und es ist kein Spiel, sondern wirklich wichtig. Für alle! "

„Das klingt sehr geheimnisvoll. Und irgendwie auch unheimlich. Ich kann dir nur das sagen, was ich selbst weiß. Raoul hat früh seine Eltern verloren und ist mit mir im Internat großgeworden. Cloé hat er erst vor knapp zwei Wochen hier in Hongkong kennengelernt. Sie ist eine Kollegin von meiner Verlobten. Das ist eine sehr kurze Beschreibung der beiden. Mehr kann und möchte ich nicht sagen, ohne vorher mit beiden gesprochen zu haben."

„Danke, Cian, ich werde versuchen, ihnen auf anderem Weg zu helfen. Aber – vielleicht hat das Schicksal ja bereits die Weichen gestellt und es bedarf keinerlei Hilfestellung mehr? Wer weiß? Ich werde vorsichtshalber die Geister befragen." Meister Huong ging tief in Gedanken versunken nach Hause.

„Hast du das auch seltsam gefunden, was Meister Huong gesagt hat? Dass wir zusammen unbesiegbar sind? Da ist mir richtig eine Gänsehaut über den Rücken gelaufen." Cloé schüttelte sich.

„Aber irgendwie hat er doch recht. Es ist wirklich ein komisches Gefühl, aber wenn du nicht bei mir bist, fühle ich mich einsam. Außerdem kommt es mir so vor, als würde ich dich schon seit ewigen Zeiten kennen. Ich brauche dich. Ich will dich! Du gehörst zu mir, für immer. Ich liebe dich!" Raoul umarmte Cloé und drückte sie ganz fest an sich, vergrub seine Nase in ihrem Haar. „Bitte verlass mich nicht!" Sie standen in der Wohnung von Cian, hoch über den Dächern von Hongkong.

Cloé war gerührt. Sie folgte ihren Gefühlen, spürte ihnen in ihrem Geist und Körper nach und kam zu dem gleichen Ergebnis. „Ja, ich liebe dich auch. Mir geht es so wie dir. Ohne dich fühle ich mich einsam, irgendwie nur halb. Aber da ist noch etwas anderes. So etwas ist mir noch nie passiert. So habe Ich noch nie gefühlt. Niemand hat mich je so verwöhnt, wie du das tust. Ich habe im Internet letzte

Nacht nachgeforscht. Du bist schon ein sehr gutaussehender, wohlhabender Mann und ich, ich bin ein Nichts. Wie kann ich da mit all den tollen Frauen, die dir bis jetzt über den Weg gelaufen sind, mithalten? Diese Gefühle, die du in mir weckst, so habe ich wirklich noch nie gefühlt. Ich weiß nicht, wie ich damit umgehen soll."

Raoul sah sie mit zusammengekniffenen Augen an. „Das, was ich bin, habe ich mir selbst erarbeitet. Das ist meine Arbeit, so wie du deinen Job im Reisebüro hast. Das hat nichts mit uns zu tun. So etwas will ich nicht mehr von dir hören. Mir geht es doch genauso. Die Gefühle, die du in mir hervorrufst, habe ich noch nie für eine andere Frau empfunden, noch nie!" Raoul fühlte auf einmal eine Leichtigkeit, die ihn lächeln ließ. Er fing plötzlich an zu grinsen, übermütig, als wollte er etwas anstellen. Seine Stimme klang rau und tief. Außerdem blitzte der Schalk aus seinen Augenwinkeln. „Bitte glaube mir, ich liebe alles an dir, deinen Starrsinn, deine Unabhängigkeit, deine tollen Haare, deinen wunderschönen Körper, deine runden süßen Brüste, die schmecken bestimmt ganz lecker!" Dabei strich er mit seiner Zunge über seine Unterlippe und sah sehnsuchtsvoll nach unten auf ihren Ausschnitt, wobei er ganz fürchterlich schielte, mit Absicht natürlich.

Cloé sah ihn an, sah seine schiefgestellten Augen und musste unwillkürlich kichern: „Hör sofort auf, auf meinen Busen zu schielen." Dann konnte sie nicht mehr an sich halten und fing an laut zu lachen. Er sah aber auch zu komisch aus. „Hey, keine detaillierten Körperteile aufzählen. So weit kommt es noch. Du bist ein Busen-Fetischist, mein lieber Raoul, ein Macho!" Cloé konnte sich vor lauter Kichern und Lachen kaum noch halten, sie wand sich in Raouls Armen. Zusammen kullerten sie eng umschlungen über die Couch, bis sie sich beide beruhigt hatten und aufhörten zu lachen. Dabei waren sie auf dem Fußboden gelandet. Cloé lag oben auf Raoul, sie legte ihr Kinn auf ihre Arme, die sie auf ihm abstützte und bat ihn mit großen Augen: „Erzähl mir mehr von dir, von deinem Leben. Ich beantworte dir auch alle Fragen, die du hast."

Raoul hatte sich auch wieder gefangen, sah Cloé lange in die Augen, ließ sie aber nicht los, überwand dann seine Scheu, die ihn immer befiel, wenn es um seine Vergangenheit ging, und erzählte ihr von früher, von seiner Zeit im Internat, auch von den Ereignissen davor, dem Mord an seinen Eltern und von seinem Anfang in Genf. Cloé erzählte ihm ihrerseits von ihren Ballett-Versuchen und ihrem Anfang im Kampfsport. Von ihrer Mutter und ihrem seltsamen Verhalten in letzter Zeit, bevor sie nach Hongkong abgeflogen war.

„Es ist schon sehr seltsam und besonders, dass wir uns hier wieder getroffen haben. Als wir uns vor ein paar Wochen in Zürich über den Weg gelaufen sind, ohne uns wirklich in die Augen zu sehen, bist du unten vor meinem Büro gestanden und ich habe dich von oben gesehen, ohne dein Gesicht zu erkennen. Aber schon damals hat es mir den Atem verschlagen. Jedes Mal, wenn wir uns jetzt berühren, geht es wie ein Stromstoß durch mich hindurch. Alles kribbelt an mir. Ich kann mich dann kaum von dir lösen. Ich weiß, es geht dir genauso. Außerdem habe ich das Gefühl, dich schon seit einer Ewigkeit zu kennen. Wir sind füreinander bestimmt, daran glaube ich ganz fest. Ich liebe dich!"

„Ich dich auch!" Cloé schmiegte sich an Raoul, der sie fest mit seinen starken Armen umschlungen hielt. Nach einiger Zeit standen sie auf und gingen hinaus auf die Dachterrasse. Dort standen sie eine lange Zeit und sahen blicklos auf den Hafen von Hongkong hinunter. Genossen die Nähe des Anderen.

Neue Heimat

Der Sonne am nächsten kreiste die Rote Welt, der heißeste Ort in der Galaxie, umgeben von einer leichten weißen Dampfatmosphäre, die Oberfläche wurde von roter Erde bedeckt, überall brodelten heiße Vulkane, Lava schoss in die Luft. Durch die rote Erde wurde das Wasser rot gefärbt, der rote Himmel spiegelte die rote Oberfläche. Falls einmal eine Pflanze diese Temperaturen überlebte, wurde sie rot und braun in allen Schattierungen, die Luft war tagsüber sehr heiß, nur nachts kühlte sie etwas ab. Die Rote Welt erschien im Universum als roter Planet, spärlich besiedelt, die wenigen Siedler, vielleicht ein paar Tausend, lebten meist unter der Oberfläche in den kühlen Höhlen. So wie diese Welt aussah, stellten sich die Bewohner der anderen Welten die Hölle vor. Im Laufe der Tausenden von Jahren hatten die Bewohner durch das rote Wasser auch ein rotes Äußeres erhalten, die Haut hatte sich verfärbt. Die männlichen Bewohner hatten schwarze Hörner auf den Köpfen, kleine oder große, und sie liefen spärlich bekleidet herum, durch die Hitze bedingt. Allerdings waren die Bewohner entgegen ihrem Aussehen außerordentlich friedliche Lebewesen. Die Angst etwaiger Besucher vor den gruselig aussehenden Bewohner der Roten Welt hatte natürlich für diese so ihre Vorteile, sie ließen sich schnell vertreiben, ohne große Anstrengungen und spaßig war es außerdem. Dort, wo die meisten Siedler sich niedergelassen hatten, befand sich in einer abgeschiedenen Höhle noch ein offenes Tor, das für Reisen benutzt werden konnte, wenn es denn einmal funktionierte. Es gab allerdings nur noch wenige Bewohner, die sich damit auskannten und noch weniger, die sich den Gefahren einer Reise mit diesem Portal aussetzen wollten.

Von der Grünen Welt aus hatten sie ihn unbemerkt losgeschickt, um nach dem Buch und seiner Trägerin zu suchen. Als letzte Möglichkeit sozusagen, bevor der letzte Zyklus schloss. Freiwillig hatte er sich nicht gemeldet, aber er musste sich unterordnen. Hier in dieser roten Hölle war er jetzt gelandet, durch das scheinbar mit Fehlfunktionen behaftete Portal. Er hatte diese Welt von oben bis unten, von vorne bis hinten durchsucht, so schnell es ging, aber keine Spur des Buches oder der Trägerin. Woher wussten die Berater eigentlich, dass es womöglich eine Frau war und kein Mann, die das Buch sich erwählt hatte?

Langsam geriet er in Panik. Schon wieder war ein Tor defekt, nur noch Bruchstücke davon waren zu sehen. Kein gutes Omen, um es doch auszuprobieren. Außerdem konnte er keinen Erfolg vorweisen. Inzwischen waren einige der Ureinwohner auf seiner Spur. Sie schienen nicht gerade freundlich gesinnt zu sein. Sie sahen auf jeden Fall unheimlich aus, ganz rot, mit schwarzen Hörnern auf dem Kopf. Sie gaben schauderhafte Laute von sich. Fehlte nur noch der Schwanz und sie wären die Verkörperung des Teufels. Er musste unbedingt fliehen, von hier verschwinden. Er hatte Angst. Aber das nächstgelegene Portal war jetzt auch zerstört. Er war auf Geheimmission unterwegs, niemand wusste etwas davon, nur seine Auftraggeber. Es war offensichtlich, es lastete ein Fluch auf ihnen. Sie konnten ihn nicht selbst lösen. Sondern waren darauf angewiesen zu warten, dass die Auserwählten sich endlich fanden und den Fluch beendeten. Irgendwie.

Musste er jetzt hier in dieser unwirklichen öden Welt bleiben, sollte er hier wirklich sterben? Gab es nicht doch noch irgendwo ein anderes Tor, das nicht defekt war, damit er zurückkehren konnte? So würde er auf jeden Fall nicht mehr lange überleben. Seine Kräfte hatten nachgelassen, aber er widersetzte sich der Schwäche und machte sich weiter auf die Suche nach einem Portal, das ihn von hier weg bringen konnte. In eine andere Welt, egal um welche es sich handeln würde. Nur weg von diesem dunklen, unheimlichen Ort. Panik begann, in ihm aufzusteigen, er konnte seine Verfolger hören. Sie waren schon seit gestern auf seiner Spur. Er konnte nicht wissen, dass sie harmlos waren und sich bei dieser Jagd prächtig amüsierten.

Er suchte den Horizont ab, eilte weiter, sah wieder und wieder auf seinen kleinen Navigator, der endlich, nach unendlich langer Zeit und Suche einen kleinen blinkenden

Punkt anzeigte, ein Tor. Hoffentlich war es diesmal intakt, damit er von diesem unheimlichen Planeten fliehen konnte. Er hoffte, dass er es erreichen konnte, bevor seine Verfolger ihn fanden. Er hätte bestimmt keine Chance. So unheimlich wie sie aussahen. Jeden sich bietenden Schutz suchend, schlich er dem Tor näher. Endlich konnte er es sehen. Es flimmerte, es schien intakt und aktiv zu sein. Er betete, dass es funktionierte. Er suchte die Umgebung ab, kein weiteres Lebenszeichen. Seine letzten Kräfte mobilisierend, sprang er auf, rannte los und stürzte sich kopfüber durch das schimmernde Portal, das sich hinter ihm sofort wieder schloss und verschwand. Er fiel weich. Außer Atem blieb er liegen und schloss die Augen. Vor lauter Erschöpfung fiel er in einen komaähnlichen Schlaf.

Die faszinierendste der Welten war die Bunte Welt. Dort war alles kunterbunt, die Gebäude, die Kleidung der Bewohner, die Vegetation, das pastellfarbene Wasser, selbst der Himmel erschien in vielen Pastelltönen. Das gesamte Farbspektrum wurde von den vielen Bewohnern abgedeckt. Sie trugen immer kunterbunte farbenfrohe Kleidung. Ihre Häuser waren von oben bis unten bunt angemalt, vor allem die Pastellfarben waren bei allen beliebt. Dadurch gab es keine Eintönigkeit, sondern viele bunte Städte und Dörfer. Allerdings war die Bevölkerung kaum technisch ausgerüstet, aber die Magie genoss einen hohen Stellenwert. Das Wasser in den Flüssen und Bächen war ebenfalls bunt, wenn man die Hand hineinstreckte und sich das Gesicht mit dem Wasser wusch, waren beide auch bunt, für kurze Zeit. Die Kutschen und andere Fahrzeuge konnten fliegen, oder besser gesagt in der Luft schweben. Die Welt wurde von großen und kleinen Wesen bevölkert, viele davon waren tierähnliche Wesen, vierbeinig, zweibeinige, alle konnten durch die Luft schweben. Sie alle kommunizierten, sprachen miteinander, ohne Unterschied. Jeder verstand jeden, auch wenn ihre Sprache absolut unterschiedlich war. Diese Welt erschien im Universum als farbenfroher Planet. Es gab noch zwei offene Tore. Eines davon lag in der Königskathedrale der Hauptstadt und wurde von Soldaten streng bewacht. Das andere Portal wanderte über die Bunte Welt und war meist unauffindbar.

Etwas Weiches strich über sein Gesicht. Er schlug die Augen auf – und schloss sie gleich wieder. Ich bin im Himmel, dachte er. Dann öffnete er langsam wieder seine Augen, blinzelte und erblickte ein kleines pelziges rosafarbenes Tier mit braunen Punkten, das mit seinen kleinen Pfoten sein Gesicht erkundete und ihn mit großen braunen Augen neugierig ansah und beschnüffelte. Sein Blick fiel auf die Umgebung. Die ganze Landschaft war mit vielen bunten Blumen übersät, blühende Bäume, überall diese bunten Tierchen in allen möglichen Pastellfarben, die unaufhörlich miteinander zu kommunizieren schienen. Er richtete sich auf, dabei sprang das kleine rosa Fellknäuel von ihm herunter. Sofort verstummte das Geschnatter, welches er die ganze Zeit im Hintergrund gehört hatte, und die Tiere schwärmten in alle Richtungen davon. Sein Gehirn versuchte, eine Erklärung zu finden. Endlich hatte er den richtigen Gedanken. Seine Augen blickten erstaunt die Umgebung an. Er war in der Bunten Welt gelandet. Er hatte davon gehört. Gott sei Dank, eine sehr friedliche Welt. Soweit er wusste, gab es hier auch ein paar Städte mit einer zahlreichen Bevölkerung. Er sah sich um, am Horizont schienen Gebäude zu stehen. Kein Portal war zu sehen. Es musste sich sofort, nachdem er durchgekommen war, abgeschaltet haben. Er stand langsam auf, ihm war schwindelig, alle Glieder taten ihm weh, doch er machte sich auf den Weg. Irgendwo musste es aber auch hier noch ein Portal geben, damit er wieder nach Hause konnte. Hoffte er wenigstens. Allerdings müsste er sich vorher irgendwo stärken, wieder zu Kräften kommen. Essen und Trinken, das wäre jetzt am allerwichtigsten.

Als er sich der Stadt näherte, staunte er, vor lauter Überraschung blieb sein Mund offen. Er hatte davon in einem Geschichtenbuch gelesen. Aber nie geglaubt, dass es Realität sein könnte. Riesige bunte Blumen blühten auf und vor der Stadtmauer. Ein kleiner Wagen schwebte an ihm vorbei. Er war bunt angemalt, sein Insasse schien sich diesen Farben mit seiner Kleidung angepasst zu haben, er trug eine rote Weste, ein weißes Hemd, eine hellblaue Jacke, gelbe Hosen, eine lila Mütze und grinste von einem

Ohr zum anderen, dabei summte er eine Melodie vor sich hin, wedelte mit einem Taktstock zur lautlosen Musik und dirigierte den Wagen den sich dahin schlängelnden Weg entlang. Kinder spielten auf der Brücke, genauso bunt gekleidet, eine Frau kam aus der Stadt, mit weiten wehenden Gewändern aus dünnem bunt gestreiftem Stoff, sie rief die Kinder zum Essen. Müde setzte er sich kurz auf einen großen Stein am Wegesrand.

Aus der anderen Richtung kam ein großer gelber Karrenwagen herangerumpelt, scheinbar konnte er nicht fliegen, sein Lenker hüpfte auf dem Wagenbock mit jedem Schlagloch hoch. Das musste doch wehtun, wenn er wieder zurückfiel auf den Sitz, dachte er. Ein Pferd kam tänzelnd den Weg entlang, die Hufe knapp über dem Erdboden, der Reiter hielt vor ihm an, musterte ihn freundlich und schien Mitleid mit ihm zu haben, er griff in seine Tasche und warf ihm ein paar goldene Taler zu. „Hier, mein Freund, kauf dir was zu essen und etwas Anständiges zum Anziehen. So kannst du dich in der Stadt nicht sehen lassen. Mit diesen Lumpen fällst du auf jeden Fall auf." Auch er war von oben bis unten bunt gekleidet. Das Pferd schien fast zu schweben, es berührte den Boden nur ganz leicht. Durch den Torbogen verschwand er in der Stadt.

Er rief dem Reiter seinen Dank hinterher. Sein Gewissen meldete sich, er kam sich vor wie ein Bettler, hungrig, mit zerrissener Kleidung, es war ihm sogar ein Bart gewachsen. Jetzt stellte er auch noch fest, dass er wirklich Hunger hatte, seit Tagen hatte er nichts richtiges mehr in den Magen bekommen. Schwerfällig erhob er sich und machte sich wieder auf den Weg, über die Brücke in die Stadt. Die beiden Wächter vor dem Tor störten sich nicht an seinem Aussehen, ließen ihn ohne Zögern durch. Staunend blieb er drinnen wieder stehen. Was er erblickte, war atemberaubend schön. So etwas hatte er sich nicht in seinen kühnsten Träumen vorstellen können. Ein Paradies. In mehreren Ebenen schwebten Kutschen, Karren, Wagen dahin über die breite Prachtstraße, alle bunt angemalt, alle mit bunt gekleideten Insassen. Sie kamen sich nicht ins Gehege, es schien, als lenke sie eine unsichtbare Macht.

Unten auf der Straße flanierten die Menschen und Tiere, Musik erklang dezent im Hintergrund, er wusste nicht, welches Instrument diese Töne erzeugte, aber sie hörten sich paradiesisch an. Alle schienen gut gelaunt und fröhlich zu sein. Ein paar der von den Frauen und auch Männern getragenen Hüte erregten seine Aufmerksamkeit. Riesige aufgetürmte Gebilde aus durchscheinendem Stoff, verziert mit bunten Blumen, schaukelten auf deren Köpfen. Nein, so wollte er auf gar keinen Fall herumlaufen. Aber dann sah er an sich herunter und wusste, er brauchte wirklich dringend neue Kleidung, damit er sich anpassen konnte, sonst würde er auf jeden Fall negativ auffallen. Schmutzig und zerfetzt hingen seine alten Kleider an ihm herunter. Schnell ließ er seinen Blick schweifen und erspähte ein Schneidereischild. Kurzerhand ging er darauf zu und öffnete die Tür. Dahinter verbarg sich ein Geschäft mit einem riesigen Angebot an Kleidern, Anzügen, Hemden, Hüten und was man sonst noch zum Einkleiden brauchte. Mal sehen, dachte er, ob die goldenen Taler dafür ausreichen.

Als er wieder heraustrat, war er von Kopf bis Fuß neu eingekleidet. Allerdings hatte er auf einer dezenten Farbe bestanden, ein hellgrauer Anzug mit leicht hellblauem Schimmer, ein hellblaues Hemd und graue Schuhe. Bunte Socken. Natürlich hatte der Schneider ihm noch einen Hut aufgeschwatzt. Aber dieser halbhohe hellblaue Filzhut stand ihm wirklich gut. Von den Talern war noch genügend übrig geblieben, dass er das nächste Gasthaus ansteuern konnte und sich dort erst einmal etwas zum Essen bestellte. Dann überlegte er kurz. Es gefiel ihm hier. Da er bis jetzt durch seinen Navigator noch kein weiteres Portal entdecken konnte, entschied er sich, erst einmal hier zu bleiben. Wer weiß, vielleicht war es ja ganz nett hier. Auf jeden Fall waren die Bewohner dieser Welt außerordentlich gastfreundlich und wirklich nett zu allen. Er konnte gut mit allen Arten Handwerk umgehen, so könnte er sich seinen Lebensunterhalt vorübergehend verdienen. Bestimmt fand er auch eine Unterkunft, ein Zimmer, eine kleine Wohnung. Außerdem musste er bald herausfinden, wie groß diese Welt war, wie viele Städte es gab und wo vielleicht noch irgendwo ein funktionierendes Portal exis-

tierte. Aber erst einmal musste er wieder zu Kräften kommen. Dann könnte er entscheiden, ob er hier bleiben wollte, oder wieder zurückkehren wollte nach Hause, seinem Zuhause, in seine Welt.

Er ging in das nächste Wirtshaus und bestellte sich etwas zu essen. Es gab nur ein Gericht, einen sehr schmackhaften Eintopf. Er sah sich um, es waren nur einige wenige Gäste hier. Der Wirt machte einen sehr sympathischen Eindruck. Als er ihm den Teller hinstellte, fragte er: „Könnten Sie mir sagen, guter Mann, ob es hier eine Wohnung zu mieten gibt. Ich bin neu hier in der Stadt und suche eine Unterkunft."

Der Wirt sah ihn freundlich an und meinte: „Da gehen Sie am besten zum Rathaus, dort wird man Ihnen mit allem weiterhelfen können!"

Oh, das hört sich kompliziert an. Aber mal sehen. Erst einmal wollte er sich stärken, dann konnte er immer noch fragen, wo denn das Rathaus sei, und an wen er sich dort wenden müsste. Gesagt, getan. Nachdem er sein Essen bezahlt hatte, machte er sich auf den beschriebenen Weg zum Rathaus. Gleich hinter dem großen Tor wurde er von einem freundlichen Pförtner empfangen. Er schilderte ihm sein Problem. Unterwegs hierher hatte er beschlossen, bei der Wahrheit zu bleiben. Der Pförtner hörte sich alles an, dann meinte er: „Da gehen Sie am besten gleich zu unserem obersten Verwalter. Der kann Ihnen bestimmt weiterhelfen."

Er schickte ihn auf Zimmer 305 im 3. Stock. Dort schilderte er dem Anwesenden noch einmal sein Anliegen, worauf dieser ihm mitteilte, dass er dafür nicht zuständig sei, da müsse er zu dem Verwalter in Zimmer 151 gehen, 1. Stock. Der Verwalter dort schickte ihn nach seiner Schilderung zu Zimmer 431 im 4. Stock, von dort ging es wieder in das Erdgeschoss zu Zimmer 13. Als er dort angekommen war, außer Atem und inzwischen mit rotem Kopf und ziemlich aufgebracht, sah ihn die Dame von Zimmer 13 mit großen Augen mitfühlend an. „Ja, so machen wir das immer mit einem neuen Besucher hier. Damit testen wir seine Geduld und ob er es wirklich ernst meint mit seinem

Anliegen. Aber jetzt wollen wir doch einmal sehen, ob ich Ihnen helfen kann. Sie suchen eine Unterkunft? Eine Werkstatt oder jemanden, der Hilfe in seinem Handwerk braucht? Mal sehen." Sie zog eine Schublade auf, wühlte eine Zeitlang in irgendwelchen Unterlagen, dann hatte sie eine Mappe in der Hand. „Hier, Meister Wimpel sucht einen Gesellen für sein Tischlerhandwerk, er hat auch eine kleine Wohnung für ihn zur Verfügung. Wäre das etwas für Sie?" Nun, tischlern, mit Holz arbeiten, das hatte er schon einmal für längere Zeit mit viel Freude gemacht. „Ja, das wäre genau richtig. Wo finde ich denn Meister Wimpel?"

Die nette Dame erklärte ihm den Weg und kurz darauf stand er vor dem Haus von Meister Wimpel. Der war auch gerade zu Hause und freute sich über seinen neuen Gesellen. Die kleine Wohnung zeigte er ihm auch sofort. Dann konnte er sich gleich seine Arbeitskleidung anziehen und mit der Arbeit beginnen. Über Lohn und Miete waren sie sich auch einig geworden.

Nach einigen Wochen hatte sich das Vertrauensverhältnis soweit aufgebaut, dass er seinem Meister erzählen konnte, wo er überhaupt herkam. „Ich komme aus der Grünen Welt, gehöre zu den großen Baumelfen, bin zwar kleiner, als ein Mensch der Blauen Welt, aber ich habe eine gute Ausbildung in Holzarbeiten erhalten." Dann meinte er noch, dass er auch eigentlich wieder zurück nach Hause wolle, aber noch kein Portal gefunden habe, mit dem er reisen könne.

„Hier gibt es nur noch ein oder zwei Portale in der Königskathedrale, und die wird streng bewacht. Zur Nutzung muss man außerdem eine Genehmigung beantragen. Aber das ist sehr kompliziert, mit vielen Anträgen und Fragen verbunden. Diese Portale werden von unseren Leuten hier schon lange nicht mehr benutzt. Viel zu gefährlich, die Dinger arbeiten angeblich nicht mehr richtig. Bleib doch hier. Ich biete dir eine gute Stellung an. Du bist fleißig und beherrschst das Handwerk gut. Die Leute und auch ich sind sehr zufrieden mit deiner Arbeit. Überlege es dir noch einmal, ob du wirklich weg willst. Hier kann man wirklich sehr gut leben."

Wie es aussah, würde er also doch hier bleiben. Er hatte es sich schon gedacht. Aber, wäre das denn wirklich so schlecht? Nein, hier ließe es sich aushalten, hier könnte er bestimmt gut leben. Die Witwe Endris, deren Dach er letzte Woche repariert hatte, schien ihn zu mögen, das hatte er ihren freundlich blickenden Augen und ihrem Lächeln entnommen. Er überlegte eine ganze Nacht lang, dann hatte er sich entschieden, er würde bleiben. Für immer. Und Endris den Hof machen, sie umwerben. Das war etwas Neues für ihn, aber es fühlte sich gut an. Als er am nächsten Morgen seinem Meister die gute Nachricht überbrachte, war dieser überglücklich. So einen guten Gesellen hatte er schon lange nicht mehr gehabt. Er setzte sofort einen Vertrag auf, mit guten Konditionen und einer kleinen Aufbesserung seines Lohnes. Der Sucher war zufrieden und stattete Endris sofort einen Besuch ab.

Als Tischlergeselle war er jetzt schon über sechs Monate hier in der Bunten Welt. Endris hatte seinem Werben letzte Woche nachgegeben. Aber erst, als er ihr seinen Namen verraten hatte. Sie hatte nicht gelacht, obwohl er früher immer von den anderen deswegen ausgelacht worden war. „Du Armer, wie konnten deine Eltern dich nur Runzel nennen. Dann noch dein Nachname Hase. Also Runzel Hase. Das hört sich wie Schmunzelhase an. Ich werde dich umtaufen und ab sofort ·Dorian nennen. Das, finde ich, ist ein schöner, edler Name, der zu dir passt. Dorian Hase. Den lassen wir gleich morgen eintragen.“ Und so gab es einen neuen Bewohner der Bunten Welt, der stolz auf seinen neuen Namen und seine neue Heimat war. Und glücklich, zum ersten Mal in seinem langen Leben war er rundherum glücklich, mit einer Frau an seiner Seite, die er liebte und die eingewilligt hatte, ihn trotz seines komischen Namens zu heiraten.

Inzwischen war ein Jahr vergangen und Dorian wurde auf dem diesjährigen Sommerfest zusammen mit seiner Frau und seinem inzwischen geborenen kleinen Sohn dem Großkanzler der Bunten Welt als neuer Bürger aus der Grünen Welt vorgestellt. Dabei bemerkte er, dass es wohl noch zwei Bewohnerinnen gab, die scheinbar nicht von dieser Bunten Welt stammten. Sie unterschieden sich im Aussehen, Größe und der Kleidung von allen Bewohnern. Sie hatten lange, weite fließende Gewänder an, trugen ihre Haare zu Zöpfen geflochten und schienen Ehrengäste des Großkanzlers zu sein. Dorian war neugierig. Die beiden Damen scheinbar auch. Als sich eine passende Gelegenheit ergab, fragte er die beiden Frauen, wo sie denn herkämen und wie es dort wäre. Und so lernte Dorian die beiden Neuankömmlinge Clarice und ihre Mutter Donatia Fountain kennen, die von der Blauen Welt vor kurzem hierhergekommen waren. Da Dorian sehr wissbegierig war und fremde Länder und Welten ihn schon immer fasziniert hatten, waren die beiden Damen ab dieser Zeit öfter Gast in seinem Hause. Auch seine Frau Endris fand die beiden Frauen sehr sympathisch und es ergab sich eine enge Freundschaft. Donatia erzählte ihm von den Zeitverschiebungen auf den verschiedenen Welten, vor allem betraf das die Grüne und die Blaue Welt. „Das bedeutet, dass etwas hier geschieht, bevor es auf einer anderen Welt geschieht, dass also dort die Aktion erst nach der Reaktion hier passiert?" „So ungefähr könnte man es sagen." Donatia hatte kurz überlegt und diese Aussage als richtig befunden.

Komischerweise gab es hier auf der Bunten Welt keinerlei Sprachschwierigkeiten, alle verstanden einander, egal, wo sie auch herkamen. Als würde die Sprache aus einer anderen Welt schon in der Luft übersetzt und dann den Bewohnern hier in deren Sprache zu Gehör gebracht. Es war irgendwie magisch.

Australien

Cloé war es nach den beiden Wochen in der Gesellschaft von Raoul, seinem Freund und dessen Verlobter Sue-Lin, ihrer Freundin und Kollegin, sichtlich schwer gefallen, sich von Raoul zu trennen und nach Sydney zu fliegen. Sie wollte nicht weg, wollte bei ihm bleiben. Ohne ihn fühlte sie sich alleine, unvollständig, als fehlte ihr eine Hälfte, um ein Ganzes zu sein. Ihr fehlten die Berührungen, der Geruch, seine Küsse, einfach alles. Aber sie hatte berufliche Termine bereits vor ihrem Aufbruch aus Zürich abgemacht. Ihr Pflichtbewusstsein ließ sie an ihren Plänen festhalten, auch wenn ihr Herz etwas ganz anderes wollte. Als sie endlich im Flugzeug nach Sydney saß, hatte sie das Gefühl, eine Welt würde über ihr zusammenbrechen. Leer und einsam, unvollständig, verzweifelt. Tränen füllten ihre Augen. Ich muss zu ihm zurück, ihn festhalten, bei ihm sein, ich brauche ihn, wie die Luft zum Atmen. Wir sehen uns bald wieder, klang es durch ihren Kopf. Das Flugzeug war längst in der Luft, trotzdem wäre sie am liebsten sofort wieder rausgesprungen. Was sollte sie bloß machen? Ommmm – sie holte tief Luft, konzentrierte sich auf ihre Mitte und versuchte, den Kopf frei zu bekommen. Meditation – das müsste helfen, auch gegen ihre Angst, ihn zu verlieren. Nach einer halben Stunde schien es ihr besser zu gehen, sie konnte freier atmen. Besann sich auf ihre Aufgaben in Australien. Ihre Flüge quer durch Australien waren bereits vorgebucht, die Termine für die Besprechungen in den Hotels und die Ausflugstrips mit den entsprechenden Unternehmen schon vereinbart. Das alles würde eine straff gespannte Woche werden, sofern sie die minutiös geplante Reise überhaupt in der vorgenommenen Zeit einhalten konnte, es durfte nichts dazwischen kommen, da bliebe ihr kaum eine freie Minute zum Durchatmen oder Entspannen.

Cloé war heilfroh, als sie in Sydney endlich aus dem Flugzeug aussteigen konnte. Ein Taxi brachte sie zum Hotel in der Innenstadt. Nach dem Einchecken im Hotel begann sie sofort mit ihrer Arbeit. Sie beeilte sich, trotzdem brauchte sie mehr als eine Woche, bis sie alle Orte und Hotels ihrer ausgearbeiteten Reiserouten besucht hatte und die Verträge unter Dach und Fach waren. Natürlich war nicht alles glatt gegangen, ein Flug war ausgefallen und musste umgebucht werden, eine Umsteigeverbindung bei der Eisenbahn war verspätet. Zwei Tage hatte sie länger als geplant gebraucht. Das Land war riesig und sie musste hin- und herfliegen, Melbourne, Cairns, Perth, es war wahnsinnig stressig. Sie war sich aber letztendlich sicher, die richtige Wahl für das Reiseunternehmen und deren Kunden getroffen zu haben. Nach 10 Tagen schickte sie die wichtigsten Unterlagen per E-Mail an die Leiter des Reisebüros in Zürich. Dann meldete sie sich für die nächsten Tage dort ab, um die restlichen Zeit ihres Urlaubs mit dem Besuch bei ihrer Mutter zu verbringen.

Mitte der zweiten Woche flog sie von Sydney nach Alice Springs. Vom Flughafen aus nahm sie ein Taxi direkt zu der von ihrer Mutter angegebenen Adresse, die etwas weiter außerhalb von Alice Springs lag. Sie hatte unterwegs mehrmals versucht, sie telefonisch zu erreichen, aber damit einfach kein Glück gehabt. Immer nur hieß es: „Kein Anschluss unter dieser Nummer!"

„Wollen Sie wirklich dorthin, Lady?" fragte sie der Taxifahrer.

„Ja, das ist genau die Adresse, die meine Mutter mir aufgeschrieben hat."

Der Taxifahrer zuckte mit den Schultern. Dort draußen gab es, soweit er wusste, kein bewohntes Haus, nur ein paar leere Hütten und ein altes, leerstehendes, kurz vor dem Verfall stehendes Farmerhaus. Als sie endlich ankamen, mitten im Nirgendwo, stieg Cloé aus und sah entsetzt auf die Ruine, vor der sie stand. Das Haus hatte keine Fensterscheiben mehr, die Außentreppe war brüchig und an einigen Stellen schon eingebrochen, die Haustür hing schräg in den Angeln. Die Farbe bröckelte überall ab.

„Ich hab doch gesagt, hier wohnt keiner, schon lange nicht mehr." Der Taxifahrer lehnte an seinem Auto und hatte sich eine Zigarre in den Mundwinkel geschoben.

Cloé sah ungläubig auf das Haus, die Natur schien kurz davor, den Platz zu vereinnahmen. „Warten Sie bitte!" meinte sie zu dem Taxifahrer. Als sie ein paar Schritte auf das Haus zuging, stand plötzlich eine Eingeborene vor ihr. Sie hatte sie nicht kommen sehen.

In gebrochenem Englisch fragte sie Cloé: „Suchen Mutter? Nicht da. Paket hier für Sie. Mutter schon lange auf Traumreise."

Damit gab sie Cloé ein in schmutziges Packpapier eingewickeltes Paket, drehte sich um und verschwand hinter dem Haus. Das alles war so schnell geschehen, dass Cloé kein einziges Wort, geschweige denn eine Frage über die Lippen bringen konnte. Traumreise? Was war denn das? Cloé sah irritiert auf das dreckige Papier, dann klemmte sie sich verwundert und sprachlos das Paket unter den Arm und ging vorsichtig in das Haus. Alle Zimmer waren leer, Staub und Sand bedeckten den Fußboden. An einer Wand allerdings entdeckte Cloé eine kleine Zeichnung, mit ‚CL' signiert. Sie war sicher, dass ihre Mutter diese Zeichnung für sie hinterlassen hatte, suchte in ihrer Handtasche einen Stift und kopierte die Zeichnung, die ihr irgendwie vertraut vorkam, auf die Rückseite des Pakets. War das nicht ähnlich wie das Tattoo in Hongkong, wovon Raoul so besessen schien? Was wollte sie ihr damit denn sagen? Dann fiel ihr ein, dass sie ja ihr Handy dabei hatte, sie holte es heraus und machte damit eine Aufnahme des Zimmers, ging dann wieder nach draußen, einmal um das Haus herum und fotografierte es von allen Seiten. Von der Eingeborenen war nichts mehr zu sehen. Sie war verschwunden.

„Lady, kommen Sie jetzt mit zurück, oder bleiben Sie hier?"

„Ich komme ja schon. Haben Sie diese Eingeborene gesehen? Sie hat mir von meiner Mutter ein Paket gegeben.
Also muss meine Mutter hier gewesen sein, sie muss über
Alice Springs gekommen sein. Wo könnte sie dort ihr Gepäck gelassen haben?"

„Das war eine Anangu, das ist ein Stamm, der seit ewigen Zeiten das Heiligtum der Aborigines, den Uluru oder
Ayers Rock, wie die Weißen ihn nennen, bewacht. Vielleicht ist Ihre Mutter ja mit ein paar dieser Leute auf
Wanderschaft gegangen. Dann können Sie nur abwarten,
bis und ob sie wiederkommt. Finden lassen die sich nicht.
Und was das Gepäck angeht, am besten fragen Sie da mal
im Uluru-Motel in Alice Springs nach. Das liegt von hier
aus am nächsten. Vielleicht können die Ihnen was sagen."

Es blieb ihr ja gar nichts anderes übrig, als dieses Motel
aufzusuchen und dort erst einmal zu übernachten, dachte
sie, es war schon später Nachmittag. Das Taxi fuhr sie
zurück und setzte sie dort ab. Sie hatte Glück, ein Zimmer
war noch frei. Niedergeschmettert nahm sie eine Dusche,
suchte in ihrem Koffer nach frischer Kleidung und packte
danach vorsichtig das Paket aus. Zum Vorschein kam ein
altes Buch. Der Einband war reich verziert, es schien
handgeschrieben, mit vielen bunten Zeichnungen. Ein
Märchenbuch. Bevor sie es aufschlug, erklang eine leise
Melodie, genau wie aus der Spieluhr. Nach dem Aufschlagen verstummte sie. Die Schrift war ihr seltsam vertraut,
aber die einzelnen Buchstaben oder besser gesagt die
Zeichen konnte sie im Moment nicht entziffern. Nicht La-
tein, nicht arabisch, kyrillisch oder sonst eine ihr bekannte
Sprache. Sie klappte das Buch wieder zu. Sie war müde.
Sie konnte sich nicht konzentrieren. Ihre Gedanken
schweiften ab. Was war nur mit ihrer Mutter los? Was
sollte dieses Gerede von ihrer Großmutter? Wo waren
beide? Im Moment konnte sie nicht klar denken. Erst der
Schock, die Freude, die tausende von Gefühlen bei der
Begegnung mit Raoul, jetzt das Verschwinden von Mutter
und Großmutter. Frische Luft, das würde vielleicht helfen.

Sie ging hinaus auf die Terrasse und bestellte eine Limonade beim Kellner. Vor ihr lag ein Swimmingpool. Sollte sie sich darin eine kleine Abkühlung gönnen? Sie dachte nach, während sie ihre kühle Limo in der Abendsonne schlürfte. Sie machte sich Sorgen, große Sorgen, aber es blieb ihr gar nichts anderes übrig als wieder nach Hause zu fliegen. Sie konnte nicht einfach hierbleiben und die Wüste nach ihrer Mutter durchsuchen. Das Gebiet war viel zu groß. Oder sollte sie hier auf sie warten, bis sie wieder zurückkäme? Ausgeschlossen. Cloé wusste zwar, dass Zeit relativ war, oft genug hatte ihre Mutter diesen Satz von sich gegeben, wenn sie einen Termin versäumt hatte. Aber sie konnte einfach nicht bleiben. Sie hatte einen Job, ein eigenes Zuhause. Sie hatte ein eigenes Leben. Sie hoffte, ihre Mutter würde das verstehen, wenn sie denn mal wieder hier auftauchte.

Natürlich würde sie vor ihrem Abflug noch bei der Polizei vorbeischauen und ihre Mutter als vermisst melden. Und vielleicht fand sich ja irgendwo auch ihr Gepäck. Soweit sie wusste, hatte ihre Mutter einen großen Koffer und einen Rucksack mitgenommen. Im Motel war es jedenfalls nicht, sie hatte beim Einchecken schon an der Rezeption danach gefragt. Ihre Mutter schien noch nicht einmal hier gewesen zu sein, keiner konnte sich an sie erinnern. Und sie war nun wirklich eine auffallende Persönlichkeit. Sie sorgte immer schon dafür, dass man sie so schnell nicht vergaß. Aber keiner hatte sie gesehen. Als hätte sie sich in Luft aufgelöst. Hoffentlich ging es ihr gut.

Die Polizei war freundlich, zuvorkommend, aber nicht gerade hilfreich. Cloé wusste sofort, dass die Polizisten jetzt nicht losziehen würden, um eine verlorengegangene Touristin, die angeblich auf einer „Traumreise" war, zu suchen, draußen im Outback. Dazu war das infrage kommende Gebiet viel zu groß. „Wenn ihre Mutter mit den Eingeborenen auf eine Traumreise gegangen ist, werden wir sie nicht finden. Die Aborigines sind Meister darin, spurlos zu verschwinden. Es tut uns leid, wir werden selbstverständlich eine Suchmeldung an alle unsere Kollegen geben, auch an die entlegenen Stationen im Outback, aber mehr können wir nicht für Sie tun. Sie werden sehen, Ihre Mutter taucht bestimmt in ein paar Wochen wieder auf. Lassen Sie uns ein Foto hier, das wir an unsere Kollegen weitergeben können, und auch Ihre Kontaktadresse, damit wir Sie informieren können, falls wir etwas hören." Für die Polizei war damit die Angelegenheit abgehakt.

Cloé konnte nichts weiter tun. Zuerst rief sie ihre Chefin in Zürich an. Wegen des Abstechers nach Neuseeland. Sie hatte jetzt einfach keinen Nerv dazu, dort noch eine ganze Woche im Stress zu verbringen. Sie erklärte ihr die Situation. Ihre Chefin war verständnisvoll und meinte, dass keine Eile vorliegen würde, außerdem wäre in vier Monaten dort sowieso eine Messe und sie würde dann höchstpersönlich hinfliegen. Cloé war erleichtert. Sie wollte nur noch nach Hause. Ihre Gefühle fuhren inzwischen Achterbahn, sie fühlte sich verloren. Sie brauchte Raoul, um sich zu erden. Diese vergangenen vier Wochen hatten ihre Gefühlswelt und ihr ganzes Leben in ein reines Chaos gestürzt. Wenn sie an diese Minute dachte, als sie Raoul zum ersten Mal gesehen hatte, die Gefühle, die seitdem in ihr tobten, die Sehnsucht, die sie jetzt schon die ganze Zeit über drohte zu ersticken. War das normal? War das immer so, wenn man sich verliebte, auf den ersten Blick, die erste Berührung? Sie hatte keine Erfahrung mit diesen Gefühlen. Natürlich war sie schon einmal verliebt gewesen, mit einem Mann ausgegangen, sie konnte auch nicht sagen, dass sie noch nie mit einem Mann geschlafen hätte. Aber dieses Empfinden jetzt war nicht damit zu vergleichen. Es war um ein Vielfaches intensiver. Sie liebte! Sie liebte mit ganzem Herzen, sie liebte! Mit jedem Mal, wo sie diesen Satz vor sich hinsagte, wurde ihr leichter, sie könnte die ganze Welt umarmen. Wow! Es war der reine Wahnsinn. Ob Raoul sich auch so fühlte?

Sie telefonierte mit dem Flughafen und buchte einen Rückflug nach Sydney für den nächsten Morgen. Von Sydney aus konnte sie zwei Tage später nach Zürich zurück fliegen. Danach wählte sie die Nummer von Raoul.

Sehnsucht

Die Sehnsucht ließ sie nicht los, die Sehnsucht nach Raoul. Ein unsichtbares Band schien sie mit Macht dorthin zu ziehen, wo er jetzt war. Sie wusste, er war in der Schweiz, in Zürich. Sie hatte ihn vorgestern Abend auf seinem Handy angerufen. Es war ein längeres Gespräch gewesen. Jetzt gerade hätte sie ohne hinzuschauen auf dem Züricher Stadtplan seinen Aufenthaltsort markieren können, oder nachher, zu jeder Stunde, egal wohin er ging. Als hätten sie beide innerlich ein GPS eingebaut. Sie hoffte, es ging ihm genauso und er wäre am Flughafen, um sie abzuholen.

Als sie in Sydney endlich ihr Flugzeug nach Zürich bestiegen und ihren Platz eingenommen hatte, öffnete sie ihren Rucksack. Gleich oben auf lag das kleine Päckchen mit der Spieluhr, die Raoul ihr geschenkt hatte. Sie nahm sie heraus und öffnete kurz den Deckel. Tief in Gedanken versunken strich sie zärtlich über die Tänzerin, sie war so wunderschön. Sie fühlte sich so warm, so lebendig an. Ihre Flügel schienen zu zittern. Er hatte ihr gesagt, sie erinnere ihn an sie, an Cloé. Leise kicherte sie bei diesem Gedanken, zog ganz automatisch die Spieluhr auf und lauschte der verzaubernden Melodie. Diesmal blickte sie kein Drachen aus dem Spiegel an. Dann packte sie die Spieluhr wieder ein und nahm das Märchenbuch aus ihrem Rucksack. Im Ohr hatte sie immer noch die Melodie der Harfe.

Sie vertiefte sich in eine der Geschichten, deren Überschrift sie inzwischen entziffert konnte. Diese Geschichte, oder wenigstens eine mit einer ähnlichen Bezeichnung, hatte ihre Mutter ihr immer erzählt, als sie noch ein kleines Kind war. Sie erinnerte sich nur noch daran, wie sie ihrer Mutter immer wieder Löcher in den Bauch gefragt hatte. Aber sie konnte sich nicht entsinnen, wie das Märchen ausgegangen war. Komischerweise enthielt die Geschichte im Buch einige leere Seiten mittendrin und am Schluss. Das Ende der von ihrer Mutter erzählten Ge-

schichte war ihr entfallen und die im Buch niedergeschriebenen Zeilen waren in einer scheinbar fremden
Sprache geschrieben. Am Ende fehlten zwei ganze Seiten,
sie waren leer. In Gedanken versunken starrte sie die
seltsamen Zeichen an, die auf einmal zu verschwimmen
schienen, nur um sich neu zu formen und lesbar zu werden. Buchstaben nur, noch keine ganzen Wörter. Cloé riss
verwundert die Augen auf. Das war Magie. Sie musste sich
beherrschen, um nicht laut auszusprechen, was sie gerade
dachte. Sie schaute sich um, keiner nahm von ihr Notiz, die
meisten Leute hier im Flugzeug schienen zu schlafen. Nun,
der Flug würde noch ein paar Stunden dauern. Da konnte
sie diese Geschichte ja genauestens studieren. Bis zum
Schluss, Zeit genug dafür hätte sie ja während des Fluges,
wie es schien.

*„Liebste Cloé, bitte mach dir keine Sorgen um mich. Es
geht mir gut. Ich habe dich angelogen, dafür entschuldige
ich mich. Aber es war zu deiner eigenen Sicherheit und du
hättest mich nie gehen lassen, wenn du mir die Wahrheit
erzählt hätte. Das Warum erkläre ich dir ein anderes Mal,
wenn wir uns persönlich wiedersehen. Ich habe mich auf
den Weg in ein sicheres Land gemacht. Es stimmt, Deine
Großmutter hat mich eingeladen zu ihr zu kommen. Für
eine kurze Zeit lang. Sie ist schon seit langer Zeit unterwegs.
Das Zeitfenster, um hierher zu gelangen, ist nicht gerade
groß und die Einladung, die ich erhalten hatte, gab den
genauen Weg und Zeitpunkt für unser Treffen vor. Es ist ein
fantastisches Land, wir fühlen uns beide sehr wohl und auch
sicher hier, aber trotz allem fehlst du uns sehr. Wir werden
von hier aus alles tun, was in unserer Macht steht, um dir zu
helfen. Ich kann und darf dir nicht mehr sagen, aber ich
wünsche dir alles Gute. All das hat auch etwas damit zu tun,
warum wir in deiner Kindheit so oft umgezogen sind. Wenn
wir uns wiedersehen, werde ich es dir ausführlich erklären,
versprochen. Wenn es soweit ist, werde ich Euch besuchen
kommen, und auch deine Großmutter mitbringen. Vielleicht
bleiben wir ja dann auch bei dir, für immer, egal wo du sein*

wirst. Ich weiß noch nicht genau, wie wir uns entscheiden werden. Das hängt von so vielen Dingen ab. Ich weiß, das klingt zwar verrückt, manchmal bin ich auch ganz durcheinander, aber bitte glaube mir. Oh, ich habe hier kürzlich zwei schwarze riesengroße Pferde kennengelernt und sie haben mir von dir und Raoul erzählt. Ich mag sie sehr und vertraue ihnen voll und ganz. Ich wünsche dir noch einmal von Herzen alles Gute und dass deine Träume und Wünsche Wirklichkeit werden. Grüße von mir und auch von Deiner Großmutter. Und viele Grüße bitte auch an Raoul. Er ist der Richtige für dich. Ich weiß es! Bis dann!"

Cloé öffnete verwundert die Augen. Jetzt war sie doch tatsächlich über all dem Lesen eingeschlafen. Dieser Traum von ihrer Mutter, was sie gesagt hatte. Ob das nun wirklich stimmte? Wann hatte sie Raoul kennen gelernt? Wieso wusste sie von ihm? Wieso zwei Pferde? Mit Pferden reden? Cloé seufzte frustriert auf und versuchte, wieder bei sich anzukommen. Das Buch hatte sie geschlossen auf ihrem kleinen Tischchen vor sich liegen. Die Anzeige bat die Passagiere, sich anzuschnallen. In Kürze würden sie in Zürich landen. Mein Gott, sie hatte den ganzen Flug verschlafen. Schnell verpackte sie das Buch wieder in ihrem Rucksack. Dieses komische Gefühl im Bauch war wieder da, das Flattern im Magen, das Kribbeln in ganzen Körper, ihr Herz, das Purzelbäume schlug. Sie wusste plötzlich intuitiv, dass Raoul da sein würde, ganz nah, im Flughafen. Als sie mit ihrem Gepäck in der Flughafenhalle stand, sah sie sich suchend nach ihm um. Da war er, sie spürte ihn, bevor sie ihn sah, bevor er ihr von hinten eine Hand über die Augen legte und einen zarten Kuss hinter ihr Ohr drückte. Sie drehte sich um und strahlte Raoul an und ließ sich in seine Arme ziehen. Nach einem langen, heißen Kuss fragte sie ihn: „Woher wusstest du, mit welchem Flieger ich komme?"

„Das war nun wirklich nicht schwer, ich brauchte nur die Passagierlisten der von Australien abgehenden Flugzeuge nach Zürich zu checken. Das Internet, du weißt schon. Außerdem hat mir meine Intuition Tag und Uhrzeit genau vorhergesagt, wann du hier eintriffst, schon bevor ich den Computer befragt habe. Schön, dass du endlich wieder da bist. Ich habe dich so sehr vermisst. Wie geht es dir?" Er konnte es in ihren Augen ablesen, dass es ihr nicht gut ging, dass sie Kummer hatte. Vielleicht hatte es ja mit ihrer Mutter zu tun.

„Können wir darüber nachher reden? Ich möchte es einfach genießen, dich zu spüren. Es tut so gut, von dir gehalten zu werden. Ich habe das Gefühl, deine Berührungen heilen gerade meine Seele!" Cloé schmiegte sich an ihn.

Raoul umarmte sie und hielt sie an sich gedrückt, dann umfasste er fest ihre Taille mit einem Arm, mit der anderen Hand griff er nach ihrem Koffer und gemeinsam gingen sie aus der Flughafenhalle. Draußen wartete sein Empfangschef und Chauffeur Dutch mit dem Wagen, einer großen schwarzen Limousine. Cloé kuschelte sich auf dem Rücksitz eng an Raoul, legte ihren Kopf an seine Schulter, umklammerte seine Hand und schwieg mit geschlossenen Augen. „So schlimm, meine Liebe? Möchtest du dich erst frisch machen und dann mit mir essen gehen, oder umgekehrt? Zu mir oder zu dir?"

„Ich brauche eine lange, heiße Dusche, dann können wir essen gehen. Zu mir!" Sie war sich sicher, dass Raoul wusste, wo sie wohnte. Gesagt hatte sie es ihm nicht. Die Schmetterlinge waren wieder zurück, waren mit ihr um die halbe Welt geflogen und aktiver als je zuvor. Cloé wusste jetzt mit hundertprozentiger Sicherheit – sie hatte sich unsterblich in Raoul verliebt. Schon in der ersten Sekunde, als sie sich sahen.

„Bitte sieh' nicht so genau hin, ich hatte nach meinem Umzug vor ein paar Jahren nicht die finanziellen Mittel, um mir hochwertige Möbel zu kaufen. Die meisten stammen vom Flohmarkt. Du bist da wohl anderes gewohnt. Ich hab das nicht so mit Exquisitem, weißt du, die Hauptsache gemütlich und praktisch." Cloé sah Raoul beim Betreten ihrer Wohnung entschuldigend an. Er wusste instinktiv, sie hatte noch nie einen Freund hierher eingeladen.

„Ich geh kurz unter die Dusche, fühl dich wie zu Hause. Im Kühlschrank ist bestimmt noch ein Bier. Bin gleich wieder da." Damit verschwand Cloé in ihrem Schlafzimmer.

Raoul sah sich kurz in Cloés Wohnung um. Ein kleines gemütliches Wohnzimmer mit einer braunen einladenden Couch, ein Schrank, ein kleiner Tisch, zwei Sessel. Das einzige imposante Möbelstück war der Schreibtisch, ein alter Sekretär mit Aufsatz aus dunkelbraunem Holz. Offensichtlich älter als Cloé. Im Schlafzimmer ein breites Bett, ein doppelter Schrank, ein Stuhl, ein Kleiderständer. Das Duschbad schien sehr klein zu sein, nach der vom Schlafzimmer abgeteilten Ecke zu urteilen, die Wohnküche mit Eckbank bot Platz für gemütliches Zusammensein, aber für nicht mehr als vier Personen. Die Wohnung war ausreichend und praktisch eingerichtet, vor allem für jemanden, der oft auf Reisen war. Nirgendwo Nippes oder überflüssige Deko. Nüchtern, dachte Raoul, so gar nicht passend für „Fairy Lady", aber passend für eine Geschäftsfrau. Von dieser Seite wollte er sie unbedingt auch noch kennenlernen.

Drei Wochen waren sie jetzt getrennt gewesen, in dieser Zeit war er durch die Hölle gegangen. Nur in der ersten Woche hatte Cloé zweimal von ihrem Hotel aus angerufen. Um ihm zu sagen, dass es ihr gut geht. Dann war Funkstille gewesen. Wie oft hatte er hier vor ihrer Wohnung gestanden und zu den Fenstern hinaufgesehen, nach einem Lebenszeichen von ihr gesucht. Fast jeden Tag war er auf seinem Heimweg hier vorbeigefahren. Es hatte alles nichts geholfen. Jede Sekunde hatte er sie vermisst, so sehr, dass es schon schmerzte. Ihm fehlte der Körperkontakt. Noch nie hatte er solch starke Gefühle für eine Frau empfunden. In seiner Phantasie malte er es sich aus. Engster Körperkontakt, nackt, im Bett. Er wollte, nein, er musste unbedingt mit ihr schlafen. Anders könnte er keine Erfüllung finden. Sie war seine Frau, sein Ein und Alles. Für immer. Am liebsten wäre er ihr hinterher geflogen, aber sie hatte ihn darum gebeten, es nicht zu tun. Dann eine ganze Woche keine Nachricht, er war fast verzweifelt, unleidlich zu seiner Umgebung, alle machten einen großen Bogen um ihn, bis sie vor vier Tagen nachts angerufen hatte, um ihm zu sagen, dass ihre Mutter verschwunden war. Dass es ihr einigermaßen gut gehe, sie in ein paar Tagen zurück sein würde. Mehr wollte sie nicht sagen am Telefon. Instinktiv spürte er, auch über die Entfernung hin, dass es ihr trotzdem nicht gut ging. Er wollte sie trösten, in die Arme nehmen, sofort. Sich in ihr verlieren, eins mit ihr werden, Tag und Nacht mit ihr verbringen. Aber sie waren weit voneinander getrennt. Stattdessen hatte er sich in seinem Fitness-Studio abreagiert, seine Emotionen an seinem Sparring-Partner ausgelassen, bis der um Gnade gefleht hatte.

Jetzt war Cloé wieder hier, zu Hause, bei ihm, jetzt konnte er sie endlich trösten. Bei ihr sein, sie berühren, küssen, nie mehr loslassen. Leise seufzte Raoul auf und summte erlöst vor sich hin. Er wartete auf der Couch, bis Cloé aus der Dusche kam und sich umgezogen hatte. Auch wenn ihre Möbel vielleicht nicht besonders exquisit waren, ihre Kleidung war es auf jeden Fall. Sie hatte sich einen beigen Seidenpulli angezogen, dazu eine dunkelbraune Wildlederhose und helle Slipper. Ihre langen Haare hatte sie nach dem Trocknen offen gelassen. Sie umschwebten ihr Gesicht wie ein Schleier. Mit warmen, liebevollen Augen sah Cloé zu Raoul. „Fertig, ich glaube, ich habe einen Riesenhunger, im Flugzeug kann ich nämlich nie etwas essen."

Endlich konnte er etwas für sie tun. „Dann wollen wir dem einmal abhelfen und dich füttern!" Damit ergriff er ihre Hand, warf ihr Mantel und Handtasche zu und zog sie schwungvoll zur Tür hinaus.

Cloé hatte Mühe, sein Tempo mitzuhalten. „Warum rennst du denn so? Jetzt mach doch mal langsam, wir sind nicht auf der Flucht. Bitte! So schnell verhungere ich jetzt auch wieder nicht!" Cloé kicherte. Raoul sah sie kurz herausfordernd an und ging dann betont langsam schlendernd weiter. Allerdings hatte er sie in eine sehr enge und feste Umarmung gezogen. Sein Arm hatte sich um ihre Taille geschlungen, seine Hand presste sie fest an ihn. Er schnupperte an ihrem Haar, drückte einen Kuss darauf. Es dauerte allerdings nicht lange und Raoul beschleunigte wieder seine Schritte, also blieb Cloé nichts Anderes übrig, als sich seinem Tempo anzupassen. Sie lachte ihn aus. „Gib es doch zu, du bist selbst am Verhungern." Raoul drehte eine Pirouette mit ihr im Arm mitten auf der Hauptstraße, gerade als sie über einen Zebrastreifen gingen. Er lachte unbeschwert, glücklich und küsste sie. „Gleich sind wir da." Er hatte keinen großen Hunger, aber er war atemlos. Glücklich. Er könnte die ganze Welt umarmen, übermütig durch die Straßen mit ihr tanzen. Sie war wieder da, bei ihm! Noch nie hatte er sich so gut gefühlt wie jetzt.

Vereint

Raoul wählte ein kleines Restaurant in der Züricher Altstadt, nicht weit von Cloés Wohnung entfernt. Gemütlich mit warmen Holztönen eingerichtet. Sehr gesprächig war Cloé nicht, aber Raoul wollte ihr Zeit geben, hier vollständig anzukommen. Daher bestellte er für sie beide das Tagesmenü und einen guten Rotwein. Als der Kellner gegangen war, nahm er ihre kalten Hände in seine und hielt sie fest, wärmte sie, dann erzählte er ihr in leichtem Ton, was er mit Cian noch unternommen hatte, nachdem sie nach Sydney abgeflogen war. Was er nach seiner Ankunft in Zürich bei seinen Nachforschungen hinsichtlich des Tattoos herausgefunden hatte. „Ich habe dich vermisst. Heute werde ich dich auf keinen Fall mehr alleine lassen, nicht für eine Sekunde." Dann fuhr er fort, von Cian und Sue-Lin zu erzählen. Welchen Aufstand Sue-Lin wegen der Hochzeit machte. Dass sie beide Trauzeugen sein sollten. Als er dann erwähnte, dass Cian wegen der Hochzeit und den ganzen Vorbereitungen nur noch ein nervliches Wrack wäre, tauchte Cloé endlich aus ihrer Versunkenheit auf und lachte.

„Oh weh, ich habe die ganze Zeit nicht mit Sue-Lin telefoniert. Sicherlich denkt sie, ich ließe sie im Stich. Aber ich werde mich morgen bei ihr melden. Das bin ich ihr schuldig. Können wir dann gehen? Ich möchte dir erzählen, was in Australien so alles passiert ist. Und das hier ist definitiv nicht die richtige Umgebung dafür. Ich möchte dafür einfach zu Hause sein, da fühle ich mich wohler. Außerdem macht mir der Jetlag jetzt schon ein bisschen zu schaffen. Die Sitze im Flugzeug waren so unbequem diesmal, mir tun alle Muskeln weh." Cloé streckte sich, dann gab sie über den Tisch hinweg Raoul ihre Hand und beide verließen das Lokal.

Wieder zurück in ihrer Wohnung angekommen, holte Cloé das Buch aus ihrem Rucksack, das sie wieder eingepackt hatte. Als Raoul es sah, pfiff er leise vor sich hin. Er hatte nicht gewusst, dass es zwei Exemplare dieses Buches gab. „Ich habe genau das gleiche Buch, es sieht jedenfalls von außen mit diesem geprägten Einband genauso aus, ich habe es aus dem Internat damals mitgenommen. Es hat mich magisch angezogen. Es ist wirklich ein seltsames Buch, eindeutig mit einem magischen Eigenleben. Wir sollten die beiden Exemplare morgen einmal textlich miteinander vergleichen. Aber jetzt, liebe Cloé, bevor du mir deine Erlebnisse in Australien im Detail schilderst, möchte ich etwas zu deiner Entspannung tun." Als sie ihn lächelnd und erwartungsvoll ansah, zog er sie an sich und küsste sie, zärtlich zuerst, dann immer fester, hungrig und verzweifelt. Er hob sie hoch und trug sie in ihr Schlafzimmer. Cloé klammerte sich an ihn, erwiderte die Küsse mit Inbrunst und ließ ihn nicht mehr los.

Ein paar Stunden später, in der kuscheligen Wärme des Bettes und der festen Umarmung von Raoul erzählte Cloé ihm, was sie in Australien bzw. Alice Springs erlebt hatte. „Ich weiß einfach nicht, was ich machen soll!" meinte sie verzweifelt zum Schluss. Dann erzählte sie ihm auch noch von ihrem Traum im Flugzeug. „So etwas ist mir noch nie passiert. Wie soll ich damit umgehen? Das alles ist so unverständlich, so unlogisch. Wo sind sie nur hin? Als hätten Zeit und Raum sie verschluckt. Und was für schwarze Pferde meinte meine Mutter?"

Raoul sah sie nachdenklich an. „Pferde? Hat sie wirklich zwei schwarze Pferde erwähnt? Die gab es damals wirklich in dem Internat, Thor und Odin haben wir sie genannt. Davon werde ich dir ein andermal erzählen. Aber deine Mutter und Großmutter, Zeit und Raum - vielleicht haben sie das ja überwunden, wie auch immer. Ich habe inzwischen in dieser Hinsicht mehr erlebt, als ich manchmal verkraften konnte. Es gibt viele Dinge zwischen Himmel und Erde, die man sich mit dem logischen Verstand einfach nicht erklären kann. Eigentlich ist es in irgendeiner Weise positiv, diese Magie. Sieh es doch einmal so, vielleicht sind sie ja wirklich in Raum und Zeit verschwunden, in einem Land, das auf keiner Karte verzeichnet ist, in einem Parallell-Universum, oder so! Anders kann man es doch gar nicht erklären, dass deine Großmutter plötzlich wieder auftaucht, obwohl sie eigentlich schon seit über 10 Jahren tot sein sollte. Das Haus deiner Großmutter, das nur noch eine Ruine ist, also seit über 10 Jahren der Sonne und dem Wind ausgesetzt ist. Und dann die beiden scheinbar identischen Märchenbücher, die wir jetzt in den Händen halten, mit einer Geschichte, die mehr als zauberhaft und magisch ist. Man könnte meinen, es steckt irgendeine Absicht dahinter. Einen Teil des Textes habe ich schon früher im Internat entziffert. Den Anfang. Es hat uns bestimmt zusammengeführt, wie mit einem Magneten. Könnten wir die Nachkommen dieser beiden Königskinder sein, die in dieser Geschichte nicht zueinander kommen durften? Reinkarnation sozusagen? Wenn das so ist, können wir ja vielleicht miteinander den von deiner Mutter erwähnten Fluch besiegen und deine Mutter und deine Großmutter erscheinen dann plötzlich wieder. Es ist einfach alles sehr mysteriös, in gewisser Hinsicht auch beunruhigend. Hoffen wir auf ein gutes Ende."

Cloé konnte nicht wirklich an das glauben, was Raoul ihr da gerade ins Ohr geflüstert hatte. Sie hatte immer geglaubt, dass Raoul zu den Realisten gehörte. Er war doch Geschäftsmann. War da noch Platz für Magie? Sie glaubte nicht an Märchen. Schon gar nicht an Feen oder Elfen, so etwas gab es in der realen Welt, in ihrer Welt nicht. Das konnte ihr doch einfach nicht passieren. Oder doch?

Raoul streichelte Cloé ausgiebig und flüsterte ihr später ins Ohr: „Komm, Prinzessin, lass uns morgen darüber weiter reden und spekulieren. Es ist schon fast Mitternacht. Ich möchte dich heute noch einmal in den Armen halten, dich verwöhnen, mit dir eins werden. Morgen werden wir die beiden Bücher studieren, deine Zeichnung aus dem Haus mit meiner Erinnerung des Tattoos vergleichen und uns einen Schlachtplan überlegen. Aber verlange jetzt nicht von mir, dass ich dich jemals wieder loslasse. Ich habe das Gefühl, als wäre das gar nicht möglich, als wären wir für alle Zeiten aneinander gebunden, auch wenn wir uns noch nicht lange kennen. Die Zeit ohne dich möchte ich nicht noch einmal erleben, es war die Hölle. Ich liebe dich mehr als ich mit Worten sagen kann!" Raoul knabberte zärtlich an ihrem Ohr, während Cloé ihre Hände mit seinen Händen verschränkte und die Augen schloss. Sie genoss seine körperliche Nähe, das vertraute Gefühl, eins zu sein mit ihm. Sie hatte das Gefühl, ihn schon seit einer Ewigkeit zu kennen. Sie liebten sich in dieser Nacht mit hemmungsloser Hingabe, immer wieder. Es ging ihr genauso wie Raoul, sie wusste mit traumwandlerischer Sicherheit, sie waren zusammen verbunden, für immer. Sie liebte Raoul, und er liebte sie. Und er war ja so romantisch, zärtlich und einfühlsam. Das färbte irgendwie auf sie ab, sie entdeckte Seiten an sich, die sie vorher noch nie bemerkt hatte. Aber mit dem Buch hatte das gar nichts zu tun. Auf gar keinen Fall. Keine Märchen, keine Elfen. Sie glaubte nicht daran. Sie liebten sich, küssten sich, verschmolzen miteinander, wollten gar nicht mehr aufhören. Irgendwann schliefen sie schließlich erschöpft ein. Ein heller Schimmer umgab das Bett bis zum Morgengrauen.

„Hab ich es dir nicht gesagt, du wirst jemanden finden. Jetzt hast du sie gefunden. Sie ist dein Engel, dein Deckel. Und unsere Rettung. Lass sie auf gar keinen Fall wieder los. Dieses Märchen muss ein, du weißt schon „und sie lebten glücklich bis ans Ende ihrer Tage" Happy-End haben. Du weißt, wie es jetzt weitergehen wird. Du bist der Romantiker in dieser Geschichte. Gib dein Bestes, halte sie fest, Kumpel!"

Das war die Stimme Odins, die da durch seinen Kopf hallte, lauter als jemals zuvor. Er schien aufgeregt.

Raoul musste ihm antworten, in Gedanken. „Danke. Für alles. Aber könntet ihr noch eine Zeitlang über mich, oder besser, über uns beide wachen? Die Schutzengel spielen? Ich habe so das Gefühl, als bräuchten wir das noch für einige Zeit. Vielleicht könnten euch ja auch die Mutter und Großmutter von Cloé helfen? Sie scheinen in dieser Geschichte mit zu agieren. Irgendwie habe ich das Gefühl, ihr kennt sie inzwischen und sie sind in eurer Nähe!" Raoul schickte diese Sätze mit aller Inbrunst, deren er fähig war, an Odins Adresse.

Prompt kam die Antwort: *„Keine Panik, Kumpel, wir machen das schon. Wir drücken Euch die Daumen. Es geht ihnen gut."* Diesmal antwortete Thor.

Raoul schlug die Augen auf. Hatte er geträumt oder war das alles real? Draußen war es noch dunkel, doch die Morgendämmerung kündigte sich schon an. Immer noch hielt er Cloé fest in seinen Armen. Er zog sie enger zu sich. Es gab eine wunderbare Möglichkeit, sie aufzuwecken, bevor der Wecker klingelte.

Am späten Samstagvormittag fuhren sie zu Raouls Penthaus-Wohnung. Gegenüber Cloés kleinem Zweizimmer-Appartement war diese Wohnung riesig. Das große Wohnzimmer, 2 Schlafzimmer, 2 Bäder, ein Gästezimmer, eine große Wohnküche. Mit einer großen Dachterrasse. Der Blick über Zürich war wundervoll. Die Berge im Hintergrund, schneebedeckt. Cloé trat zuerst auf die Dachterrasse hinaus und genoss die Aussicht. Raoul war nervös, es war das erste Mal, dass er eine Frau mit hierher brachte. Er wollte einfach, dass Cloé seine Wohnung gefiel, dass sie blieb. Für immer. Gespannt beobachtete er sie, wie sie von der Dachterrasse in das Wohnzimmer ging, ihr Blick über die Wände gleiten ließ und an der großen roten Ledercouch hängen blieb. Mit den Händen strich sie leicht über die Oberfläche und seufzte. „Die Couch gefällt mir, und sie passt perfekt zu den rustikalen Holzmöbeln. Ist sie so bequem wie sie aussieht?" Schon hatte sie sich hineinfallen lassen. Sie summte begeistert. Raoul nahm sie bei der Hand, zog sie wieder hoch und zeigte ihr den Rest der Wohnung. In dem großen Schlafzimmer, Raouls Zimmer, stand in der Mitte ein riesiges Himmelbett mit geschnitzten Pfosten und kunstvoll verziertem Kopf- und Fußteil aus Kirschbaumholz. Eine Patchwork-Decke auf dem Bett, passend zu den blaugemusterten Tapeten, Kissen und Vorhängen, vermittelte ein gemütliches Ambiente. Dazu trug natürlich auch der an der Wand eingelassene elektrische Kamin bei.

„Am liebsten würde ich das Bett jetzt sofort zusammen mit dir einweihen und da weitermachen, wo wir heute am frühen Morgen aufgehört haben. Oder machen wir das später, nach einem guten Glas Wein und vielleicht einer Pizza?" Raoul drückte ihr einen lauten Kuss auf, dann zwinkerte er Cloé erwartungsvoll zu, nahm sie in den Arm und drehte sich ein paar Mal mit ihr im Kreis. Dabei hatte er so ein übermütiges Grinsen im Gesicht, das ihn gleich ein paar Jahre jünger erscheinen ließ.

„Du bist ja so romantisch. So unersättlich. Und du schmeckst so gut. Ich glaube, ich liebe dich. Wenn wir jetzt deinem Vorschlag folgen, kommen wir heute nicht mehr aus dem Bett. Können wir das nicht etwas verschieben auf später? Nachmittag? Lass uns doch erst mal die Angelegenheit mit den Büchern angehen." Cloé fühlte sich immer noch etwas atemlos von den nächtlichen und morgendlichen Erlebnissen und der Erkenntnis, dass alles, was sie vorher auf diesem Gebiet erlebt hatte, nichts war im Vergleich zu diesen Gefühlen zu Raoul.

Wenn Cloé an ihre Mutter und das Buch dachte, verspürte sie eine innere Unruhe und Nervosität. Die Bemerkung gerade von Raoul machte es nicht besser. Sie hatte das Buch ihrer Mutter mitgenommen, schließlich wollten sie die beiden Bücher noch heute miteinander verglichen. Das Packpapier mit der Zeichnung hatte sie ebenfalls dabei. Inzwischen hatte sie sich schon daran gewöhnt, dass Harfenklänge ertönten, sobald sie es in die

Hand nahm. Sie legte das Buch auf den Couchtisch und trat wieder hinaus auf die Dachterrasse. Die fernen schneebedeckten Berge zogen sie magisch an. Sie liebte diese Berge, war schon oft dort gewandert, wenn sie einmal Zeit hatte.

Raoul trat von hinten zu ihr und umarmte sie, drückte seinen Kopf in ihr langes Haar und zog ihren wunderbaren Duft ein. Er konnte es immer noch nicht so ganz glauben, dass er sie gefunden hatte, dass er sie von ganzem Herzen liebte, sozusagen Liebe auf den ersten Blick, mit jeder Faser seines Körpers und seines Herzens, und was das Schönste war, dass es ihr genauso erging.

Cloé lehnte sich zurück an Raoul und blickte über ihre Schulter zu ihm auf. Sie ahnte und teilte seine Gefühle. Aber sie wollte sie auch aussprechen. „Ich liebe dich, Raoul. Ich möchte nie mehr ohne dich sein."

„Du kannst scheinbar meine Gedanken lesen. Ich habe dich vom ersten Augenblick geliebt. Es hat mich wie ein Schlag getroffen, der erste Blick in deine wunderschönen grünen Augen, und ich war von Anbeginn an verloren. Verlass mich nicht, nie mehr, bitte!" Er drehte sie zu sich herum, nur um sie heiß und innig zu küssen.

„Niemals!" Cloés Antwort war ein Flüstern im Wind. „Ich liebe dich! Mit jedem Tag mehr!" Die Worte verwehten. Hier oben waren sie ganz alleine, hier konnte sie nur jemand mit einem sehr starken Fernglas sehen. Hier gab es keine Nachbarn. Außer Atem gingen sie etwas später hinein ins Wohnzimmer. Den kalten Wind, der inzwischen um das Penthaus fegte, hatten sie nicht wahrgenommen.

Das Buch. Raoul holte sein Exemplar aus dem Safe und legte es neben das Buch von Cloé. Identisch im Einband. Die Lederprägung, die Farbe, die Muster, die Zeichnungen. Alles gleich. Sie setzten sich nebeneinander auf die bequeme rote Ledercouch und schlugen das Buch auf. Sie fuhren mit ihren Fingern jedes Zeichen ab. Die ersten Seiten waren identisch, Cloé las den Text vor, soweit sie ihn hatte entschlüsseln können. Die leeren Seiten waren nicht identisch an der gleichen Stelle, sondern um ein paar Seiten verschoben. Auf den leeren Seiten in Raouls Exemplar erschien auf einmal mit dem Vorlesen der fehlende Text aus Cloés Exemplar, wie durch Zauberhand geschrieben. Lesbar für sie. Umgekehrt war es genauso, kaum las Raoul seinen Text vor, der bei Cloés Exemplar fehlte, schrieben sich die Zeichen wie von Zauberhand selbst auf das Papier in Cloés Buch. Die beiden Texte ergänzten sich beim Vorlesen, wurden eins. Allerdings waren in beiden Ausgaben danach die letzten zwei Seiten immer noch leer. Vielleicht, weil dieser Teil noch nicht geschrieben bzw. geschehen war?

Raoul und Cloé sahen sich erstaunt und fragend an. Das konnte kein Zufall sein. Was hatte das zu bedeuten? Es konnte nicht anders sein, sie schienen wirklich irgendwie mit den Nachkommen dieser beiden jungen Elfen aus dem Märchen etwas zu tun zu haben, die damals vor langer, langer Zeit nicht zusammenkommen durften. Man konnte Raoul und Cloé anmerken, dass sie an ein Happy-End glaubten, hofften, nein, sie waren sich sicher, dass alles gut ausgehen würde. Sie merkten nicht, wie die Stunden verstrichen, sosehr vertieften sie sich in den Inhalt der Geschichte.

Cloé hielt sich die Hand auf ihren Magen. Ein komisches Grummeln hatte sie schon seit einiger Zeit abgelenkt. „Ich habe Hunger. Wir sind schon seit Stunden mit diesem Buch beschäftigt. Ich kann und mag heute nicht länger darüber nachdenken. Das ist zwar irgendwie zauberhaft, aber trotzdem auch unheimlich. Komm, lass uns etwas essen gehen. Dabei kommen wir heute dann auch noch einmal an die frische Luft. Und vielleicht auch auf andere Gedanken."
Raoul nickte zustimmend. „Ein kleiner Spaziergang kann wirklich nicht schaden." Sie schlugen die Bücher zu und gingen warm eingepackt zum Fahrstuhl. Verzückt blieb Cloé draußen vor der Eingangstür stehen und schaute

nach oben in den grauen Himmel. Es hatte angefangen zu schneien. Nicht nur oben in den Bergen, auch hier unten begann es ganz fein zu rieseln. Sie liebte den Schnee wirklich. In ihr stiegen Bilder von verschneiten Wäldern, schneebedeckten Felsen im Bergbach, tiefen Spuren der Wildtiere im Schnee auf. Sie schloss die Augen, holte tief Luft und spürte, wie Raoul sie von hinten umarmte und ihr ins Ohr flüsterte: „Schneebedeckte Berge? Wildbäche im Schnee? Du liebst den Winter, stimmt's?"

„Du kannst wirklich meine Gedanken lesen? Oh mein Gott!" Cloé lehnte kurz ihren Kopf an seine starke Brust, dann nahm sie seine Hand in ihre und gemeinsam gingen sie in ein kleines italienisches Lokal um die Ecke. Als sie spät abends zurückgingen, hatte es inzwischen tatsächlich angefangen, richtig dicke Flocken zu schneien. Alles war weiß, mit einigen Zentimetern Schnee bedeckt. Cloé blieb kurz stehen, hob ihr Gesicht mit geschlossenen Augen dem Schnee entgegen und lächelte in sich hinein. Morgen könnten sie ja wandern gehen, oder besser noch Skifahren, hoch oben in den Bergen. Mit der Seilbahn hinauf und dann hinunter ins Tal gleiten.

„Das machen wir! Gleich morgen früh nach dem Frühstück." Es war unheimlich, dass sie ihre Gedanken gar nicht auszusprechen brauchte. Magisch. Oder sie waren wirklich nur zusammen ein Ganzes? Konnte auch sie die Gedanken von Raoul lesen, bevor er sie aussprach? Bisher hatte sie keine Anzeichen davon bemerkt, sich aber auch gar nicht bemüht, es zu tun. Sie wollte es nicht. Wie würde das sonst im Alltag funktionieren? Nachdenklich stieg Cloé vor Raoul in den Fahrstuhl.

Seit diesem Tag waren Raoul und Cloé jeden Abend nach der Arbeit und jede Nacht zusammen, mal in ihrer Wohnung, meistens in seiner. Ihre Gefühle füreinander wurden immer tiefer. Wenn sie getrennt waren, hatten sie sofort Sehnsucht nacheinander, und sobald sie sich sahen, mussten sie sich berühren, den anderen fühlen. Cloé nahm ihre Arbeit im Reisebüro wieder auf, Raoul hatte einiges in seinen Firmen aufzuarbeiten, das während seines Ausflugs nach Hongkong liegengeblieben war, Besprechungen, Videokonferenzen. Er arbeitete oft bis spät in die Nacht. Trotzdem wusste er, wenn er nach Hause kam, wäre Cloé bei ihm oder sie trafen sich bei ihr. Sie sprachen ihre Termine ab und konnten es immer einrichten, dass sie nachts zusammen waren. Obwohl Cloé bis jetzt ihre Wohnung behalten hatte, hielt sie sich immer öfter bei Raoul auf. Eigentlich konnte man schon sagen, dass sie zusammen wohnten.

Auf der Suche nach dem Tattoo waren sie inzwischen ein wenig weitergekommen. Sie hatten verschiedene Tattoo-Studios kontaktiert, nicht nur über Internet, sondern auch direkt hier in der Stadt. Letztendlich hatte nur ein Studio in Paris ihnen weiterhelfen können. Diese Tattoos würden vor allem in der Südsee verwendet, es wären Stammeszeichen, teilweise aus dem königlichen Hause. Hatte man ihnen versichert. Der Besitzer des Studios musste es schließlich wissen. Er stammte selbst aus Samoa. Aber sollten sie jetzt extra deswegen nach Samoa fliegen?

Irgendwie hatte Raoul das Gefühl, noch abwarten zu müssen mit seiner Reise dorthin. Er wollte Cloé nicht verlassen, nicht alleine lassen. Noch vor kurzem war er nicht bereit gewesen für eine Beziehung, und jetzt konnte er sich nichts Schöneres vorstellen. Er war hingerissen von Cloé, sie war seine Seele, sein Ein und Alles. Auch wenn er hin und wieder den Verdacht hatte, dass jemand anderes die Knöpfe des Schicksals drückte. Manchmal wusste er nicht, was er glauben sollte, so verrückt klang das alles. Er war doch Realist, wusste, dass Märchen fiktiv waren, erfunden, vielleicht mit einem kleinen wahren Hintergrund. Seine Gedanken schweiften ab, in das Buch, die Geschichte. Sollte er wirklich denken, dass er und Cloé irgendwelche Vorfahren hatten, in grauer Vorzeit, die sich nicht lieben durften? Wie Romeo und Julia? Es war doch Irrsinn, zu denken, dass diese Geschichte in dem Märchenbuch einen realen Ursprung hatte. Oder doch? Gab es nicht in allen Märchen einen, wenn auch klitzekleinen realen Hintergrund? Und wenn, vielleicht gab es dann ja auch jemanden in diesem märchenhaften, verzauberten Wald aus dem Märchenbuch, der nicht damit einverstanden war, dass hier zwei Nachkommen der königlichen Linien zusammengekommen waren? Vielleicht hatte dieser Jemand ja einen Killer in ihre Welt geschickt? Raoul musste sich zusammenreißen, um nicht durchzudrehen. Diese Welt, diese verzauberte Welt aus dem Buch, all das war ein Hirngespinst, nicht real, redete er sich ein. Er sollte und wollte auch mit den Füßen auf dem Boden bleiben, wie man so schön sagte, im Hier und Jetzt. Damit kannte er sich aus, wusste etwas damit anzufangen. Und dabei sollte es auch bleiben. Davon war er überzeugt.

Jeden Abend warfen sie einen Blick in ihre beiden Märchenbücher. Ab und zu waren auf den leeren Seiten wieder ein paar Wörter geschrieben, die allerdings noch keinen richtigen Sinn ergaben. Es schien, als beeinflussten ihre Handlungen die Geschichte. Sie beschlossen, die beiden Bücher erst einmal sicher in einem Safe wegzuschließen und der Geschichte und der Zeit ihren Lauf zu lassen.

„Wie war das eigentlich noch mal mit diesen beiden schwarzen Pferden? Bitte erzähl mir noch mehr von ihnen!" Cloé sah Raoul neugierig an.

„Da gibt es nicht mehr viel zu erzählen. Sie haben mich die ganze Zeit im Internat begleitet, als ich ankam, waren sie schon da und als ich das Internat verließ, waren sie erst kurz davor verschwunden. Cian und ich haben uns um diese Pferde gekümmert, sie gestriegelt, gefüttert, ausgemistet. Jeden Tag, wenn wir etwas Zeit übrig hatten, waren wir bei ihnen." Raoul erzählte Cloé von Odin und Thor, von ihrer Anhänglichkeit, dem Trost, den sie ihm spendeten, von den Rennen. Nur von der Tatsache, dass er sich mit ihnen auf telepathischem Weg unterhalten konnte, sagte er nichts. Noch nicht. Dass er sie manchmal sogar hörte, wenn sie nicht zu sehen waren. Davon würde er ihr später irgendwann einmal etwas sagen. Das war selbst für ihn jetzt immer noch so unglaublich, wie sollte dann Cloé ihm glauben. Außerdem hatten diese beiden Pferde ihm nie erzählt, woher sie eigentlich wirklich kamen. Wie sie immer wieder auftauchen konnten, einfach aus dem Nichts. Das war – Magie!

Es gab noch so vieles, was er die beiden Rösser gerne gefragt hätte, aber meistens war er so überrascht, wenn sie auftauchten, dass er seine Fragen vergaß. Manchmal vermisste er sie sehr. Er hoffte, dass einmal die Zeit kommen würde, wo sie sich wieder trafen. Einfach so.

Cian & Sue-Lin

„Ich habe heute Post von Sue-Lin bekommen. Ihre Hochzeit findet in vier Wochen statt. Wir sind herzlich eingeladen. Sie feiern direkt in Hongkong und wir sollen die Trauzeugen sein. Ihre Frage dazu haben wir doch schon zustimmend beantwortet. Wir sollen also schon ein oder zwei Tage vorher hinkommen. Gut, dass ich die Zeit bereits in meinem Kalender vorgemerkt hatte. Wie sieht es bei dir aus?" Cloé ging mit dem Brief von Sue-Lin zu Raoul. Der saß an seinem Schreibtisch und sah nachdenklich vor sich hin. „Seit ein paar Tagen grübelst du viel, sowie du zu Hause bist. Was ist los? Du hast heute Nacht sehr schlecht geschlafen. Dich bedrückt ein Traum, stimmt's?"

Raoul sah sie an, wie gut sie ihn doch inzwischen kannte. „Stimmt. Ich habe einen komischen Traum, schon seit ein paar Tagen. Immer wieder den gleichen Traum. Aber wenn ich morgens aufwache, kann ich mich kaum mehr daran erinnern. Vielleicht könntest du ja nachts mal meine Gedanken lesen?"

„Ich glaube nicht, dass das auf Befehl möglich ist. Aber ich kann es ja mal versuchen, wenn ich rechtzeitig wach werde." Seit sie vor sechs Wochen aus Hongkong bzw. Australien wieder hier in Zürich waren, schienen sie immer mehr zusammenzuwachsen, eins zu werden. Sie vertrauten sich inzwischen blind und manchmal lachten ihre Freunde sie aus, wenn sie zur gleichen Zeit die gleichen Worte sagten. Als gäbe es nur einen gemeinsamen Gedanken für sie.

„Wann fliegen wir denn nach Hongkong?"

Raoul sah auf seinen Kalender. „In gut drei Wochen, also zwei Tage vor der Hochzeit und danach bleiben wir am besten noch zwei Tage in Hongkong. Ich habe mir auch schon die fünf Tage dafür freigenommen in meinem Kalender. Möchtest du hier ein Brautjungfern-Kleid für dich kaufen oder dort? Vielleicht sollten wir in Hongkong auf

Shopping-Tour gehen, bestimmt hat Sue-Lin schon Ideen, wie dein Kleid auszusehen hat und welche Farbe mein Anzug haben muss. Sie kennt auf jeden Fall auch entsprechende Geschäfte, wo man gut einkaufen kann. Cian ist bestimmt schon nur noch ein reines Nervenbündel." Raoul lachte, endlich, dachte Cloé. Diese Hochzeit kam genau zur rechten Zeit, um sie beide etwas zu entspannen von dieser ganzen Tattoo-Suche.

Raoul sah Cloé nachdenklich an. „Wir könnten dort mit den beiden unsere Verlobung feiern, was meinst du? Wir lieben uns seit dem ersten Augenblick. Und wir kennen uns jetzt seit mehr als vier Monaten."

Bei diesen so lapidar von Raoul dahingesagten Worten schrak Cloé aus ihren Überlegungen auf. Sie sah Raoul lange schweigsam von der Seite an: „Sollte das jetzt etwa ein Antrag gewesen sein?"

Schon am Tonfall merkte Raoul, dass er da etwas falsch gemacht hatte und er so einfach nicht davonkommen würde. Es war ein absolutes Novum für ihn, also war er verständlicherweise unsicher. Aber immerhin hatten einige seiner besten Freunde das ja auch schon hinter sich gebracht und erzählten davon an ihren gelegentlichen Treffen in der kleinen Kneipe bei ihm unten um die Ecke, wo sie sich manchmal nach Feierabend trafen, um ein Bierchen zu trinken und über Gott und die Welt zu diskutieren. Er wusste, was er jetzt tun musste, schließlich dachte er nicht erst seit heute darüber nach. Also holte er tief Luft, sah Cloé in die Augen, lächelte, fiel vor ihr auf ein Knie, griff in seine Tasche, holte ein kleines Kästchen heraus, das er schon seit ein paar Wochen immer mit sich herum trug, klappte es mit dem Daumen auf und hielt es ihr offen hin. „Seit ich dich das erste Mal in Hongkong vor gut vier Monaten gesehen habe, liebe ich dich, Cloé. Meine Gefühle für dich werden immer mehr. Ich kann einfach nicht mehr ohne dich sein und möchte den Rest meines Lebens mit dir verbringen. Möchtest du meine Frau werden, liebste Cloé?"

Cloé sah ihm in die Augen, hatte für den Ring keinen Blick. Sie schwieg lange und gerade, als er das Schweigen kaum noch ertragen konnte und verzweifelt aufstehen wollte, streckte sie die Hand aus, ohne den Blick von ihm zu wenden, nahm das Kästchen mit dem Ring und sagte leise: „Ja! – Ja! – Ich will!"

Raoul seufzte vernehmlich und erleichtert, stand auf, nahm den Ring aus dem Kästchen und streifte ihn über ihren Ringfinger. Erst jetzt warf Cloé einen Blick auf den Ring. Ihr stockte der Atem. Es war ein schlichter, breiter Platinring mit einem großen Rubin in der Mitte. Er passte wie angegossen an ihren Finger. Sie warf sich mit Tränen in den Augen in die ausgebreiteten Arme von Raoul, die sich um sie schlossen und sie festhielten.

Kurz vor ihrem Abflug nach Hongkong wachten Raoul und Cloé früh morgens ganz plötzlich zur gleichen Zeit zusammen auf. „Der Traum, ich weiß ihn noch!"

„Deinen Traum, ich habe ihn heute Nacht gesehen." Cloé: „Du zuerst."

„Ich habe von meinen Eltern geträumt. Ich war noch ganz klein, vielleicht drei Jahre alt. Meine Eltern sind mit mir zusammen in den Urlaub geflogen. Nach Samoa. Sie haben sich den ganzen Flug über gestritten, ob das wirklich so eine gute Idee wäre, dorthin zu fliegen, den Bruder meines Vaters zu besuchen. Schließlich hätte sein Bruder ihm schon einmal gedroht und sie wären im Streit auseinander gegangen und hätten sich jetzt seit über 10 Jahren nicht mehr gesehen. Sie waren leise dabei, aber ich habe es trotzdem verstanden. Mein Vater war optimistisch, dass nach dieser langen Zeit es keinen Grund mehr für den Streit gäbe. Dann waren wir dort, im Haus meines Onkels. Er war nicht gerade freundlich zu meinen Eltern. Aber ich verstand nicht, wovon sie sprachen bzw. warum sie stritten. Mein Onkel war riesig, größer als mein Vater, bestimmt über 1,95 m groß und massig. Er war überall tätowiert, soweit man das sehen konnte. Und an einem Arm hatte er genau so ein Tattoo, wie ich es in Erinnerung habe von dem Mörder meiner Eltern. Wir blieben nicht lange in diesem Haus. Am gleichen Tag flogen wir wieder zurück nach Hause. Weiter ging mein Traum nicht, an mehr kann ich mich nicht erinnern."

„Ich habe die Bilder nicht so genau gesehen, aber die Stimmen waren klar und deutlich. Dein Vater und sein Bruder haben über die Geschichte, die jetzt in unseren Büchern steht, gestritten. Dein Onkel wollte nicht, dass der Fluch aufgehoben würde, dann könnte es vielleicht sein, dass er wieder dorthin zurück müsste, dass sie ihn holen würden. Schließlich wären ihre Urahnen mit diesen Figuren verwandt. Er würde nur zurückkehren, wenn er dort König werden sollte. Andererseits hätte er hier ein sehr bequemes Leben, das wollte er auf keinen Fall aufgeben. Dein Vater fragte ihn, wie er an das Buch gekommen wäre, da es doch vermeintlich verschwunden wäre, sagte ihm, dass das ein Märchen wäre und nicht ernst genommen werden könnte. Dein Onkel meinte, er hätte das Buch nicht."

„Dieser verdammte Fluch. Langsam aber sicher wollte ich, ich hätte nie etwas davon gehört oder gelesen. Irgendwie glaube ich nicht daran." Dabei fiel Raoul ein, dass seine Eltern niemals das Märchenbuch erwähnt hatten. Wie und warum war es zur Bibliothek des Internats gekommen? Hatte es ihn gesucht? Und was hatte die Mutter von Cloé damit zu tun? Woher hatte sie es bekommen?

„Aber dann wärst du nicht du. Verstehst du das nicht? Das alles hat dich zu dem gemacht, der du jetzt bist. Den Mann, den ich über alles liebe. Es hat uns zusammengeführt. Ohne diese Geschichte gäbe es uns vielleicht nicht. Komm, lass uns das Beste daraus machen und das Rätsel endlich lösen." Cloé legte tröstend einen Arm um Raouls Schulter. Sie konnte ihn so gut verstehen. „Vielleicht gäbe es ja noch eine Lösung, wie wir das eventuell beschleunigen könnten. Wie wäre es, wenn wir in Hongkong keine Verlobung, sondern gleich unsere Hochzeit feierten. Wenn wir dort heiraten. Vielleicht tut es dann einen Schlag und der Fluch ist aufgehoben und – du weißt schon: „ und sie

lebten glücklich und zufrieden bis ans Ende ihrer Tage!"
Wie wäre das?"

Raoul sah Cloé mit großen Augen an. „Ist das dein
Ernst?"

„Ja! Ich liebe dich!"

Raoul überlegte nicht lange. „Ich dich auch! OK, meine
Papiere liegen griffbereit. Und deine?"

„Auch!"

„Du hast Recht! Warum sollten wir also warten? Dann
lass es uns doch einfach durchziehen. Kurz und schmerz-
los."

„Raoul, da ist noch etwas, worüber ich kurz mit dir sprechen möchte." Cloé druckste etwas, es war ihr sichtlich
unangenehm, aber sie hatte länger darüber nachgedacht
und jetzt war genau der Augenblick gekommen, wo sie es
ihm sagen musste. „Ich weiß, du bist ein überaus erfolg-
reicher Geschäftsmann, mit einem sehr gut gefüllten Konto. Aber, ich brauche dein Geld nicht. Ich verdiene in meinem Job mehr als genug. Wenn wir wirklich heiraten wollen, solltest du einen Ehevertrag aufsetzen lassen, der dich
schützt. Man weiß nie, was kommt. Bitte, überlege es dir
wenigstens, versprich es!" Cloé sah Raoul mit großen Augen an.

Der hatte sie zuerst ganz entgeistert angesehen, glaubte,
nicht richtig verstanden zu haben, dann aber sprach sein
gesunder Menschenverstand. „OK, wenn es dich beruhigt,
ich überlege es mir, versprochen!" Raoul machte in Gedanken eine Notiz an seinen Anwalt, damit der morgen in
sein Büro kam.

Diese Nacht wurde eine heiße Liebesnacht, ohne viel
Schlaf, ohne Träume. In dieser Nacht war das Schlafzimmer mit einem hellen bunten Licht überflutet, obwohl alle
Lampen ausgeschaltet waren. Es schimmerte bis in den
frühen Morgen. Die Quelle des Lichts kam aus dem Bett, in
dem Cloé und Raoul eng umschlungen lagen und tief und
fest schliefen.

Körperlich total verausgabt, verschwitzt wie nach einem zweistündigen Power-Training, krochen beide am nächsten Morgen schwerfällig aus dem Bett und unter die Dusche, glücklich, schweigend, immer höchstens ein paar Zentimeter voneinander entfernt. Das Duschen wurde kompliziert, Akrobatik war nötig, um letzten Endes sauber und auf beiden Füßen stehend wieder herauszukommen. Als sie sich abtrockneten, sahen sie sich an und brachen beide in lautes Kichern aus. Sie fühlten sich so gut wie seit Wochen nicht mehr.

Als sie am nächsten Morgen das Haus verließen, strahlten beide um die Wette, wie die Honigkuchenpferde. Immer wieder sahen sie sich an, auch in Vorfreude auf die kommenden Tage. Am Donnerstag ging ihr Flug. Bis dahin hatten sie noch viel zu erledigen. Cloé hatte sich für die nächsten Tage Urlaub genommen. Morgen wollten sie zusammen das Hochzeitsgeschenk für Sue-Lin und Cian aussuchen. Sue-Lin hatte eine Liste ins Internet gestellt. Raoul und Cloé hatten sie sich schon angesehen und mussten sich nur noch entscheiden. Außerdem wollten sie noch eine typische Kleinigkeit aus der Schweiz extra dazu besorgen. Dabei dachte Cloé an Confiserie-Pralinen, die mussten auf jeden Fall dabei sein. Dann waren da auch noch die Ringe für sie selbst, ein dem Anlass entsprechendes Kleid für sie und ein Anzug für Raoul, die Accessoires dazu. Cloé seufzte, das gäbe einen echten Einkaufsmarathon, dazu war aber in den verbleibenden Tagen hier in Zürich nicht genug Zeit, das mussten sie also wenigstens teilweise auf Hongkong verschieben. Als Raoul sie fragend ansah, eröffnete sie ihm nur: „Wir werden in Hongkong auf eine große Einkaufstour gehen müssen, hier schaffen wir das zeitlich gesehen nicht alles. Beschränken wir uns hier auf die Geschenke für Sue-Lin und Cian, und unsere Ringe. Den Rest besorgen wir dort. Ich mache während des Flugs eine entsprechende Liste. Was wir alles für die Hochzeit brauchen, du weißt schon, Kleid, Anzug, Schuhe und alles, was noch so dazu gehört."

Als Raoul das hörte, verdrehte er die Augen. Er hatte noch nie gerne eingekauft. Nur wenn es sein musste. Aber -naja, das gehörte wohl dazu, wenn man heiraten wollte und noch dazu auf die Hochzeit seines besten Freundes ging. Allerdings, er freute sich schon darauf, für Cloé ein wunderschönes Kleid zu kaufen. Um die Ringe hatte er sich schon vor Wochen gekümmert. Also zuckte er nur mit den Schultern, lächelte und meinte nur kurz: „OK!" Cloé lächelte ihn glücklich an und legte eine Hand an seine Wange, drückte ihm einen schmatzenden Kuss auf den Mund. Sie wusste instinktiv, dass er nicht gerne einkaufen ging.

Hochzeit

Am Donnerstag kamen sie am späten Vormittag in Hongkong an. Cian hatte einen Fahrer geschickt. Da Sue-Lin auf einer Hochzeitsreise bestand, hatte Cian alle Hände voll zu tun, um geschäftlich alles zu ordnen für eine oder vielleicht sogar zwei Wochen Abwesenheit, ihren Honey-Moon, die sie sich als frischverheiratetes Paar gönnen wollten. Cloé und Raoul hatten sich für den Aufenthalt in Hongkong ein Appartement in einem exklusiven Hotel gebucht, sie wollten dem Chaos der Hochzeitsvorbereitungen von Sue-Lin und Cian einfach so gut es ging aus dem Weg gehen. Cian und Sue-Lin würden sie erst heute Nachmittag treffen.

Nach einer ausgiebigen Dusche und einem kurzen Imbiss machten sie sich auf den Weg, um ein Kleid für Cloé und einen Anzug für Raoul zu suchen. Sie hatten sich vom Empfangschef des Hotels einige Adressen geben lassen, die für Abend- und Brautmode bekannt waren. Außerdem hatte Cloé in Zürich noch im Internet gesurft und nach Adressen gesucht, und Sue-Lin hatte auch eine Liste geschickt. Gleich im ersten Geschäft entdeckte Cloé für Raoul einen sehr eleganten Anzug, die Hose schlicht in schwarz, der Smoking aus schwarzem Jacquard, mit passender Weste und kleiner Krawatte. Ihr Kleid sollte schlicht und trotzdem elegant aussehen, mehr wie ein Abendkleid. Mit Spitze und ein bisschen Glitzer durfte auch dabei sein. Sie hatten schon einige Geschäfte von der Liste besucht und nichts gefunden. Dann die letzte Adresse, sie sah im Schaufenster schon vielversprechend aus. In einer Seitengasse, in einem kleinen aber sehr exklusiven Laden, fand Cloé schließlich ein eng anliegendes Spitzenkleid mit langen Ärmeln, die Farbe der 3D-Spitze war rosa-champagner, das Unterkleid aus champagnerfarbener glänzender Seide. Der Rock bedeckte die Knie, zum Saum hin war er etwas weiter ausgestellt. Die Spitze war über und über mit kleinen glänzenden Perlen und glitzernden Pailletten bestickt. Es sah umwerfend aus und betonte ihre schlanke Figur sehr vorteilhaft. Dazu gab es einen farblich passenden weiten Mantel aus edlem Satin, der sehr elegant war und etwas länger als das Kleid. Dazu kamen natürlich noch Schuhe für Cloé, High-Heels mit glitzernden Absätzen, eine kleine Glitzer-Handtasche, Schuhe für Raoul, wobei er immer wieder betonte, er hätte doch schon ein Paar schwarze Schuhe. Cloé lachte ihn aus, sie fand die neuen Lacklederschuhe an ihm einfach sexy. Beim Hinausgehen aus dem Geschäft fiel Cloés Blick auf die langen weißen Brautkleider und sie seufzte bedauernd. Raoul bemerkte es und flüsterte ihr ins Ohr: „Das werden wir später nachholen, mit allem, was dazu gehört. Zusammen mit deiner Mutter. Ich verspreche es!"

Als sie dann ein paar Stunden später vollgepackt zum Hotel zurückkehrten, erwartete sie ein sehr ungeduldiger, nervöser Cian im Foyer des Hotels. Sue-Lin stand vor der Verkaufsauslage der Hotel-Boutique, machte sich aber sofort auf den Weg zurück, als sie ihren Verlobten rufen hörte. Sie hatte eine Halskette in der Auslage gesehen, die perfekt zu ihrem Hochzeitskleid passen könnte. Jetzt müsste sie nur noch ihren Verlobten überreden. Schnell ging sie dann doch noch in die Boutique und bat die Verkäuferin, ihr die Kette zurückzulegen. Dann gesellte sie sich zu ihrem Verlobten und strahlte ihre Freundin Cloé an. Die zwinkerte lächelnd mit einem Auge, sie hatte sehr wohl bemerkt, wie Sue-Lin kurz in das kleine Geschäft gesprungen war, bevor sie zu ihnen kam.

„Da seid ihr ja endlich! Wir warten schon seit Stunden. Was ist denn das?" meinte Cian dann, als er die vielen Einkaufstüten sah. „Wir haben ein bisschen eingekauft." Cloé begrüßte und umarmte Sue-Lin, dann auch Cian. Derweil überreichte Raoul die Einkaufstüten mit einem kleinen Trinkgeld dem Empfangschef und bat ihn, sie auf ihr Zimmer bringen zu lassen. Danach begrüßte auch er die beiden Brautleute. „Kommt, genießen wir einen Drink an der Bar, bevor wir zum Essen gehen. Wir haben mit euch etwas zu besprechen!" Cian und Sue-Lin sahen sich bedeutungsvoll an, während Raoul und Cloé sich übermütig angrinsten. Nur Cloé wusste, dass Raoul einfach auch nur erleichtert war, endlich den Einkaufsmarathon hinter sich zu haben.

„Nun macht es nicht so spannend, ihr zwei. Was habt ihr verbrochen? Ihr seht aus, als hättet ihr etwas angestellt. Los, raus mit der Sprache!" Cian hatte die zweideutigen Gesten zwischen den beiden wohl bemerkt.

Raoul wartete, bis alle ihre Drinks vor sich stehen hatten. „Ihr heiratet doch morgen am späten Nachmittag. Meint ihr, wir bekommen für morgen früh auch noch einen Termin auf dem Standesamt, um selbst zu heiraten? Es soll nur eine ganz intime kleine Zeremonie sein, nur wir und unsere Trauzeugen, also ihr beide, wenn ihr möchtet. Kein anderer soll davon erfahren. Wir müssten natürlich noch heute Abend die Bestätigung des Standesbeamten haben. Für unsere Hochzeit waren wir auch gerade noch einkaufen. Ihr wisst schon, Brautkleid und Anzug etc., das passt alles auch perfekt zu unserer Rolle als Trauzeugen!"

Zwischen den Vieren herrschte im ersten Moment eine ohrenbetäubende Stille. Cian versuchte etwas zu sagen, aber er konnte nur den Mund auf und zu machen, wie ein Fisch auf dem Trockenen. Seine Stimme versagte den Dienst, zum ersten Mal in seinem Leben. Er sah seinen Freund Raoul mit weit aufgerissenen Augen etwas entsetzt an, so als wären ihm gerade zwei riesige Hörner am Kopf gewachsen. Erst schwieg er, dann stürzte er seinen Drink auf einmal hinunter vor lauter Überraschung. „Im Ernst jetzt? Ihr wollt morgen früh heiraten? Einfach so? Das ist ja ein Wahnsinnszeitmanagement. Früher ist euch

das nicht eingefallen, oder? Bist du schwanger, Cloé?"
Seine Stimme quietschte etwas und überschlug sich.

Sue-Lin hingegen strahlte ihren Verlobten an. „Das wäre
doch prima. Nun guck doch nicht so, Cian, das wäre eine
tolle geheime Doppelhochzeit. Das ist ja so romantisch.
Die zwei sind doch so verliebt. Oh, wie ich mich freue."
Sue-Lin fiel zuerst ihrem Bräutigam, dann Cloé und Raoul
um den Hals. „Cian, das muss einfach klappen!" Ihre
Stimme hatte auf einmal irgendwie einen sehr energi-
schen Unterton.

Cloé sah Cian kurz an und meinte: „Nein! Einfach nur
so!"

Cian blickte sie skeptisch an, überlegte kurz, sah zu seiner Braut hinüber, die ihn mit zusammengezogenen Brau-
en streng ansah, dann zog er den Kopf ein. „Ist ja schon
gut, ich geh mal kurz telefonieren." Er nickte Cloé entschuldigend zu und ging nach draußen auf die Straße.
Kurz darauf war er wieder da. „Er ruft zurück!" Cian steckte sein Smartphone ein und bestellte sich einen neuen
Drink, den er auf einmal hinunter kippte. Es schien ihn zu
beruhigen. „Kommt, lasst uns etwas essen gehen. Ich habe
einen Tisch für uns reserviert." Sie gingen in ein exquisites
chinesisches Restaurant nur zwei Blocks weiter.

Cloé und Raoul schlenderten engumschlungen neben
Cian und Sue-Lin her. Beide freuten sich auf die nächsten
Tage. Gerade als sie ihre Plätze im Lokal eingenommen
hatten, klingelte das Telefon von Cian. Er meldete sich,
hörte zu, sagte „OK" und steckte es wieder ein. „Es klappt.
Aber ich sage es gleich, das wird teuer. Morgen früh um 9
Uhr habt ihr einen Termin auf dem Standesamt. Wir holen
euch um 8:30 Uhr ab und fahren mit euch hin. Anschließend bringen wir euch wieder zurück in eure Hotel-Suite,
von wo aus ihr uns dann am späten Nachmittag abholen
könnt. Wir müssen uns danach nämlich auch umziehen für
unsere eigene Hochzeit." Cian grinste, er schien so gar
nicht schadenfroh zu sein, dass Cloé und Raoul noch vor
dem Morgengrauen aufstehen mussten, um sich entspre-

chend anzuziehen und zurechtzumachen. „Dann, mein Freund!" dabei klopfte er Raoul auf den Rücken, „dann muss ich wenigstens nicht alleine leiden, du wirst schon sehen, was du von einer so überstürzten Aktion hast." Dabei grinste Cian seinen Freund übermütig an.

Die beiden Frauen hoben zur gleichen Zeit die Augenbrauen, während sie die Männer wie Wesen von einem anderen Stern betrachteten.

Raoul ergriff das Wort und meinte dann ernst: „Nun, mein lieber Cian, wir danken dir, dass du uns hilfst, unseren Plan umzusetzen. Wir bleiben auf jeden Fall noch zwei Tage nach eurer Hochzeitsfeier hier. Dann, und erst dann werde ich euch auch erzählen, warum das alles so plötzlich kam. Obwohl, wenn ich es recht überlege, ist das nur ein vorgeschobener Grund. Ich liebe Cloé mehr als mein Leben. Vom ersten Augenblick an. Ohne sie bin ich nur noch ein halber Mensch. Sie macht mich vollkommen. Und ihr geht es mit mir genauso! Das haben wir in den vergangenen Wochen übermäßig gespürt. Das ist einfach Schicksal!" Dabei sah er Cloé so zärtlich sehnsuchtsvoll schmachtend an, dass ihr das Herz zerschmolz.

„Ich liebe dich!" flüsterte sie ihm leise zu.

Cian verdrehte die Augen und Sue-Lin knuffte ihn deswegen in die Seite und sah ihn schmollend an. Als sie dann endlich draußen auf der Straße waren, nahm Cian seinen Freund zur Seite.

„Hör mal, Raoul, ich wäre nicht dein Freund, wenn es da etwas gäbe, das ich nicht ansprechen würde. Sei mir bitte nicht böse, aber du solltest auf jeden Fall einen Ehevertrag aufsetzen lassen. Ich habe das auch gemacht. Für alle Fälle. Damit Sue-Lin abgesichert ist. Das solltest du auch für Cloé machen. Sie wird das verstehen, schließlich bist du ein nicht gerade unvermögender Mann. Ich kann dir einen Vertrag auf dein Hotelzimmer schicken lassen, mein Anwalt macht das bestimmt noch heute Nacht! Wenn du ihm eine Flasche von diesem superteuren leckeren schottischen Whisky ausgibst."

Raoul sah ihn belustigt an. Cian konnte nicht wissen, dass ein solches Dokument längst in seinem Safe in Zürich lag, bereits unterschrieben von Cloé und ihm. Cloé hatte das schließlich zuerst angestoßen. Sie hatte ihn kurz durchgelesen und unterschrieben. Es stand nichts darin, was nicht von Vorteil für sie gewesen wäre. Für den Fall der Fälle. Er hatte ihr vorher schon, als sie „Ja" gesagt hatte, ein eigenes Konto eingerichtet und einen nicht unerheblichen Betrag überwiesen. Die Proteste von Cloé hatte er überhört. Aber das konnte Cian auch nicht wissen. Er war ein Fuchs und ein wahrer Freund. Also, Raoul grinste kurz stillvergnügt vor sich hin, dann aber versuchte er, dieses Grinsen zu unterdrücken, schließlich meinte es Cian nur gut mit ihm. Er sah Cian betont ernst an, mit einem kleinen Funkeln in den Augen. „OK, die Idee ist gut, so gut, dass wir selbst schon darauf gekommen sind. Der Vertrag liegt bereits im Safe in Zürich, von uns beiden unterschrieben. Also, alles ist in Ordnung, alles ganz cool, mein Freund. Ich danke dir trotzdem, dass du daran gedacht hast. Schließlich weiß man ja nie, was die Zukunft bringt und wie das mit diesem angeblichen Fluch ausgeht. Aber ich denke, wir können ganz unbesorgt feiern. Und den Whisky, den trinken wir mal irgendwann alleine!"

Damit klopfte Raoul seinem Freund auf die Schulter, wandte sich Cloé zu und drückte sie an sich. „Wir machen uns dann mal auf den Rückweg zu unserem Hotel. Wir sehen uns morgen in aller Herrgottsfrühe!" Cloé ergänzte lachend: „Aufgebrezelt und putzmunter. Ich wünsche euch eine gute Nacht!" Ein kurzes Umarmen, dann ging jedes Paar seiner Wege.

Verbunden

Die beiden Paare hatten sich früh getrennt, um für den nächsten Tag fit zu sein. Pünktlich am nächsten Morgen um 8:30 Uhr fuhr ein großer schwarzer Bentley am Hotel vor. Raoul und Cloé standen schon seit mehr als fünf Minuten engumschlungen im Hotel-Foyer, fix und fertig in ihrem Hochzeitsdress. Nervös, zitternd, aufgeregt, aber trotzdem sahen sie sich lächelnd an. Raoul prüfte noch kurz, dass sie auch ja alle Papiere einstecken hatten.

Sue-Lin stieg in einem eleganten kurzen lachsfarbenen Seidenkleid aus dem Wagen und winkte ihnen zu. Cian selbst, in einem hellen Anzug mit lachsfarbener Krawatte, fuhr das Auto, es sollte ja keiner etwas davon erfahren, was hier gerade ablief. Auf dem Rücksitz des Wagens lag ein kleiner Brautstrauß mit rosa- und lachsfarbenen Rosen. Zur ausgemachten Zeit kamen sie am Standesamt an. Der Standesbeamte erwartete sie schon oben auf der Treppe und bat sie in das Trauzimmer. Dort prüfte er erst ihre Papiere, trug die Namen in eine Urkunde ein. Danach begann er mit der Zeremonie, auf Chinesisch und Englisch, wobei er das Englische so perfekt wie seine Muttersprache sprach. Nach der alles entscheidenden Frage, die beide mit „Ja" beantworteten, mussten sie eine Urkunde unterschreiben, Cian und Sue-Lin als Zeugen ebenfalls. Danach hieß es endlich: „Ich erkläre Sie hiermit zu Mann und Frau. Sie dürfen jetzt die Braut küssen!" Cloé strahlte Raoul an, er griff beherzt zu und küsste sie ausgiebig. Als er sie losließ, sagte er erstaunt: „Du schimmerst!" Cloé entgegnete: „Du aber auch!" Der kleine Raum funkelte und blinkte plötzlich in einem bunten Lichterfeuerwerk, Harfenklänge ertönten leise, dann erstrahlte die Luft um sie herum in einem hellen Leuchten - und nur ein Wimpernschlag danach war alles wieder so normal wie vorher. Das hatte nicht einmal den Bruchteil einer Sekunde gedauert. War das ein Fotoblitz? Hatte überhaupt jemand fotografiert? Oder war das Magie? Ob die anderen Personen im Raum das auch gesehen hatten? Cloé und Raoul sahen sich verstohlen um. Keiner schien etwas bemerkt zu haben, keiner reagierte darauf. Keiner schien fotografiert zu haben. Dann war das wohl nur für sie bestimmt gewesen! Raoul beugte kurz den Kopf nach unten und gab Cloé einen zärtlichen langen Kuss auf die Lippen.

Cian stand vor dem kleinen Tischchen und schenkte bereits aus der Flasche Champagner ein, an die er vor der Abfahrt noch gedacht hatte. Die Gläser standen bereit und alle stießen auf das Brautpaar an.

„Jetzt bist du meine mir angetraute Ehefrau!" Raoul küsste Cloé zärtlich.

„Jetzt bin ich Cloé Fountain-Montagne und du mein mir angetrauter Ehemann!" Ehefrau, Ehemann, diese Worte klangen in ihren Ohren wundervoll. Kurz blieben sie beide vor dem Gebäude stehen und sahen zum Himmel hinauf. „Kein Knall, kein Schlag, kein Anzeichen dafür, dass sich irgendetwas geändert hat. Nur ein bisschen Schimmer und Glitzer! Wir sind alle noch da!" Cloé wunderte sich ein bisschen.

Raoul war da pragmatischer. „Es war perfekt. Jetzt sind Cian und Sue-Lin dran." Er wandte sich an seinen Freund Cian: „Siehst du, Cian, ist gar nicht so schlimm. So schnell geht das. Und ich kann dir sagen, es fühlt sich extrem gut an!"

Cloé lachte, dann nahm sie die Hand ihres frisch angetrauten Ehemanns und hielt sie fest, so fest, dass ihr die Knöchel weiß hervortraten. Sein Gegendruck war genauso stark.

Da hörte Raoul in Gedanken eine Stimme: *„Herzlichen Glückwunsch, mein Lieber. Thor und ich wünschen Euch alles Gute und ganz viel Glück für die Zukunft. Gut gemacht! Wir sehen der nächsten Zeit positiv entgegen!"*

„Danke, ihr beiden!" Raoul dachte kurz an die schwarzen Kaltblüter, die er so sehr ins Herz geschlossen hatte. Es war manchmal tröstlich, ihre Stimmen zu hören, wenn auch nur in seinem Kopf. Gemeinsam mit seiner Frau und den Freunden stiegen sie in Cians Bentley ein, an ihrem Hotel ließ Cian seine Freunde aussteigen, er würde ihnen in zwei Stunden den Wagen mit Chauffeur schicken und sie abholen lassen. Schließlich musste Raoul ihm den Rücken als Trauzeuge stärken, die Ankleidung überwachen, die Ringe einstecken, und später mit ihm zusammen zur Trauung fahren. Cian lieferte Sue-Lin vorher bei ihren Eltern ab. Hier würde sie sich ankleiden und für die Hochzeit herrichten lassen. Die Trauung von Cian und Sue-Lin heute am späten Nachmittag würde im Foyer eines Luxushotels stattfinden, zusammen mit den Verwandten und einigen wenigen ausgewählten Gästen. Die anschließende Feier sollte danach mit über 200 geladenen Gästen im großen Ballsaal des Hotels stattfinden, der dafür schon den ganzen Tag über extra festlich dekoriert wurde. Alles war generalstabsmäßig durchgeplant und organisiert. Außerdem hatte Raoul darauf bestanden, dass Cian eine Sicherheitsfirma mit der Bewachung und zum Schutz des Events beauftragte. Überall standen am Rande schwarzgekleidete Männer und Frauen, die ihre ganze Aufmerksamkeit der Umgebung schenkten.

Das Foyer des Hotels war mit vielen weißen Blumen geschmückt, die Stühle mit weißen Brokathussen überzogen, Kerzen brannten in hohen Vasen am Gang entlang und auf dem Altar, weiße Blütenblätter lagen verstreut auf dem Weg zum Altar, es war eine sehr feierliche, märchenhafte Umgebung für die Trauung.

Sue-Lin sah zauberhaft aus. Die dunklen Haare waren hochgesteckt, über und über mit kleinen weißen Blüten und Perlen besteckt. Der lange Schleier hatte einen Saum aus Glitzerkristallen und funkelte mit dem Kleid um die Wette. Und dann dieses pompöse weiße Brautkleid, das Korsagen-Oberteil aus französischer, handgearbeiteter Spitze mit aufgesetzten Blüten, die Spitze mit Kristallen bestickt, der voluminöse Tüllrock war über und über mit den gleichen Blüten bestickt wie das Oberteil, die Schleppe mindestens 3m lang. Sie sah aus wie eine Prinzessin aus dem Märchenland.

Cian stand vor dem Altar, flankiert von Raoul, seinem Trauzeugen. Als er Sue-Lin sah, die von ihrem Vater hereingeführt wurde, traten ihm die Tränen in die Augen. Cloé stand auf der anderen Seite des Altars, lächelte Raoul zu und nahm Sue-Lin den Brautstrauß ab, als diese zu Cian trat.

Als Cian und Sue-Lin sich nach der Zeremonie umdrehten, strahlten beide über das ganze Gesicht. Langsam gingen sie vor den Gästen hinaus in den großen Ballsaal, wo die Feier stattfinden sollte. Der Saal war in Rot und Gold geschmückt, Blumen, Tischdecken, Dekoration, alles war auf diese Farben abgestimmt. Sue-Lin und Cian umrundeten beide mit der Gesellschaft einmal den ganzen Saal, dann nahmen die Gäste Platz und Sue-Lin und Cian verließen kurz und fast unbemerkt den Saal, um nach nur zehn Minuten wieder zurückzukommen. Sue-Lin hatte sich schnell umgezogen. Sie trug jetzt ein enggeschnittenes glänzendes goldenes Kleid mit drei großen aufgestickten Pailletten-Rosen am Ausschnitt, dessen Saum ab den Knien weit auseinander ging und knapp unter dem Knöchel endete. Tanzen war mit diesem Kleid kein Problem. Cian hielt Sue-Lin stolz mit einem Arm in der Taille fest, ging mit ihr in die Mitte des Saales und dann fingen sie an zu tanzen, nach den Klängen der Live-Band, die seit dem Eintritt der Gäste spielte. Raoul nahm Cloé an die Hand und folgte den beiden bis an den Rand der Tanzfläche. Mitten im Tanz ließ Cian seine Braut los und ging mit ihr zu den beiden Trauzeugen. Dann nahm er Cloé an der Hand mit auf die Tanzfläche und Raoul folgte mit Sue-Lin. Gemeinsam drehten sie sich noch zwei weitere Tänze lang, dann gingen die beiden Brautpaare an den gemeinsamen Tisch.

Inzwischen hatte sich der Ballsaal mit den restlichen geladenen Gästen gefüllt und alle hatten an ihren Tischen Platz genommen. Cian stellte seinem Onkel und dessen

Frau seinen Freund Raoul und Cloé vor. Sie fanden sich alle sehr sympathisch und dann eröffneten Cian und Sue-Lin das Buffet. Im Hintergrund spielte die Live-Band während des Essens dezente Musik, die allerdings danach lauter und fröhlicher wurde. Bald nach dem Essen war die Tanzfläche gefüllt. Da Cian Karaoke so liebte, hatte Raoul einen entsprechenden Wettbewerb organisiert. Um die Stimmung anzuheizen, fing er selbst als Erster an zu singen. Cloé musste am Anfang so lachen, dass ihr die Tränen kamen. Raoul war zwar das genaue Abbild eines attraktiven Mannes, schmale Hüften, breite Schultern, ein markantes Gesicht, sinnliche Lippen - aber eine Gesangsstimme hatte er definitiv nicht. Aber dann erbarmte sie sich, ging schnell zu ihm auf die Bühne und gemeinsam beendeten sie das Lied, von dem er gerade die zweite Strophe anfing, zusammen klang es sogar angenehm melodiös. Damit ging der Wettbewerb aber erst richtig los, die jungen Gäste drängten sich geradezu danach, Karaoke zu singen. Kurz vor Mitternacht mussten Cian und Sue-Lin dann den Gewinner ausdeuten. Er bekam eine große Flasche Champagner. Raoul war nicht unter den ersten drei.

Es wurde eine fröhliche, ausgelassene und auch pompöse Hochzeitsfeier, mit viel Musik und Tanz, einem Büffet, das keine Wünsche offen ließ und zum Abschluss um Mitternacht gab es ein großes Feuerwerk. Cloé liebte Feuerwerk und sie genoss den Anblick in den Armen von Raoul, der hinter ihr stand und sie fest hielt. „Für uns, mein Schatz. Nur für uns!" Er vergrub seinen Kopf in ihren Haaren und sie schmiegte sich eng an ihn. Als sie sich küssten, erhob Cloé die Arme über ihren Kopf und deutete mit einem Schnipsen an den Himmel, hinein in eine gerade hochschießende Feuerwerksfontäne. Sofort erschien dort ein riesiges rotes Herz, das blinkte und glitzerte, darin ein R und ein C. Beide schauten gleichzeitig nach oben und Raoul staunte und freute sich über dieses Herz. „Für uns, mein Schatz!", flüsterte Cloé überrascht darüber, dass sie ihre Gedanken hatte umsetzen können. Hatte sie das gerade wirklich gemacht, mit ihren Fingern? Einfach so? Mit Magie? „Du kannst zaubern, ich wusste es!" Raoul schwankte, vom vielen Alkohol oder vor lauter Ergriffenheit.

Es war weit nach Mitternacht, als Raoul und Cloé endlich todmüde die Feier verließen und in ihr Hotelbett fielen. Der lange Flug, die Hektik, die lange Feier, all das forderte endlich seinen Tribut. Aber – es war auch ihre Hochzeitsnacht. Die kurze Dusche nach dem Ausziehen hatte letztendlich noch ein paar Energien aus ihnen herausgelockt, sodass die Hochzeitsnacht der Tradition gemäß mit viel Zärtlichkeit von ihnen abgeschlossen wurde. Engumschlungen schliefen sie danach ein.

Der nächste Tag brachte Regen. Viel Regen. Die Menschen verschwanden unter einem Heer von Regenschirmen. Das Plätschern der Regentropfen an die Fensterscheiben ließ Cloé tiefer in ihre Decke rutschen. Sie zog sich das Kissen über den Kopf und murmelte: „Ich bin noch nicht wach. Es ist noch lange nicht Mittag." Wenn sie dachte, deswegen länger schlafen zu können, hatte sie die Rechnung ohne Raoul gemacht. Schlangengleich kam er zu ihr unter die Decke gerutscht und zeigte ihr, wie angenehm sich die Regenzeit im Bett verbringen ließ. Cian und Sue-Lin wollten erst gegen Mittag im Hotel sein. Das kleine Restaurant hier im Haus war sehr gut und so brauchten Raoul und Cloé nicht woanders hinzufahren, konnten dem Regen aus dem Weg gehen. Außerdem konnten sie die versprochene Geschichte besser auf ihrem Zimmer erzählen, das war ihnen lieber, ohne Publikum.

Pünktlich zur verabredeten Zeit kamen die beiden im Restaurant an. Cian und Sue-Lin trafen kurz danach mit Gummistiefeln und unter einem großen Regenschirm ein. Sie lachten, als hätte es ihnen Spaß gemacht, durch den Regen zu laufen. Nach dem Essen gingen alle vier hinauf in die Hotelsuite von Cloé und Raoul. Mit sparsamen Worten erzählte Raoul seine Geschichte bis zu seinem Eintritt in das Internat, danach erklärte Cloé, wie ihr Leben und das von Raoul scheinbar ineinander verwoben waren.

„Aber das ist irgendwie magisch, ein Märchen!" Sue-Lin war sprachlos, was nicht oft vorkam. „Ihr wart wirklich von Anfang an füreinander bestimmt. Das ist doch so, oder? Das kann doch jeder sehen. Ist denn jetzt alles vorbei?", wollte sie noch wissen.

„Wenn man an den Fluch glaubt. Das Märchen als real ansieht. Dann, eigentlich ja, er sollte jetzt aufgehoben sein. Vielleicht. Aber im wirklichen Leben gibt es eigentlich keine Märchen. Im realen Leben kommt so etwas doch gar nicht vor. Also kann das irgendwie nicht sein. Oder doch? Und dann sind da noch die Bücher, die sind noch nicht vollständig geschrieben. Als wir das letzte Mal hineingesehen haben, fehlten bei beiden noch die letzten zwei Seiten, da war noch kein einziges Wort drauf. Also könnte der Fluch, so es ihn denn gäbe, irgendwie vielleicht doch noch nicht ganz aufgehoben sein. Noch haben wir auch nicht das Tattoo gefunden, bzw. den Träger des Tattoos und damit den Mörder von Raouls Eltern. Und wir wissen überhaupt nicht, wo meine Mutter abgeblieben ist. Ich hätte sie so gerne gestern dabei gehabt. Wer und wo der Mörder von Raouls Eltern ist. All das liegt noch im Dunkel. Aber wir geben nicht auf. Stimmt doch, Raoul? " Cloé machte einen niedergeschlagenen Eindruck.

Raoul drückte ihre Hand und gab ihr einen Kuss. „Ist schon gut, mein Schatz, wir bekommen das hin. Irgendwie, irgendwann. Ich glaube fest daran. Wir zwei schaffen das!" Er verlieh seiner Aussage mit einem Kuss eine Stärke, die Cloé auch zu fühlen schien, denn sie sah ihn danach strahlend und überzeugt an und meinte kurz: „Ich weiß!"

Cian war überwältigt. „Wenn du Hilfe brauchst, Raoul, sag es mir. Versprich es. Bitte!" Dabei sah er Raoul sehr ernst an.

„OK, ich verspreche es. Danke noch einmal für alles und für euch beiden viel Glück!"

Zwei Tage später gab es einen tränenreichen Abschied am Flughafen. Cian und Sue-Lin flogen in ihre Flitterwochen nach Hawaii, Raoul und Cloé kehrten nach Zürich zurück.

Hochzeitsreise

Als Cloé und Raoul endlich wieder zurück in Zürich waren, holten sie gleich am ersten Tag die beiden Märchenbücher aus dem Safe. Die leeren Seiten in der Mitte des Buches und eine Seite zum Ende hin waren alle beschrieben, bis auf die letzten beiden Seiten mit dem möglichen Happy-End, die waren noch leer. Also war die Geschichte doch noch nicht vorbei, der Fluch noch nicht beendet. Wortlos und traurig sahen sich beide an, legten die beiden Bücher wieder in den Safe und umarmten sich. „Das wird schon!" tröstete Raoul seine Liebste. „Was das Wichtigste bei der ganzen Sache ist, wir haben uns gefunden. Wir sind verheiratet. Ich liebe Dich und werde Dich nie mehr loslassen. Als Nächstes suchen wir beide intensiv nach dem Träger des Tattoo. Damit werden wir den Mörder meiner Eltern finden, dann müsste es doch endlich vorbei sein. Außerdem suchen wir noch nach deiner Mutter. Wir finden beide, ganz sicher. Du wirst sehen!"

Cloé ging hinaus auf die Terrasse und sah hinüber auf die Berge. Sie atmete tief ein, innerlich war sie noch total nervös und konnte es noch gar nicht fassen, was in den letzten Tagen passiert war. Sie war verheiratet, mit Raoul, der Liebe ihres Lebens. Ein kalter Wind fegte um die Ecke, Cloé zog ihre Weste enger um sich. Raoul trat zu ihr und nahm sie beschützend in seine Arme. „Alles wird gut, mein Schatz. Solange wir uns haben, wird alles gut!"

Als Cloé am Montagmorgen wieder zur Arbeit ging, legte sie den ganzen Unterlagenstapel, den sie noch aus Australien mitgebracht hatte, auf ihren Schreibtisch und klopfte bei ihrer Chefin an. Sie wurde mit einem lauten Hallo begrüßt und kurz umarmt. „Nun, meine Liebe, Sie strahlen so. Was ist passiert? Haben Sie sich in einen Australier verliebt?"

„Nein, in einen Schweizer." Cloé lachte. „Wir haben sogar vor einer Woche in Hongkong geheiratet. Am gleichen Tag wie sein Freund. Wir haben zusammen gefeiert."

„Aber das ist ja wundervoll. Herzlichen Glückwunsch! Erzählen Sie, ich möchte alles wissen. Wer ist es? Wie heißt er?"

Und so erzählte Cloé ihr von Raoul, wie sie sich getroffen hatten, vor ein paar Wochen, als sie zum Lehrgang in Hongkong war. Von ihrer Mutter, die damals verschwunden war. Wie sie beschlossen hatten, jetzt in Hongkong zu heiraten. Natürlich erzählte sie nichts von dem Buch und den sonderbaren Ereignissen um diese Geschichte. Das würde ihnen doch niemand glauben. Als ihre Chefin erfuhr, wen sie geheiratet hatte, fragte sie: „Sie wissen aber schon, dass Ihr Mann zu den begehrtesten und reichsten Junggesellen hier in Zürich gehört hat? Ich freue mich für Sie. Meine herzlichsten Glückwünsche an Sie beide. Werden Sie weiter bei uns arbeiten?"

„Bis auf weiteres schon. Ich liebe meine Arbeit. Vielleicht aber reduziere ich die Auslandsreisen." Cloé war leicht verlegen geworden und ging schnell in ihr Büro.

Gegen Mittag kam Ihre Chefin zu ihr ins Büro und übergab ihr einen großen Umschlag und einen wunderschönen Blumenstrauß. Hinter ihr drängten sich ihre Kollegen und Kolleginnen mit in den kleinen Raum, um auch zu gratulieren. „Das hier ist von uns allen. Einen herzlichen Glückwunsch zu Ihrer Hochzeit." Cloé wurde verlegen, bedankte sich bei allen für die Glückwünsche und öffnete den Umschlag. Eine Reise auf einem Kreuzfahrtschiff in der Karibik für acht Tage. Der Flug dorthin ging schon in zwei Wochen. Wahnsinn. „Danke, das ist wundervoll, da können wir ja glatt unsere Hochzeitsreise mit dem Schiff machen. Die hatten wir noch gar nicht geplant." Cloé war doch wirklich rot geworden.

In der Mittagspause fuhr Cloé schnell zu ihrem Lieblingscafé am Paradeplatz und kam mit einer Torte und einer großen Packung Pralinen zurück. Kaffee gab es dann auch für alle und der Feierabend wurde vorverlegt. Sie hatte vorher noch kurz bei Raoul angerufen und ihm von dem Geschenk erzählt und dass sie alle zum Kaffee eingeladen hätte. „Ich hol dich ab, dann kann ich mich ja auch noch kurz bei deiner Chefin bedanken." Als Raoul dann kam, gab es auch für ihn noch Kaffee und Kuchen und es wurde dunkel, bis sie endlich alle nach Hause gingen.

„Was meinst du, mein Schatz, Ehefrau, könntest du nicht am nächsten Wochenende deine Wohnung endlich auflösen und hierher ziehen? Du weißt schon, das machen Verheiratete doch so nach der Hochzeit. Außerdem wohnst du doch sowieso die ganze Zeit schon hier, dann brauchst du nicht mehr hin und her zu fahren, um noch irgendwelche Sachen zu holen." Als Raoul das fragte, hatten sie gerade eine heiße Runde im Bett hinter sich, waren ausgepowert und total verschwitzt. Cloé sah ihn mit großen Augen an, konnte dabei ein Grinsen nicht unterdrücken. „Ja, das könnte ich schon. Hilfst du mir dabei? Mit den vielen Kartons? Ich glaube, ich habe noch eine ziemliche Menge Zeugs in meinen Schränken." „OK, und wo willst du das alles hintun?" „Na, in deine Schränke natürlich." Raoul sah sie betont konsterniert an. „In meine Schränke?" Cloé lachte, kicherte, rollte vor lauter Lachen im Bett herum, bis sie breit grinsend auf Raoul lag. „So macht man das, wenn man verheiratet ist, Liebling. Da wirst du wohl oder übel Platz machen müssen. Das wird lustig."

„Ich weiß nicht, was es da zu lachen gibt. Ich brauche mein Zeugs auch." Beide sahen sich groß an und lachten dann gemeinsam. Sich so zu necken, das war wirklich befreiend. „Wir werden schon das eine oder andere freie Plätzchen finden, sonst müssen wir einen neuen Schrank aufstellen. Oder anbauen!" Raoul hatte sich als erster gefangen. „Was unsere Hochzeitsreise betrifft, hast du schon Urlaub beantragt? Ich habe es in meinem Kalender bereits notiert und entsprechende Termine umgelegt. Das ist übrigens genau die richtige Jahreszeit, nicht zu heiß, nicht zu kalt, gerade richtig, um Sonnenbäder am Strand zu nehmen. Karibik, Kokosnüsse, Rum, Cocktails, das wird bestimmt toll. Ich war noch nie dort, du etwa?"

„Nein, bis jetzt noch nicht. Und meinen Urlaub hat meine Chefin bereits genehmigt. Aber ich glaube, ich habe dafür nichts anzuziehen. Ich muss noch shoppen gehen!" Vergnügt grinste Cloé ihn an. Sie wusste, er ging nicht gerne einkaufen, schon gar nicht in irgendwelche Boutiquen. „Keine Angst, Schatz. Ich werde mit einer Kollegin gehen, und eine neue Badehose für dich finde ich bestimmt auch alleine. Also brauchst du nicht mit los." Dabei küsste sie ihn kurz auf die Nase und sprang schnell auf, um unter die Dusche zu springen. Dieses Mal war sie schneller als er.

Es blieb natürlich nicht bei der Badehose, ein paar bunte Hemden und kurze Hosen waren auch in der Einkaufstüte für Raoul, die sie ihm am nächsten Abend auf den Tisch stellte, zusammen mit den vielen anderen Tüten mit ihren neuen Sachen.

Für Cloés Umzug hatten sie ein paar Freunde um Mithilfe gebeten. Dadurch dauerte es nur einige Stunden, um den Inhalt der Schränke aus- und bei Raoul wieder einzuräumen. Cloé war nicht bewusst gewesen, dass sie gar nicht so viele Haushaltssachen hatte. Nun, sie war ja auch erst ein paar Jahre in Zürich, rechtfertigte sie sich selbst gegenüber. Die Küchenschränke von Raouls Küche boten noch genügend Platz, um alles von ihr unterzubringen. Und auch ihre Kleider und was so alles dazu gehörte, passte gut noch in den begehbaren Kleiderschrank von Raoul. Abends saßen sie alle bei Pizza und Wein auf dem großen Balkon und freuten sich, dass die Arbeit und der Umzug so schnell vorbei waren. Sie feierten die halbe Nacht mit leiser Musik und Tanz.

Zwei Wochen später gingen sie nach einem ereignislosen Flug in Barbados an Bord des eindrucksvollen Kreuzfahrtschiffes. Vom Pier her gesehen schien es riesig zu sein, wenn man so an der Bordwand nach oben schaute. 4.500 Passagiere konnte das Schiff aufnehmen. Eine

Kleinstadt. Genauso fühlte man sich, wenn man an Bord war. Wie in einer kleinen Stadt. Die vielen Boutiquen, Restaurants, Bars, Lounges, der riesige Badebereich mit mehreren Schwimmbecken, Whirlpools, Rutschen, Sportbereichen, es war einfach beeindruckend.

Als Cloé und Raoul ihre geräumige Kabine mit Balkon bezogen hatten, gingen sie auf Entdeckungstour. An der Bar im Poolbereich tranken sie ihren ersten Cocktail, dann beobachteten sie das Ablegemanöver, bevor sie zum Abendessen gingen. Am nächsten Morgen besuchten sie den Pool und schwammen vor dem Frühstück einige Runden. Als sie sich zum Trocknen auf die Liegestühle legten, beobachteten sie zwei Männer, die ebenfalls am Swimmingpool lagen. Ganz aufgeregt wies Cloé auf den einen dieser beiden Männer hin: „Raoul, schau mal, dort drüben die beiden Männer. Der linke von ihnen hat am Arm ein Tattoo. Sieht aus wie das von meiner Mutter an die Wand gemalte Zeichen. Meinst du nicht auch?"

Raoul setzte sich auf uns sah genauer hin. Dann erbleichte er. „Genau wie das in meiner Erinnerung. Wer sind die beiden? Sollen wir sie ansprechen?" Cloé sah ihn an und zuckte mit den Schultern. „Schaden kann es bestimmt nicht."

Sie erhoben sich und gingen zu den beiden Männern hinüber. Raoul sprach sie an: „Entschuldigen Sie, wenn ich Sie hier störe. Ich möchte Sie etwas fragen." Die beiden Männer reagierten zuerst nicht, aber dann kamen sie doch nicht umhin, sie anzusehen. Fragend nickten sie. „Woher haben Sie das Tattoo hier auf Ihrem Arm? So ein Zeichen habe ich vor langer Zeit schon einmal gesehen. In der Schweiz!"

Hätten die Männer damals etwas mit dem Mord an seinen Eltern zu tun gehabt, müssten sie jetzt eigentlich alles abstreiten und sehr wachsam werden. Das Gegenteil war der Fall. Als sie hörten, was Cloé und Raoul von ihnen wissen wollten, gaben sie bereitwillig Auskunft. „Das Tattoo habe ich mir im letzten Hafen, in Tortula, stechen lassen. Der Mann, der das gemacht hat, war aus Polynesien, vielleicht Samoa. Er hatte ein Album mit Fotos und das hat mir am besten gefallen."

„Waren Sie jemals in Europa, in der Schweiz? Wo kommen Sie her? Haben wir uns schon einmal gesehen?"

Cloé bemerkte, wie die beiden Männer sie mit zusammengezogenen Augen ansehen, ungläubig, unwissend die Schulter zuckend. Sie berührte Raoul am Arm und versuchte, ihn wegzuziehen. „Du siehst doch, sie wissen nichts. Es gibt bestimmt tausende dieser Tattoos auf dieser Welt. Lass uns einfach unsere Reise genießen. Komm mit zum Frühstücken."

Als sie dann endlich ihre zweite Tasse Kaffee in der Hand hielten, beendeten sie ihr grübelndes Schweigen und fingen fast gleichzeitig an zu reden, Cloé war eine Millisekunde schneller: „Ich glaube nicht, dass diese beiden Männer etwas mit dem Mord an deinen Eltern zu tun haben. Sie scheinen viel zu jung dafür zu sein. Immerhin liegt das schon mehr als 25 Jahre zurück. Aber irgendwie werde ich das Gefühl nicht los, dass sie etwas davon zu wissen scheinen."

Raoul nickte bedächtig. Er grübelte schon die ganze Zeit über die wenigen Worte, die die beiden Männer geäußert hatten. Der Akzent klang irgendwie vertraut, aber er konnte nicht sagen, woher er ihn kannte. „Du hast wahrscheinlich Recht. Lass sie uns morgen noch einmal fragen, genauere Fragen stellen. Ein Freibier wird schon ihre Zungen lösen. Vielleicht erfahren wir ja doch etwas. Heute – ist Schwimm- und Faulenzertag. Morgen ist ein großes Ausflugsfest mit Grillen angekündigt worden. Das müssen wir unbedingt mitmachen. Aber heute wollen wir nur schwimmen, relaxen, Cocktails schlürfen, im Bett rumtollen, und dann wieder von vorne anfangen. Ich will dich spüren, sofort." Damit nahm Raoul ihre Hand und zog sie in Richtung Pool.

Am Abend sahen sie die beiden Männer wieder. Bevor sie die Bar verließen, ging Cloé zu den beiden Männern: „Entschuldigen Sie bitte, könnten wir nicht morgen früh noch einmal mit Ihnen sprechen? Es wäre meinem Mann und mir sehr wichtig!"

Die beiden Männer waren nicht sehr gesprächig, das hatten sie schon bemerkt. Sie nickten ihnen zu: „OK, nach dem Frühstück, bevor es zum Grillfest auf die Insel geht."

„Danke, das ist sehr nett von Ihnen!" Cloé drehte sich um und stieß mit Raoul zusammen, der direkt hinter ihr gestanden war. „Hast du es gehört? Morgen früh können wir noch mal mit ihnen sprechen."

Die beiden Männer zogen sich unbemerkt zurück, in eine dunkle Ecke. „Die beiden könnten unseren ganzen Plan durchkreuzen. Wir müssen das noch heute Nacht durchziehen. Morgen Abend kommt das Schiff vom Kurs ab. Es muss heute Nacht sein." Der größere der beiden Männer war misstrauisch.

„Wir haben das jetzt alles vorbereitet. Mein Navigator zeigt das Portal in einer Tiefe von 400 Metern an. Die Tauchanzüge und Atemgeräte sind in unserer Kabine. Ein langes Seil haben wir auch, es muss gelingen. Die Seeleute bezeichnen die Gegend hier, wo sich das Portal befindet, als das Bermuda-Dreieck. Hier verschwinden immer mal wieder Schiffe, Flugzeuge, warum also auch nicht einmal Menschen? Lass uns aber vorher noch die Dokumente, die wir mitbekommen haben für die Suche, vernichten. Der Kerl von der Lady vorhin sieht dem einen Foto zwar etwas ähnlich, aber er müsste viel, viel älter sein. Und von der Statur her doppelt so groß und breit. Es ist wirklich schade, dass wir ihn nicht gefunden haben. Aber wir sind jetzt schon viel zu lange hier in dieser Welt. Das Unterwasser-Portal ist in greifbarer Nähe, es müsste offen sein, wir sollten es unbedingt nutzen. Hoffentlich führt es uns nach Hause zurück. Gut, dass dieses Schiff genau über seinem Standpunkt kreuzt."

Sie hätten noch einige Fragen an diesen Mann und seine Frau gehabt, die sie so eindringlich befragt hatten, vielleicht kannte er ja das Foto, die Person darauf, die ihm irgendwie ähnlich sah. Aber wie hätten sie ihr Interesse erklären sollen? Es war besser zu verschwinden, zu schweigen. Diese Angelegenheit dauerte schon viel zu lange, Generationen hatten sich damit beschäftigt. Einmal musste Schluss sein. Sie hatten keine Lust mehr. Viel zu lange schon waren sie auf der Suche. Sie hatten sich nicht freiwillig für diese Mission gemeldet und jetzt wollten sie eigentlich nur noch nach Hause, zu ihren Familien. Möglichst unauffällig verschwinden. Auch wenn ihr Auftrag anders lautete und sie das eigentlich nicht selbst hätten entscheiden dürfen. Aber es war ja keiner der Auftraggeber hier, ein Kontakt war nicht möglich, also nahmen sie sich einfach die Freiheit. Das hier war ihre letzte Gelegenheit, wieder zurück zu kommen. Sie sahen es als Glücksfall an, dass sie die Schiffsroute mit dem Ort des Portals identifiziert hatten, als sie die Anzeige der Reederei in der hiesigen Zeitung gesehen hatten.

Langsam näherte sich das Schiff dem Kreuzungspunkt. Sie hatten ihre Kabine aufgeräumt. Nichts deutete darauf hin, dass hier jemand übernachtet hatte. Alles war abgewischt und sauber. Ihre Taucheranzüge hatten sie angezogen, die Sauerstoffflaschen würden sie vor dem Portal ablegen. Es war tief genug und keiner würde sie finden, auch nicht ihre Kleidung, die sie an die schweren Flaschen anbinden würden. Sie hatten sich extra eine Balkonkabine in der untersten Etage ausgesucht, am Heck. Dort banden sie das lange Seil mit einem Spezialknoten an das Geländer, dann ließen sie sich nacheinander langsam und geräuschlos ins Wasser hinab. Es war dunkelste Nacht, Wolken bedeckten den Himmel, aber die See war ruhig. Als sie beide im Wasser waren, zogen sie zusammen einmal fest am Seil, der Knoten löste sich und das Seil wurde von ihnen aufgefangen, bevor es auf das Wasser platschen konnte. Die ganze Aktion war bis jetzt geräuschlos verlaufen. Keiner hatte etwas gemerkt. Schnell bauten sie die kleinen Motorschlitten zusammen, ließen sie an und tauchten mit ihnen tief hinab ins kühle Nass. Der mitgeführten Karte nach und einem blinkenden Navigationsgerät musste das Tor unmittelbar unter ihnen sein. Als sie tiefer kamen, sahen sie das Flimmern. Sie nahmen die Sauerstoffgeräte ab, legten sie auf den Meeresboden, zusammen mit einem Kleiderbündel. Die Motorschlitten stellten sie aus und ließen sie auf den Grund sinken, wobei sie den Geräten einen Schups gaben. Dann schwammen sie, nur mit ihrer Maske vor den Augen auf das Portal zu, stießen sich schwungvoll ab und katapultierten sich mit aller Kraft, die sie noch hatten, durch das schimmernde Oval. Sie waren verschwunden. Allerdings waren die beiden kleinen Motorschlitten, von denen sie sich nach unten hatten ziehen lassen, kurz nach ihrem Verschwinden durch den Schwung mit voller Wucht auf den Rand des Portals geknallt und hatten ihn in viele kleine Stücke zerschlagen. Das flimmernde Oval fiel in sich zusammen und nur die Randstücke blieben am Boden liegen, um kurz darauf zu verschwinden. Das Portal war zerschlagen und auf alle Zeiten verschwunden. Die beiden Männer, die durchgeschlüpft waren, würden bald feststellen müssen, dass es nicht ihre Welt war, in der sie gelandet waren. Doch das würde hier keiner mehr erfahren. Oben auf dem Schiff zeigte das Radar nichts Ungewöhnliches an.

Am nächsten Morgen suchten Cloé und Raoul die beiden Männer, allerdings konnten sie sie nicht finden. Sie fragten an der Rezeption, aber dort erhielten sie nur die Auskunft, dass sie sich noch an Bord befinden müssten. Sie würden erst in zwei Stunden im nächsten Hafen anlegen. Bis dahin würden sie schon noch auftauchen. Cloé und Raoul gingen erst einmal zum Frühstücken. Als sie auch dort die beiden nicht finden konnten, wurden sie misstrauisch. Aber die Reise war ja noch nicht vorbei. „Die zwei werden bestimmt auf dem Grillfest wieder da sein, vielleicht haben sie gestern zu lange gefeiert und schlafen erst mal aus. Wo sollten sie auch hin, wir sind hier immer noch auf hoher See. Komm, lass uns heute den Ausflug genießen, das alles hat auch noch bis heute Abend Zeit." Raoul war zuversichtlicher als Cloé.

Braungebrannt und satt kehrten Cloé und Raoul am Abend wieder zurück auf das Schiff. Es war ein wunderschöner Tag am Strand gewesen, nach den Männern hatten sie allerdings vergebens Ausschau gehalten. Sie wussten noch nicht einmal deren Namen. Nur wie sie aussahen. Als sie auch am nächsten Morgen nicht wieder auftauchten, gingen Cloé und Raoul zur Rezeption und gaben eine Vermisstenmeldung auf. Mit viel Glück konnte die Zimmernummer der beiden Verschwundenen festgestellt werden. Als die Kabine keine Spuren der beiden aufwies, und auch die Papiere beim Landgang nicht benutzt worden waren, gab der Kapitän eine Suchmeldung heraus. Das ganze Schiff wurde von den Decksoffizieren abgesucht. Außerdem setzte sich der Kapitän mit der Polizei an Land in Verbindung und gab eine Vermisstenanzeige auf. Von dort erhielt der Kapitän nach kurzer Zeit die Nachricht, dass die zwei Männer unter den angegebenen Namen in keiner Kartei zu finden seien. Allerdings erhielt er dann später am Abend noch eine unangenehme Nachricht von der Polizei.

Beim Abendessen kam der Kapitän selbst an ihren Tisch. „Ich habe leider keine guten Nachrichten. Diese beiden Männer von Kabine 6097 sind verschwunden. Außerdem sind sie in keiner Kartei, auch international, registriert. Die Wasserschutzpolizei hat uns darüber informiert und uns außerdem mitgeteilt, dass vor drei Stunden zwei Leichen in Strandnähe gefunden wurden. Die Verletzungen deuten auf eine große Schiffsschraube hin. Leider können die beiden dadurch nicht eindeutig identifiziert werden. Papiere hatten sie keine dabei. In der Kabine der beiden Männer wurden keine Spuren gefunden, sie haben nichts zurückgelassen, also liegt wohl kein Gewaltverbrechen vor. Allerdings möchte die Polizei Sie beide noch einmal befragen. Wenn wir den nächsten Hafen anlaufen. Ich werde mich bei Ihnen noch dazu melden."

Cloé sah Raoul skeptisch an. „Werden wir etwa verdächtigt?" „Das glaube ich nicht. Wir waren immer zusammen, und welchen Grund sollten wir haben, zwei uns völlig fremde Männer über Bord zu werfen?" Aber als sie dann später mit der Polizei sprachen, stellte sich schnell heraus, dass die gefundenen Leichen inzwischen zugeordnet werden konnten, also identifiziert waren. Es handelte sich um Landbewohner, sie waren nicht auf dem Schiff gewesen. Wo allerdings dann die beiden Passagiere abgeblieben waren, konnte nicht aufgeklärt werden. Aber Cloé und Raoul standen nicht unter Verdacht, etwas mit ihrem Verschwinden zu tun zu haben.

Jetzt hatten sie noch zwei Tage auf dem Schiff, bevor sie wieder mit dem Flugzeug zurück nach Zürich mussten. Es waren aufregende Ferien gewesen, und diese letzten zwei Tage wollten sie in vollen Zügen genießen. Sie gönnten sich eine Massage, schwammen im Pool und schlürften unter der warmen Sonne einen Cocktail, oder auch zwei.

Erst auf dem Rückflug sprachen sie noch einmal über diese beiden Männer. Raoul war ins Grübeln gekommen. Sollte die einzige Möglichkeit zur Klärung, ob der Bruder seines Vaters den Mord an seinen Eltern in Auftrag gegeben hatte, darin bestehen, dass er nach Samoa zu seinem Onkel fliegen musste, dann bliebe ihm gar nichts anderes übrig. Dann müsste er einfach dorthin fliegen. Wenn diese beiden Männer aus lauter Angst vor ihren Fragen über Bord gesprungen waren, so hatte aber auch Cloé wahnsinnige Angst, Raoul zu verlieren, Angst davor, dass sein Onkel ihm etwas antun könnte. Flehend riet sie ihm davon ab.

Raoul versuchte, sie zu beruhigen: „Ich werde jetzt nicht umgehend nach Samoa fliegen, mein Schatz, aber vielleicht muss ich es eines Tages tun. Nur um Gewissheit zu erlangen."

Samoa

„Wach auf, Raoul, du träumst!" Cloé schüttelte Raoul an der Schulter. Er hatte sich im Schlaf von einer Seite auf die andere gewälzt, hatte gekeucht und gewimmert. Es tat ihr weh, ihn so zu sehen. Es waren richtige Alpträume, die ihn quälten, immer wieder, immer die gleichen. Seit sie vor zwei Monaten von ihrer Hochzeitsreise auf dem Schiff zurückgekehrt waren. Er träumte von seinen Eltern, seinem Onkel. Cloé wusste nicht, wie sie ihm helfen sollte. Raoul kehrte langsam in die Realität zurück. Er hielt sich den Kopf und meinte gequält: „Ich muss das ein für alle Mal klären. So kann es nicht weitergehen. Nächste Woche fliege ich nach Samoa. Ich werde mit meinem Onkel sprechen, sofern er noch lebt und ich ihn finde!"

Cloé erschrak. „Bitte geh nicht alleine dorthin. Ich habe Angst um dich, ein ungutes Gefühl im Magen. Vielleicht hat er ja deine Eltern beseitigen lassen." Sie dachte an die Szene, die sie von Raouls Traum gesehen hatte.

„Mir wird nichts passieren. Ich muss das alleine durchziehen!"

„Du bist so ein Macho, weißt du das? Was ist mit Cian? Darf er auch nicht mit?" Raoul sah sie entnervt an. „Nein, bitte versteh mich doch! Ich fliege doch nur hin, rede mit ihm und fliege wieder zurück! Ich will ihm nichts tun! Vielleicht gibt es ihn ja auch gar nicht mehr!"

„Vielleicht wird er das aber vorhaben. Wenn du nicht in dem angegebenen Flugzeug hier zur angegebenen Zeit wieder ankommst, fliege ich umgehend nach Samoa und hole dich zurück. Mit Cian! Nimm doch wenigstens Dutch mit, deinen Bodyguard und Chauffeur."

Raoul wusste, dass Cloé Angst hatte, er selbst war auch nicht ganz frei davon. Also war es wirklich ganz vernünftig, was sie vorschlug. „Wenn es dich beruhigt, bitte! Ich werde Dutch mitnehmen."

Cloé hatte am späten Nachmittag einen Termin bei ihrer Ärztin. Die Diagnose hätte sie liebend gerne mit Raoul geteilt, um ihre eigenen Bedenken zu zerstreuen, aber so kurz vor seinem Abflug hielt sie es nicht für richtig. Das würde warten müssen, bis er wieder zurück war.

Acht Tage später ging Cloé beunruhigt in ihrem Wohnzimmer auf und ab. Bis jetzt hatte sich Raoul nicht gemeldet, Dutch ebenso wenig. Keine Anrufe. Funkstille. Cloé griff zum Telefonhörer und wählte. „Cian, hallo, hier ist Cloé!"

„Ist etwas passiert, Cloé?" Schon an ihrer Stimme erkannte Cian, dass etwas nicht in Ordnung war.

„Raoul ist verschwunden. Er ist vor acht Tagen nach Samoa geflogen. Er hat von dort kurz angerufen und gesagt, dass er gut gelandet war. Aber seither hat er sich bis heute nicht mehr gemeldet. Eigentlich hätte er gestern Nachmittag zurück sein sollen. Er war nicht im Flugzeug. Ich habe solche Angst, dass ihm etwas passiert ist. Ich spüre es. Bitte, könntest du einmal nachforschen?"

„Mach ich. Ich rufe dich gleich wieder zurück." Kurz angebunden und effizient. Auf ihn konnte man sich wirklich verlassen, ein wahrer Freund. Cian war mehr als beunruhigt. Er kannte ja inzwischen die Geschichte von Raouls Onkel. Er hatte außerdem schon eigene Erkundigungen über ihn eingeholt, nachdem Raoul ihm und Sue-Lin seine Geschichte erzählt hatte. Dieser Mann war gewalttätig. Immer umgeben von zwei riesigen Bodyguards. Er war für sein Temperament auf Samoa bekannt und berüchtigt. Und deswegen nicht gerade beliebt. Verhielt sich wie ein Mafiaboss. Die Polizei hatte ihn auch schon auf dem Kieker. Auch wegen seinen Verbindungen zur Drogenszene. Cian telefonierte kurz mit einem Bekannten bei der dortigen Polizei. Dann rief er wieder Cloé an. „Ich habe gerade mit einem Bekannten dort gesprochen, er war mir noch etwas schuldig. Angeblich sind weder Raoul noch Dutch auf Samoa aufzuspüren. Das Flugzeug ist gelandet, sie waren auch an Bord, sind danach aber angeblich nirgendwo mehr gesehen worden. Ich habe die Polizei um Nachforschungen gebeten. Ich fliege morgen früh dorthin. Aber ich nehme an, dass auch du nicht zu Hause bleiben willst, oder?"

„Natürlich komme ich mit, das steht außer Frage. Gib mir deinen Flug durch, vielleicht kann ich ja über Hongkong fliegen. Wir treffen uns spätestens auf Samoa am Flughafen."

Jetzt saß Raoul schon seit vielen Tagen hier unten in diesem dunklen Loch. Inzwischen konnte er sich auch wieder an alles erinnern. Er war mit Dutch am Flughafen angekommen und sie hatten sich einen Mietwagen genommen. Damit waren sie zu der Adresse gefahren, die ihm der Mann am Schalter gegeben hatte, als er nach einem ,Boscopo' gefragt hatte. Er wusste diesen Namen noch von damals, als er mit seinen Eltern kurz hier gewesen war. Er konnte sich auch noch daran erinnern, dass er jetzt nach der Fahrt vom Flughafen seinem Onkel gegenüber gestanden war und der ihn ungläubig mit dem Namen seines Vaters angesprochen hatte. Sein Onkel war wirklich ein Berg von einem Mann, groß und breit, aber sein Gesicht war verlebt, grau, voller Falten, seine Haare fast weiß, fettig und ungepflegt. Er erinnerte sich noch, dass sein Onkel die Augen zusammengepetzt und ihn finster angesehen hatte. Dann hatte er einen harten Schlag hinter seinem Ohr verspürt und nur noch Sterne gesehen. Als er wieder zu sich kam, war alles um ihn herum dunkel gewesen. Es hatte lange Zeit gedauert, bis er die Wände abgeschritten hatte und wusste, dass er in einem tiefen Erdloch festsaß. Selbst mit einem Sprung käme er nicht an den oberen Rand der Grube. Es gab kein Wasser und nichts zu essen. Dutch – er hatte doch neben ihm gestanden, an der Tür bei seinem Onkel, ob er noch lebte? Raoul wusste, wenn es ihm möglich gewesen wäre, hätte Dutch ihn gesucht. Hoffentlich ging es ihm gut. Seine Gedanken schweiften zu Odin und Thor, den beiden Kaltblütern aus dem Internat. Inbrünstig schickte er ihnen einen Hilferuf und hoffte, dass sie ihn hörten. Ohne Wasser würde er nicht mehr lange durchhalten. Plötzlich wurde es über ihm heller. Jemand entfernte ein paar der dicken Stämme, die über der Grube lagen. Schon hoffte er, es würde ihn jemand befreien. Aber dann hörte er die sich immer wieder überschlagende hysterische Stimme seines Onkels.

„Du wirst hier in dieser Grube elendiglich verrecken. Ich brauche mir dabei gar nicht mal die Hände schmutzig zu machen. Dein Vater und du, ihr wart die Einzigen, die noch übrig waren und die mir im Wege standen. Wäre dein Vater nicht mit dir hier aufgetaucht damals, hätte ich gar nicht gewusst, dass es dich gibt. Aber dann habe ich ihn aus dem Weg räumen lassen und jetzt bist du dran. Und dann werde ich König werden über das ganze Volk. Die suchen mich schon seit Dekaden, haben immer wieder mal ihre Krieger aus der Dunkelwelt hergeschickt, aber gefunden haben sie mich nicht. Jetzt ist es zu spät für sie. Das Tor ist verschwunden. Aber mir steht dieser Titel zu, hat es schon immer getan. Ich bin der Ältere. Meine Urur- urvorfahren waren schon Könige, und jetzt werde ich es auch werden. Keiner stellt sich mir mehr dazwischen. Und dank dir und deinem Spatzenhirn ist ja jetzt der Fluch aufgehoben. Gerade rechtzeitig vor Ablauf der Frist von 500 Jahren. Alles steht in dem Buch von dieser blöden Tussi, genauso wird es kommen. Hätte mich vor langer Zeit fast erwischt beim Stehlen, diese blöde Ziege, aber das ist jetzt auch egal. Du brauchst nur noch zu sterben, und das wird nicht mehr allzu lange dauern."

Langsam dämmerte Raoul, wovon sein Onkel sprach. Das Buch, sein Onkel kannte also das Märchen auch. Er hatte Cloés Mutter verfolgt, aufgestöbert. Deshalb war sie mit ihrer Tochter immer wieder umgezogen. Kein Wunder, dass sie Angst hatte. Irgendwie machte er aber trotzdem eher einen wahnsinnigen Eindruck auf ihn. „Du verdrehst da etwas!" rief er zu ihm hoch. „Das ist doch nur ein Märchen. Märchen sind erfunden, nicht wahr. Und außerdem, wenn du richtig gelesen hättest, dann wüsstest du, dass die Könige dort in der Geschichte werden immer gewählt, der Titel und die Macht niemals vererbt wird. Wer König werden will, muss sich durch seine edle Gesinnung und seine guten Taten hervortun. Das hast du schon vor über 30 Jahren vergeigt. Du hättest keinen Anspruch auf die Krone, weder hier noch dort. Hattest du nie! Und in dieser Welt, mit dem König auf Samoa, hast du schon mal gar nichts zu tun!" Jetzt wusste er endlich, wer seinen Vater und seine Mutter auf dem Gewissen hatte. Eine große Last fiel ihm vom Herzen.

Sein Onkel schrie wutschnaubend auf, warf dann Erdbrocken und Steine hinunter. „Das verstehst du falsch. Ich werde König, die Krone gehört ganz allein mir. Du wirst mir nicht dazwischen funken. Hier findet dich keiner. Diese Insel hier ist unbewohnt, da kommt niemand mal so eben vorbei. Vielleicht wird der nächste Sturm die Grube fluten und deine Gebeine aufs Meer hinaus spülen. Keiner wird je ahnen, dass du hier bist. Hörst du das? Hörst du das Grollen? Da braut sich was zusammen, ein Vulkanausbruch vielleicht oder ein Erdbeben. Das kommt mir gerade recht. Ha, ha! Damit wird die Insel hier bestimmt verschwinden und du mit ihr. Ich werde mich jetzt in mein Boot setzen und nach Hause segeln. Viel Spaß für dein letztes Stückchen Leben!"

Raoul hatte das Grollen auch gehört. Aber er lächelte erleichtert, er erkannte dieses Geräusch. Er wusste genau, das war kein Erdbeben, auch kein Vulkanausbruch. Die Erde bebte, das Grollen und Donnern kam immer näher. Noch stand sein Onkel am Rand der Grube, um die Stämme wieder darüber zu legen, als das Geräusch plötzlich erstarb. Erstaunt drehte sich sein Onkel um. Bevor er etwas sagen konnte, erhielt er einen Schlag vor die Brust, stolperte nach hinten und fiel rückwärts in die Grube, wo er erst einmal ohnmächtig auf dem Rücken liegen blieb. Raoul blickte hoch zum Rand der Grube. Dort oben konnte er die Köpfe von Odin und Thor sehen, den beiden Pferden aus dem Internat, die zu ihm herunter sahen. Daneben standen seine Frau Cloé und sein Freund Cian, beide in schwarz gekleidet, Cloé hatte ihren Kampfanzug mit dem roten Drachen an, sie sahen beide aus wie Ninjas, mit hocherhobenen Schlagstöcken in den Händen.

Ihm fiel ein Stein vom Herzen. Die Pferde hatten ihn gehört. Sie waren da, seine Frau war da, Cian auch. Wieso waren sie zusammen gekommen? Sie würden es ihm erzählen, jetzt war er erst einmal froh, dass er aus diesem Loch herauskam. Ein dickes Seil fiel neben ihm auf den Grund der Grube. „Halt dich fest, wir ziehen dich hinauf!" Cian hatte die Führung übernommen. Mühsam klammerte sich Raoul an das Seil, das sich nach oben bewegte. Mit seinen Füßen half er nach, stemmte sich an der Wand ab. Hände ergriffen seine und zogen ihn über den Rand. Endlich oben angekommen, fiel Raoul auf die Knie, legte seinen Kopf in die Hände und flüsterte kurz ein Gebet der Dankbarkeit. Seine Beine zitterten von der Anstrengung. Vor lauter Erleichterung traten ihm Tränen in die Augen.

Cloé beugte sich zu ihm hinunter, tätschelte seine Schulter, umarmte ihn kurz und heftig, hielt ihm eine Wasserflasche hin. „Hier, trink erst einmal, aber langsam!" Sie war erschrocken über die dunklen Ringe unter seinen Augen. Auch wenn er sonst einen ganz passablen, wenn auch schmutzigen Eindruck machte. Sie half ihm aufzustehen und legte einen Arm um seine Schultern. Dann gab sie ihm einen zärtlichen Kuss. „Wir haben uns solche Sorgen gemacht. Ich wusste, dass dir etwas passiert sein musste, ich habe es gespürt. Ich brauchte auch gar nicht nachzufragen, wo du bist. Ich wusste es intuitiv. Ich bin so froh, dass es dir doch ganz gut zu gehen scheint."

„Danke, dass ihr alle gekommen seid!" Mehr brachte Raoul nicht heraus. Aber er umarmte seine Frau, dann seinen Freund und auch die beiden Pferde. „Ihr habt mich gehört. Danke!"

„Sie haben uns am Strand erwartet, als wir hier in Samoa ankamen. Sind das die Pferde, von denen du mir erzählt hast, die aus dem Internat?" Cloé streichelte den beiden Pferden über die Schulter.

Zärtlich rieben Odin und Thor ihre Köpfe an Raouls Schulter. *Alles wird gut, Kumpel. Ihr habt den Fluch gebrochen. Herzlichen Glückwunsch. Es werden drei!"*

Raoul hörte ihre Stimmen in seinem Kopf. Konnte aber nicht glauben oder verstehen, was sie sagten. Sah von einem Pferd zum anderen. Erstaunt und fragend sah er seine Frau an. „Drei?", wiederholte er.

Cloé wurde tatsächlich rot. „Du kannst mit den Pferden reden? Sie verstehen dich? Was wissen sie von mir? Ach, egal, jetzt überrascht mich schon gar nichts mehr. Ja, ich wollte es dir schon in Zürich sagen, vor zwei Wochen. Vor deiner Abreise. Aber dann hast du die Reise hierher gebucht und ich dachte, es wäre klüger, etwas zu warten. Ich wollte dich dadurch nicht ablenken. Ja, ich bin schwanger. Meine Ärztin hat es mir am Tag deines Abflugs bestätigt. Und ja, es werden wohl mehr als eins." Cloé lächelte glücklich und legte ihre Hände auf ihren Bauch.

Raoul nahm sie in die Arme, küsste sie hungrig und schwang sie lachend herum. „Irgendwann einmal erzähl ich dir auch das von der Kommunikation mit den Pferden!", flüsterte er ihr zärtlich ins Ohr.

Cian schüttelte den Kopf. „Hab ich da was nicht mitgekriegt? Du bist schwanger? Herzlichen Glückwunsch! Das ist ja supertoll! Dann, dann -!" Er stockte beim Weitersprechen.

Cloé sah ihn verwundert an und hatte plötzlich den richtigen Gedanken: „Sue-Lin auch?"

Cian konnte nur noch bewegt nicken. Schon lagen sie sich alle drei in den Armen. „Das ist ja wunderbar!" Fünf Stimmen klangen fröhlich durch die Nacht. Denn auch die Pferde wieherten laut.

Sie setzten sich und Cloé holte aus ihrem Rucksack eine Dose heraus. Sie hatte belegte Brote eingepackt. Raoul griff sofort zu und verzehrte mit Appetit zwei Sandwiches und trank die Flasche Wasser aus. Das erste Essen seit 6 Tagen. Da sie abseits der Grube saßen, hörten sie zuerst nicht die Rufe. Dann drang die Panik seines Onkels an ihre Ohren.

„Er ist aufgewacht. Er hat mir gegenüber zugegeben, dass er den Auftrag für den Mord an meinen Eltern erteilt hat. Er weiß jetzt, was ihm wahrscheinlich blüht. Was machen wir mit ihm?"

Cloé sah Raoul nachdenklich an. „Du bist noch zu schwach, um irgendetwas zu tun. Ich könnte mit ihm kämpfen, um das, was er dir angetan hat."

Cian warf sich wutentbrannt dazwischen: „Wenn hier einer kämpft, dann ich. Ich bin gerade so richtig in Stimmung dazu."

„Cian, mein Onkel ist ein Berg von einem Mann, so groß und doppelt so breit wie ich, er wirft sich auf dich und du bist platt. Aber er weiß, dass es um sein Leben geht. Odin, Thor, könntet ihr bitte noch einmal so um die Insel donnern? Das macht ihm bestimmt ein bisschen mehr Angst und er wird vielleicht etwas demütiger." Raoul grinste die Pferde an, sie wieherten und schienen ebenfalls zu grinsen. Dann legten sie los. Die Insel schien in ihrem tiefsten Grund zu erbeben, als sie noch einmal über die kleine Insel galoppierten. Inzwischen bettelte sein Onkel panisch um sein armseliges Leben.

Dann kamen die Pferde wieder zurück und stellten sich dicht an die Grube. Odin schaute zu Raoul hinüber. *„Wir haben beraten, wir werden ihn mitnehmen. Holt ihn raus und bindet ihn auf Thor fest. Wir bringen ihn dorthin, wo er hinwollte. Aber es wird ihm dort nicht gefallen. Dafür werden wir sorgen."* Thor und Odin blickten die drei Personen an, die ihnen lieb und teuer waren.

Diese holten mit einem Seil Raouls Onkel nach oben und banden ihn, obwohl er sich sträubte und um sich schlug, mit dicken Seilen auf Thor fest. Er lag wie ein Sack über dessen Rücken, Hände und Füße miteinander unter dem Bauch von Thor festgebunden. Die beiden Pferde verabschiedeten sich von Raoul und Cloé, dann waren sie mit ihrer Fracht verschwunden. Cloé sah erstaunt auf den Fleck, wo gerade noch die Pferde gestanden hatten. Inzwischen wunderte sie sich nicht mehr. Dann sah sie Raoul an. „Hat das auch etwas mit dem Märchen zu tun?" Raoul nickte nur.

Cian hatte davon nichts mitbekommen, er war schon kurz davor zum Strand gegangen, um das Boot von Raouls Onkel klarzumachen. Dieser war tatsächlich alleine hier her gekommen, ohne seine Leibwächter. Vor ihrem Ausflug zu dieser Insel hatten Cian und Cloé die örtliche Polizei noch auf die beiden Herrschaften aufmerksam gemacht. Hoffentlich saßen die jetzt hinter Gittern.

Cloé half Raoul auf dem Weg zum Boot, er war noch etwas unsicher auf den Beinen. Zärtlich hielt sie ihn fest. „Wenn wir im Hotel sind, gibt es erst einmal eine ausgiebige heiße Dusche für dich. Dein männlicher Duft ist zwar sonst sehr sexy, aber im Moment müffelst du doch etwas sehr streng." Bei diesen Worten kicherte sie übermütig. Ihr war so leicht ums Herz, dass Raoul nichts passiert war. Er hatte ein paar Schrammen, aber ansonsten sah er fast schon wieder normal aus. Die Blässe war verschwunden und sein Gesicht hatte merklich Farbe bekommen.

„Nur wenn du mir hilfst und mit unter die Dusche kommst. Wie seid ihr übrigens hierher auf diese Insel gekommen?"

„Wir waren am Strand und sie standen plötzlich da, die beiden Pferde. Cian freute sich, er scheint sie gut zu kennen. Es war irgendwie selbstverständlich, dass wir einfach aufgestiegen sind. Kaum saßen wir auf ihrem Rücken, waren wir auch schon auf der Insel. Cian schien sich nicht darüber zu wundern. Ich habe mich schon gewundert, aber ich war auch begierig, dich zu finden. Sie sind unten am Strand gelandet und mit uns hierher galoppiert."

Cian hatte inzwischen seiner Frau eine kurze SMS über sein Funktelefon geschickt, dass alles OK wäre und sie Raoul gesund und fast munter gefunden hätten. Und dass Cloé auch schwanger wäre.

Erlöst

Als sie auf Samoa ankamen, nahmen Cloé und Raoul ein Taxi vom Hafen zum Hotel und Cian fuhr zu seinem Bekannten bei der örtlichen Polizeistation. „Wir haben den von Dir als vermisst gemeldeten Harold Dutch inzwischen gefunden. Seine Identität wurde anhand seiner Papiere bestätigt. Er ist ziemlich schlimm zusammengeschlagen worden. Eine Polizeistreife hat ihn in einer Seitengasse neben einer Bar gefunden und ihn sofort ins Krankenhaus bringen lassen. Soweit mir bekannt ist, schwebt er nicht in Lebensgefahr. Dafür haben wir in der Bar Augenzeugen der Schlägerei gefunden, die übereinstimmend die Schläger beschreiben konnten und auch angaben, dass dieser Dutch die Prügelei nicht angefangen hat. Allerdings hat er wohl auch kräftig ausgeteilt und sich gewehrt. Jedenfalls konnten wir die beiden Schläger kurz danach festnehmen. Sie sahen nicht besonders gut aus. Das Gute allerdings ist, dass sie anschließend bei der Vernehmung gesungen haben wie die Paradiesvögel. Fakt ist, dass ihr Boss, ein selbsternannter Stammesfürst, unbeliebt bei allen seinen Nachbarn und Bekannten, ihnen den Auftrag gegeben hat, diesen Dutch aus dem Verkehr zu ziehen. Einer hat sogar zugegeben, schon einmal in dessen Namen einen Mord begangen zu haben, vor über 30 Jahren. Er dachte wohl, nur weil diese Tat nicht auf Samoa begangen wurde, käme er ungestraft davon. Deshalb ist es ihm wohl einfach so rausgerutscht, vielleicht wollte er damit ja auch nur angeben. Jedenfalls haben wir jetzt eine Fahndung eingeleitet nach diesem Boscopo, wie er sich nennt. Und die beiden Schläger werden wohl für ganz lange Zeit im Gefängnis bleiben, denn das waren nicht die einzigen Straftaten, die wir ihnen anlasten können."

Cian hätte ihm sagen können, dass die Suche nach dem Onkel von Raoul vergebens war, aber wie sollte er den Rest erklären? So meinte er nur: „Inzwischen ist mein

Freund wieder aufgetaucht, er war auf einer der umliegenden Inseln und sein Bootsmotor sprang nicht mehr an. Handy hatte er leider auch nicht dabei. Aber wir haben ihn gefunden und er ist soweit OK. Danke nochmals für deine Mühe. Dafür gebe ich dir ein Bier aus, wie wäre es mit heute Abend? Morgen fliegen wir nämlich wieder zurück!" Leider hatte sein Bekannter bei der Polizei aber keine Zeit und so fuhr Cian zurück zum Hotel.

Nachdem Raoul und Cloé sich im Hotel geduscht und umgezogen hatten, fuhren sie ins Krankenhaus, um nach Dutch zu sehen. Er saß halb aufgerichtet in seinem Bett, umgeben von einer Schar junger Krankenschwestern, die kichernd um ihn bemüht waren. Cloé konnte das verstehen, trotz der vielen blauen Flecken im Gesicht und den Verbänden an seinen Armen war er immer noch ein gutaussehender Mann. Eine Schwester fütterte ihn mit grüner Götterspeise, die anderen beiden erneuerten Verbände an seinem Bein, die vierte hielt ihm ein Glas Wasser unter die Nase, wann immer der Löffel seinen Mund verließ. Als Dutch Raoul und Cloé sah, wurde er rot und grinste. Verlegen scheuchte er die Schwestern vom Bett und stotterte: „Tut mir leid, Chef, ich hab die beiden nicht kommen sehen. Haben mich niedergeschlagen und ordentlich verprügelt, danach in einer Seitengasse abgelegt. Hat eine Zeitlang gedauert, bis man mich gefunden hat. Wo waren Sie, geht es Ihnen gut?"

„Ja, es geht mir ganz gut. Ist schon in Ordnung. Den Rest erzähle ich Ihnen unterwegs. Wenn der Arzt es erlaubt, nehmen wir Sie im Flugzeug mit nach Zürich. Ich werde mich gleich mal auf die Suche nach ihm machen." Raoul ging hinaus, Cloé blieb bei Dutch und lächelte den Krankenschwestern ermutigend zu, die sich sofort wieder an ihre Arbeit machten. Allerdings waren nur noch zwei übrig geblieben, die beiden anderen hatten anderweitig zu tun.

Abends im Hotel erzählte Raoul seiner Frau Cloé, was sein Onkel so nebenbei von sich gegeben hatte, versehentlich. Er hatte in der Vergangenheit, also den letzten 30 Jahren, Cloés Mutter verfolgt, immer wieder aufgespürt, nur um an das Märchenbuch heranzukommen. Einmal hatte er wohl fast Erfolg gehabt, aber Clarice hatte es letztendlich doch wieder bekommen. Deshalb war Cloés Mutter mit ihr durch halb Europa gezogen, immer wieder umgezogen, nur weil Raouls Onkel das Buch haben wollte und sie verfolgte bzw. verfolgen ließ. Von den schwarzen Kriegern, die auch nach ihr gesucht hatten, wusste sie nichts. Was auch ganz gut war. „Danke, dass du mir das erzählst. Jetzt weiß ich endlich Bescheid. Dann gibt es ja doch noch etwas, wodurch unser beider Schicksal miteinander verwoben ist. Es ist das Märchenbuch. Wo meine Mutter das wohl her hat?" Darauf konnte auch Raoul keine Antwort bekommen. Vielleicht könnte ja Dr. Ross ihm eines Tages sagen, wie das andere Buchexemplar, das er besaß, in das Internat gekommen war.

Zwei Tage später flogen Raoul, Cloé mit Cian und Dutch mit dem Flugzeug zurück nach Zürich. In Hongkong stieg Cian aus. Er wurde schon von Sue-Lin erwartet. In Zürich fuhr Raoul mit Dutch erst einmal in das Krankenhaus, damit er dort noch einmal untersucht werden konnte. Einen Tag später konnte Dutch schon wieder in seine eigene Wohnung zurückkehren. Raoul engagierte eine private Krankenschwester für ihn. Es dauerte allerdings noch fünf Wochen, bis Dutch dank der Physiotherapie wieder völlig genesen war. Raoul selbst hatte keine weiteren Probleme mehr, seine Alpträume blieben seit seiner Rückkehr aus.

Drei Wochen nach ihrer Rückkehr von Samoa hatte Cloé in Zürich einen Termin bei ihrer Frauenärztin, und Raoul begleitete sie. Er war total ergriffen, als er zum ersten Mal seine Kinder sah auf der Ultraschallaufnahme. Es waren tatsächlich drei. Er würde Vater von Drillingen werden. Cloé strahlte ihn an. Er selbst hatte allerdings das Gefühl, gleich ohnmächtig zu werden.

„Ist dir nicht gut? Du siehst so blass aus, Schatz. Sind sie nicht süß, die drei?"

„Möchten Sie wissen, welches Geschlecht sie haben?" Die Frauenärztin lächelte die beiden an.

Raoul reagierte als erster. „Ja!"

„Nun, sehen Sie hier, es werden zwei Jungs und ein Mädchen!"

Raoul drückte einen Kuss auf die Stirn von Cloé. „Wow!" war alles, was er aus seiner krächzenden Kehle heraus brachte. Er war überwältigt. Ein neuer Lebensabschnitt würde beginnen, nicht erst mit der Geburt der drei kleinen Wesen. Er wurde Vater! Hoffentlich werde ich ein guter Vater, dachte er bei sich.

„Das wirst du bestimmt. Wir haben deinen Onkel abgeliefert. Er wurde in die Steinbrüche verbannt und steht unter strengster Aufsicht. Ihr habt jetzt nichts mehr zu befürchten von ihm. Er kann nicht mehr zurückkommen. Wir haben auch mit den Obersten gesprochen. Sie versprachen, euch nicht mehr zu belästigen. Ihr könnt von heute an beruhigt in die Zukunft sehen, auf der Erde, der Blauen Welt. Die Geschichte von diesem Fluch hat überall, vor allem aber auf der Grünen Welt endlich ein gutes Ende gefunden, er wurde gelöst, dank Euch. Übrigens, deine Schwiegermutter lässt euch grüßen. Wir haben sie auf unserem Weg getroffen, in der Bunten Welt. Sie freut sich auf ihre Enkelkinder. Sie wird euch besuchen, wenn die Zeit gekommen ist. Egal, wo ihr euch ein Zuhause aufbaut. Aber – sie schlägt Neuseeland vor. Dort war sie noch nicht, wie sie sagte."

Raoul hörte, wie Odin fröhlich wieherte. Als würde er über einen Scherz laut lachen. Dann war alles still in seinem Kopf. Raoul erzählte Cloé sofort von diesen Informationen, auch die Neuigkeiten von ihrer Mutter.

„Das ist mal wieder typisch Mama. Warum hat sie sich die ganze Zeit nicht gemeldet? Und was heißt das, wenn die Zeit gekommen ist? Immer diese dubiosen Angaben von ihr, das habe ich schon als Kind gehasst. Aber das mit dem neuen Zuhause und Neuseeland wäre gar keine schlechte Idee. Ich war schon ein paar Mal dort, beruflich. Ich meine, in Neuseeland. Ich könnte auch von dort aus in meinem Beruf arbeiten und du auch. Ich muss sagen, es hat mir schon beim ersten Mal dort sehr gut gefallen. Eine tolle Landschaft, es ist dort wunderschön, mit hohen Bergen, Regenwälder, nette Menschen, und es ist nicht so teuer wie in der Schweiz. Von meiner Firma hatte ich auch schon ein Angebot bekommen, dort eine Filiale zu eröffnen. Aber da war ich mir noch nicht sicher. Aber jetzt? Da wäre ich auch gerne näher bei meiner Mutter, näher an Australien, sofern sie dort sein sollte. Wir könnten ja demnächst einmal hinfliegen. Urlaub machen. Vielleicht gefällt es uns ja wirklich so gut, dass wir uns dort an einem schönen Ort niederlassen möchten. Was meinst du?" Cloé machte einen traurigen und verzweifelten Eindruck.

Raoul fühlte mit ihr und nahm sie tröstend in den Arm. „Die Idee ist nicht schlecht, aber vielleicht sollten wir erst mal hier zusammen ankommen. Und ein Umzug in deinem Zustand? Das ist doch viel zu anstrengend. Wir sollten damit wirklich warten, bis die Kinder auf der Welt sind. Lass uns erst mal dort Urlaub machen. Wie wäre es denn in vier Wochen, das wäre doch noch nicht zu spät, oder? Ich meine mit der Schwangerschaft."

„Raoul, mein Schatz, das Meiste würde doch die Umzugsfirma machen. Und ich bin zwar schwanger, aber nicht krank. Wenn es dich beruhigt, spreche ich mit meiner Ärztin darüber. Aber das mit dem Urlaub scheint wirklich eine super Idee zu sein, lass uns mal planen." Dann jedoch überlegte Cloé. War jetzt alles vorbei? Sie fragte Raoul: „Hast du schon die Bücher rausgeholt?"

Raoul wusste sofort, was Cloé meinte. Er öffnete den Safe und griff nach den beiden Märchenbüchern. Er legte sie nebeneinander auf den kleinen Tisch. Aber bevor Cloé und er danach greifen konnten, um sie aufzuschlagen, sahen beide mit wachsendem Erstaunen, wie die beiden Bücher leicht vor ihren Augen schimmerten und verschwammen, sich dann langsam übereinander schoben, nur um eins zu werden, zu einem einzigen Buch zu verschmelzen. Es schimmerte und flimmerte um das Buch herum, Hafenklänge waren zu hören, wie die Melodie aus der Spieluhr. Cloé sah Raoul erstaunt an, hielt sich an seinem Arm fest und dann kniffen sie beide gleichzeitig die Augen zu. Als sie sie wieder öffneten, konnten sie gerade noch sehen, wie sich die letzten Seiten der beiden Bücher übereinander legten und dann lag vor ihnen – nur ein einziges Exemplar des Märchenbuches. Wieder sahen sie sich an. Cloé schlug eine Hand vor ihren Mund, Raoul schüttelte verwundert den Kopf. Immer noch lag ein leichter Schimmer über dem Buch. Raoul traute sich kaum, nachzusehen. Er streckte zögernd die Hand aus, schlug vorsichtig das Buch auf und blätterte durch die Seiten. Wirklich erstaunlich! Es sah jetzt aus wie ein ganz normales Buch, ein Märchenbuch, mit Zeichnungen, lateinischen Buchstaben, er konnte jedes Wort erkennen und lesen. Das Elfenmärchen war vollkommen, keine einzige leere Seite mehr, alles beschrieben, bis zum Schluss. Alles komplett. Nichts Magisches mehr dran. Keine wandernden Buchstaben. Kein buntes Schimmern mehr, keine Harfenmelodien. Es war vollbracht, der Fluch, so es ihn denn scheinbar doch gegeben hatte und sie daran glaubten, vorbei, hoffentlich gebannt, gelöst. Sie fielen sich in die Arme und lachten fröhlich, dann küssten sie sich und hielten einander fest. Erleichtert tanzten sie eng umschlungen durch den Raum. Dabei merkten sie nicht, wie sie ein leichtes Schimmern umgab, mit ihnen mittanzte, sie fast über dem Boden schweben ließ, bis sie endlich erschöpft auf das Sofa fielen und dort einschliefen. Endlich vorbei!

Glücksboten

Plötzlich, aus heiterem Himmel, erschien am Horizont über jeder Welt ein gleißend heller Ball, wurde größer und größer, bis er hoch oben am Zenit stand. Dann ertönte ein ohrenbetäubender Knall, der Ball verschwand und viele kleine bunte glitzernde Sterne erschienen am Himmel und fielen wie ein Feuerwerk in kleinen Bögen zur Erde. Kurz darauf ertönte überall in der Landessprache das Wort „Erlöst". Die Bewohner der Welten waren zuerst erschrocken, dann jedoch dämmerte es ihnen. Der Fluch war gebannt, gebrochen, aufgelöst. Sie waren frei! Wirklich erlöst! Erleichterung machte sich überall auf allen Welten breit. Es hatten gerade einmal noch vier Tage bis zum Ende des letzten Zyklus gefehlt, und alles wäre zu spät gewesen. Noch mal gutgegangen!

Vor allem auf der Grünen Welt waren zuerst alle verblüfft, dann atmeten alle auf. Kurz darauf brandete durch die ganze Grüne Welt ein unbeschreiblicher Jubel auf, als die Bewohner merkten, dass ihre Welt sich nun auch auf die ursprüngliche Größe aufblähte, alles wurde wieder normal groß, die Grüne Welt irrte nicht mehr durch das Universum, wie vor dem Fluch. Auf den Wiesen wurde gesungen und ausgelassen getanzt, Die Bewohner hatten ein unbeschreibliches, glückseliges Strahlen im Gesicht und weinten vor lauter Freude. Keiner mochte zuhause bleiben, alle strömten hinaus. Vor dem Königspalast sammelte sich eine große Menge und rief jubelnd nach dem König.
Doch der alte König wollte von allem nichts hören. Er war so richtig griesgrämig geworden in der ganzen Zeit. Er ging hinaus auf die große Treppe vor seinem Palast und wollte die Menschenmenge unten auf dem großen Platz wieder so richtig zusammenschreien, aber – er brachte keinen Ton heraus. Sosehr er sich auch bemühte, er blieb stumm. Da trat eine Blumenelfe vor ihn hin. Sie trug eine Kristallschale in den Händen und hielt sie ihm hin. „Bitte, Majestät, eine Freudenträne für die Retter. Wir sammeln

für sie!" Ungläubig sah der König in die Schale, dort glänzten und glitzerten schon viele Tränen, die einige Elfen
zusammen eingesammelt hatten. Zuerst wollte er die Elfe
anschreien, aber dann sah er in die strahlenden Gesichter
seiner Untertanen, dachte daran, was sie alles nur wegen
der Unvernunft seiner eigenen Vorfahren hatten erdulden
müssen, und tatsächlich stahlen sich ein paar Tränen in
seine Augen, die die Elfe geschickt mit der Schale auffing.
„Danke!" Erstaunt merkte der König, dass er seine Stimme
wieder hatte und dass er sich schon viel besser fühlte,
leichter, froher. Dann sah er in die von den anderen Elfen
inzwischen bis oben hin gefüllte Kristallschale. „Was wollt
ihr damit machen?", fragte er sie. „Wir möchten sie den
Rettern schenken. Aus Dankbarkeit, dass sie uns unser
Leben wiedergegeben haben." Sie rührte kurz mit ihrem
kleinen Zeigefinger in der Schale, es klirrte und blinkte.
Die Tränen hatten sich in reinste Diamanten gewandelt.

Odin und Thor waren inzwischen wieder in der Magischen Welt gelandet und hatten den Magiern bereits die
frohe Botschaft überbracht. Dort hörte auch der verbannte
Onkel von Raoul diese Nachricht von der Auflösung des
Fluches und überredete zwei Mithäftlinge dazu, auszubre-
chen und durch ein Portal auf die Suche nach seinem Nef-
fen zu gehen und ihn zu ihm zu bringen oder besser noch,
ihn zu töten, falls es Schwierigkeiten gäbe. Selbst konnte er
das nicht machen, dafür wurde er zu streng überwacht und
war außerdem noch mit einem magischen Seil angekettet.
Zuerst bemerkte niemand den Ausbruch, aber spät am
Abend fiel es den Wärtern auf. Sie gaben Alarm.

Balthazar schickte eine Botschaft in alle Welten, dass ab
sofort keine Sucher mehr losgeschickt werden durften. Alle
Sucher, die noch irgendwo auf den Welten unterwegs waren, müssten sofort zurückbeordert werden, da der Fluch ja
inzwischen gebrochen war.

Auf der Magischen Welt erfuhr man durch Zufall, dass
zwei Personen gerade noch durchgeschlüpft waren, bevor
alle Portale geschlossen wurden. Allerdings war es nicht
schwer gewesen herauszufinden, dass dies keine offiziellen

Sucher waren, sondern Verbrecher, Mithäftlinge von Raouls Onkel, die von diesem losgeschickt worden waren. Thor und Odin bekamen den Auftrag, nach diesen beiden zu suchen, bevor sie irgendein Unheil anrichten konnten. Allerdings waren die beiden Sucher schnell gewesen und waren auf ihrem Rückweg ihrer Mission auf der Dunklen Welt gelandet, gerade als dort das letzte Portal geschlossen wurde. Krieger der Dunklen Welt wachten am Portal, damit es geschlossen werden konnte. Sie empfingen die beiden Fremden mit ihren Schwertern und töteten sie, als diese sich wehrten. Als Odin und Thor auf der Dunklen Welt ankamen und von den Wächtern den Vorfall geschildert bekamen, konnten sie sich zwar denken, dass diese beiden Verbrecher irgendetwas angerichtet hatten, aber was das wirklich war, und was sie Raoul angetan hatten, ahnten sie nicht. Die beiden Verbrecher waren mundtot gemacht worden. Odin und Thor informierten umgehend Balthazar auf der Magischen Welt.

Raouls Onkel wurde für seine Anstiftung vom Rat einstimmig zur schwersten Strafe überhaupt verurteilt, die jemals auf dieser Welt gefällt worden war. Er sollte für immer in der Hölle schmoren. Womit die Rote Welt gemeint war. Die Vorfahren der jetzigen Bewohner dieser Roten Welt hatten dort irgendwann einmal für besonders schwere Verbrechen tief im Inneren ihrer Welt eine Kammer eingerichtet. Dort musste Raouls Onkel nun Tag für Tag ohne Gesellschaft verbringen. Bis an sein Lebensende. Gleich nach Fällung des Urteils war er dorthin verfrachtet worden. Diese Kammer war groß, aber nachdem die Tür verriegelt war, führte kein anderer Weg mehr hinaus. Sie war einstmals als Irrgarten angelegt. Der Mittelpunkt war besonders heiß, die Außenwände etwas kühler. Die Tür, durch die er hereingebracht worden war, war versiegelt worden und verschwunden. Jeden Tag stand ein Krug Wasser und ein Brot im Mittelpunkt des Irrgartens. Er musste sich beeilen, dorthin zu gelangen, wenn er etwas zu trinken und zu essen haben wollte, bevor das Wasser verdunstete und das Brot verbrannte. Es dauerte eine Woche, bevor er sich den Weg eingeprägt hatte. Nach zwei Wochen gab er auf. Seine Kraft war aufgebraucht. Es hatte lange gedauert, aber er wusste jetzt, dass er hier nie mehr herauskam. Aber er bereute seine Taten nicht, schrie immer wieder, dass er es wieder tun würde. Eines Morgens lag er bewegungslos auf der heißen Erde. Der Irrgarten schob sich um ihn herum zusammen, dann war er auf einmal verschwunden. Auch die Kammer gab es nicht mehr. Es war zu Ende.

Als die Nachricht von seinem Ende auf der Magischen Welt bei Balthazar ankam, bat dieser die beiden Pferde Thor und Odin, doch Raoul auf der Blauen Welt zu informieren. Irgendwie hatten die beiden Pferde ein ungutes Gefühl und beeilten sich, zu Raoul zu kommen. Aber – sie konnten ihn nicht finden. Er war verschwunden. Odin erinnerte sich an die beiden Sucher. Er war sich sicher, dass die beiden den schändlichen Plan von Raouls Onkel in die Tat hatten umsetzen können. Vielleicht hatten sie ihn ja irgendwohin verschleppt? Und jetzt konnten sie nicht mehr sagen, was sie mit ihm gemacht hatten und wo er war. Oder hatten sie ihn vielleicht sogar getötet? Aber das konnte nicht sein, sie hätten das auf jeden Fall gespürt, intuitiv.

Sofort machten sie sich auf und suchten alle Welten ab, ohne Pause, bis zur völligen Erschöpfung. Sie schickten eine Botschaft zu Balthazar und baten um Hilfe, um eine Idee, wo sie noch suchen sollten. Balthazar versprach, zu tun was in seiner Macht stand. Allerdings war das im Moment nicht viel. Er schickte die beiden Pferde wieder auf die Blaue Welt. Vielleicht war es möglich, dass Cloé oder Cian eine Idee hatten. Balthazar wusste zwar um die Zeitverschiebung zwischen der Blauen und der Magischen Welt und hoffte, dass diese Tatsache sich jetzt vorteilhaft für die Ereignisse herausstellte. Aber er konnte ja nicht ahnen, was inzwischen alles dort auf der Blauen Welt Schreckliches passiert war.

Entführt

Im vierten Monat ihrer Schwangerschaft hatte die Ärztin Cloé das OK gegeben für den Flug in den Urlaub nach Neuseeland und zurück. Sie verbrachten vier wunderbare Wochen auf den beiden Inseln. Am besten gefielen ihnen die Südinsel und hier besonders die Gegend am Malborough Sound mit den vielen kleinen Inseln. Der Ort Nelson auf der Westseite war groß genug, um alle Annehmlichkeiten einer Stadt zu bieten, das Umland mit dem Regenwald und den vielen Meeresbuchten bot genügend kleine Ecken für eine neue Heimat. Als sie wieder im Flugzeug auf dem Heimweg saßen, sahen sie sich noch einmal die vielen Prospekte und Fotos durch. „Ich könnte mir schon vorstellen, dort zu wohnen und auch zu arbeiten. Was meinst du? Dann könntest du dort vielleicht ja auch ein kleines Reisebüro leiten, sozusagen als Filiale der Züricher Hauptstelle." Raoul war zuversichtlich. „Es ist ein wundervolles Land. Wir sollten diese Idee einfach mal im Hinterkopf behalten. Das wäre eine interessante Alternative."

„Ich habe mich sofort in den Sound verliebt. Wir werden irgendwann dort leben, das fühle ich. Aber noch nicht sofort." Cloé strahlte ihn an und dachte an die Worte ihrer Mutter.

Als Cloé im siebten Monat ihrer Schwangerschaft war, die bis dahin völlig problemlos verlaufen war, obwohl sie ja Drillinge erwartete, kam eines Abends Raoul nach Hause und meinte: „Ich muss kurzfristig für zwei Tage nach Japan fliegen, dort ist beim Abschluss eines neuen Vertrages ein riesengroßes Problem aufgetreten, das mein Anwalt nicht alleine lösen kann oder will, und wir auch nicht über Video-Konferenz klären können. Ich fliege morgen früh um sechs Uhr ab. Es tut mir furchtbar leid, dich alleine zu lassen. Ich werde mich beeilen, um so schnell es geht wieder da zu sein. Beim Rückflug werde ich mich kurz mit Cian auf dem Flughafen in Hongkong treffen und die Produktionsfortschritte in der Fabrik mit ihm besprechen. Aber es kann alles in allem nicht länger als zwei bis drei Tage dauern. Bis zum Wochenende bin ich auf jeden Fall wieder hier. Ist das OK für dich?" Raoul hatte zwar bei der Buchung des Fluges ein komisches Gefühl im Magen gehabt, aber wenn er geahnt hätte, wie lange er wirklich weg sein würde, hätte er diese Reise bestimmt nicht angetreten.

Cloé beruhigte ihn, sie hatte keine Probleme mit der Schwangerschaft, die letzte Untersuchung hatte keinerlei Auffälligkeiten gezeigt. „Flieg ruhig und mach dir keine Gedanken, ich komme klar, auch wenn du mir jetzt schon fehlst."

Am nächsten Morgen flog Raoul ab, bei seiner Ankunft in Japan meldete er sich kurz bei Cloé. Zwei Tage später rief er abends wieder an: „Ich hoffe, es geht dir gut. Ich bin auf dem Rückweg, gleich beim Flughafen von Tokyo. Ich beeile mich in Hongkong. Cian und ich treffen uns dort auf dem Flughafen. Der Rückflug ist schon bestätigt. Also werde ich spätestens übermorgen bei dir sein. Ich vermisse dich." Das war sein letztes Lebenszeichen, danach – hörte sie nichts mehr von ihm.

Drei Tage später rief Cian an: „Ist Raoul schon von Japan wieder abgeflogen? Hat er sich bei dir gemeldet? Er müsste doch bald auf dem Rückweg sein! Dabei wollten wir uns doch auf dem Flughafen treffen, aber er ist nicht im Flugzeug gewesen. Ich habe schon nachforschen lassen, aber das Ergebnis steht noch aus!" Cian war zwar beunruhigt, aber er wollte Cloé nicht noch mehr Kummer bereiten.

Cloé spürte Panik aufsteigen. „Er ist schon seit Mittwoch weg, er hat sich kurz nach der Landung gemeldet und dann noch einmal, als er in Tokyo fertig war, danach nicht mehr. Seit zwei Tagen warte ich auf eine Nachricht von ihm. Ich dachte, er wäre längst bei dir gewesen und jetzt auch schon auf dem Rückflug nach Zürich. Eigentlich wollte er heute spät abends wieder hier sein. Ihm ist bestimmt etwas passiert, den ganzen Tag schon bin ich innerlich so unruhig. Ich habe schon die Fluggesellschaft kontaktiert, aber man konnte mir noch nichts sagen. Das ist jetzt das zweite Mal, seit wir verheiratet sind, dass er wegfährt und dann verschwindet. Zuerst war ich wütend, jetzt bin ich einfach nur verzweifelt. Ich habe so ein ungutes Gefühl. Was soll ich nur machen?"

„Reg dich nicht auf, er kann schon auf sich aufpassen. Bestimmt. Ich werde mich aber auf jeden Fall mal rundum erkundigen. Ich setze mal einen alten Freund bei der Flughafenpolizei in Tokyo auf die Suche an. Vielleicht kann der ja etwas erfahren. Irgendwo muss er ja sein." Cian glaubte auch, dass Raoul etwas passiert sein musste, das sah ihm gar nicht ähnlich, seine Cloé so kurz vor der Geburt alleine zu lassen.

Raoul freute sich auf den Heimflug, auf Cloé und seine noch ungeborenes Kinder. Er dachte an die Geburt und hoffte, dass keine Komplikationen auftreten würden, Drillinge waren ja nicht alltäglich. Er war tief in Gedanken versunken, als er zum Gate ging. Dann urplötzlich, aus dem Nichts heraus, tauchten sie rechts und links von ihm auf. Zwei dunkle Gestalten, schwarze Masken vor dem Gesicht und schwarz gekleidet wie mit einer Rüstung, hatten ihn auf dem Flughafen überrumpelt, gepackt, betäubt. Erst hatte er sich gewehrt, mit allen Kräften, dann war er kurz bewusstlos gewesen, hatte alles Zeitgefühl verloren. Als er wieder zu sich kam und sah, wo er war, zerrten sie ihn durch eine Wüste. Er wehrte sich. Als sie ihn über den Sand schleiften, sah er das Ziel. Er sah das flimmernde Portal und merkte, dass sie ihn durch dieses flimmernde Tor in eine andere Welt stoßen wollten. Da endlich erwachte sein Kampfgeist. Er schüttelte den Rest der Betäubung ab und dachte an Cloé, an seine Kinder, deren Geburt bald bevorstand. Er erinnerte sich an seine erlernte Kampfkunst, ein lautes wütendes Brüllen ertönte tief aus seiner Brust, er mobilisierte alle seine Kräfte und holte zu tödlichen kurzen Schlägen aus, rammte ihnen seine Fäuste in den Körper und prügelte auf die beiden schwarzen unheimlichen Gestalten ein, riss ihnen die Masken vom Gesicht und trieb sie mit seinen Fäusten durch das Portal. Dabei vermied er instinktiv, selbst damit in Berührung zu kommen, nicht zu nahe an dieses Tor zu kommen, die Angst vor den Folgen verlieh ihm Riesenkräfte. Das Tor schimmerte, der erste Krieger taumelte halb bewusstlos hindurch. Der zweite Krieger wehrte sich gegen ihn, stand mit dem Rücken zum Portal. Raoul holte aus und versetzte ihm einen letzten kraftvollen Kinnhaken, der seinen Kopf nach hinten riss, danach noch einen Tritt, der ihn durch das Tor taumeln ließ, das sich sofort schloss. Das Flimmern verschwand.

Allerdings hatte Raoul mit seinem letzten Tritt auch den Rand des Portals gestreift und es sprang mit einem lauten Knall entzwei, gerade als der Krieger hineingestolpert war und das Flimmern erloschen war. Irgendwie musste das Portal schon vorher nicht ganz in Ordnung gewesen sein, so schnell wie es in drei Teile zerbrach. Die schweren Teile des Rahmens fielen zurück auf Raoul, rissen ihn zu Boden und verletzten ihn schwer, zerschmetterten eines seiner Beine und sein Kopf erhielt beim Aufprall einen harten Schlag und eine tiefe Platzwunde. So blieb er glücklicherweise außerhalb des Tores auf der Erde liegen, allerdings hatte ihn seine Kraft verlassen, ihm wurde langsam schwarz vor Augen, er hatte wahnsinnige Schmerzen am Kopf und konnte sein linkes Bein nicht bewegen, ein Teil des schweren inaktiven Portalrandes lag immer noch auf ihm. Er verlor das Bewusstsein. Die Reste des Tores waren verschwunden, hatten sich in Luft aufgelöst. Bis auf das kleinere Teil, das immer noch auf seinem Bein lastete.

Es war dunkle Nacht und empfindlich kalt in der Wüste, als Raoul endlich das Bewusstsein wieder erlangte. Er hatte Schmerzen, sein ganzer Körper schien eine einzige Schmerzquelle zu sein. Blut war ihm über das Gesicht gelaufen. Mühsam hob er einen Arm, um sich aufzurichten. „Wo bin ich?" dachte er. „Was mache ich hier?" Er konnte sich nicht erinnern, wie er hierhergekommen war. Er merkte, dass sein Bein festgehalten wurde und versuchte, sich zu befreien. Die Schmerzen dabei ließen ihn immer wieder ins Dunkle gleiten, aber er kämpfte. Immer wieder versuchte er, bis zur Erschöpfung, sein Bein zu befreien. Er hatte das Gefühl, dass es Stunden dauerte. Als die Sonne endlich aufging und ihn wärmte, hob er den Kopf und sah sich um. Wüste, nichts als Sand und Steine. Ein paar dürre Büsche und Äste lagen am Boden. Er zog seine Jacke aus und versuchte, mit einigen Ästen sein Bein zu schienen. Es war gebrochen. Mit dieser Arbeit vergingen einige Stunden, immer wieder musste er vor Erschöpfung eine Pause einlegen. Er hatte seine Jacke durchsucht. Keine Ausweispapiere, kein Geld, nichts, woraus er schließen könnte, wer er war. Er hatte keine Ahnung. Als es kühler und dunkler wurde, stand er mühsam auf, einen stabilen Ast mit Gabelung unter die Achsel geklemmt und versuchte, sich fortzubewegen. Richtung Sonnenaufgang, nach Osten. Vielleicht war er ja in Australien, dort flogen öfter mal kleine Flugzeuge über die Wüste zu den Farmen. Komisch, wieso konnte er sich daran erinnern, aber nicht an seinen Namen?

Raoul taumelte durch die Nacht, mit vielen Pausen. Seine Kopfschmerzen und die Schmerzen im Bein ließen ihn immer wieder anhalten. Ein dunkler Schatten voraus ließ ihn hoffen. Büsche oder ein Baum, vielleicht auch Wasser? Er schleppte sich darauf zu und brach unter dem ersten Busch zusammen. Beim Fallen hatte er ein Gesicht gesehen, geschlossene Augen, uralt, weiße Haare. Ein Eingeborener? Sein letzter Gedanke war Rettung. Als er zum ersten Mal wieder zu sich kam, spürte er Hände auf sich. Auf seinem Kopf, die Wunde fühlte sich besser an, der Schmerz hatte nachgelassen. Seine Lippen waren nicht mehr staubtrocken. Dann fiel er wieder hinunter in die Dunkelheit. Beim zweiten Erwachen konnte er schon die

Augen öffnen, der Horizont erhellte sich langsam. Der Tag erwachte. Ein alter Mann saß neben ihm. Beobachtete ihn aufmerksam. In seiner Hand hielt er einen trockenen Flaschenkürbis. Als er sah, dass Raoul bei Bewusstsein war, hob er ihm den Kürbis an die Lippen mit der stummen Aufforderung zu trinken. Raoul stemmte sich mit einem Arm hoch und trank. Danach ließ er sich erschöpft wieder auf den Boden sinken. „Wo bin ich? Wer bist du? Wer bin ich? Was mache ich hier? Ich möchte nach Hause. Wo ist mein Zuhause?" Die Dunkelheit kam schon wieder und umhüllte ihn gnädig. Danach – lange Zeit nichts. Bis er Stimmen hörte. Aber nichts verstand. Menschen waren um ihn herum. Er wollte die Augen öffnen, aber er konnte sich nicht rühren. Kurz wurde es wieder dunkel um ihn herum, aber dieses Mal kämpfte er mit aller Macht dagegen an, wieder und wieder. Dann endlich öffnete er die Augen. Es war dunkel, aber ein Feuer brannte und er konnte dadurch Menschen erkennen. Sie waren fast nackt, tanzten um das Feuer, murmelten irgendwelche Beschwörungen. Raoul erschrak, die schwarzen Männer hatten ihn wieder gefunden. Er wollte aufspringen, aber es gelang nicht. Seine Bewegungen blieben nicht unbemerkt. Eine alte Frau kam zu ihm, legte ihm beruhigend ihre Hand auf die Schulter. „Bleib liegen. Hier geschieht dir nichts. Du bist bei unserem Stamm. Seit mehr als einem Mond pflegen wir dich, seit Ondra dich gefunden hat. Dein Bein war gebrochen. Wir haben es so gut wir konnten gerichtet. Deine Kopfwunde ist wieder verheilt. Hast du noch Schmerzen? Willst du etwas essen? Wir haben eine gute Suppe gekocht."

Raoul schüttelte den Kopf. Erstaunlicherweise waren seine Schmerzen verschwunden. „Wieso sprichst du so gut Englisch?"

„Ich habe jahrelang bei den Weißen im Haus geholfen. Willst du wirklich nichts essen? Du musst wieder zu Kräften kommen. Danach kannst du uns sagen, wo du herkommst. Damit wir deine Familie benachrichtigen können. Die nächste Siedlung liegt gerade mal einen Tagesmarsch von hier entfernt."

„Ich möchte schon etwas essen. Aber ich kann mich an nichts mehr erinnern. Wer bin ich, wo komme ich her? Es fällt mir im Moment nicht ein. Ich habe keine Papiere bei mir gefunden. Bin ich wirklich schon seit Wochen hier bei euch?"

„Ja, ich bringe dir etwas Suppe. Dann soll unser Weiser Ältester sich mit dir unterhalten. Er weiß Rat."

Das Essen alleine war anstrengend, deshalb legte sich Raoul danach wieder hin. Er schlief sofort ein. Als er wieder aufwachte, saß der gleiche alte Mann neben ihm, den er am Anfang am Busch in der Wüste gesehen hatte. „Wir bringen dich zu unserem heiligen Berg. Dort in diesem Berg kannst du vielleicht dich selbst finden und Heilung in deinem Kopf. Der Weg dorthin dauert nur drei Tage, aber er wird anstrengend für dich sein. Bis dahin solltest du so viel wie möglich schlafen."

Raoul nickte und schlief wieder ein. Die nächsten Tage waren wirklich sehr anstrengend für ihn. Er musste mit Krücken, die die Eingeborenen ihm gebastelt hatten, laufen. Immer wieder legten sie eine Pause für ihn ein, wenn er nicht mehr konnte. Jeden Abend brach er mehr oder weniger zusammen, hatte kaum noch Kraft um zu essen. So dauerte es keine drei, sondern fünf Tage, bis sie endlich am Heiligen Berg ankamen. Der kam Raoul irgendwie bekannt vor. Als hätte er ihn auf einer Postkarte schon mal gesehen. Der Berg war rot. Australien, er war in Australien. Die Männer brachten ihn in eine Höhle. Sie war sehr groß, von allen Seiten kam ein bisschen Licht hinein. Innen war der rote Stein überall beleuchtet vom Außenlicht, trotzdem es keinen anderen Ausgang gab. Sie bereiteten ihm ein Lager und baten ihn, sich auszuruhen. Raoul ließ sich darauf gleiten und schlief sofort ein. Er hatte sich körperlich so verausgabt, dass er Fieber bekam. Er träumte von einer Frau und schrie im Traum ihren Namen „Cloé", dabei wälzte er sich unruhig von einer Seite zur anderen. Die Männer, die das Feuer in der Höhle in Gang hielten, mussten ihn festhalten, um zu verhindern, dass er sein Bein wieder beschädigte. Die alte Frau, die ihn schon in der Wüste gepflegt hatte, versuchte das Fieber einzudämmen. „Odin! Thor!" Auch diese Namen schrie er oft in dieser Zeit, das Echo in der Höhle drang bis nach draußen.

Nach einigen Tagen und Nächten ging das Fieber langsam zurück, die Unruhe ließ nach, aber leider schien es, als wollte er nicht wieder aufwachen. Was sehr seltsam war, da er ja vor dem Fieber schon eine Zeitlang bei Bewusstsein gewesen war.

Eine Woche später standen plötzlich früh morgens zwei riesige schwarze Pferde vor dem Höhleneingang. Thor und Odin hatten endlich Raoul gefunden. Seit vielen Wochen hatten sie alle Welten nach ihm abgesucht, aber erst hier konnten sie vor einer Woche eine Spur aufnehmen. Sie hatten ihn ihre Namen rufen gehört. Die Eingeborenen fürchteten sich vor den Pferden, aber diese versuchten sie davon zu überzeugen, dass sie ihnen nichts tun würden. Nur, wie sollten sie sich mit ihnen verständigen? Und wo war Raoul? Schließlich benutzte Odin seinen Huf, um seinen Namen in den Sand zu schreiben. Die alte Frau traute sich als Einzige nahe genug an die Pferde heran, um die Schrift zu erkennen. Bei den Weißen hatte sie nicht nur die Sprache, sondern auch Schreiben und Lesen gelernt. „Odin – Odin" Als sie dieses Wort laut aussprach, nickte Odin mit dem Kopf. „Das ist Odin, der Mann in der Höhle hatte nach ihm gerufen. Er hat nach einem Pferd gerufen, oder nach zwei Pferden. Sie wollen ihm helfen. Vielleicht sind das ja Zauberpferde!" Ehrfurchtsvoll flüsterte sie diese Worte. Dann eilte sie in die Höhle hinein und brachte den alten Mann Ondra mit hinaus. Dieser staunte zuerst über die großen Pferde, aber dann ging er ganz nahe zu Odin und flüsterte ihm etwas ins Ohr. „Wir haben einen Mann gefunden, ohne Gedächtnis, schwer verletzt. Er liegt in der Höhle. Gerade hat er ein schweres Fieber überstanden. Ist aber noch nicht wieder bei Bewusstsein." Dann legte er sein Ohr an das Maul von Odin und schien zuzuhören. Er nickte. „Diese Pferde wollen den Verletzten in Sicherheit bringen, ihn zu einem großen Heiler bringen. Sie müssen sich aber vorher noch von ihrer langen Suche erholen. Bringt ihnen Futter und Wasser. Wenn die Sonne sich senkt, möchten sie den Verletzten an einen sicheren Ort bringen. Holt ihn dann heraus. Vorsichtig, packt ihn gut in Decken ein und bindet ihn auf dieses Pferd." Damit deutete er auf Thor.

Für die Außenwelt war Raoul verschwunden, spurlos. Keiner hatte ihn mehr gesehen, seit er in Japan in das Flugzeug gestiegen war, um nach Hongkong zu fliegen. Auch bei der Zwischenlandung in Sydney war keiner auf ihn aufmerksam geworden, allerdings hatte man bei den Nachforschungen die beiden bereits aufgefallenen schwarzen Gestalten auf einem Überwachungsband gesehen. Die Sicherheitsleute am Flughafen in Tokyo wussten aber nicht, wo sie abgeblieben waren. Cian hatte durch ständige Nachforschungen über seinen Sicherheitsdienst herausbekommen, dass Raoul bis nach Sydney gekommen war, dann aber war er verschwunden. Trotz aller Bemühungen konnten sie ihn nicht finden, keine Spur von ihm.

Cloé war verzweifelt, über sechs Wochen war Raoul jetzt schon verschwunden, wie vom Erdboden verschluckt. Sie konnte kaum schlafen, und wenn sie einmal einschlief, hatte sie Alpträume. Jede Nacht träumte sie denselben Traum. Sie sah Raoul vor sich, rief seinen Namen, aber er hörte sie nicht. Sie bat Odin und Thor um Hilfe bei der Suche nach ihm. Dann sah sie eine weite Wüste und einen roten Felsen. Im Traum wusste sie instinktiv, dass dort Raoul war, sie kannte diesen Felsen, den Uluru, das Heiligtum der Aborigines. Sie rief Odin zu, Raoul dort zu suchen. Immer wieder hatte sie dabei das Gefühl, dass sie zu schwach war, um Odin oder Thor zu erreichen. Nach diesem angsterfüllten Traum wachte sie jedes Mal schweißgebadet mit klopfendem Herzen auf.

Ihre Babys weckten sie jede Nacht mit ihren Tritten aus diesem Alptraum auf. Als wollten sie ihr Zuversicht schenken, dass ihr Vater bald gefunden würde und zurückkam.

Gefunden

Dr. Ross saß an seinem Schreibtisch und las den heute per Kurierpost eingetroffenen Brief nun schon zum zweiten Mal. In diesem Brief schrieb ihm ein Herr Balthazar, seines Zeichens Obermagier in der Magischen Welt, dass noch in dieser Nacht die beiden Pferde Odin und Thor den einstigen Internats-Schüler Raoul zu ihm bringen würden, schwer verletzt und nicht bei Bewusstsein. Dieser Raoul hätte mit seiner Heirat mit Cloé und der kurz bevorstehenden Geburt seiner Kinder den Fluch der Welten gelöst. Er und diese Cloé wären die Einzigen, die Gesuchten, Auserlesenen. Das Moncerat-Internat wäre nun einmal seit seiner Existenz ein gesicherter und geschützter Ort. Er müsse Raoul dort aufnehmen und gut verstecken vor den beiden schwarzen Kriegern, die immer noch unterwegs waren und ihn immer noch suchten, sie wussten nichts von der Beendigung des Fluches. Sie hatten sie leider nicht aufhalten können. Sie alle hofften, dass sich dieses Problem in naher Zukunft lösen würde. Er bat Dr. Ross in diesem Brief, dass er dafür Sorge tragen möge, dass auch Cloé sich mit ihren Kindern noch versteckt halten sollte. Er könne gerne Odin oder Thor seine schriftliche Antwort mitgeben. Sie käme dann schon rechtzeitig bei ihm an. Dr. Ross war schon etwas erstaunt über diesen Brief. Fremde Welten, Thor und Odin magische Pferde, Boten? Er schüttelte verwundert den Kopf. Das alles hatte er zwar schon gehört, aber als Märchen abgetan. Jetzt aber musste er wohl oder übel daran glauben. Allerdings, die Ankündigung eines schwer verletzten Raoul, das war etwas anderes, damit konnte er umgehen. Vorsichtshalber telefonierte er kurz mit einem Freund am örtlichen Krankenhaus. Erleichtert hörte er, dass dieser in der Nacht Bereitschaftsdienst hatte und schnell zum Internat kommen könnte.

Spät in der Nacht schlug die Glocke am Tor an, minutenlanger Alarm. Dr. Ross kam im Morgenmantel an die Tür, sah dort Odin und Thor stehen. Nach dem Brief, den er am Abend vorher erhalten hatte, wusste er sofort, wer auf dem Rücken von Thor lag. Er rief einige ältere Schüler zur Hilfe und gemeinsam brachten sie Raoul vorsichtig auf die Krankenstation. Gleich darauf rief Dr. Ross seinen Freund am örtlichen Krankenhaus an. Dieser kam und untersuchte Raoul. Nachdem Dr. Ross ihm die Wichtigkeit der geschützten Örtlichkeit klar gemacht hatte, kam der Arzt am nächsten Morgen noch einmal mit einem tragbaren Röntgengerät zurück. Die Untersuchungen zeigten, dass alle Verletzungen am Kopf ausgeheilt und keine Schäden zurückgeblieben waren und es eigentlich keinen körperlichen Grund für das Koma gab. Allerdings waren die Brüche des Beines nicht wirklich gut zusammengeheilt und es bedurfte noch einer Operation, um sie wieder zu richten, damit die Knochen danach gerade zusammenwachsen konnten. Wie neu, sagte Dr. Ross sich nach einer Woche. Nun musste nur noch die Muskulatur wieder zu Kräften kommen, was nicht einfach werden dürfte, solange Raoul noch nicht wieder bei Bewusstsein war.

Inzwischen war Cian in Hongkong von Dr. Ross unterrichtet worden, dass Raoul von den beiden Pferden bei ihm im Moncerat-Internat eingeliefert worden war und wie es ihm körperlich ging. Cian erzählte Dr. Ross von Cloé und ihrer Schwangerschaft. Cian war erleichtert, als er hörte, dass die beiden Pferde Raoul endlich aufgespürt hatten und er jetzt in guten Händen war. Transportfähig war er jedoch noch nicht wieder, die Reise von Australien ins Internat war ihm nicht besonders gut bekommen. Allerdings hatte Cloé heute Nachmittag bei Cian angerufen. Sie war inzwischen auch im Krankenhaus und wartete dort auf die Geburt der Drillinge, vier Wochen vor dem errechneten Termin. Sie durfte nicht aufstehen, die Ärzte versuchten, die Geburt so lange hinauszuzögern, wie es ging. Aber sie rechneten jede Stunde mit dem Beginn der Wehen.

„Sie hat mich noch gestern Abend angerufen, um mir zu sagen, wo sie ist und wie es ihr geht. Ich musste es ihr sagen, sie hat sich schon total verrückt gemacht. Sie musste wissen, dass Raoul bei Ihnen im Internat ist und wie es ihm geht." Cian versuchte, Dr. Ross die spezielle Verbindung der beiden zu erklären, wie eng die beiden verbunden sind.

„Wenn sie so eng verbunden sind, wie ich jetzt vermute, weiß Cloé bestimmt, wo Raoul jetzt ist und wie es ihm geht. Ich weiß von der wirklich magischen Verbindung zwischen den beiden. Auch, dass der Fluch inzwischen aufgelöst ist. Das Glück von ihnen liegt auch mir am Herzen." Trotzdem versuchte Cian danach noch einmal bei Cloé anzurufen. Erreichte sie aber nicht mehr, sie lag bereits im Kreissaal.

Damit hatte Dr. Ross ganz Recht. In dieser letzten Nacht hatte Cloé von Raoul geträumt. Davon, dass er im Koma lag, sie hatte ihn gesehen, im Bett, bleich und ausgezehrt. Sie hatte ihn geküsst, er hatte ihren Namen gemurmelt. Den ganzen Traum lang hatte sie seine Hand gehalten und ihm versichert, dass sie so gerne zu ihm kommen würde, aber es ginge nicht, weil die Babys keine Geduld mehr hätten, und dass er aufwachen müsse, um zu ihr zu kommen und seine Kinder zu begrüßen.

Am nächsten Morgen setzten die Wehen ein, vier Wochen zu früh, aber trotzdem, die Kinder wollten raus. Cloé wusste instinktiv, sie wollten zu ihrem Vater. Solange aber die Portale hier auf dieser Welt nicht alle zerstört waren, damit keiner der Krieger, die scheinbar immer noch aus der Dunklen Welt geschickt wurden oder sich noch hier aufhielten, hierher kommen konnten auf ihrer Suche, musste Cloé versteckt bleiben. Das war wirklich eine fantastische Geschichte, Cloé konnte es einfach nicht fassen. Dutch bewachte sie die ganze Zeit wie einen kostbaren

Schatz, auch im Krankenhaus war er ständig in ihrer Nähe. Die Kinder kamen im Krankenhaus von Zürich auf die Welt. Es waren zwei Jungs und ein Mädchen, alle drei schrien schon kräftig und waren gesund, nur etwas zu leicht. Aber sie atmeten auch alleine und tranken auch gut. Gleich nach der Geburt hatte sie mit Raoul telefoniert, hatte ihm von den Babys erzählt, wie sie aussahen, wie sie sich anfühlten, verhielten. Sie wusste zwar, dass er im Koma lag, aber sie glaubte inständig daran, dass er alles mitbekam, was um ihn herum passierte. Sie hatte ihm sogar gleich nach der Geburt ein Video von den Babys geschickt. Sie wollte, dass Raoul sich erinnerte, wenn er an sie und die Kinder dachte und endlich aufwachte. Dann dauerte es allerdings noch drei weitere Wochen, bevor die Drillinge genug an Gewicht zugenommen hatten und Cloé mit ihnen aus dem Krankenhaus entlassen werden konnte. Den beiden Jungs hatte sie die Namen Joshua und Ramon gegeben, das Mädchen taufte sie auf den Namen Stella.

Jeden Tag schickte sie ein Foto oder ein kleines Video der Babys zu Raoul. Dr. Ross legte daraus eine Datei an und spielte Raoul die Bilder mit Ton immer wieder vor.

In dieser ganzen Zeit war Cloé oft verzweifelt, sie war ja auf sich alleine gestellt, ihre Mutter unauffindbar. Jetzt wusste sie zwar, wo ihr Ehemann sich aufhielt, aber er war noch immer ohne Bewusstsein. Ansonsten hatte sie niemanden, den sie um Hilfe bitten konnte. Die Schwangerschaftspfunde hatte sie ganz schnell in den vier Wochen nach der Geburt wieder verloren, der Kummer hatte ihr den Appetit verdorben. Die Routine mit Wickeln und Füttern hatte sie im Krankenhaus gelernt und dort schon versucht, soviel wie möglich alleine zu erledigen. Was manchmal ganz schön schwer war, wenn die drei Babys auf einmal Hunger bekamen und alle drei anfingen zu schreien. Was Gott sei Dank selten passierte, alles schien sich einzupegeln. Sie schienen genau zu wissen, wann jeder einzelne an die Reihe kam und hielten sich mit

Schreien zurück. Meistens. Allerdings wurde ihr auch von der Stadt eine Kinderschwester für die erste Zeit zu Hause beigestellt, was wirklich gut war.

Ihr erster Gedanke war gewesen, zusammen mit den Babys in die Berge zu Raoul zu fahren, ins Internat. Sie hatte mit Dr. Ross am Telefon darüber gesprochen. Der hielt das für keine gute Idee. Erstens waren sie nicht darauf eingerichtet, schon alleine platz- und organisationsmäßig gäbe es dabei größere Probleme, es war so schon schwierig genug mit Raoul, um ihn sicher zu verstecken, zweitens aber könnten die dunklen Sucher dann die geballte Magie auf einem Ort viel besser aufspüren, wenn die ganze Familie zusammen wäre. Es schien Cloé, als wäre Dr. Ross sehr vertraut mit der ganzen Thematik.

Sie hatte zwischenzeitlich ein paar Mal mit Sue-Lin telefoniert, die ja auch schwanger war und Zwillinge erwartete. In einer Woche sollte es bei ihr soweit sein. Bis jetzt war alles normal verlaufen.

Cloé war froh, dass sie zusammen mit Raoul noch vor seiner Reise nach Japan schon das Kinderzimmer eingerichtet hatten. So war es einfacher, als sie endlich mit den Drillingen aus dem Krankenhaus entlassen wurde. Gleich am zweiten Tag telefonierte Cian lange mit ihr und versuchte sie zu überzeugen, dass sie sich mit den Kindern in ein sicheres Versteck begeben müsste. Für den Fall, dass wieder durch irgendein Portal Sucher hierher gelangen würden oder vielleicht immer noch hier auf der Suche waren. „Es ist einfach zu gefährlich, nach all dem, was mit Raoul passiert ist. Das musst du doch verstehen, Cloé. Dr. Ross hat mir einige Einzelheiten geschildert und es hat mich echt umgehauen. Ich hätte nie geglaubt, dass es so etwas in der heutigen Zeit hier überhaupt gibt. Ja, ich weiß, Dutch ist dein Bodyguard, aber das wird nicht genug sein. Bitte, suche dir und den Kindern ein Zuhause in einem Land, wo es keine Portale gibt. Wo diese Monster dich nicht finden können. Umgehend! Überleg nicht zu lange. Wir können leider nicht zu dir kommen, du weißt doch, Sue-Lin kann jeden Moment entbinden. Ich kann und werde sie nicht alleine lassen. Aber sag mir Bescheid, wenn du dich entschieden hast."

Am anderen Ende der Welt

An diesem Abend, nachdem sie wieder lange mit Raoul telefoniert hatte, ohne eine Antwort von ihm zu erhalten, hatte sie die Unterlagen hervorgeholt, die sie von ihrer Urlaubsreise nach Neuseeland mitgebracht hatten. Schon damals war ihnen ein Haus aufgefallen, das versteckt in einer Bucht am Malborough-Sound lag. Es hatte zum Verkauf gestanden, war groß genug für eine große Familie und war von dichtem Regenwald umgeben. Es hatte ihnen beiden sehr gut gefallen. Kurzentschlossen rief sic dort den Makler an und fragte, ob dieses Haus schon verkauft sei. Der Makler verneinte und schickte ihr das Exposé auf ihren Computer und meinte, es wäre ein sehr großes Haus und das wäre wohl auch der Grund dafür, dass es noch nicht verkauft wäre. Cloé sah sich das Haus und die Grundrisse genau an, dann die Fotos der Umgebung. Das wäre ideal. Es war nicht möbliert, aber in einem sehr guten Zustand. Kurz entschlossen gab sie dem Makler ein Gebot ab, das fast umgehend akzeptiert wurde. Cloé holte tief Luft. Sie hatte ein Haus gekauft. In Neuseeland. In der Nähe von Nelson, knapp 30 km entfernt. Es hatte einen eigenen Bootsanleger, die Zufahrt lag versteckt und war nicht einsehbar. Der Regenwald war so dicht, dass es auch von oben nicht entdeckt werden konnte.

Cloé sah auf die Uhr, es war spät geworden. Die Babys hatten sich noch nicht gemeldet, obwohl sie jetzt eigentlich immer dran waren. Auf Zehenspitzen schlich sie in das Kinderzimmer. Stella lag auf dem Rücken, die Augen offen und spielte mit ihren Händchen, Joshua und Roman schliefen. Sie hob Stella hoch, die sie aus großen blauen Augen ansah, setzte sich in den Schaukelstuhl und stillte sie. Nach dem Wickeln meldete sich Roman. Stella schlief wieder, dann konnte sie Roman füttern und wickeln, als letzter kam Joshua dran. Es schien, als würden sich die drei absprechen, damit ihre Mutter nicht in Panik verfiel, wenn sie alle drei auf einmal etwas von ihr wollten.

Am nächsten Morgen rief Cloé Dutch herein und erklärte ihm, was sie in der Nacht gemacht hatte, was sie mit dem Makler vereinbart hatte und fragte ihn, ob er mit ihnen nach Neuseeland ziehen würde. Er war begeistert und sagte sofort zu. Dann rief Cloé bei Raoul an und erzählte ihm von dem Haus. Sie hoffte und glaubte immer noch, dass er sie verstand, obwohl er zu schlafen schien. Irgendwann musste er doch wieder zu sich kommen.

Es war schon später Vormittag, die Krankenschwester war gekommen und half Cloé bei der täglichen Arbeit mit den Kleinen, der Wäsche, der Küche. Danach rief sie bei Cian an. Der war gerade aus dem Krankenhaus zurückgekommen und berichtete ihr überschwänglich und ausführlich von der Geburt seiner Zwillinge, ein Junge und ein Mädchen. Nach einiger Zeit kam Cloé auch zu Wort und erzählte ihm von ihrem Hauskauf in Neuseeland. „Cloé, ich werde sofort nach Neuseeland fliegen und mir die Immobilie einmal genau anschauen, den Makler natürlich auch. Damit du auf der sicheren Seite bist. Es ist ja kein sehr langer Flug und ich werde dir dann von dort berichten. Schick mir die Informationen bitte auf meinen Computer. Weißt du, Sue-Lin wird noch ein paar Tage in der Klinik bleiben. Aber ich werde sie natürlich fragen, bestimmt hat sie nichts dagegen, sie ist dort sehr gut versorgt. Und in zwei Tagen bin ich wieder zurück."

„Danke, Cian, das werde ich dir nie vergessen. Grüße Sue-Lin von mir und an euch beide meine herzlichsten Glückwünsche."

Zwei Tage später hatte Cloé das OK von Cian auf ihrem Computer, zusammen mit dem von ihm geprüften Kaufvertrag. Sie regelte alles und schon eine Woche später packte sie die Koffer für sich und die Babys zusammen, um nach Neuseeland zu übersiedeln. Dutch würde sie als Bodyguard begleiten. Vor Ort wollte sie noch ein oder zwei andere vertrauenswürdige Bodyguards einstellen, ein Kindermädchen und eine Haushälterin. Dafür hatte sie sich schon an eine Agentur gewandt, die in Nelson entsprechendes Personal vermittelte. Für die Wohnung hier in Zürich würde sie einen Hausmeisterservice mit der Aufsicht beauftragen. Fürs erste würde sie nur die nötigste Kleidung für sich und die Kinder mitnehmen. Alles andere konnte sie erst regeln, wenn Raoul wieder bei ihr war. Sie brachte es nicht übers Herz, den ganzen Haushalt aufzulösen. Es war ja ursprünglich seine Wohnung, war es immer noch. Wehmütig sah sie zurück, aber dann wagte sie den Sprung in ein neues Leben. Fernab von Europa und Australien. Auf geht's nach Neuseeland, dachte sie, als Dutch mit ihr und den Drillingen zum Flughafen fuhr.

Über eine sichere Telefonleitung hatte Cloé jeden Tag in den vergangenen Wochen zu Raoul gesprochen, auch wenn er nicht antwortete, so hatte sie das Gefühl, dass er sie hörte und verstand. Sie erzählte ihm alles von den Kindern, welche Fortschritte sie machten, wie es ihnen ging. Ließ ihn auch das Geschrei der Babys hören. Wie groß ihre eigene Sehnsucht nach ihm war. Nach seinem Geruch, seiner Wärme, seinen starken Armen. Sie schickte ihm Fotos und Videos von den Babys. Wenn Raoul diese vorgespielt bekam, schien es, als mache seine Heilung riesige Fortschritte, als würden sie zum Bewusstsein von Raoul durchdringen. Dr. Ross informierte sie jeden Tag, welche Fortschritte Raoul machte, wie die Bein-Operation verlaufen war. Er hatte extra einen Physiotherapeuten angestellt, der jeden Tag mit Raoul seine Beinmuskulatur trainierte, auch wenn er immer noch ohne Bewusstsein war. Sie bat ihn immer wieder, endlich aufzuwachen und wieder fit zu werden, damit er zu ihr und den Kindern kommen konnte.

Die beiden Pferde Thor und Odin waren wieder in das Internat zurückgekehrt und ließen sich von Dr. Ross über den Zustand von Raoul informieren. Wunderbarerweise verstand Dr. Ross die beiden, als sie ihn baten, Raoul zu ihnen hinunter in den Stall bringen zu lassen. Dort wollten sie die ganze Nacht nicht gestört werden. Dr. Ross versprach es und ließ Raoul auf das weiche Lager im Stall legen, das er dort eigenhändig hergerichtet hatte. „Ich werde aber draußen vor dem Tor selbst Wache halten." Er hatte sich einen Stuhl vor das Tor gestellt und konnte immer wieder ein Schimmern im Stall aufleuchten sehen. Dr. Ross konnte nicht wissen, dass Odin und Thor die Magische Welt um Hilfe gebeten hatten und von Balthazar und Serafina so viel Magie erhalten hatten, wie möglich war, um Raoul zu helfen, sein Gedächtnis wiederzuerlangen und ihn zu heilen. Gegen Morgen stieß Thor das Scheunentor auf und bat Dr. Ross, Raoul wieder in sein Krankenzimmer bringen zu lassen. Er würde endlich bald wieder aufwachen und sich dann auch erinnern.

Und genauso war es dann auch. Es dauerte keine zwei Stunden und Raoul regte sich, öffnete die Augen und sah sich um. Er versuchte, sich im Bett aufzusetzen, doch er fühlte sich schlapp. Dann rieb er sich die Augen und sah Dr. Ross neben dem Bett stehen. „Dr. Ross! Wie bin ich hierhergekommen? Was ist passiert? Das ist doch mein altes Zimmer, oder nicht?" Es war ein Flüstern, krächzend, seine Stimme wollte nicht so recht. Er versuchte, seine Beine aus dem Bett zu schwingen, aber er schaffte es nicht, er fühlte sich unglaublich schwach. Obwohl er keine Schmerzen mehr hatte. Dr. Ross hielt ihn zurück. „Langsam, langsam, mein lieber Raoul. Es grenzt sowieso an ein Wunder, dass du wieder heil und gesund und wach bist. Wir hatten uns wirklich schon große Sorgen gemacht. Kannst du dich an die vergangenen Wochen, Monate erinnern? An dein Leben davor?"

„Ich glaube schon. Wo ist Cloé? Meine Frau? Meine Kinder? Sie sind doch schon da? Ich habe sie gehört, lachen, schreien!" Immer noch flüsterte er.

„Du solltest deine Frau anrufen. Warte, hier ist das Telefon, ich wähle für dich, ich kenne die Nummer."

Das Telefon klingelte. Cloé hatte gerade die Kinder ins Bett gebracht. Sie hob den Hörer ab. „Ja?" Krächzend, leise fragend ertönte eine Stimme, die sie so sehnlichst vermisst hatte: „Cloé?" Ihr Herz setzte aus für einen kurzen Augenblick, dann rannen ihr die Tränen herunter. „Raoul, mein Herz, mein Schatz, du bist aufgewacht."

„Ich habe von Dir und den Babys geträumt, wusste aber im Traum nicht, wer ihr seid. Ich glaube, ein Wunder und das Weinen der Babys und deine Stimme haben mich zurückgeholt. Kurz vor dem Aufwachen wusste ich plötzlich, wer ich bin, wer ihr seid. Da haben mich die Gefühle überschwemmt. Ich wollte dir endlich antworten können. Du kannst ganz schön hartnäckig sein, aber dafür danke ich dir. Ich werde mich beeilen. Ich komme so schnell es geht!" Seine Stimme war rau und leise, aber energisch. Cloé war überglücklich. Nach über drei Monaten im Koma war er endlich aufgewacht und konnte sich an alles erinnern. Endlich! Sie könnte die ganze Welt umarmen. Unter Tränen erzählte Cloé ihm von der Geburt, von ihrem neuen Zuhause, das sie ja zusammen damals im Urlaub angesehen hatten. Dass sie jetzt seit einigen Wochen hier lebte, aber sich noch nicht richtig eingelebt hatte. „Das machen wir, wenn du bei uns bist, Möbel kaufen, und alles, was zu einem gemütlichen Zuhause gehört. Ich würde ja gerne zu dir kommen, aber wir sind erst vor ein paar Wochen hierher geflogen, es war anstrengend mit den Kleinen. Raoul, ich selbst kann nicht zu dir fliegen, das geht jetzt mit den drei Babys nicht zweimal so kurz hintereinander, aber ich schicke dir Dutch. Er soll dich hierher zu uns bringen. So schnell es geht. Ich vermisse dich so!" Raoul konnte hören, wie Cloé weinte. „Bitte nicht weinen, mein Schatz, ich beeile mich!"

Raoul konnte es nicht abwarten, zu Cloé und seinen Kindern zu kommen. Er hatte die ganze Zeit, seit er in Moncerat war, ihre Stimme am Telefon gehört, auch was sie ihm erzählte, obwohl er im Koma gelegen war. Er wusste zwar nicht, wer sie war, aber die Stimme kam ihm bekannt vor und hatte ihn beruhigt. Das Schreien der Babys hatte ihn am Leben erhalten und ihn mit aller Macht kämpfen lassen. Vielleicht hatten die ganzen Neuigkeiten ja auch dazu beigetragen, dass er sich nicht hatte fallen lassen, sondern unbedingt wach werden wollte. Dr. Ross stellte ihm ein Laptop ans Bett und er sah sich in seinen Ruhepausen immer wieder die Fotos und Videos seiner Kinder an, die Cloé geschickt hatte. Das Wichtigste für ihn war jetzt, dass er unbedingt lernen musste, wieder aufzustehen und laufen zu lernen. Seine Muskulatur war geschrumpft, aber mit einem straffen Trainingsplan würde er es schaffen. Nach einer Woche täglichem harten Training konnte er sich schon auf seine Beine stellen und ein paar Schritte gehen, wenn auch mit Unterstützung. Jeden Tag telefonierte er mit Cloé und sprach auch zu seinen Kindern.

Er war ungeduldig und bestand darauf, am Ende der zweiten Woche nach Neuseeland zu fliegen, ob er nun laufen konnte oder nicht. „Trainieren und wieder zu Kräften kommen kann ich nur bei meiner Familie!" Am Ende der anvisierten nächsten Woche konnte er schon alleine ins Bad gehen, mit entsprechenden Gehhilfen. Der Arzt hatte ihn am Tag davor untersucht und sein OK gegeben. „Das genügt jetzt. Ich will nach Hause. Ich halte es hier nicht mehr aus! Nur zu Hause bei meiner Familie, meiner Frau und den Kindern, werde ich wieder richtig gesund." Dr. Ross sah ihn lächelnd an. „Das verstehe ich. Ich habe auch schon alles in die Wege geleitet. Hier ist heute jemand angekommen, der dir dabei helfen wird." Damit öffnete er die Tür und ließ Dutch hinein. Der war zuerst erschrocken, als er seinen Chef so abgemagert sah, aber dann lächelte er ihn an. „Hallo, was machen Sie denn für Sachen? Schön, dass es Ihnen endlich wieder besser geht. Ich bringe hier ein paar Kleidungsstücke aus Ihrer Wohnung. Und die Flugtickets nach Neuseeland habe ich auch dabei. Morgen früh geht es los. Für den schnelleren

Transport habe ich vorsichthalber einen Rollstuhl mitgebracht. Die Wege in den Flughäfen sind lang!" Raoul war erleichtert, dass Dutch so unkompliziert war und ihn nicht mitleidig angesehen hatte. Er würde ihm bei den vielen Hürden auf der Reise helfen. Gut. Übermorgen würde er seine Cloé und seine drei Kinder endlich sehen. Er freute sich mehr als er sagen konnte. Schnell griff er zum Telefon und rief Cloé an, um ihr die gute Nachricht persönlich mitzuteilen.

Die Drillinge waren jetzt fünf Monate alt, konnten schon krabbeln, wollten unbedingt stehen und die ersten Gehversuche machen. Aber dazu war es noch viel zu früh, dachte Cloé. Doch es hatte den Anschein, als wollten sie unbedingt ihren Vater stolz machen, ihm zeigen, was sie schon alles konnten, wenn er endlich hier eintreffen würde. In den letzten Wochen, seit Raoul wieder aufgewacht war, hatten sie sich am Telefon unterhalten, sofern man das so nennen konnte. Munter hatten sie in das Mikro gebrabbelt, Raoul hatte ihnen etwas erzählt, sie hatten zugehört, seiner Stimme gelauscht. Cloé war gespannt, was passieren würde, wenn Raoul endlich hier bei ihnen wäre. Das Krabbeln aber hatten sie wirklich raus, sie waren schnell wie ein Blitz dabei und sausten auf ihren Knien um die Wette durch die Wohnung. Gut, dass ich ein Kindermädchen und eine Haushälterin zur Hilfe habe, dachte Cloé. Manchmal war es schwierig, die Kleinen einzufangen. Sie schienen sich abzusprechen und stoben in verschiedene Richtungen davon, fröhlich lachend. Für sie war das ein lustiges Spiel.

Am Sonntagmorgen empfing die kleine Stella Cloé in ihren Bettchen mit dem Wort „Mamapada". Cloé war erstaunt, bis jetzt hatten die drei kaum ein verständliches Wort gesagt, außer Babysprache. Sie konnte aus diesen vier Silben kein Wort erkennen. Sie holte alle drei aus ihren Bettchen raus, setzte sie auf den Boden, die Kinder krabbelten, so schnell es ging, zur Eingangstür.

„Mamapada". Diesmal klang das Wort schon etwas ärgerlicher, vor allem, da alle drei im Chor es wiederholten. „Au!" Dabei zogen sie sich an der Eingangstür hoch. Sie wollten, dass Cloé die Tür öffnete. Cloé gab sich geschlagen, setzte die drei Babys an die Wand, dann öffnete sie die Tür - und stieß mit ihrem Kopf gegen einen schwarzen Pferdekopf, der sich gerade von unten nach oben hob, dann blickte sie Odin direkt in dessen große Augen. „Odin, Thor, was macht ihr denn hier?" Sie war mehr als überrascht. Die beiden Pferde wieherten und machten einen Schritt zur Seite, da sah Cloé zuerst ihren Mann im Rollstuhl, dahinter Cian und Dutch. Die Babys blieben ganz brav und ruhig an der Wand sitzen und sahen die beiden Pferde mit großen Augen an.

Dutch war die ganze Zeit bei Raoul gewesen, Cian war in den letzten Wochen einige Male von Hongkong aus ins Internat geflogen, um nach Raoul zu sehen. Und auch jetzt hatte er es sich nicht nehmen lassen, am Flughafen in Hongkong zuzusteigen und Raoul und Dutch bis hierher nach Christchurch und dann weiter nach Nelson zu begleiten. Seine Zwillinge, Bonian, der Junge und Mailin, das Mädchen, waren jetzt vier Monate alt, einen Monat jünger als die Drillinge von Cloé und Raoul. Auf dem Weg hierher hatte er Raoul ganz stolz viele Fotos seiner Babys gezeigt und ihm alles von der Geburt bis zum täglichen Chaos ganz genau erzählt. „Das wirst du alles auch noch erleben, warte nur ab, bis du zu Hause bist." Raoul hatte es nicht erwarten können. Und jetzt war er hier in seinem neuen Zuhause, das er erst kennenlernen musste, angekommen. Die beiden Pferde waren schneller als das Flugzeug gewesen und hatten ihn hier vor der Einfahrt erwartet, um mit ihnen zum Haus zu kommen. Allerdings wollten sie so schnell es ging wieder zurück, nach ein paar Tagen der Erholung.

Raoul sah seine Frau unter Tränen an und wollte schnell mit dem Rollstuhl auf Cloé zufahren, aber die Drillinge quietschten, ließen sich auf ihre Knie fallen und krabbelten in Windeseile auf ihn zu und kletterten an ihm hoch, schneller als er sich bewegen konnte. Die Tränen liefen ihm über die Wangen, als er sie sah, genau wie bei Cloé, die inzwischen auf ihre Knie gesunken war und so vor Raoul im Rollstuhl mit ihren Babys auf dem Schoß hockte. Jetzt verstand sie auch den Sinn von „Mamapada", sollte wohl heißen „Mama, Papa ist da!". Durch einen Tränenschleier sah sie, wie die Kinder immer wieder mit ihren kleinen Patschhändchen ihrem noch nie vorher gesehenen Vater über das Gesicht strichen. „Cloé, mein Schatz!" Die Stimme war rau, voller Emotionen, seine Hand streichelte ihr über das Gesicht. Sie hob ihren Kopf, sah direkt vor sich die Kinder, die sich an ihren Vater kuschelten und das tränenüberströmte Gesicht von Raoul. Sie beugte sich vor und küsste Raoul mitten auf den Mund, spürte dabei die Händchen und Ärmchen der Kinder, die sich auch um ihren Hals legten und gemeinsam weinten sie sich alle Sorgen und allen Frust der letzten Monate von der Seele. Kein Auge war in diesem Moment trocken geblieben. Selbst die beiden Pferde schnieften. Endlich wieder vereint.

Nach zwei Tagen verabschiedeten sich die beiden Pferde und auch Cian flog an diesem Tag wieder zurück nach Hongkong zu seiner Familie, nachdem er mit Raoul noch einige geschäftliche Angelegenheiten besprochen hatte. Cloé hatte ihm ein Päckchen für Sue-Lin mitgegeben, mit Glückwünschen und einem Geschenk für deren Zwillinge.

Das Chaos, das sich die ersten Tage ausbreitete, die Emotionen, die verarbeitet werden mussten, bis endlich eine gewisse Routine einkehrte. Immer wenn Raoul danach Cloé angesehen hatte, fingen seine Gefühle an überzukochen. Sie wurden immer mehr. Anders konnte er es nicht ausdrücken. Er liebte Cloé mehr als sein Leben. Mit dem Rest seiner Gefühle mussten seine Kinder vorlieb nehmen, aber das war ja auch immer noch eine ganze

Menge. Jedes Mal, wenn die Kleinen etwas Neues konnten, explodierten sein Stolz und seine Liebe. Und er staunte über dieses Wunder. Seit seiner Ankunft schien Cloé auf Wolken zu schweben vor lauter Glück.

Jeden Tag trainierte Raoul mit einem Physiotherapeuten in dem Fitnessraum, manchmal über seine Grenzen hinweg. Aber er wollte um jeden Preis wieder alleine laufen können, seinen Babys hinterher rennen können. Nach vier Wochen konnte er zum ersten Mal ohne Rollstuhl und nur mit Krücken in den Garten hinuntergehen. Unter Tränen beobachtete Cloé ihn, die Drillinge standen still neben ihr und bewunderten ihren Vater. Als er die vorgenommene Strecke hinter sich gebracht hatte und sich auf einen Stuhl setzte, standen Schweißtropfen auf seiner Stirn. Aber er war stolz auf sich und strahlte Cloé an. Sie applaudierte ihm und ging auf ihn zu, aber die Drillinge waren schneller. Sie kletterten an ihm hoch und umschlangen ihn mit ihren Ärmchen. Sie schienen genau zu wissen, welche Anstrengung er da hinter sich gebracht hatte. Cloé blieb kurz vor Raoul stehen. Sie konnte kaum glauben, was sie da gerade gesehen hatte. Tränen traten ihr in die Augen. Stella hatte ihm ihre Patschhändchen auf das Gesicht aufgelegt und dann begann sie ganz leicht zu schimmern. Cloé hielt den Atem an, als sie es sah. Das war Magie, Stella hatte dieses Schimmern drauf, wie sie auch. Wahnsinn! Die Jungs hielten sich an Raouls Beinen fest und sahen ihre Schwester an. Es schien ein Kraftfeld von diesen dreien auszugehen, das auf Raoul ausstrahlte und ihm Energie und Kraft zu geben schien. Raoul sah über die Köpfe seiner Kinder hinweg zu Cloé. Er hatte es auch gemerkt. Und genau diese Kraft und Energie war wohl mit dafür verantwortlich, dass er innerhalb von nur vier weiteren Wochen seine alte Kraft zurückerlangte. Er konnte wieder alleine frei laufen, rennen, schnell, auch über längere Strecken. Täglich trainierte er auf dem Laufband und mit den Gewichten, oder er joggte. Bald hatte er seine frühere muskulöse Figur wieder.

Seine Firma hatte er inzwischen auch wieder von dem zeitweisen Geschäftsführer, seinem Freund Cian, übernommen. Allerdings hatte er die anstehenden Arbeiten an seinem Computer im Wohnhaus erledigt. Ein richtiges Büro und auch die Helfer, die die Angestellten aus der Schweiz ersetzen mussten, würde er sich in den nächsten Monaten einrichten. Dazu müsste er nach Nelson fahren, alles erkunden und planen. Einiges hatte er schon im Internet recherchiert, einen Geschäftsplan aufgestellt und mit einer Bank telefoniert. Stück für Stück würde sich alles ergeben.

Als er endlich wieder ganz der Alte war, machte sich die ganze Familie mit Chauffeur und Kindermädchen auf den Weg nach Nelson, um die restliche Einrichtung für ihr Haus zu kaufen. Es wurde ein langer und anstrengender Tag, an dessen Ende alle miteinander völlig erschöpft, aber zufrieden zu Hause in ihre Betten fielen und durchschliefen bis zum nächsten frühen Morgen. Die Möbel sollten in einer Woche geliefert werden. An diesem Morgen deckte Cloé den Frühstückstisch für ein richtiges Festmahl und es dauerte bis zum Nachmittag, als sie endlich bereit waren für den Rest des Tages. Cloé und Raoul sahen sich an, umarmten sich und hielten sich lange fest umschlungen. Dann bewies Raoul, wie sehr er sie liebte und dass er immer noch heiß küssen konnte. Die Drillinge sahen ihnen dabei sehr interessiert zu.

Schließung der Portale

Balthazar, der Obermagier auf der Magischen Welt, berief eine dringende Konferenz ein mit allen Abgeordneten, seinen Kollegen und Wächtern der Königskathedrale. „Wie Ihr alle wisst, wurde inzwischen der Fluch, der auf der Grünen Welt und damit auf uns allen seit Jahrhunderten lastete, gelöst und aufgehoben. Auch Raoul wurde gefunden und konnte inzwischen mit seiner Familie wieder vereint werden. Aber in dieser ganzen Zeit, in diesen langen Zyklen haben die Portale eine unglückliche Rolle gespielt. Viel Unheil ist damit angerichtet worden. So etwas darf nie wieder passieren. Inzwischen gibt es nur noch 8 Tore, die meistens einigermaßen einwandfrei funktionieren. Es ist an der Zeit, dass wir darüber ernsthaft abstimmen, natürlich auch mit den Abgeordneten der anderen Welten, dass diese Portale endgültig geschlossen werden. Wir sollten alle Betroffenen zu uns einladen und einen Beschluss fassen."

Jeder, der am Tisch saß, wusste über die Ereignisse der Vergangenheit und der letzten Jahre Bescheid. Serafina erhob das Wort: „Wer ist dafür?" Ohne Ausnahme erhoben sich die Hände. Somit war es offiziell, dass eine Einladung an alle Welten ging. Zum Reisen sollten die Eingeladenen die Dienste von Thor und Odin in Anspruch nehmen dürfen, das war der schnellste Weg. Die Portale waren inzwischen viel zu unzuverlässig.

Noch am selben Tag wurden die entsprechenden Einladungen an Odin und Thor zum Zustellen übergeben. Ein paar Tage später waren sie wieder zurück mit den Zusagen von allen Eingeladenen.

Zwei Wochen später saßen am Konferenztisch 20 Personen, zwei aus jeder Welt. Balthazar leitete die Gesprächsrunde, er gehörte nicht zu denjenigen, die abstimmen durften. Aber er sprach eindringlich zu ihnen: „Ihr wisst alle, was der letzte Zyklus für Unglück über viele von uns gebracht hat. So etwas darf sich niemals wiederholen. Des-

halb sollten wir heute darüber abstimmen, ob die Portale endgültig geschlossen und zerstört werden oder nicht. Die zweite Option halte ich allerdings für sehr gefährlich. Keines der Portale darf ausgeschlossen werden, ob es sich nun finden lassen will oder nicht. Wir hier auf der Magischen Welt werden dafür Sorge tragen, dass alle Portale zur abgestimmten Zeit sichtbar sein werden."

Es fing unter den 20 Abgesandten eine lange und heftige Diskussion an. Es dauerte viele Stunden. Nur unterbrochen von einem ausgiebigen Mahl, dem alle mit großem Appetit zusprachen. Endlich, gegen Abend, gab es ein Ergebnis. Der Großkanzler der Bunten Welt stand auf: "Wir sind einstimmig zu dem Schluss gekommen, dass es besser für alle Welten sein wird, wenn wir alle Portale ausnahmslos zerstören. Sollten die Notwendigkeit bestehen, dass wir unsere Nachbarwelten kontaktieren müssen, so wird es mit der Zeit andere Wege geben, um Nachrichten zu übermitteln. Ich bin sicher, dass in ferner Zukunft sich auch andere Möglichkeiten ergeben, um durch das Universum zu reisen. Vielleicht nicht in unserer Generation, aber bestimmt in der nächsten." Die anderen Teilnehmer applaudierten. Es wurde noch eine lange Nacht, die mit vielen weiteren lebhaften Diskussionen und Gesprächen und einem ausgiebigen Mahl am runden Tisch ausgefüllt war. Am nächsten Morgen brachten Thor und Odin nach und nach die Abgesandten wieder zurück auf ihre Welten.

Noch am gleichen Tag der Rückkehr wurde überall auf allen Welten der Befehl erteilt, die Portale zu zerstören, sie in Stücke zu schlagen und so klein zu zermahlen, dass nichts mehr von ihnen übrig blieb als Sand und kleinste Steinbrocken. Jede Welt aber erhielt die Möglichkeit, nach Thor und Odin zu rufen, falls jemand unbedingt einen Weg brauchte, um in eine andere Welt zu gelangen oder Nachrichten dorthin zu senden.

Balthazar und Serafina standen an nächsten Abend lange draußen auf der Terrasse und beobachten den Sonnenuntergang. Serafina hatte einen langen Pfiff ausgestoßen und jetzt warteten sie, den Blick zum Himmel gerichtet.

Da, endlich kamen sie angeflogen. Dharcey, Tagtraum, Nachtfee und zuletzt Paff, der kleinste Drachen. Aber gerade er war im letzten Jahr größer geworden. Er hatte schon die ersten Schuppen erhalten, auf die er ganz besonders stolz war. Neben Paff flatterte die kleine Elfe Rosalie, die er durch den kleinen Spiegel in der Spieluhr wieder in ihre Heimat geholt hatte. Seither schienen die beiden unzertrennlich zu sein. Balthazar hob seine Hand und die Elfe ließ sich darauf nieder. „Du hast deine Aufgabe wunderbar erfüllt. Dafür spreche ich dir ein großes Lob aus. Als Dank möchte ich dir etwas schenken." Er ließ seine andere Hand über ihrem Kopf schweben und bewegte leicht die Finger, sprach dabei ein leises Wort. Daraufhin begannen nicht nur ihre Flügel zu wachsen, sondern auch ihre ganze Gestalt schien zu wachsen, wurde ein paar Zentimeter größer. Das Kleid, ihre Haare und die Flügel glitzerten und blinkten golden. Sie strahlte über das ganze Gesicht, als sie an sich hinunter blickte. Ihre Hände streichelten ihren Rock. Dann sah sie Balthazar an, fing an, mit den Flügeln zu flattern und erhob sich in die Luft. „Danke, lieber Balthazar, immer wieder gerne zu Diensten." Sie schraubte sich immer höher und höher, und Paff begleitete sie mit kräftigen Flügelschlägen.

Die drei anderen Drachen und auch Balthazar und Serafina sahen ihnen hinterher. „Er wird erwachsen, unser kleiner Paff. Ja, wie schnell doch die Zeit vergeht." Und mit diesem Ausspruch erhoben sich Dharcey, Nachtfee und Tagtraum und flogen zurück auf ihre Insel.

Engumschlungen gingen Serafina und Balthazar zurück in sein Haus. Noch lange würde man sich auf den Welten von diesen Ereignissen des letzten Zyklus erzählen. Überall auf allen Welten wurden jetzt Feste veranstaltet, um das Ende des Fluchs zu feiern. Fröhlich, ausgelassen, tagelang.

Zuwachs

„Oh, das darf doch nicht wahr sein! Ich glaube, ich habe mir den Magen verdorben, mir ist ja so was von schlecht!" Cloé beäugte misstrauisch ihre dreijährigen Drillinge. „Ist bei euch alles in Ordnung? Geht es euch gut?" Joshua nickte mit dem Kopf, Roman meinte nur: „Alles gut. Was hast du, Mama? Bauchweh?" Nur Stella stellte sich neben Cloé und legte ihr das kleine Patschhändchen auf den Bauch, schloss kurz die Augen und meinte dann: „Kein Magen verdorben, Mama, Babys!" Dabei sah sie Cloé lächelnd mit großen Augen an. Stella schien irgendwie etwas von der Magie behalten zu haben, die ihre Vorfahren ihnen scheinbar vererbt hatten. Sie konnte Dinge spüren, vorausahnen, was man mit Intuition alleine nicht erklären konnte. Cloé war fassungslos und absolut nicht begeistert. Aber das würde sie mit ihrer Tochter jetzt nicht diskutieren. Kurz entschlossen meinte sie zu den Drillingen: „Wollt ihr mit in die Stadt fahren? Ich muss dort etwas besorgen!" „Oh ja, wir wollen mit. Wohin fährst du?" „In die Apotheke und zu Papa ins Büro!" Sowie die drei das Wort Papa hörten, zogen sie sich schnell ihre Schuhe an, schnappten sich ihre Jacken und rannten zum Auto in die Garage. Cloé lachend hinter ihnen her. Dutch stand draußen vor der offenen Garage und sah ihr erwartungsvoll entgegen.

„Soll ich Sie fahren? Ich muss sowieso nach Nelson zum Baumarkt. Ich kann sie absetzen und nachher wieder einsammeln. Das macht gar keine Umstände. Ihr Mann hat gerade bei mir angerufen und will am späten Nachmittag abgeholt werden."

„Prima, das erspart mir die Parkplatzsuche. Ich habe in der Stadt kurz etwas zu erledigen und will dann sowieso zu meinem Mann. Das geht dann in einem Aufwasch."

In der Apotheke kaufte Cloé einen Schwangerschaftstest und ging dann mit den Drillingen zum Bürogebäude ihres Mannes ein paar Straßen weiter. Dort begrüßte sie kurz im Erdgeschoss ihre Kollegin im Reisebüro, die von den Kindern mit lautem Hallo umringt wurde. Hier gab es für sie immer einen Lutscher in die Hand. Danach ging es mit dem Fahrstuhl hoch ins Büro ihres Mannes. Seine Sekretärin meinte, er wäre frei. Die Drillinge hatten schon Fahrt aufgenommen und rannten zur Tür ihres Vaters. Der war total überrascht, freute sich aber und schloss die Kinder in seine Arme. Dabei sah er seine Frau, die ein paar Schritte später kam, fragend an. „Ich hatte noch etwas in der Stadt zu erledigen. Kannst du die Drei kurz beschäftigen, ich bin gleich wieder da." Damit schloss sie von außen die Tür und ging auf direktem Weg zur Toilette. Zehn Minuten später kam sie wieder heraus, etwas bleich um die Nase und ging zurück zum Büro von Raoul.

Der hatte inzwischen seinen Kindern einen Tisch freigeräumt und ließ sie auf einem langen Blatt Papier mit Buntstiften malen. Als Cloé hereinkam, wusste er sofort, dass etwas nicht stimmte. „Was ist los?" fragte er leise und nahm sie in den Arm. Cloé holte tief Luft und dann zeigte sie ihm den Schwangerschaftstest. Positiv. Er sah etwas länger darauf, dann holte er tief Luft und fing an, breit zu grinsen. Er hob Cloé in die Luft, hielt sie fest an sich gedrückt und tanzte mit ihr durch den Raum. „Aber das ist ja wunderbar. Wann?"

„Keine Ahnung. Normalerweise dauert es neun Monate. Aber den genauen Termin wird meine Frauenärztin feststellen."

„Dann mach sofort einen Termin dort aus. Das Telefon steht auf meinem Schreibtisch." Er stellte Cloé ganz vorsichtig ab, nahm ihr Gesicht in beide Hände und küsste sie ganz sanft. „Du machst mich so glücklich." Er war begeistert. Dann ging er zu seinen Kindern und sah sich an, was sie so auf das Papier gebracht hatten. Er bemerkte nicht, dass sie auch den Schreibtisch mit in ihre Zeichenaktion einbezogen hatten. Joshua hatte sich die Beine und die

Rückseite vorgenommen, Roman die Unterseite der Tischplatte. Nur Stella war die ganze Zeit über auf dem Papier tätig gewesen. Cloé lächelte, als sie die Bescherung sah, sagte aber nichts. Das würde Raoul spätestens bei der nächsten geschäftlichen Besprechung von ganz alleine feststellen.

Zwei Wochen später hatte Cloé ihren ersten Termin beim Frauenarzt. Die Ultraschall-Aufnahme zeigte klar und deutlich, dass es dieses Mal „nur" zwei Babys werden würde.

„Diesmal kann ich alles miterleben, das Wachsen und die Geburt." Raoul freute sich, legte seine Hand auf ihren Bauch und Tränen standen ihm in den Augen.

Sieben Monate später kamen die Zwillinge zur Welt. Ein Junge und ein Mädchen. Viola und Adrian. Ohne Komplikationen, auf ganz natürlichem Weg. Raoul war dieses Mal bei der Geburt dabei und ihm liefen die Tränen über die Wangen, als er die Zwillinge zum ersten Mal in den Armen halten durfte. Cloé strahlte ihn an, sie fühlte sich gut, hatte alles gut überstanden. „Wann darf ich denn nach Hause? Dort warten doch unsere Drillinge schon ganz ungeduldig darauf, endlich ihre Geschwister zu sehen."

Der Arzt schüttelte den Kopf. „Bei drei quirligen kleinen Kindern zu Hause haben Sie auch so schon ganz viel Stress. Stimmt doch, oder? Ich schlage vor, Sie erholen sich erst einmal von der Geburt und in ein paar Tagen, wenn alles gut aussieht, sehen wir weiter." Raoul zuckte mit den Schultern. „Ich habe dem Kindermädchen Bescheid gesagt. Sie wird jeden Tag kommen, wenn du nach Hause darfst. Für die erste Zeit. Und ich werde dann ja auch da sein. Das will ich mir auf gar keinen Fall entgehen lassen."

Cloé konnte nur nicken. Seit der Geburt war sie nahe am Wasser gebaut. Aber Raoul brachte danach jeden Tag die Drillinge mit ins Krankenhaus, damit sie ihre Geschwisterchen sehen konnten. Die Babys hatten bei der Geburt nur geringfügig Untergewicht gehabt, sodass sie, als Cloé nach acht Tagen entlassen wurde, auch mit nach Hause durften. Dort wichen die Drillinge die erste Zeit nicht von der Seite der Babys. Jede Bewegung der Zwillinge wollten sie mitbekommen. Stella übersetzte jeden Laut und Schrei der beiden, sodass ihre Eltern immer wussten, was sie wollten.

Mit der Zeit entwickelte Cloé eine gewisse Routine im Umgang mit ihren fünf Kindern. Dreimal in der Woche kam das Kindermädchen und half ihr, aber auch Raoul war so oft es ging zu Hause und bearbeitete von dort aus alles, was er über den Computer erledigen konnte. Dabei fand er zwischendrin immer wieder Zeit, sich mit seinen Kindern zu beschäftigen, mit ihnen zu spielen, drinnen, draußen. So konnte er sich mit Cloé abwechseln und sie hatte Zeit, alleine ein paar Stunden nach Nelson ins Reisebüro zu fahren und dort zu arbeiten oder auch nur etwas für sich selbst zu tun. Allerdings bot ihnen dieses Arrangement auch die Gelegenheit, die Entwicklung ihrer Kinder hautnah zu erleben, alle beide.

Wie oft mussten sie über die Kinder lachen, wenn sie wie ein Blitz in verschiedene Richtungen davon krabbelten, oder später auch beim Laufen. Die Kinder schienen einen speziellen Code entwickelt zu haben, mit dem sie sich verständigten. Sie als Erwachsene waren nur zu zweit, um sie einzufangen, die Drillinge machten sich einen Spaß und spielten mit, fünf Kleinkinder krabbelten und rannten in fünf verschiedene Richtungen, Cloé und Raoul hatten keine Chance. Aber Cloé und Raoul lernten, sie zu überlisten. Am Liebsten waren die Kinder draußen, unter Aufsicht erkundeten sie den Wald um das Haus herum, der mit einem hohen Zaun eingezäunt war. Spielten Verstecken, Nachlaufen, Hüttchen bauen.

Seit vier Jahren lebten Raoul und Cloé mit ihren Kindern nun in Neuseeland. Sie liebten dieses Land vom ersten

Besuch an. An der Westküste, am Malborough Sound, hatte Cloé damals, als Raoul noch in der Schweiz im Internat im Koma lag, dieses Haus gekauft. Mit einem großen Grundstück drum herum. Ein immergrüner dichter Regenwald umgab das Gebäude. Die Lichtverhältnisse hier am Sound ließen die Landschaft am Morgen und gegen Abend in einem zartrosa Licht erscheinen, als wäre das Land rundum mit einem Weichzeichner überzogen, traumhafte Buchten lockten zum Baden und zu Ausflugsfahrten mit dem Boot.

Der Queen Charlotte Drive ging ganz in der Nähe hinunter nach Nelson und nach der anderen Seite am Malborough Sound entlang nach Picton zur Fähre auf die Nordinsel. In Nelson hatte Raoul ein Bürogebäude gekauft, seine Firmenräume in einem Stockwerk eingerichtet, darunter ein Fitness-Studio und im Erdgeschoss ein Reisebüro als Filiale des Büros in Zürich, wo auch seine Cloé ab und zu einige Stunden arbeitete. Ihre Chefin in Zürich war überglücklich gewesen, als Cloé ihr das Angebot gemacht hatte, hier eine Filiale ihres Reisebüros zu eröffnen.

Dutch war immer noch Chauffeur und Bodyguard von Raoul. Er wohnte in einer geräumigen Wohnung über der großen Garage gleich hinter dem großen Tor zu ihrem Wohnhaus. Die Haushälterin, die Cloé eingestellt hatte und ihre Tochter, die auch hin und wieder als Kindermädchen bei ihnen mitarbeitete, wohnten ganz in der Nähe in einem eigenen Haus. So konnten sie sich praktisch unabhängig fühlen und waren doch immer in der Nähe, falls sie einmal für einen Notfall bei den fünf Kindern gebraucht wurden. Und Dutch konnte von seinen Fenstern aus auch in seiner Freizeit die Zufahrt überwachen und das Tor kontrollieren. Außerdem hatte Dutch vor einem Jahr geheiratet, eine sehr nette Maori-Frau, und hatte mit ihr selbst einen kleinen Sohn, auf den er sehr stolz war.

Die Stadt Nelson war gerade mal 30 Minuten mit dem Auto entfernt. Dorthin fuhren sie zur Arbeit, aber ihr Lebensmittelpunkt war dieses große Haus, das einen fantastischen Ausblick auf die Buchten des Sounds bot. Die große Holzterrasse ragte über den abfallenden Hang hinaus. Darunter ging ein Weg zum Strand und Anlegesteg. Dort war ein Motorboot vertäut, mit dem sie oft hinaus auf das Wasser fuhren. Sie waren glücklich und genossen jeden Tag ihres neuen Lebens.

Das Gebäude in Zürich hatte Raoul behalten, allerdings waren inzwischen alle Büroräume und Etagen, die er für seine Firma eingerichtet hatte, anderweitig vermietet. Die Wohnung dort hatte er verkauft. Alle paar Monate pendelte er mit dem Flugzeug zwischen Hongkong und Neuseeland, meistens begleiteten ihn auf diesen Reisen seine Frau Cloé und die fünf Kinder. Dann wohnten sie alle bei Sue-Lin und Cian in deren großer Penthouse-Wohnung, wo es in dieser Zeit dann immer laut und fröhlich zuging, mit inzwischen acht Kindern, den Drillingen und Zwillingen von Cloé und Raoul sowie den Zwillingen und der jüngsten Tochter von Cian und Sue-Lin. Damit das Chaos nicht zu groß wurde, wuselten dann tagsüber auch immer noch zwei Kindermädchen zwischen den Kleinen herum und sorgten für ein bisschen Ordnung im Chaos.

Der einzige Wermutstropfen war, dass sie noch immer keine Nachrichten von Cloés Mutter erhalten hatten. Über ihr Befinden, ihren Aufenthaltsort. Auch Thor und Odin hatten sich seit Raouls Wiederkehr nicht mehr bei ihm gemeldet.

Wie alles begann

Jeden Abend musste Cloé ihren Kindern eine Gutenacht-Geschichte erzählen. Die Kinder liebten Märchen über alles. Mindestens einmal in der Woche sollte es das gleiche „Elfenzauber-Märchen" sein, das sie so sehr liebten. Manchmal sprachen alle Kinder zusammen sogar die Sätze mit. Die Kinder kannten fast Wort für Wort auswendig. Trotzdem waren sie jedes Mal fasziniert davon. Auch Raoul hörte immer wieder einmal tief ergriffen zu. Genau wie Cloé ahnte er, dass dieses Märchen in grauer Vorzeit nach der Wahrheit geschrieben worden war. Das dicke Buch in seinem Safe belegte es.

Wenn er so auf seine vor ihm sitzende Familie schaute, seine Frau und seine 5 Kinder, die Drillinge waren jetzt 4 Jahre alt, die Zwillinge gerade erst zwei Jahre alt geworden, ja, dann schwoll Raoul das Herz vor lauter Glück und Stolz an. Nie hätte er das damals als junger Mensch im Internat gedacht, dass er einmal so glücklich werden könnte. So stolz. Nicht eine einzige Minute des Tages litt er an Langeweile. Wenn er nicht von seinem Job in Anspruch genommen wurde und im Büro arbeitete, dann von seiner Familie.

Er liebte seine Frau über alles, auch seine Kinder. Die Anziehungskraft zwischen ihnen war immer noch riesig groß, auch wenn sie mit ihrer Liebe inzwischen den Fluch gelöst hatten. Irgendwie glaubte er an den Wahrheitsgehalt des Märchens, das seine Frau so oft den Kindern erzählen musste. Auch heute Abend lehnte er im Türrahmen und hörte seiner Cloé zu, wie sie das Märchen erzählte:

Elfenzauber

Es war einmal vor langer, langer Zeit. Ich lag ganz still. Ich schlief ganz fest. Da träumte ich von einer weit entfernten Zeit, von einem weit entfernten Land, mit hohen schneebedeckten Bergen, hohen Bäumen, grünen Hügeln, tiefen dunklen Tälern und einem wunderbaren dichten Wald.

Auf keiner Landkarte war dieser Wald verzeichnet, keines Menschen Auge hatte ihn je erblickt. Denn er war unsichtbar und klein, viel kleiner als die Landschaften der Menschenwelt. Alle Wege von Wald und Feld in der Menschenwelt führten um ihn herum, ohne dass sie einen sichtbaren Bogen machten, die Menschen wanderten an seinem Rand entlang, ohne zu bemerken, was da neben ihnen lag. Manchmal wurden sie auch beobachtet und begleitet, unsichtbar. Es war ein verwunschener Wald. Wer waren diese unsichtbaren Begleiter?

Nun, es waren Elfen. Dieser verwunschene Wald war ihre Heimat. Hierhin hatten sie sich zurückgezogen, als die Menschen sie nicht mehr akzeptieren wollten. Alle Elfenweisen hatten einen Zauber gewirkt, und der Wald mitsamt seinen Bewohnern blieb den Blicken der Menschen verborgen, unsichtbar. Für alle Zeiten. Von außen sah er klein aus, dieser verwunschene Wald, aber wenn man ihn betrat, war er ein riesiges Reich, eine eigene Welt in sich.

Es gab viele verschiedene Elfen ihrer Art. Die Blumenelfen zum Beispiel waren winzig klein, kaum so groß wie eine Libelle. Sie schwirrten auf ihren schillernden Flügeln blitzschnell durch die Luft und kümmerten sich um alles, was auf der Erde blühte. Dann gab es die Erdelfen, sie kümmerten sich um alles, was unter der Erde wuchs und lebte. Sie hatten keine Flügel, dafür aber große Augen und Ohren. Ihre Hände waren beim Graben so flink wie Windflügel. Sie waren nur handtellergroß.

Dann gab es noch die Busch- und Baumelfen. Sie hatten große Flügel, denn sie waren die größten unter den Elfen. In ihrer Gestalt sahen sie den Menschen sehr ähnlich, nur waren ihre Gesichter noch lieblicher und feiner.

Ständig waren alle Elfen unterwegs, um nach dem Rechten zu sehen und ihren Aufgaben nachzukommen. Das war ein Gesumme und Gezwitscher, ein Flüstern und Gewisper, wie man es sich kaum vorstellen konnte.

Über all den Elfen herrschte immer ein König mit einer Königin. Es war nämlich so, dass ein Herrscher dieses Amt nicht automatisch an seine Kinder weitervererben konnte, sondern ein Herrscher wurde geboren und von den Weisen gewählt. Alle 300 – 500 Jahre, wenn der gegenwärtige Herrscher müde und alt war, wurde bei einem der Elfenhäuser ein neues Elfenkind mit außergewöhnlichen Fähigkeiten geboren. Diese Geburt offenbarte sich den Weisen der Elfenhäuser. Wenn dieses Kind dann älter wurde und sich in seinen Taten und seiner Lebensweise für würdig erwiesen hatte, wurde es zum Herrscher von allen Elfenvölkern gewählt.

Da gab es einen jungen Mann bei den Baumelfen, der war groß und stark, mit schwarzem lockigem Haar. Er liebte eine junge, wunderschöne Blumenelfe von lieblicher Gestalt, mit blondem langem Haar. Auch sie liebte ihn von ganzem Herzen. Die beiden waren ein schönes Paar und wollten so schnell es der Ältestenrat erlaubte, heiraten. Allerdings stammten beide aus verschiedenen Adelsstämmen, die sich nicht grün waren. Bis jetzt verweigerten diese Stämme und ihre Eltern eine Verbindung zwischen den beiden jungen Elfen. Aber dann wurde dieser junge Mann zum König gewählt und die Ältesten zwangen ihn, seiner Liebe zu der jungen Blumenelfe zu entsagen. Ihm wurde eine andere Elfe aus hohem Hause zur Königin auserwählt, die er schon bald nach seiner Krönung heiraten musste.

Die junge Blumenelfe aber verging vor lauter Kummer, vor allem, als sie merkte, dass sie ein Kind des Königs unter ihrem Herzen trug. Als das Kind geboren wurde, es war ein Junge, wollte die junge Elfe, dass der König es als sein Kind anerkannte. Aber die Weisen sahen eine Gefahr in diesem Kind und verbannten die beiden aus ihrem Land, aus ihrer Welt. Da verfluchte die junge Elfe den verwunschenen Wald, das ganze Elfenvolk, auch den König und seine Familie. Wenn in den kommenden 500 Jahren keine Nachkommen des Stammes ihrer Familie und der Familie des Königs in wahrer Liebe zueinanderfinden und eine Ehe eingehen und Kinder bekommen würden, dann sollten die Elfenvölker auf immer verflucht und verdammt sein, der verwunschene Wald und alle seine Bewohner sollten in Dunkelheit und Vergessen verschwinden und nie wieder erscheinen, weder in dieser Welt noch in einer anderen.

Als die Weisen diesen Fluch hörten, erschraken sie. Allerdings lag es nicht mehr in ihrer Macht, ihn aufzuheben. Er hatte sich schon in das Buch der Geschichte eingebrannt. Sie schlossen dieses Buch sicher in einem Spiegel weg und die Generationen, die nach ihnen kamen, wussten bald nichts mehr davon. Nur die Weisen gaben ihr Wissen untereinander weiter, auch von dem Fluch.

Auch das Königspaar hatte den Fluch nicht gehört. Die Ältesten hatten dem König einen Trank gegeben, der ihn seine alte Liebe und das, was er für sie empfunden hatte, vergessen ließ. Nach einigen Jahren gebar die Königin ein wunderschönes kleines Mädchen. Die Königin und der König waren sehr glücklich darüber, denn es gab nicht mehr oft Nachwuchs in einem Herrscherhaus.

Das Baby lag in seiner Wiege und spielte mit seinen Fingern. Leise krähte es dabei und sah an die Decke. Dort blitzten bunte Lichter auf. Je mehr es mit den Fingern spielte, desto mehr Lichter waren zu sehen. Dabei begann das Baby, sich langsam aus seinem Bettchen zu erheben und nach oben zu schweben. Es schien nicht zu bemerken, dass es nicht mehr auf der Matratze lag. Als die Königin es sah, erschrak sie sehr. So etwas war noch nie vorgekommen. Das war reine Magie. Sie nahm ihr Baby fest in die Arme, auch wenn es sich wehrte, denn diese Lichter hatten ihm gefallen. Die Königin lief mit dem Kind zu ihrem Mann und erzählte ihm, was sie gesehen hatte. Dieser ging daraufhin mit ihr und dem Kind zum Ältestenrat. Die weisen Elfen beobachteten das Kind genau. Sie legten ihre Hände auf und spürten eine große Macht in ihm, eine Macht, wie es sie seit vielen Jahrhunderten nicht mehr gegeben hatte. Sie befragten die Sterne, ihre Bücher und beratschlagten.

„Diese Macht könnte dereinst unser ganzes Reich vernichten. Es gibt nur einen Weg, das zu verhindern. Es darf nicht hier bleiben."

Schweren Herzen stimmte das Königspaar zu. Die Ältesten nahmen das Kind, gingen damit zum Rande des verwunschenen Waldes und legten es auf der Menschenseite auf einen bemoosten Baumstumpf. Dort stellten sie sich alle am Rande um das Kind und murmelten leise Beschwörungen. Das Elfenkind war unter diesen Beschwörungen gewachsen und sah jetzt wie ein Menschenbaby aus. Es versuchte wieder mit seinen Händchen Sterne an den Himmel zu zaubern, aber es gelang ihm nicht mehr. Da weinte es leise vor sich hin. Die Elfenweisen waren verschwunden. Allerdings drangen leise beruhigende Worte in der Elfensprache an sein Ohr. Zu sehen war niemand. Doch jedes Elfenkönigskind hatte ab seiner Geburt zwei kleine Schutzgeister um sich herum, meistens unsichtbar, die aufpassten, dass ihm nichts geschah und es immer wieder auf den rechten Weg brachten.

Der Baumstumpf und das Baby darauf waren weithin sichtbar. Der Weg davor war von Menschen angelegt worden als Spazierweg und es dauerte auch nicht lange, da kam eine Gruppe Spaziergänger den Weg entlang. Sie sahen das Baby auf dem Baumstumpf, staunten darüber und nahmen es schließlich mit.

Der verwunschene Wald aber war danach verschwunden, irrte durch die Welten und die Galaxien, ohne je wieder Wurzeln zu schlagen. Die Elfenvölker schienen sich aufzulösen, der Wald wurde einsam. Aber vielleicht war das ja auch der Fluch der jungen Elfe. Wer weiß das schon. Das Königspaar war vor lauter Kummer früh verstorben, der neugewählte König blieb kinderlos. Aber seine weisen Berater fanden einen uralten Mann, der um das Geheimnis des Fluches wusste und teilten es dem neuen König mit. Der schickte seine Krieger aus, um das Kind oder seine Nachkommen zu finden, um den Fluch zu lösen. Sie suchten vergebens.

Das Buch der Geschichte verschwand aus dem Spiegel, machte sich selbständig und irrte über die Welten des Universums auf der Suche nach seinem wahren Besitzer. Auf seiner Suche teilte es sich und verschwand in zwei entgegengesetzten Welten.

Viele Jahre später war dieses Baby in der Menschenwelt zu einer wunderschönen jungen Frau herangewachsen. Sie war bei Zieheltern großgeworden, die sie liebten, wie ihr eigenes Kind. Jetzt hatte Fiona, so hieß die junge Frau, geheiratet, einen Nachbarsohn, den sie sehr liebte. Sie wusste nichts mehr von ihrer Vergangenheit, alles schien aus ihrem Gedächtnis verschwunden. Einmal, sie war 10 Jahre alt gewesen, da hatten ihre Zieheltern ihr alles erzählt und sie mitgenommen auf den Pfad und ihr auch die Stelle gezeigt, wo der Baumstumpf einmal gestanden hatte und sie sie gefunden hatten. Aber der Baumstumpf war jetzt verschwunden, auf geheimnisvolle Weise, als hätte es ihn nie gegeben. Es gab einfach keine Spur mehr von ihm. Auch gab es dort keinen Wald, mochte er auch noch so klein sein.

Ein Jahr nach ihrer Hochzeit gebar die Frau ein Mädchen. Wunderschön mit blauen Augen und blonden Locken. Es war gerade einmal 3 Monate alt, da wurde Fiona mitten in der Nacht wach. Sie hörte ein fröhliches Kichern aus dem Kinderzimmer. Leise schlich sie zur Tür und machte sie einen Spalt breit auf. Was sie da sah, ließ ihr Herz fast stehen, sie musste sich eine Hand auf den Mund legen, um nicht aufzuschreien. Auf dem Fußende des Kinderbettes saßen zwei kleine Figuren, nicht größer als eine Hand. Sie trugen ein rotes Wams mit grünen Hosen, hatten ein graues Hütchen auf und auf dem Rücken hatten sie schillernde Flügel. Sie hatten ihre Blicke auf das Baby gerichtet und klatschten begeistert in die Hände. Ihr Baby schwebte auf gleicher Höhe in der Luft und spielte mit seinen Händchen, dabei erzeugte es glitzernde bunte Lichter an der Decke. „Da, da!", plapperte es und mit jedem „da" zeigte ein Fingerchen an die Decke, wo die bunten Lichter blinkten und glitzerten, und es wurden immer mehr. Langsam und leise ging Fiona in das Zimmer hinein und blieb neben dem Bettchen stehen. Vorsichtig zog es das Kind zu sich heran und nahm es auf die Arme. Dann sah sie die beiden Figuren auf der Bettkante an und fragte ganz erstaunt: „Wer seid ihr denn?" Die beiden hatten keine Angst gezeigt und waren auch sichtbar geblieben. Irgendwie kamen sie ihr bekannt vor und sie war eigentlich auch nicht wirklich überrascht gewesen, sie zu sehen.

„Aber wir gehören doch zu deiner Familie!" sagten sie mit feinen dünnen Stimmchen. Fiona musste sich setzen. Dann erzählten ihr die beiden, was sich bisher in den letzten 30 Erdenjahren ereignet hatte. Sie erzählten auch, dass das Elfenvolk große Schwierigkeiten hatte und die Ältesten sie gebeten hatten nachzusehen, ob es ihr gut ging und ob sie vielleicht schon Nachwuchs hätte. Selbst bei den noch verbliebenen Elfenvölkern hatten sie alle gespürt, dass ein Spross geboren worden war mit außergewöhnlichen Fähigkeiten. „Die Macht und Magie in deinem Kind ist sehr stark, stärker noch als bei dir. Deshalb kann es, obwohl es nur zur Hälfte eine Elfe ist, diese Lichter an der Decke erzeugen, wie du selbst es als Elfenbaby auch konntest."

Die junge Frau war geschockt. Sie hatte alles Mögliche erwartet, aber nicht das. Wie konnte das sein? Sie konnte sich an nichts erinnern. Sie war doch ein Mensch. Wenn sie sich im Spiegel sah, hatte sie nichts gemeinsam mit diesen kleinen Wesen hier vor ihr. War sie verzaubert? Sie musste sich erst mal setzen, ihr Baby hatte sie immer noch auf dem Arm. „Was wollt ihr von mir?"

„Gib uns dein Kind mit!"

„Niemals!", war alles, was sie erwidern konnte.

„Aber es kann das Volk der Elfen vielleicht retten, das haben die Weisen gesagt."

„Wenn das stimmt, was ihr erzählt habt, warum haben meine Eltern mich dann weggegeben? Die Ältesten haben sich doch offenbar schon einmal geirrt!"

Wieder erzählten die beiden kleinen Elfen ihr, was sich damals zugetragen hatte. Von dem Fluch der kleinen Blumenelfe wusste niemand aus dem verwunschenen Wald mehr etwas. Das Buch der Geschichte war verschwunden. Die Blumenelfe und ihr Sohn waren ebenfalls vor langer Zeit verschwunden, blieben unauffindbar.

„Aber dann hätte ich ja auch die Elfen und ihr Reich vielleicht retten können. Warum haben meine Eltern mich dann weggegeben? Wovor hatten sie Angst? Nein, ich komme nicht mit euch zurück und mein Kind bekommt ihr auch nicht. Ich liebe meine Eltern hier und meinen Mann und vor allem mein Kind. Ich kann euch nicht helfen und *will es auch nicht. Die Liebe meiner Elfeneltern kann nicht sehr groß gewesen sein, wenn ihnen ihre Angst vor den Magiern und um ihr Reich wichtiger war als mein Leben. Wenn das überhaupt alles wahr ist. Nein, ich bleibe hier, im Hier und Jetzt. Hier ist meine Heimat. Bei meiner Familie! Meinem Mann und meinem Kind. Das könnt ihr euren Weisen sagen! Sollten sie noch einmal jemanden schicken, werde ich mich wehren!"*

Nach diesen Worten sahen die beiden kleinen Elfen sie traurig an und verschwanden. Sie wussten nicht, dass es während ihrer Abwesenheit einen neuen König in ihrem Reich gegeben hatte, der dem Kind nicht wohlgesonnen war. Aber das ist eine andere Geschichte. Oder etwa doch nicht?

Und ihr fragt euch jetzt bestimmt: Wie ging es weiter? Wo ist der verwunschene Wald? Was macht die Blumenelfe? Gibt es sie noch? Stirbt eine Elfe, wenn man sagt, dass man nicht an sie glaubt?

Rückkehr

Nachdem Cloé mit der Geschichte an diesem Abend fertig war, fragte diesmal ihr Sohn Joshua: „Warum steht da am Ende nicht "und wenn sie nicht gestorben sind, leben sie noch heute?" Bevor Cloé etwas sagen konnte, meinte ihre Tochter Stella ganz altklug: „Aber das ist doch klar, weil das nicht das richtige, das wahre Ende des Märchens ist. Mama, ich meine das, was du uns sonst immer erzählt hast. In Wirklichkeit ist nämlich der verzauberte Wald und die ganze Welt der Elfen jetzt erlöst worden. Die zwei Königskinder, also der Prinz und die Prinzessin, haben doch nach ganz, ganz langer Zeit endlich zusammengefunden. Sie haben geheiratet und ganz viele Kinder bekommen. Jetzt kann der verzauberte Wald wieder dorthin gehen, woher er gekommen ist, nämlich nach Hause und seinen Platz dort einnehmen. Und die vielen Elfen leben wieder in tiefem Frieden miteinander. Und Oma und Uroma kommen uns morgen besuchen. Und sie bringen uns ganz viele neue Geschichten und Geschenke mit und sie bleiben auch ganz lange bei uns."

„Woher willst du das mit dem Wald denn wissen? Und wieso sagst du, dass eure Oma und Uroma kommen? Die kennt ihr doch gar nicht. Und davon wissen ja noch nicht einmal wir beide etwas." Cloé und Raoul waren richtiggehend perplex. Sosehr sie beide auch nachgeforscht hatten in diesen letzten vier Jahren, hatten sie nicht erfahren können, wo sich Cloés Mutter und ihre Großmutter aufhielten. Aber Stella hatte einen sechsten Sinn. Vielleicht ahnte sie ja etwas. Cloé sah Raoul an und spürte eine tiefe Sehnsucht nach ihm in sich, die sich in Raouls Augen widerspiegelte. Die Geschichte ihrer kleinen Tochter wollte sie jetzt nicht mit ihr diskutieren. Schnell gaben sie ihren Kindern einen Gutenacht-Kuss und deckten sie zu. „Wir werden sehen. Morgen früh." Engumschlungen gingen

Raoul und Cloé danach zusammen hinaus auf die große Terrasse und schauten schweigend dem Sonnenuntergang zu. Das Wasser der Bucht kräuselte sich leicht, der Wind wehte neue Gerüche zu ihnen hin. Die Sterne leuchteten an diesem Abend so hell wie schon lange nicht mehr. Da kommt etwas auf uns zu, sie wussten es beide intuitiv. Cloé drehte sich in Raouls Armen und schlang ihm ihre Arme um den Nacken. Voller inniger Liebe sah er auf sie herab und dann verloren sie sich in heißen Küssen. Sie glitten hinunter auf die Kissen, entkleideten sich gegenseitig und liebten sich, bis der Mond aufging.

Am nächsten Morgen in aller Herrgottsfrühe, noch bevor die Kinder wach waren, wurden sie durch lautes, energisches Klopfen an ihrer Haustür geweckt. Gerade fing die Morgendämmerung an. Raoul sprang erschrocken aus dem Bett. „Wer kommt hier morgens in aller Herrgottsfrühe noch vor Sonnenaufgang her und wirft uns aus dem Bett? Ob etwas passiert ist?" Er schlüpfte schnell in seine Jeans.

Cloé saß beim ersten Klopfen schon aufrecht im Bett, sie zog sich schnell den Morgenmantel über und beide gingen vorsichtig zur Haustür. Durch das Milchglas konnten sie es sehen. Draußen standen zwei Personen. „Das gibt's doch gar nicht. Diese wallenden Gewänder, das ist " - weiter konnte Cloé nicht reden.

Da kamen auch schon die Drillinge in ihren Schlafanzügen kreischend angerannt. „Oma, Oma!" riefen sie. Raoul konnte sie gerade noch zurückhalten. Bei seinem strengen Blick blieben sie plötzlich stehen und sahen ihre Eltern erwartungsvoll und ungeduldig an. Raoul öffnete die Tür. Sprachlos starrte Cloé auf ihre Mutter. Daneben stand eine alte Frau, in der sie ihre Großmutter erkannte. Es dauerte einige Sekunden, dann ließen sich die Drillinge nicht länger zurückhalten. Sie stürmten laut quietschend auf die beiden Frauen zu und umarmten sie stürmisch.

„Dürfen wir hereinkommen? Wir haben einen weiten Weg hinter uns. Ein starker Kaffee wäre jetzt auch nicht schlecht!"

„Mama, Oma!" Nacheinander fiel Cloé ihrer Mutter und ihrer Großmutter um den Hals. Tränen standen allen in den Augen. Höchstwahrscheinlich wären sie noch endlos heulend in der Tür stehen geblieben, wenn nicht die Zwillinge in ihren Zimmern angefangen hätten zu schreien. Sie waren von dem Lärm wach geworden, wollten aus ihren Bettchen heraus und an dem ganzen Trubel teilnehmen. Raoul umarmte die beiden älteren Frauen und zog sie zusammen mit den großen Kindern in das Haus. Dann schloss er die Haustür, lehnte sich dagegen und beobachtete staunend und grinsend das Gewusel, das da vor seinen Augen entstand. Es war das erste Mal, dass er seine Schwiegermutter sah. Er mochte sie sofort. Und er war stolz auf seine Kinder, auf seine immer weiter wachsende Familie.

Die beiden älteren Frauen wurden von den Kindern umlagert. Die beiden Jungs zogen ihre Oma mit auf die Terrasse, während Stella mit leuchtenden Augen vor ihrer Uroma stand und sie bestaunte. „Ich hab von dir geträumt!" „Ich weiß, mein Schatz!" Dann nahm Stella ihre Hand und ging mit ihr hinaus ins Morgenlicht.

Cloé hatte inzwischen die Zwillinge aus den Bettchen befreit und trug sie auf dem Arm herein. Strahlend sah sie zu Raoul herüber. Beide spürten bei dem Bild, das sich ihnen bot, einen tiefen Frieden in sich aufsteigen, so als würde ein ewiges Lied in ihnen summen. Sie folgten ihren Kindern auf die Terrasse. Im fahlen Morgenlicht fiel ein Stern vom Himmel. Cloé beugte sich zu ihrem Mann und flüsterte ihm ins Ohr: „Es wird ein Mädchen, sie soll Luna heißen." Raoul konnte nicht anders, er nahm ihr die Zwillinge ab, gab sie kurzerhand weiter an ihre Urgroßmutter, dann nahm er seine Frau in den Arm und küsste sie lange und ausgiebig. „Ich liebe dich mehr als ich sagen kann. Seit wir uns das erste Mal gesehen haben, ist meine Liebe zu

dir immer stärker, immer mehr geworden. Ich bin angekommen, bei dir. Du bist mein Leben! Das hier ist mein
Leben!" Dabei strahlte er von einem Ohr zum anderen.

Inzwischen verlangten die fünf Kinder lautstark ihr
Frühstück, und auch die Erwachsenen hatten Hunger. Als
erstes duftete der Kaffee in den Tassen, dann war der
Tisch gedeckt und eine glückliche, große Familie widmete
sich der ersten Mahlzeit des Tages.

Das Frühstück zog sich weit über den Vormittag hin und
ging fast übergangslos in den Nachmittag hinein. Irgendwann hatten die Kinder sich in ihre Zimmer zurückgezogen, nachdem sie den Garten unter Wasser gesetzt hatten
und, bevor Cloé hatte einschreiten können, alle rot blü-
henden Blumen zu einem großen Strauß abgepflückt hatten, um ihn ihrer Urgroßmutter in die Hand zu drücken.
Aber Cloé und auch Raoul waren heute so glücklich, dass
sie darüber nur lachen konnten. Als die Kinder sich zusammen mit dem Kindermädchen, das Raoul kurzfristig
gebeten hatte zu kommen, auf ihre Zimmer verteilt hatten,
fragte Clarice: „Wie habt ihr euch eigentlich kennengelernt? Damit wollten Odin und Thor nicht rausrücken.
Obwohl wir sie einige Male gefragt haben und ihnen damit
gehörig auf den Wecker gegangen sind, immer wieder,
wenn sie gerade mal auftauchten!"

„Das hätte ich mir denken können!" Cloé schüttelte den
Kopf. „Ich vermute mal, dass sie auch nicht alles wissen.
Hoffe ich wenigstens. Raoul und ich haben uns in Hongkong kennengelernt, damals, als ich zum Wettkampf und
Lehrgang hinflog. Da warst du gerade nach Australien
abgedüst." Und dann erzählten Cloé und Raoul abwech-
selnd, wie sie sich kennengelernt hatten, wie schnell das
alles gegangen war, was sie füreinander fühlten, damals
wie heute. Mit vielen Zwischenfragen seitens ihrer Mutter
und Großmutter wurde es spät abends. Als die Sonne
unterging und es kühler wurde, gingen alle hinein ins
große Wohnzimmer, das mit den Spielsachen der Kinder

immer noch großzügig dekoriert war. Clarice und Cloé begannen, alles in die Körbe zu räumen, damit man gefahrlos durch den Raum gehen konnte. Das Kindermädchen erschien in der Tür: „Ich habe allen etwas zu essen gegeben und sie in ihre Betten gesteckt. Aber sie möchten noch eine Gutenacht-Geschichte und von allen einen Gutenacht-Kuss." „Danke dafür, Macie, du hast uns einen großen Gefallen getan, dass du heute eingesprungen bist. Grüße an deine Mutter!"

„Dann wollen wir die Rasselbande mal zum Schlafen bewegen. Kommt ihr mit?" Raoul sah seine Schwiegermutter und deren Mutter fragend an, beide nickten und gingen hinterher in die Kinderzimmer. Die Zwillinge schliefen zuerst, bei den Drillingen dauerte es etwas länger. Aber der Tag war anstrengend gewesen und forderte nun endlich seinen Tribut.

Als die Erwachsenen endlich wieder in den gemütlichen Sesseln saßen, holte Raoul eine gute Flasche Rotwein heraus, schenkte jedem ein Glas ein und meinte: „Lasst uns anstoßen auf eure glückliche Heimkehr. Herzlich Willkommen bei uns. Heute habt ihr von uns viel erfahren und wir sind ganz neugierig darauf, was ihr die ganzen Jahre so gemacht habt. Und vor allem wo. Aber das sollten wir auf morgen verschieben. Jetzt sind wir alle wohl doch etwas erschöpft. Eure Zimmer haben wir euch schon gezeigt. Ich wünsche euch eine gute Nacht." Nachdem alle ihr Glas ausgetrunken hatten, umarmten sie sich und dann suchten sie ihre jeweiligen Schlafzimmer auf.

„Ich kann es irgendwie noch nicht glauben, dass die beiden wieder da sind, gesund und munter. Als wären sie nie weggewesen." Cloé schüttelte den Kopf. „Ich bin total erschöpft." Damit legte sie ihren Kopf auf Raouls Brust und schlief fast sofort ein. Raoul nahm sie zärtlich in die Arme, drückte einen Kuss auf ihre Haare und schloss ebenfalls die Augen.

„Sind sie wirklich gut angekommen? Hast du schon genug? Sie können reden ohne Luft zu holen. Man glaubt es nicht. Aber ansonsten sind sie eigentlich doch sehr sympathisch. Stimmt's?" Raoul hatte Thors Stimme wohl vernommen. Aber er hatte keine Lust, ausführlich zu antworten. Nur ein „Ist OK" kam gerade noch heraus. Dann war auch er eingeschlafen.

Donatia und Clarice

Am nächsten Morgen zeigte Cloé nach dem Frühstück ihrer Mutter das Haus und das große Grundstück. Ihre Großmutter schlief etwas länger. Allerdings konnte Cloé nicht vorhersagen, wie lange die Drillinge sich noch zurückhalten würden, bevor sie das Schlafzimmer ihrer Urgroßmutter stürmen würden.

Raoul hatte sich in sein Büro zurückgezogen. Als er gegen Mittag herauskam, fragte er alle, was sie denn von einem Grillessen halten würden, auch mit Dutch, seiner Frau und seinem Sohn, der Haushälterin und ihrer Tochter, dem Kindermädchen. Sofort hub ein chaotisches Werkeln an, nach einer Stunde war der große Tisch auf der Terrasse unten am Bootsanleger mit einem Salatbüffet gedeckt. Die Kinder und Erwachsenen schleppten alles, was sonst noch zu einem herzhaften Freiluft-Grillbuffet gehörte, herbei. Clarice hatte Brot gebacken und Raoul den Grill angeheizt. Die Männer übernahmen das Grillen und die Frauen genossen das Miteinander, während sie ein Auge auf die quirlige Rasselbande von Kindern hatten. Nach zwei Stunden waren alle abgespeist, die Kinder verzogen sich in ihre Zimmer, um etwas Schlaf nachzuholen. Dutch und seine Frau widmeten sich der Gartenarbeit, während Raoul, Cloé, ihre Mutter und ihre Großmutter die friedliche Stille am Wasser genossen.

„So, jetzt wäre es doch an der Zeit, dass Ihr uns mal erzählt, was in der Vergangenheit und den letzten Jahren zu diesen ganzen Ereignissen geführt hat. Wo habt ihr Euch die ganze Zeit versteckt?" Cloé sah dabei ihre Mutter an. Die meinte mit Blick auf ihre eigene Mutter: „Das kann Stunden dauern, bis wir das alles erzählt haben. Vielleicht gebe ich euch erst mal einen Überblick über alle Ereignisse. Auch die aus der weiteren Vergangenheit."

Alles wurde drunter und drüber erzählt und nicht immer konnte man den einzelnen Handlungssträngen ohne Probleme folgen. Clarice fing mit ihrer eigenen Vergangenheit an.

„Schon als junges Mädchen hatte ich immer wieder einmal das Gefühl, verfolgt zu werden. Da war so ein Kribbeln im Nacken. Aber ich konnte damals nie jemanden sehen. Trotzdem, es war irgendwie unheimlich. Am schlimmsten wurde es, nachdem ich das alte Buch gekauft hatte, auf einem Trödelmarkt in Prag. Es lag da auf dem Tisch, unter vielen anderen Büchern und schien mich zu rufen. Als ich es aufschlug, sah ich viele leere Seiten. Zuerst wollte ich es nicht kaufen, vor allem, da ich die Schrift gar nicht entziffern konnte. Der Verkäufer wollte es nur im ganzen Paket mit einigen anderen, schon sehr alt und schäbig aussehenden Büchern abgeben. Also hatte ich vier schwere alte Bücher im Gepäck, als ich endlich nach Frankreich zurückfuhr. Aber ich hatte einen sehr guten Preis ausgehandelt. Du, Cloé warst damals für ein paar Tage in der Obhut meiner Mutter geblieben."

„Oh ja, ich erinnere mich genau. Wir wohnten in einem kleinen Fachwerkhaus in der Nähe einer Kirche. Ich weiß noch, dass ich jede Nacht von dem Glockengebimmel wach wurde und gedacht habe, jetzt kommen die Schutzengel vom Himmel herunter und wachen an den Betten der Kinder."

„Clarice, was hast du damals in Prag gemacht? Wieso bist du durch halb Europa gefahren? Wofür? Ich kann mich gar nicht mehr daran erinnern." Donatia blickte sie neugierig an.

„Gleich nach meiner Rückkehr bist du verschwunden, nachdem du die Bücher inspiziert hattest und mir geraten hast, sie weg zu sperren, unauffindbar. Wo bist du damals eigentlich hin?"

„Oma war verschwunden? Und mir hast du gesagt, sie sei gestorben. Nächtelang habe ich um sie geweint und lange getrauert." Cloé schüttelte ungläubig den Kopf.

„Kind, das hättest du damals nicht verstanden. Es hatte etwas mit diesen schwarzen Männern zu tun und dem Gefühl, dass wir verfolgt werden. Es schien uns besser zu sein, dass wir nicht immer auf dem gleichen Fleck wohnten, deshalb sind wir auch immer wieder umgezogen. Deine Oma hat erklärt, sie werde sich auf eine andere Welt zurückziehen. Wie genau sie das meinte, hat sie nicht gesagt. Und wo genau hat sie auch mir nicht verraten. Bis heute nicht." Bei diesen Worten sah Clarice ihre Mutter vorwurfsvoll und nach Erklärung heischend an. Aber die tat so, als würde sie nichts sehen und hören. Oder sie hörte wirklich nicht mehr gut. Eine Erklärung von ihrer Seite blieb jedenfalls aus.

Clarice zuckte mit den Schultern und erzählte weiter. „Damals zog ich also mit dir alleine nach Portugal, dort konnten wir eine ganze Zeitlang unbehelligt leben. Bis wieder dieses Gefühl auftauchte. Bis ich hinter jeder Ecke einen schwarzgekleideten Mann vermutete. Ich kam mir richtig schizophren dabei vor. Die Bücher hatte ich natürlich mitgenommen. Eines Abends kam ich nach Hause, du warst bei einer Freundin spielen, und überraschte einen Einbrecher. Er kam gerade aus der Wohnungstür, als ich hinein wollte. In den Händen hielt er ein altes Buch, allerdings nicht das besagte gesuchte Buch. Er war ganz in schwarz gekleidet, hatte auch sein Gesicht hinter einer Maske verborgen. Vor Schreck habe ich alle Taschen fallen gelassen und geschrien. Sofort gingen rechts und links die anderen Türen auf und die Bewohner kamen raus. Das war zu viel für den Einbrecher. Er ist wie ein Blitz die Treppe hinunter gerast und verschwunden. Das Buch hatte er vor Schreck fallen gelassen. Auf jeden Fall war das für mich ein Zeichen, wieder einmal den Wohnort mit dir zu wechseln. Es war doch nur zu deiner Sicherheit."

Cloé hatte Tränen in den Augen. „Warum hast du mir davon denn nichts gesagt? Ich habe es gehasst, immer wieder neue Freunde zu suchen, mich an einer neuen Schule einzugewöhnen, eine neue Stadt, alles daran habe ich gehasst. Deshalb war ich ja so froh, als wir endlich am Chiemsee für längere Zeit wohnen blieben. Das war für mich endlich einmal ein Zuhause. Das kleine Haus fand ich wunderschön. Die ganze Umgebung mit dem See und den Bergen im Hintergrund, ich habe das alles geliebt."

„Es tut mir leid, Schatz. Ich wusste überhaupt nicht, was ich denn verbrochen hatte, dass ich ständig verfolgt wurde. Meine Mutter", damit sah sie Donatia vorwurfsvoll an, „hatte sich vor ihrem Verschwinden überhaupt nicht darauf eingelassen, mir irgendetwas zu erklären. Ich musste es erst mühsam durch einen befreundeten Historiker erfahren, was es denn mit dem Buch, das ich ihm gezeigt hatte, auf sich hat."

Donatia schien wieder aufgewacht zu sein. „Habt ihr gewusst, dass es in Australien unter dem Uluru oder besser in einer der vielen Höhlen einen Zeittunnel gibt? Die Aborigines sagen Portal dazu. Es steht schon seit Jahrhunderten oder vielleicht auch Jahrtausenden dort in dieser Höhle. Durch dieses Portal kann man in eine andere Welt gelangen oder in eine andere Zeit auf einer anderen Welt. Das mit diesen ganzen Portalen, die es überall auf allen Welten gibt, habe ich nicht ganz verstanden. Aber sie haben mir gesagt, dass durch das Tor im Uluru ich in eine andere Welt gelangen könne. Wohin genau haben sie nicht gesagt. Also habe ich mich von Portugal aus dorthin begeben. Allerdings öffnet sich das Tor im Uluru ganz unregelmäßig, unvorhersehbar, und es bleibt nur für eine bestimmte Zeit offen. Ich musste einige Monate warten, bis ich reisen konnte. Ich kam in einer kunterbunten friedlichen Welt an. Nach einiger Zeit hatte ich Sehnsucht nach Clarice und habe ihr geschrieben und sie eingeladen. Ich war bereit, wieder zum Uluru zurückzukehren und dort auf Clarice zu warten. Habe ich schon gesagt, dass die Zeit auf der bunten Welt langsamer vergeht als hier bei uns? Hm hm, deswegen sehe ich auch noch so jung aus." Bei diesen Worten lächelte sie ganz versonnen vor sich hin.

„Oma, was hat es denn mit diesen Portalen oder Toren auf sich? Wie sehen die denn aus? Gibt es hier viele? Wo findet man die denn?"

Clarice sah ihre Mutter an, dann versuchte sie, die Fragen zu beantworten. „Also, diese Tore sind so etwas wie Reiseportale, wenn man hineintritt, begibt man sich auf die Reise in eine andere Welt. Vielleicht hätte ich das am Anfang schon erklären sollen: Es gibt in diesem Universum 10 Welten: eine rote mit vielen aktiven Vulkanen, eine grüne mit Elfen, eine blaue – diese hier, eine weiße mit Eis und Schnee, eine magische, eine dunkle unheimliche Welt, eine gelbe Wüstenwelt, eine kunterbunte Welt, dort waren wir die ganze Zeit, und zu guter Letzt noch die silberne und die goldene Welten. Einige dieser Welten sollen unbewohnt sein. Ich weiß es nicht, gesehen habe ich außer der Bunten Welt keine davon. Aber der Großkanzler der Bunten Welt hat mir bzw. uns beiden", dabei sah sie ihre Mutter vorwurfsvoll an, „erklärt, was es mit diesen Welten so auf sich hat. Warum überall auf diesen Welten nach dem besagten Buch gesucht wird. Dem Buch, dass ich dir habe übergeben lassen in Australien, vor ein paar Jahren."

Cloé überlegte kurz. „Weißt du, was komisch dabei ist? In dieser Geschichte, diesem Märchen, wird gar nicht erklärt, wie man denn die Geschichte oder den Fluch auflösen kann. Dort steht noch nicht einmal der Fluch drin. Jedenfalls kann ich mich nicht daran erinnern. Aber vielleicht ändert ja auch das Buch selbst den Inhalt der Geschichte, je nachdem, wer es liest? Schließlich ist es ja irgendwie magisch, oder nicht? Raoul, hast du am Anfang, bevor wir uns kennengelernt haben, in dem Text etwas von dem Fluch gelesen?"

Raoul sah erstaunt von einem zum anderen, überlegte kurz. „Du hast Recht, dort stand damals nichts von einem Fluch. Aber ich habe viele der alten Bücher im Internat durchstöbert. Ich bin mir sicher, dass ich irgendwann in einem von ihnen den Text des Fluches gelesen habe. Vielleicht fällt es mir ja irgendwann wieder ein. Aber jetzt interessiert mich viel mehr, wie es denn auf der Bunten Welt aussah. Erzähl doch bitte weiter, Clarice!"

Donatia hatte die Augen geschlossen, aber sie schlief nicht. Sie hörte zu. Clarice sammelte sich. „Wo war ich stehen geblieben? Ach ja. Alle diese Welten waren ursprünglich einmal mit solchen Portalen verbunden. Jede Welt hatte mehrere Tore, die zu anderen Welten führten, doch inzwischen sind sehr viele zerstört, dem Zahn der Zeit und der Unvernunft ihrer Bewohner geschuldet. Manche Tore kann man mit Magie beeinflussen, andere muss man direkt einstellen auf die Welt, die man besuchen möchte. Manche sind sehr unzuverlässig und die meisten bleiben nur für eine bestimmte, kurze Zeit offen. Ein oder zwei Portale sollen sich auch auf dem Grund des Ozeans befinden. Als wir in der Höhle des Uluru das Portal durchschritten, kamen wir in der kunterbunten Welt an. Dort wurden wir vom Großkanzler begrüßt. Er hat uns übrigens die ganzen Geschichten erzählt. Soweit er es wusste. Selbst dort gewesen ist er allerdings nicht."

„Er hätte dich am liebsten dort behalten, dieser alte Tattergreis. Der war scharf auf dich!" Bei diesen Worten kicherte Donatia vor sich hin und sah ihre Tochter grinsend an.

„Aber Mutter, wie kannst du nur so was sagen, so ein Quatsch. Der war nur freundlich. Das war er wirklich, dazu noch sehr alt und auch gastfreundlich. Aber es war schon ein richtiger Kulturschock, dort in dieser bunten Welt. So was von kitschig, ihr glaubt es nicht. Die Stadt, in der wir landeten, ist vollkommen in Pastellfarben gehalten. Die Häuser kunterbunt, die Straßen mit bunten Steinen im Blumenmuster gepflastert. Die Leute tragen kunterbunte Kleidung, bunte Haare in allen erdenklichen Farben. Hüte habe ich da gesehen, Hüte, du weißt, wie gerne ich Hüte mag, ich musste mir sofort einige davon zulegen."

„Scheußliche monströse Dinger, das sag ich euch. Lächerlich hast du damit ausgesehen. Gut, dass du keinen davon mitnehmen konntest."

Cloé grinste. „Aber Oma, du weißt doch, dass Mama gerne Hüte trägt. Jetzt lass sie doch einfach mal weiter erzählen." Clarice sah ihre Mutter mit zusammengekniffenen Augen an, sagte aber nichts weiter zu ihrer Anmerkung.

„Dort gibt es Kutschen, keine Autos, die Stadt sah aus wie aus dem Mittelalter bei uns, nur mit bunten Farben geschönt, alles sauber und aufgeräumt. Und stellt euch mal vor, die Kutschen schwebten knapp über dem Boden, ich hab mal gefragt, wie sie das machen, aber keine Antwort darauf bekommen. Das wär halt so. Wie der Großkanzler erklärte, kann in diese Welt nichts Böses eindringen. Dafür sorgt die leicht magische Atmosphäre, die dort herrscht. Zum ersten Mal habe ich mich dort ganz und gar sicher gefühlt, keine Verfolgungsängste mehr.

Die Königskathedrale, dort wo wir von Australien aus gelandet waren, hat nichts mit einer Kathedrale oder Kirche auf unserer Welt hier zu tun. Es ist aber auch ein wirklich prunkvolles Gebäude, das nur zu einem Zweck errichtet worden war: Die Portale zu beherbergen. Es gibt in dieser Kathedrale zehn Nischen, in jeder Nische stand einmal ein Portal, mit dem man in eine andere Welt reisen konnte. Aber diese Portale funktionierten fast alle nicht mehr. Das Raum-Zeit-Kontinuum war bei ihnen defekt. Sie zu benutzen wäre lebensgefährlich, deshalb hat man nur noch ein einziges Portal, das einwandfrei bis jetzt funktionierte, stehen gelassen, alle anderen wurden demontiert bzw. durften nicht mehr benutzt werden. Die Verbindungswelt dieses Portals ist unsere Erde, der Standort hier auf der Erde ist die Höhle unter dem Uluru in Australien und dann noch irgendwo mitten im Ozean, in der Karibik. Wir haben in der Bunten Welt mit vielen Einwohnern gesprochen. Die allermeisten haben keine Ambitionen, ein solches Portal jemals zu benutzen. Im Gegenteil, man hofft, dass auch das letzte Tor dort abgebaut wird. Die Gefahr, durch ein defektes Portal im Universum verloren zu gehen, ist einfach viel zu groß. Und ich muss sagen, da stimme ich ihnen zu."

Clarice machte eine kurze Pause, die Donatia benutzte, um ihre Geschichte zu erzählen. „Es war ja mit der Zeit, ich war schließlich über 10 Jahre dort, doch ganz schön nervig. Den ganzen Tag dieses Singen und Tanzen, das Gedudel dieser Musik, die in der Stadt ständig aus allen Ecken und Enden zu hören war, das hat mich manchmal ganz verrückt gemacht. Am Anfang war das ja alles sehr aufregend. Vor allem, als ich in Begleitung von einem Soldaten die noch funktionierenden Portale ausprobieren konnte. Erst später wurde mir bewusst, was wir für ein Glück hatten, wieder heil und gesund zurück in der Bunten Welt zu sein, also dort wieder anzukommen, wo wir hineingegangen waren." Versonnen nickte Donatia vor sich hin, ganz in der Geschichte vertieft.

„Und, wie ging es dann weiter? Jetzt wart ihr beide dort auf dieser Bunten Welt. Warum durftest du eigentlich keine Hüte mitbringen? Das wäre doch sicher sehr lustig gewesen, die hier zu probieren. Kannst du nicht eine Zeichnung davon machen? Ich kenne eine gute Hutmacherin in Nelson, die könnte sie bestimmt nacharbeiten." Cloé sah ihre Mutter fragend an.

„Kind, man kann und darf nichts von einer Welt in die andere bringen, ohne dass das Folgen hat. Das gibt Verwerfungen, irgendwo im Universum. Vielleicht sind deswegen so viele der Portale kaputt. Vielleicht hat es deswegen ja so lange mit der Erlösung gedauert. Ich weiß es nicht. Dort in der Bunten Welt haben wir in den letzten Wochen einen Mann kennengelernt. Es war ein Elfen-Krieger aus der Grünen Welt, der durch solch ein defektes, nur noch halb funktionierendes Portal auf der Bunten Welt gelandet ist, glücklicherweise heil und gesund. Wir haben uns ein bisschen mit ihm und seiner Frau, die auf der Bunten Welt lebte, angefreundet und durch ihn haben wir eine Menge mehr von dieser ganzen unseligen Geschichte erfahren. Er war losgeschickt worden, um das

Buch zu suchen. Durch ein defektes Tor landete er in der Roten Welt, die durch giftige Gase sehr lebensfeindlich ist. Er schaffte es gerade noch, durch ein Portal zu springen, landete aber nicht zu Hause, sondern in der Bunten Welt. Es gab für ihn keine Möglichkeit, von dort wieder auf die Grüne Welt zu kommen. Also hat er sich damit abgefunden zu bleiben, er hat eine Arbeit gefunden, eine Frau, sie heißt Endris, ist genauso groß – oder klein – wie er. Eine nette Frau übrigens, liebenswert, energisch, zielstrebig. Sie haben geheiratet und einen Sohn zusammen, ganz süß der Kleine." Clarice machte eine Pause und sah versonnen zu den Fenstern der Kinderzimmer. Dann seufzte sie.

„Mama? Ist alles in Ordnung?"

„Ja, ja, alles gut. Also dieser Mann, seine Frau nannte ihn Dorian, hat uns viel von seiner Heimat erzählt. Er kannte das Märchen in dem Buch, kannte auch den Fluch und dass man ihn aufheben könnte. Er wusste aber, dass nicht darin stand, wie das gehen sollte. Er hat gelacht, als wir ihm erzählt haben, woher wir kommen. „Jetzt ergibt alles einen Sinn", hat er dabei immer wieder gesagt. „Da habe ich wohl als Einziger Erfolg mit meiner Suche, kann aber nichts weiter unternehmen, da ich nicht zurück kann. Ich glaube aber, dass es genauso sein sollte. Keiner sollte dem Schicksal ins Handwerk pfuschen." Das hat er gesagt. Er war zufrieden und glücklich mit seinem neuen Leben."

Donatia meldete sich wieder. „Clarice hatte mit der Zeit solches Heimweh nach dir bekommen, dass wir beschlossen haben, die gefährliche Rückreise hierher zu wagen. Es hat alles geklappt. Und so sind wir beide jetzt wieder hier auf der Erde. Allen geht es gut. Eure Kinder sind ein Jungbrunnen für uns. Sie machen uns rundum glücklich." Dabei rollten ihr ein paar Tränen über die Wangen. Cloé ging zu ihr und nahm sie in den Arm. „Oma, wir freuen uns so, dass ihr beide wieder hier seid. Die Kinder haben euch in ihr Herz geschlossen."

Raoul war sehr schweigsam gewesen. Er hatte genau zugehört und hätte jetzt noch ein paar Fragen zu dieser ganzen Angelegenheit. Aber er wollte doch lieber damit warten. Diese Geschichte war sehr emotionsgeladen und die beiden Damen, Clarice und Donatia, sollten sich erst einmal etwas beruhigen. Er stand auf. „Ich hole noch eine Flasche Wein. Oder möchtet ihr etwas anderes trinken? Kaffee? Tee? Wasser?"

„Wein wäre gut." „Ich möchte lieber Wasser. In meinem Alter sollte man so spät abends nicht mehr so viel Alkohol zu sich nehmen." „Ein Espresso wäre nicht schlecht."

„Wein, Wasser, Espresso. OK. Kommt gleich."

Kurze Zeit darauf war er mit einem Tablett und den Getränken zurück. Donatia trank ihr Wasser, lehnte sich auf ihrem Sessel zurück und schloss die Augen. Clarice und Cloé sprachen über die Vorzüge der Farben bei der Kleidung, Raoul hörte einfach nur zu.

In einer kurzen Pause erklang auf einmal die Stimme von Donatia, die noch immer mit geschlossenen Augen in ihrem Sessel saß. „Sie hat sie alle gehasst. Dann hat sie sie verflucht. Die dunkle Welt hat diesen Fluch verstärkt, hat den Hass in seinen Bewohnern geschürt, weitergetragen, hinein in die grüne Welt, bis er nicht mehr zu ertragen war. Sein Urururgroßvater ist geflohen, von einer Welt zur anderen, bis er hier gelandet ist. Hier hat ihn der Fluch nicht gefunden. Er lebte endlich in Frieden und gab die Geschichten seiner Vorfahren als Märchen an seinen Sohn weiter, kurz bevor er gestorben ist." Donatia hatte wie in Trance gesprochen, dann ließ sie ihren Kopf zur Seite fallen und – schnarchte. Laut.

Raoul, Cloé und Clarice sahen sich erstaunt an. „Das hat sie noch nie gemacht! Woher weißt du das alles, Oma?" Clarice schüttelte verblüfft den Kopf. Donatia gab keine Antwort. Raoul dachte, endlich hatte er eine Antwort auf eine seiner Fragen, eine war also gelöst. So also hatte auch sein Onkel, der Bruder seines Vaters, von der ganzen Geschichte erfahren. Nicht durch das Buch. Noch eine Frage gelöst. Deshalb hatte er seinen Vater umbringen lassen. So ein Narr. Noch eine gelöst. Die letzte seiner Fragen, warum man Clarice gesucht und verfolgt hatte und woher sie wussten, dass sie etwas damit zu tun hatte, dass sie eines der Bücher hatte, blieb noch offen. Und woher sie wussten, wo sie suchen mussten. Aber das könnten sie an einem anderen Tag klären. Das war nicht mehr eilig. Vielleicht kannten ja auch Odin und Thor die Antwort.

„Wir haben da noch eine wirklich witzige Geschichte auf der Bunten Welt gehört. Es soll so etwas wie eine Magische Welt geben. Dort gibt es noch Drachen, aber sie sind nicht gefährlich. Sie sind es, die den Vorfahren von dir, Cloé, und auch von dir, Raoul, einen magischen Schutz gegeben haben. Dieser Schutzzauber wird von Generation zu Generation an eine auserwählte Person weitergegeben, automatisch, da haben die betroffenen Personen keinen Einfluss. Er schützt den Träger vor allem Bösen. Und in glücklichen Momenten verleiht er dem Träger einen bunten oder auch silbernen hellen Schimmer, so wie ein inneres Leuchten mit vielen Glitzersternen nach außen. Das ist der Grund, warum ihr manchmal so schön schimmert. Und scheinbar hat Stella das auch geerbt, die Jungs allerdings nicht, und bei den Zwillingen kann man das noch nicht sagen. Das Schimmern bedeutet allerdings nicht, dass damit Zauberkräfte einhergehen. Das könnte vielleicht auf der Magischen Welt funktionieren, aber hier auf der Erde nicht." Clarice wollte aufstehen. Sie war müde. Diese ganzen Geschichten zu erzählen war anstrengend gewesen und sie fühlte sich erschöpft. Allerdings war das nicht so ganz einfach, da hatte sich doch ein kleiner Zwerg auf ihren Schoß verirrt und schlief dort selig vor sich hin. Ganz vorsichtig setzte sie sich auf ihrem Stuhl zurecht und lächelte ihrem Enkel zu.

„Also damit kann ich leben!" meinte Cloé und sah ihren Mann dabei strahlend an. „Hoffentlich schimmern wir noch lange. Jetzt freuen wir uns erst einmal, dass wir endlich frei von Sorge und Furcht vor Verfolgung sein können. Das können wir doch, oder?"

„Eigentlich sind wir da ganz sicher. Der Fluch ist doch besiegt. Lasst uns die Zeit einfach genießen." Clarice hob ihr Glas und prostete ihrer Mutter, die mit ihr gehen wollte, und ihrer Tochter und deren Ehemann zu und danach gingen beide auf ihre Zimmer.

Raoul und Cloé fanden diese Geschichten faszinierend, waren aber gleichzeitig auch skeptisch. Sie schauten hoch in den Himmel. Dort oben sollte es also noch 9 weitere Welten geben? Ohne dass sie bisher von unseren Himmelsguckern entdeckt worden sind? Das war so unrealistisch, dass sie eine Zeitlang brauchten, um diese ganzen Geschichten in den richtigen Zeitablauf einzuordnen, sich die anderen Welten vorzustellen. Es musste ganz einfach ein Parallel-Universum geben, eine Raum-Zeit-Verschiebung, wo das alles passiert sein könnte. Sonst klang es eher nach einer Gruselgeschichte, oder mit viel gutem Willen nach einem düsteren Märchen. Andere Welten, Reiseportale, Flimmertore, Parallel-Universen. Das würde eine Zeitlang dauern, bis sie das alles verdaut hatten.

Irgendwann, sie hatten es gar nicht richtig gemerkt, hatten sich die Drillinge hereingeschlichen und sich auf den Schoß von Raoul und Cloé und ihrer Oma gesetzt, schön aufgeteilt. Allerdings waren sie noch ganz verschlafen gewesen und so kuschelten sie sich ein und schlossen ganz bald wieder die Augen, um weiterzuschlafen. Cloé und Raoul sahen sich an und lächelten. Dann drückten sie demjenigen, der auf ihrem Schoß saß, einen Kuss auf die Stirn und schlossen die Arme schützend um sie, genau wie Clarice auch. Als sie dann endlich aufstanden, trugen sie die drei Kleinen in ihre Bettchen zurück. Gott sei Dank schienen sie kein Interesse an den Geschichten gehabt zu haben, die die Erwachsenen sich erzählt hatten. Glaubten sie jedenfalls.

Allerdings sollte Cloé im Laufe der nächsten Zeit erfahren, dass vor allem ihre Tochter Stella vieles aus diesen Erzählungen mitbekommen hatte. Sie stellte immer wieder Fragen, manchmal auch unangenehme. Wie immer, wollte sie alles ganz genau wissen, wie: „Wenn du, Mama, von einem König abstammst, oder der Papa, bin ich dann eine Prinzessin?" Cloé musste bei dieser Frage lächeln, aber sie antwortete ganz ernst und bestimmt: „Das ist schon ganz lange her, mein Schatz, aber du bist keine Prinzessin, das kann nur die Tochter eines Königs sein. Und dein Vater ist ganz bestimmt kein König! Und wird auch nie einer sein." Damit gab sich Stella zufrieden, vorerst. Cloé überlegte, sie musste unbedingt mit Raoul darüber sprechen. Sie wollte nicht, dass sich ihre älteste Tochter irgendwelche Flausen in den Kopf setzte nur aufgrund eines überlieferten Märchens. Hier auf der Welt, in der sie lebten, gab es keine Magie, davon war sie selbst fest überzeugt. Dieses Märchen sollte ein Märchen bleiben, ohne Bezug auf die Realität. In der Vergangenheit hatten schon genug Mächte in ihrer beider Leben eingegriffen, dass es für eine sehr lange Zeit genügte.

Besuch

Da heute Samstag war, brauchten die Drillinge nicht in die Vorschule, die sie seit drei Monaten besuchten. Es wurde ein fröhlicher Tag, der noch turbulenter und lauter wurde, als Raoul nach einem Telefonat mit Hongkong aus seinem Bürozimmer kam und laut verkündete: „Am Montag wird das Haus hier so richtig schön voll werden, Leute. Ratet mal, wer uns besuchen kommt?"

Die Drillinge schauten sich an und fingen laut an durcheinander zu rufen: „Onkel Cian und Tante Sue-Lin mit Bonian, Mailin und die kleine Siara!"

„Richtig, und was bedeutet das, Kinder? Genau, eure Zimmer aufräumen, damit Platz für euren Besuch ist. Also Abmarsch!" Und schon waren alle drei in ihren Zimmern verschwunden, um sie aufzuräumen und für den Besuch vorzubereiten, denn die drei Kinder von Cian und Sue-Lin schliefen dann selbstverständlich bei ihnen mit in ihren Kinderzimmern, wenn sie hier zu Besuch waren, während die Eltern unten in der Gästewohnung schliefen. Es war schon außergewöhnlich, dass die drei ihre Zimmer freiwillig aufräumten, aber sie wussten auch, dass sie alle Freiheiten hatten, wenn der Besuch erst mal da war. Es wurde immer ganz spät in der Nacht, bis sie endlich einschliefen, fast nie in ihren Betten, die für sie bereit standen, sondern meistens in einem Zimmer, auf dem Fußboden oder wo auch immer der Schlaf sie überraschte. Die Disziplin vor und während der Besuchszeit war außer Kraft gesetzt und die fünf größeren Kinder wussten diese freie Zeit wohl zu nutzen. Die kleine Siara war genauso alt wie die Zwillinge von Cloé und Raoul und auch diese drei hatten ihre Spielsachen in der ganzen Wohnung verteilt.

Es war schon erstaunlich, die Kinder von Raoul und Cian waren fast zur gleichen Zeit geboren worden. Wenn sie sich trafen, schienen sie eine Familie zu sein, sie liebten sich alle, verstanden sich gut und gehörten irgendwie zusammen.

Raoul nahm Cloé in den Arm und küsste sie. „Jetzt haben wir beide eine riesige große Familie, dabei waren wir einmal fast alleine auf der Welt. Ich finde das wunderbar, und du?"

„Ich kann nicht mit Worten ausdrücken, wie glücklich ich bin mit dir, mit all meinen Kindern, meiner Mutter und Großmutter hier. Das alles kommt mir im Augenblick so ganz und gar unwirklich vor. Ich habe Angst, aufzuwachen und feststellen zu müssen, dass ich geträumt habe. Aber ich träume doch nicht, oder?"

„Nein, das tust du nicht. Ich schwöre." Zum Beweis kniff er Cloé in ihre Seite, so fest, dass sie quietschte. Und dann lachten beide, bis ihnen Tränen in die Augen traten und sie sich um den Hals fielen. Zuerst sahen die Kinder die beiden albernen Erwachsenen mit großen erschrockenen Augen an, aber als sie merkten, dass ihre Eltern nur Spaß machten, lachten sie auch und spielten dann beruhigt weiter.

Gut, dass sie noch ein großes Untergeschoss mit einigen Zimmern hatten, die nur für Besucher vorgesehen waren. Sie hatten in den letzten Jahren eine Einliegerwohnung mit zwei Zimmern, einer größeren Küche und einem Bad und noch eine kleinere Gästewohnung ausgebaut. Dort konnte zu jeder Zeit Besuch untergebracht werden, wie jetzt Cian und Sue-Lin, die auch oft mit ihren Kindern bei ihnen vorbeischauten.

In der großen Garage standen die beiden kleineren Autos von Cloé und Raoul, die sie benutzten, wenn sie getrennt und ohne Kinder zur Arbeit fuhren, dann noch ein großer Kombi, denn schließlich brauchte man für eine so große Familie, wie sie jetzt hatten, mindestens so etwas wie einen Kleinbus für zwei Erwachsene und fünf Kinder, die Großmütter würden da auch noch mit hineinpassen. Ein Motorrad stand ebenfalls dort. Es gehörte Dutch. Außerdem eine größere Limousine, die Dutch für Chauffeurdienste benutzte.

Raoul hatte die Zufahrt zum Haus ausbauen lassen, der Weg zum Bootssteg und der angeschlossenen Terrasse war befestigt worden. Die Terrasse hatte eine kleine Pergola erhalten, die im Sommer mit einer Zeltplane beschattet werden konnte. Hier saßen sie oft und grillten, schwammen im Meer. Die Drillinge konnten inzwischen schon sehr gut schwimmen, die Zwillinge lernten es gerade noch und mussten in Wassernähe jede Sekunde beaufsichtigt werden. Sie liebten das Wasser. Dann lag am Bootssteg noch ein sehr schnittiges Motorboot, mit dem sie oft die vielen kleinen Buchten des Malborough-Sounds erkundeten. Sie hatten oft Gäste hier, Freunde aus der Stadt, Cian und Sue-Lin aus Hongkong, die mindestens einmal im Jahr hier Urlaub machten für ein paar Wochen. Es war immer etwas los im Haus von Raoul und Cloé. Und jetzt waren auch noch ihre Mutter und ihre Großmutter hier aufgetaucht. Das Leben war endlich perfekt. Cloé fühlte sich wie im siebten Himmel, sie hätte die ganze Welt umarmen können. Vielleicht trug dazu auch die Tatsache bei, dass sie wieder schwanger war, mit einer kleinen Tochter.

Raoul hatte seinen Firmensitz ganz hierher nach Nelson in Neuseeland verlegt. Die Bedingungen waren gut, er fühlte sich hier rundum wohl, seine Familie, die Kinder ebenso. Er hatte inzwischen ein großes Haus in der Innenstadt gekauft und dort im Penthaus sein Büro eingerichtet, fast ein Ebenbild des Büros in Zürich, ein Fitness- und ein Kampfsportstudio im ersten Stock etabliert, sowie ein großes Reisebüro, eine Filiale aus Zürich, im Erdgeschoss für Cloé eröffnet. Die Fertigung der Computerteile hatte Cian schon vor einigen Jahren in Hongkong übernommen. Sie arbeiteten auf diesem Gebiet eng zusammen und reisten schon aus diesem Grund alle miteinander öfter nach Hongkong oder hierher nach Nelson. Meistens waren sie mit der ganzen Familie unterwegs. Solange die Kinder nicht in die Schule mussten, war das terminlich kein Problem. Aber das würde sich irgendwann bald ändern, wenn sie zur Schule bzw. zur Vorschule mussten. Dann würden sie sich etwas anderes einfallen lassen müssen.

Rosalie

Raoul hatte Cloé nach der Geburt der Zwillinge gefragt, ob sie ihn noch einmal heiraten möchte, so mit allem Drum und Dran. Er hatte nicht ihre sehnsüchtigen Blicke damals in Hongkong im Brautkleiderladen vergessen. Er hatte ihr versprochen, dass sie eine große Feier nachholen würden und sie sich ein wunderschönes langes weißes Brautkleid kaufen könnte, wenn ihre Mutter denn irgendwann wieder aufgetaucht wäre. Was ja jetzt der Fall war. „Ja, das wäre wunderbar, feiern wir eine Strandhochzeit unten am Wasser. Und da Cian mit seiner Familie jetzt kommt, wäre das doch ideal. Können wir das so kurzfristig alles organisieren?"

Sie konnten. Innerhalb von vier Tagen wurden die ganze Feier und die Organisation dank der vielen Mithelfer bewältigt. Ihre Mutter und ihre Großmutter waren begeistert und kümmerten sich um die Kinder, als Raoul und Cloé in die Stadt fuhren, um den Catering-Service zu bestellen. Grillen am Strand, das würde allen gefallen. Und alles könnte per Boot angeliefert werden. Einen Tag später fuhr Cloé mit ihrer Mutter und Stella nach Nelson, um sich dort ein Brautkleid auszusuchen. Sie fand ein wunderschönes perlenbesticktes langes Spitzenkleid mit langer Schleppe und einem weiten Rock. „Du siehst damit aus wie eine richtige Prinzessin!" Stella strahlte ihre Mutter an. „Ich möchte auch ein Prinzessinnenkleid haben." Natürlich bekam sie ein wunderschönes kleines duftiges Sahnebonbonkleid in zartem Rosa. Dann kauften sie noch wunderschöne kleine Kleider für die anderen Mädchen und kleine Anzüge für die Jungs, auch für die Kinder von Cian und Sue-Lin.

Als die am Wochenende eintrafen, waren sie begeistert von der Feier und halfen alle mit. Es war Sommer, die Luft war warm und der blaue Himmel versprach eine schöne

Zeit. Zelte wurden aufgebaut, Tische und Stühle, Grills, ein reichhaltiges Buffet und ein Teppich ausgerollt für die Braut, vom Anleger bis zum Zelt. Die Kinder in ihren neuen Kleidern streuten die Blumen vor der Braut, die Erwachsenen verdrückten ein paar Tränen und dann, nach der Zeremonie, wurde es eine richtig fröhliche Party. Laut, quirlig, unbeschreiblich fröhlich und anstrengend. Selbstgemachte Musik auf teilweise selbstgemachten Instrumenten. Die Kinder tobten sich aus, keiner störte sich daran. All die vielen Freunde und anderen Gäste, die zur Feier kamen. Es wurde ein wunderbarer Tag. Cloés Mutter und Großmutter verbrauchten eine ganze Packung Papiertaschentücher für sich alleine.

Ein paar Tage darauf hörte Cloé, wie Stella sich in ihrem Zimmer mit jemandem unterhielt, obwohl ihre Geschwister bei ihrer Mutter und der Großmutter waren. Cloé öffnete die Tür einen kleinen Spalt und sah ihre Tochter mit der Spieluhr auf dem Boden sitzen. Der Raum war mit Harfenklängen erfüllt. Die kleine Fee aus der Spieluhr schwebte auf Augenhöhe vor Stella und schien ihr zu antworten. Die Flügel flirrten durch die Luft. Sie lebte. War keine Porzellanfigur. Wie konnte das sein? Cloé ging leise einen Schritt ins Zimmer hinein und blieb dann stehen. Stella hatte sie trotzdem gehört. Sie drehte ihren Kopf und strahlte ihre Mutter an. „Schau, das ist Rosalie, eine Fee von den Rosenwiesen. Sie kommt aus der Magischen Welt und hat ihre Aufgabe erfüllt. Aber sie weiß nicht, wie sie wieder zurück in ihre Heimat kommen kann. Jetzt hat sie Heimweh und ist ganz traurig! Darf sie bei mir bleiben? Bitte, Mami!" Cloé sank fasziniert auf den Boden neben ihre Tochter, dann meinte sie leise: „Es gibt bestimmt einen Weg, um ihr zu helfen. Wir werden ihn finden." Die kleine Fee kam zu Cloé geflogen und bedankte sich mit zarter trauriger Stimme. „Die Portale sind nicht mehr da."

„Sag Stella, wenn du etwas brauchst. Sie wird für dich sorgen." Doch dann erzählte die kleine Fee noch, woher sie kam und wie und warum sie hier in der Spieluhr gelandet war. Sie freute sich auf jeden Fall, dass ihre Mission so erfolgreich gewesen war. Ein neues Familienmitglied, dachte Cloé. Obwohl sie ja eigentlich schon länger dazu gehörte. Als Cloé in den Spiegel der Spieluhr sah, entdeckte sie den kleinen grünen Drachen. Er schien sie auch zu sehen, denn er winkte und streckte einen kleinen Finger an den Spiegel. Cloé rief die kleine Fee, sie kam geflogen, sie sah den Drachen, freute sich und streckte ebenfalls ihre kleine Hand an den Spiegel. Es flimmerte kurz, dann wurde die Fee in den Spiegel gezogen und war verschwunden. Kurz darauf erschien sie im Spiegel neben dem kleinen Drachen, fröhlich winkend und lachend. Cloé erschrak, Stella fing an zu weinen. Raoul wurde durch die Geräusche angelockt und kam ins Zimmer.

„Was ist los?" Er sah seine beiden Frauen an, ging in die Knie und nahm seine weinende große Tochter in den Arm. „Rosalie ist weg, in den Spiegel der Spieluhr, von dem Drachen verschluckt." Stella konnte sich nicht beruhigen. „Nein, nein, mein Schatz, sie hat dir doch zugewinkt. Sie ist jetzt glücklich wieder zu Hause." Cloé dachte nach, nahm die Spieluhr in die Hände und meinte zu Raoul: „Der Spiegel scheint so eine Art Miniportal zu sein, jedenfalls ist die kleine Fee wohl dadurch jetzt wieder zurück nach Hause gekommen. Das ist wunderbar für sie, auch wenn wir darüber traurig sind. Aber wir werden uns auf jeden Fall um diesen Spiegel kümmern müssen, denke ich."

Raoul nickte. Wenn seine Kinder damit spielten, es war nicht auszudenken, was hätte passieren können, das konnten sie wirklich nicht zulassen. Er erhob sich und zog Cloé mit sich. Sie hielt die Spieluhr immer noch in den Händen, zugeklappt. „Können wir die Spieluhr nicht behalten, auch ohne Rosalie?" Stella wischte ihre Tränen weg und schniefte noch kurz.

„Nein Schatz, wir können die Spieluhr nicht behalten. Wir schicken sie auch wieder zurück nach Hause. Geh zu Oma und deinen Geschwistern hoch, sie spielen im großen Wohnzimmer." Vorsichtshalber gingen beide mit und zählten ihre Kinder, fünf quirlige Sonnenscheine spielten mit ihrer Oma „Reise nach Jerusalem" und es war ganz offensichtlich, wer schneller war. Die Uroma schaute lächelnd zu. Atemlos sah ihre Mutter Cloé strahlend an. „Alles in Ordnung, mein Schatz, ich muss zusehen, dass ich noch einen Platz bekomme. Die Kleinen sind ja so schnell." Die Kinder von Cian und Sue-Lin beteiligten sich natürlich auch an dem Spiel und deren Eltern spielten übermütig quietschend mit.

Beruhigt gingen Raoul und Cloé hinunter an den Bootssteg, machten die Leinen los und stiegen in das Boot. Vorher hatten sie noch Steine am Strand aufgesammelt. Als sie eine Strecke draußen auf dem Wasser waren, zerschlugen sie den Spiegel der Spieluhr in kleinste Teile, zerrieben diese kleinen Teile zu Pulver und verteilten dieses dann in einem weiten Umkreis im Meer, füllten Steine in das Kästchen, klebten mit einem wasserfesten Kleber, den sie noch in der Werkzeugkiste gefunden hatten, die Ränder zusammen, vernagelten zusätzlich den Rand und warfen sie weit draußen auf dem Meer in die See. „Hoffentlich bleibt dieses Zauberdings und das Spiegelpulver für immer auf dem Grund des Ozeans. Nicht auszudenken, wenn eines unserer Kinder ein Händchen auf diesen Spiegel gelegt hätte und darin verschwunden wäre." Raoul hatte noch immer keine Farbe im Gesicht, so sehr hatte er sich erschrocken. Cloé lehnte sich an ihn. „Ich bin so froh, wenn diese Dinge endlich ein Ende haben. Die letzten Jahre mit all dieser Magie, diesen unerklärlichen Zwischenfällen, diesen dunklen Kriegern, das alles reicht mir für mein ganzes Leben. Ich möchte nie mehr etwas davon hören." Raoul umarmte seine Frau, zog sie dicht an sich heran und küsste sie leicht auf ihre Haare. „Ich auch nicht, ganz bestimmt nicht."

Als der Besuch aus Hongkong dann eine Woche später wieder abgereist war und nur noch die Groß- und Urgroßmutter da waren, kamen eines frühen Morgens, es dämmerte gerade, Joshua, Roman und Stella ganz aufgeregt ins Elternschlafzimmer gerannt und fragten ihre Mutter und ihren Vater: „Mami, Papi, was machen die beiden großen schwarzen Pferde da draußen? Die sind schon eine ganze Weile da und fressen unser ganzes schönes Gras auf. Gehören die jetzt uns? Dürfen wir mal auf ihnen reiten?"

Odin und Thor sind wieder da, jetzt ist alles gut, dachte Cloé noch verträumt vom Schlaf. Raoul war mit einem Schlag hellwach, setzte sich auf, sah überrascht aus dem Fenster, machte erstaunt die Augen weit auf, dann sprang er aus dem Bett, riss die Tür auf und rannte hinaus, so wie er war, barfuß, nur mit Boxershorts bekleidet, Stella und die Jungs im Schlepptau hinterher. Noch im Lauf fragte er die beiden Pferde erstaunt und aufgeregt: „Odin, Thor, seid ihr es wirklich? Es ist so schön euch zu sehen. Bleibt ihr jetzt auch hier bei uns? Sind wir in Sicherheit? Passt ihr wieder auf uns auf? Geht es euch gut?"

Dann war er auch schon bei ihnen und fiel ihnen um den Hals und lachte. Odin rieb seinen Kopf an Raouls Schulter.

„Es geht uns gut, ihr seid in Sicherheit, alle Tore wurden überall inzwischen von den Magiern und Wächtern zerstört. Auf allen Welten. Es gibt keine Reisen mehr durch diese Portale zwischen den Welten. Dafür ist zu viel in den letzten Zyklen passiert, und nicht nur Positives. Wir brauchen die Portale zwar nicht, um auf andere Welten zu gelangen, aber wir haben uns entschlossen, eine Weile hier bei Euch zu bleiben, falls wir dürfen. Alles ist gut! Oh, von der Grünen Welt sollen wir Euch den herzlichsten Dank aller Bewohner ausrichten. Nichts schien ihnen gut genug, um Euch für das zu danken, was Ihr für sie getan habt. Deshalb haben sie gesammelt und uns dies hier für Euch mitgegeben."

Dabei zog er aus seiner Mähne ein kleines Säckchen heraus und übergab es Raoul.

„Was ist das?"

„Das sind die Freudentränen aller Bewohner der Grünen Welt, die sie nach der Erlösung vergossen haben."

„Aber das sind ja alles reinste Diamanten!" Raoul war mehr als erstaunt, als er das Säckchen öffnete und hineinsah. Das war ein Vermögen. „Wir danken Euch und allen anderen auch! Bitte erzählt den Einwohnern der Grünen Welt von uns und wie glücklich wir hier sind. Auch wir müssen Ihnen danken, denn nur so haben wir hier unser großes Glück gefunden!"

Raoul hatte laut zu den Pferden gesprochen, diese antworteten wie immer auf telepathischem Weg.

Mit offenem Mund standen die Drillinge staunend vor den riesigen Pferden und sahen dann hinauf zu ihrem Vater. Stella zupfte ihn energisch am kurzen Hosenbein. „Papi, heißen die Pferde wirklich Thor und Odin? Warum können die Pferde reden? Verstehen die mich auch? Heb mich bitte hoch, Papa, ich will reiten!" „Wir auch, wir auch!"

Und wenn sie nicht gestorben sind, dann leben sie noch heute, glücklich und zufrieden, in ihrer Welt, für alle Zeiten! Und auch die Magie begleitet sie auf ihrem weiteren Weg.

Ende

Danksagung

Danke an meine Lektorin Angelika, die sich mit viel Mut in ein ihr eher fremdes Metier gestürzt hat und meine manchmal überbordende Fantasie in diesem Buch mit konstruktiver Kritik gezähmt und in besseres Verstehen verwandelt hat.

Danke auch an meinen Mann, der mit viel Geduld die verschiedenen Versionen der Geschichte immer wieder durchgelesen und mich mit Fragezeichen und Kommentaren zu der Endfassung getrieben hat. Danke auch an ihn für die Umsetzung zur Druckvorlage.